À tout hasard

Du même auteur
aux Éditions J'ai lu

BEAUTIFUL DISASTER

WALKING DISASTER

BEAUTIFUL WEDDING

BEAUTIFUL OBLIVION

BEAUTIFUL REDEMPTION

BEAUTIFUL SACRIFICE

BEAUTIFUL BURN

MME MADDOX
(Numérique)

RED HILL

MONSTERS
(Numérique)

En poche

BEAUTIFUL DISASTER
N° 11552

WALKING DISASTER
N° 11572

BEAUTIFUL WEDDING
N° 11583

JAMIE McGUIRE

À tout hasard

Traduit de l'anglais (États-Unis)
par Tiphaine Scheuer

J'AI LU

Titre original
HAPPENSTANCE

À Lori Bretch
À Fred LeBaron

1

— Rentre chez toi. Éteins les lumières. Et suicide-toi.

Erin Alderman me jetait un regard noir. Une haine pure brillait dans ses beaux yeux brun-miel. Elle était à la tête d'un groupe de neuf pom-pom girls qui se trouvaient de l'autre côté d'une petite fenêtre rectangulaire. Mais la vitre n'était pas la seule chose qui nous séparait.

Neuf personnes posèrent leurs yeux sur mon tablier noir maculé de milk-shake au chocolat et de sauce caramel, avant de se regarder en pouffant de rire. Le spectacle semblait leur plaire, mais aucune d'elles ne croisa franchement mon regard.

Erin Masterson, la meilleure amie d'Erin Alderman, cocapitaine de l'équipe de pom-pom girls, tenait à la main le banana split que je venais de lui préparer, le regard empli de vengeance. Elle était aussi apprêtée que sa meilleure amie, mais à la place d'une longue chevelure souple et blonde, elle arborait une grande crinière châtaine.

— Je t'ai dit « avec des noix ». Ta mission est simple, mettre de la crème glacée dans un bol, une coupe ou un cône, et mélanger les ingrédients. Si à dix-sept ans tu n'es pas capable d'effectuer un boulot de base au *Dairy Queen*, comment comptes-tu t'en sortir quand tu seras adulte ? Tu devrais laisser tomber tout de suite, Erin. Meurs avec dignité.

Erin Masterson ne s'adressait pas à sa meilleure amie, mais à moi, Erin Easter, la troisième Erin de notre classe. Nous n'avions pas toujours été ennemies. À la maternelle comme en cours préparatoire, nous passions chacun de nos moments éveillés ensemble, au point que nos maîtresses et nos parents avaient dû nous trouver des surnoms pour parer à toute confusion. Erin Alderman adopta le nom d'Alder. Erin Masterson, celui de Sonny. Mon nom était simple : Easter. Nous ne partagions pas seulement nos prénoms, nous partagions aussi notre date d'anniversaire : le 1er septembre. Elles étaient revenues de la maternité avec leurs parents, tous membres du country-club, qui finiraient un jour à la tête d'associations de parents d'élèves ou de loges franc-maçonnes. De mon côté, j'étais rentrée avec ma mère, âgée d'à peine vingt ans, qui n'avait personne pour l'aider, pas même mon père.

Notre amitié s'était radicalement transformée à la fin de l'école élémentaire, vers nos dix ans, quand, pour des raisons qui m'échappaient encore aujourd'hui, j'étais devenue leur souffre-douleur préféré. Maintenant que nous étions en dernière année de lycée, j'essayais généralement de les éviter, mais elles adoraient venir me voir au *Dairy Queen*, où je travaillais le week-end et presque tous les autres jours après les cours.

Je remontai la vitre coulissante et passai ma main à travers.

— Je suis désolée. Donne-le-moi, je vais le refaire.

Frankie me poussa sur le côté d'un coup de reins, prit sèchement la coupe des mains de Sonny, puis vida le bloc de crème glacée marron avec des morceaux de cacahuète dans la poubelle. Elle versa une demi-douzaine de noix dedans et la lui rendit.

— Je ne vais pas gâcher toute une coupe de glace parce que ta maman ne t'a pas appris à gérer la déception. Va voir ailleurs, dit-elle avec un geste dédaigneux du menton.

— Je dirai à ma *maman* ce que vous pensez de son éducation, *Frances*.

Sonny avait littéralement craché ces mots, et s'était bien assurée d'appeler Frankie par son vrai prénom, celui qu'elle détestait.

— Je suis sûre que votre progéniture vous a rendue experte en la matière.

Frankie sourit poliment.

— C'est plutôt le terme qu'on donne aux portées de chiens, Masterson. Il n'y a que ta mère pour appeler ses enfants comme ça.

Les deux Erin la fusillèrent du regard, puis les dix filles s'éloignèrent comme un seul homme.

— Désolée, dis-je en regardant les pom-pom girls traverser la rue en sautillant gaiement, galvanisées par leur affrontement.

Frankie fronça les sourcils et posa une main sur sa hanche.

— Pourquoi t'excuses-tu ? Je te l'ai dit une centaine de fois, mais je vais te le répéter : arrête de te laisser faire par ces espèces de harpies. Cela ne fait qu'empirer les choses. L'ignorance ne fonctionne pas avec ce genre de petits tyrans. Je le sais, crois-moi.

— Il ne reste plus que trois mois, de toute façon, dis-je en nettoyant la substance collante de mes mains.

Frankie leva les yeux au ciel en soupirant.

— Je me souviens de ma remise des diplômes. L'une des meilleures soirées de ma vie. Toute cette liberté à portée de main, qui n'attend plus que vous... L'été, la fac, la majorité à vingt et un ans. (L'expression rêveuse quitta son regard et elle se mit à essuyer le comptoir.) Il n'a fallu qu'une nuit avec Shane pour que tout ça disparaisse. Sept ans plus tard, je fais toujours le même boulot qu'au lycée.

Elle secoua la tête et lâcha un rire en frottant un morceau de chocolat séché.

— Mais pour rien au monde je n'échangerais mes bébés.

Avec un petit sourire, je la regardai ruminer les choix qui l'avaient retenue au *Dairy Queen*. Elle s'estimait heureuse d'avoir un travail. La compagnie pétrolière avait déserté la région, et avec elle tous les derniers emplois relativement bien rémunérés. Dans notre modeste ville, une paie du *Dairy Queen* valait donc toujours mieux que rien.

Le téléphone sonna et Frankie répondit.

— Non, Keaton, tu n'as pas le droit de manger le beurre de cacahuète à même le pot. Parce que je l'ai dit. Si tu as très faim, prends une banane. Alors c'est que tu n'as pas faim ! J'ai dit non, et c'est comme ça. Passe-moi Mamie. Coucou, Maman. D'accord. Comme toujours. Et toi ? Bien. Non, Kendra a son cours de danse à 18 heures. Kyle a base-ball à 19 heures. (Elle sourit.) Très bien. Je t'aime aussi. Bye.

Elle raccrocha et se tourna vers moi, imitant l'étrange expression de mon visage.

— Tu en as perdu un ? demandai-je.

Frankie gloussa.

— Non. Le bébé dort, Dieu merci.

Elle se remit à astiquer le comptoir, tandis que je nettoyais de mon côté la pagaille laissée par le banana split de Sonny. Le *Dairy Queen* occupait le plus ancien bâtiment de ce minuscule point sur la carte de l'Oklahoma appelé Blackwell. Les propriétaires, Cecil et Patty, se faisaient un plaisir de laisser les étrangers prendre en photo leur édifice unique des années 1950. Les clients pouvaient passer commande par l'une des deux vitres coulissantes situées sur la façade, où au drive-in du côté sud. Frankie et moi avions à peine la place de nous mouvoir, et nous nous bousculions souvent en périodes d'affluence, par exemple après les matchs de base-ball ou pendant la fête foraine. Un unique banc était placé à l'ombre sur le côté du bâtiment, pour les clients qui voulaient manger leurs glaces ou leurs hot-dogs sur place, mais il était généralement vide.

— Oh, chouette. L'entraînement est fini, déclara Frankie en voyant passer les diverses voitures des joueurs de l'équipe de base-ball.

Quelques-unes pénétrèrent sur le parking du *DQ*, une douzaine de gars en sueur en sortirent et se dirigèrent vers ma vitre. Frankie ouvrit la sienne et deux files se formèrent.

Weston Gates dut se pencher pour me regarder dans les yeux, les siens apparaissant derrière des mèches de cheveux bruns et hirsutes, encore humides de transpiration. Il portait un tee-shirt gris foncé, sur lequel était écrit « Blackwell Maroons », et dont les lettres bordeaux étaient usées par les nombreux lavages de ses quatre années en tant que membre des équipes de football, de basket-ball et de base-ball du lycée. Son père était également un ancien sportif vedette du lycée, et sa mère ainsi que sa grande sœur Whitney avaient toutes deux été à la tête de l'équipe des pom-pom girls. Whitney était maintenant en deuxième année de droit à l'université de Duke et ne rentrait que rarement à la maison. Je ne la connaissais pas très bien, mais elle avait de beaux yeux remplis de gentillesse, comme Weston.

— Sers-moi ce que tu veux, Erin. J'aime tout ce que tu fais, dit-il avec un sourire.

— J'ai bien entendu, Wes ? Tu aimes tout ce qu'elle te fait ? gronda Brady Beck. C'est sérieux ? Je ne savais pas que tu étais tombé si bas.

Les autres pouffèrent et émirent des bruits idiots.

Les joues de Weston étaient déjà rougies par l'effort, comme si on lui avait appliqué un peu de blush, ou giflé plusieurs fois, et elles gagnèrent encore deux teintes. La rougeur de ses joues accentuait l'éclat de ses yeux émeraude. Je m'efforçais tant bien que mal depuis la primaire de ne pas me noyer dans ces yeux-là, et je redoublais d'effort depuis qu'Alder avait jeté son dévolu sur lui l'année précédant notre entrée au lycée.

— Ignore-les, Erin. Ce sont des crétins.

Il s'étouffa légèrement et tourna la tête pour tousser dans le creux de son coude.

Je lui préparai un simple cône à la fraise – double dose parce que je savais que c'était son préféré –, encaissai son argent et le vis glisser sa monnaie dans mon bocal à pourboire.

— Merci, dit-il en avalant un gros morceau avant de retourner vers son pick-up.

Les autres ne me témoignèrent pas la même politesse, et la plupart d'entre eux ne me regardèrent même pas dans les yeux. Mais j'avais l'habitude. J'avais grandi avec une mère qui visitait souvent l'intérieur d'une cellule de prison, et les autres parents ne se cachaient pas pour tenir leurs enfants à l'écart de la fille de Gina Easter. Pourtant, ma mère n'avait pas toujours été aussi paumée. Elle avait été élue reine du bal de Blackwell en 1995. Je l'avais appris en tombant par hasard sur les photos. Elle était magnifique avec sa frange blonde peignée sur le côté, ses joues rondes et saines et ses grands yeux marron.

Comme Frankie, elle était tombée enceinte jeune. Mais, contrairement à Frankie, son ressentiment d'avoir échangé ses rêves contre un bébé imprévu lui était devenu tellement insupportable qu'elle avait trouvé refuge dans l'alcool. Et l'herbe. La liste de ses déceptions s'allongeait au fil des ans, et toutes les drogues étaient bonnes à prendre, du moment qu'elles lui permettaient d'oublier la femme qu'elle aurait pu devenir. La situation ne m'aurait pas ennuyée outre mesure si, au moins, ces drogues atténuaient sa colère, mais la plupart des nuits, l'ajout d'un pack de Keyston Light à sa rage ne faisait qu'empirer les choses.

Chaque soir, quand Frankie éteignait les lumières et lançait sa phrase préférée, je me renfrognais à la perspective de rentrer retrouver Gina.

— *¡ Adios bitchachos !*

— N'oublie pas que j'ai une réunion de classe demain après les cours, alors je serai un peu en retard.

— Je n'ai pas oublié, dit-elle en attrapant son sac et ses clés. (Elle me tint la porte.) Je te ramène ?

Je secouai la tête. Elle me faisait la même proposition tous les soirs et, tous les soirs, je déclinais. Ce qui expliquait qu'elle n'en faisait pas une véritable question. Je ne vivais qu'à quelques pâtés de maisons du *DQ* de toute façon, et le printemps pointait le bout de son nez.

Les semelles de mes chaussures crissaient sur le gravier du bord des routes plongées dans l'obscurité. Seuls quelques quartiers de la ville étaient pourvus de trottoirs, et le chemin le plus court pour rentrer chez moi n'en faisait pas partie. Quelques voitures passèrent, mais à part ça, c'était un jeudi soir tranquille. Pas de messe, pas de match. Pour rentrer à pied, le jeudi était mon jour préféré.

Je grimpai les marches en béton du perron, et la porte moustiquaire s'ouvrit en grinçant. J'entendis sa musique de l'autre côté et je marquai une courte pause, le temps de me préparer mentalement à ce qui m'attendait à l'intérieur. Quand j'ouvris la porte et découvris le salon vide, je filai dans ma chambre et m'y enfermai.

La musique provenait de sa chambre, située à l'autre bout du couloir par rapport à la mienne. J'avais senti l'odeur de l'herbe en entrant, m'indiquant qu'elle était probablement en train de fumer et de se détendre dans son lit, ce qui était toujours préférable à une débauche alcoolique.

Je dénouai mon tablier et retirai le reste de mes habits, que je jetai dans le panier de linge sale déjà rempli. Le soir, j'étais généralement trop fatiguée pour faire ma lessive, alors je l'empilais jusqu'à n'avoir plus d'autre choix que de l'emmener au Lavomatique situé quelques rues au sud du *Dairy Queen*. L'endroit me donnait la chair de poule, et je préférais attendre le samedi en début d'après-midi. Gina était levée à cette heure-là, et c'était une excuse pour quitter la maison avant de prendre mon service.

Je dormais avec un tee-shirt noir trop grand et délavé sur lequel était écrit « Oakland Raiders ». Je supposais qu'il avait appartenu à mon père, mais je n'en étais pas sûre. Il pouvait aussi bien provenir des boutiques d'occasions dans lesquelles Gina piochait des vêtements au hasard. Mais, pour une curieuse raison, j'aimais penser qu'il « lui » appartenait et il rendait un peu plus chaleureux le palais infesté de cafards dans lequel nous vivions.

Je m'assis sur le tapis vert de ma chambre. C'était autrefois un tapis à poils longs, mais ceux-ci s'étaient emmêlés avec le temps et ressemblaient maintenant à la fourrure d'un animal répugnant. Après avoir terminé ma révision d'algèbre, je me faufilai dans le couloir, où résonnaient les paroles étouffées de Soul Asylum, puis jusqu'à la salle de bains pour me laver le visage et me brosser les dents. Gina était définitivement défoncée. *Runaway Train* était son morceau de prédilection lorsqu'elle se procurait un nouveau sachet d'herbe.

De retour dans ma chambre, je m'assis au bord de mon lit et observai mon reflet dans le miroir posé sur ma commode. Tous deux venaient de magasins d'occasions, comme tous les meubles de la maison.

Le miroir vacillait dès qu'on posait le pied sur le sol de ma chambre et la plupart des tiroirs de la commode ne s'ouvraient pas correctement, mais ils remplissaient leur fonction et c'était tout ce qu'on leur demandait.

Je brossai mes cheveux brun foncé jusqu'à ne plus rencontrer aucune résistance, puis les relevai en queue de cheval.

Les vieux ressorts de mon lit grincèrent lorsque je me glissai sous les couvertures. Le ventilateur de plafond oscillait en tournant d'un mouvement lent, cela me berçait malgré la musique de Gina qui résonnait à travers les murs. Je pris une profonde inspiration. La journée du lendemain serait longue. Je redoutais la réunion des dernière année, mais elle était obligatoire. J'évitais autant que possible les activités scolaires, afin de m'épargner les humiliations infligées par les deux autres Erin. La *middle school*[1] m'avait appris que les tentatives de socialisation ne valaient pas les inévitables moqueries et parfois même le harcèlement qui s'ensuivaient. Quelquefois les professeurs intervenaient, mais ce n'était pas le cas la plupart du temps. Il n'y avait qu'une chose que les Erin, ainsi que Brady Beck et quelques-uns de leurs amis, aimaient encore davantage que de me tourner en ridicule : me faire pleurer. C'était manifestement leur but ultime, et plus je résistais, plus ils redoublaient d'efforts. C'est ainsi qu'au cours des quatre dernières années je m'en étais tenue exclusivement aux cours, au travail et aux tête-à-tête avec moi-même. J'avais décroché une bourse et, grâce à elle et à d'autres subventions, j'allais pouvoir ficher le camp de Blackwell ; loin des Erin, de Brady et de Gina.

Je tendis le bras pour tirer la chaîne de la lampe. Malgré les désirs de Sonny, je n'éteignais pas la

1. Équivalent du collège aux États-Unis (*N.d.T.*)

lumière pour me tuer. J'allais me reposer ; économiser mes forces pour affronter une autre journée éreintante. Celle du lendemain me rapprocherait de la liberté dont avait tant rêvé Frankie.

2

Trente minutes avant la première sonnerie, j'ajustai mon sac à dos et je me mis en route comme tous les matins. Le lycée de Blackwell n'était qu'à quelques kilomètres et, tant que le ciel restait sec, la marche n'avait rien d'insurmontable. C'était ces moments de calme entre Gina et l'école que j'appréciais le plus – mais ils ne me manqueraient pas. Rien ne me manquerait à Blackwell, à l'exception de Frankie, de ses petits morveux d'enfants et peut-être des yeux verts de Weston.

Le campus de l'Université d'État de l'Oklahoma se trouvait à moins d'une heure de voiture, à Stillwater. La surface modeste du campus m'évitait les besoins d'une voiture et les transports en commun me permettraient de me déplacer à ma guise. Mais je devais trouver le moyen de me rendre à L'UEO. La lettre d'acceptation était arrivée par courrier deux semaines plus tôt et j'avais fêté la nouvelle toute seule en sautillant sur place dans la cuisine. Gina n'était pas au courant. Je ne l'avais même pas dit à Frankie. Je ne voulais pas me porter la poisse.

Alors que je n'étais plus qu'à quelques rues du lycée, le ciel céda et libéra une froide pluie printanière. Je me mis à courir. Je ne voulais pas patauger dans mes chaussures et attirer davantage l'attention que ne le feraient déjà mes cheveux trempés.

Une fois à l'intérieur, je me dirigeai tout droit vers les toilettes de l'aile est. Situés juste à côté du bureau, je m'attendais à y croiser des professeurs. En effet, Mme Pyles était en train d'utiliser le sèche-mains automatique.

Elle m'accueillit avec un sourire, mais son expression changea aussitôt qu'elle avisa mes vêtements dégoulinants.

— Oh, Erin !

Elle déroula des serviettes en papier du portant et me les tendit.

— Tu ne savais pas qu'il allait pleuvoir aujourd'hui ?

Je secouai la tête.

— J'avais un pressentiment, mais j'espérais arriver avant que la pluie se mette à tomber.

Elle m'aida à poser mon sac à dos par terre puis s'empara de ma veste qu'elle tint sous le séchoir.

— Je t'ai donné mon numéro des dizaines de fois. Pourquoi tu ne m'appelles pas ?

Je haussai les épaules.

— J'aime marcher.

Elle fronça les sourcils.

— Je te préviens : la prochaine fois que la météo annoncera du mauvais temps avant les cours, tu me trouveras garée devant chez toi.

— Non, s'il vous plaît, dis-je. Vous allez gêner Gina. Ça ne lui plaira pas.

— Et cela m'est bien égal.

J'appuyai sur le bouton et me penchai sous le séchoir.

— Il ne me reste plus que deux mois. Ça ne vaut pas le coup.

Mme Pyles secoua la tête à son tour, une lueur de tristesse dans ses yeux bleus et brillants.

— Je n'en ai pas fait assez pour toi, si ?

— Vous en avez fait beaucoup. Je vous verrai en cours.

Je la laissai seule aux toilettes.

Mme Pyles était proche de ses élèves et m'avait demandé un nombre incalculable de fois si tout allait bien à la maison. Sa position devait être sacrément frustrante. Gina avait un sale caractère et l'alcool mauvais, mais les services sociaux, malgré leurs nombreuses interventions, n'avaient jamais trouvé la moindre bonne raison de me sauver. Mme Pyles semblait toujours de mauvaise humeur le lendemain d'une visite surprise des services sociaux chez moi. Je la soupçonnais d'être la dénonciatrice, mais je ne voulais pas lui poser la question. Ça n'avait pas d'importance, et personne ne devait avoir à se justifier pour avoir tenté de protéger quelqu'un.

Ma première heure était occupée par le cours de biologie avancée, avec Brady Beck. Quatre élèves étaient assis à leurs places attribuées autour des cinq tables rondes aux surfaces noires, sur lesquelles étaient gravées des initiales, des cœurs, l'abréviation « Sr » suivie de chaque année depuis 1973, ainsi que de nombreux dessins inconvenants.

Je m'assis à ma place à la table du milieu et regardai les autres élèves entrer au fur et à mesure. Brady et son ami Brendan arrivèrent tout juste avant la sonnerie et s'installèrent à leurs places avec des sourires suffisants. Ils étaient tous deux à la table dans le coin. Brady avait échangé sa place avec Andrew au début de l'année afin d'être face à moi et de me souffler des mots comme *salope* ou *poufiasse*. Il les disait parfois tout fort, mais Mme Merit ne faisait pas partie des professeurs qui se préoccupaient du harcèlement de l'un de leurs élèves.

Aussitôt que cessa la sonnerie stridente, Mme Merit nous adressa un sourire agacé et s'installa pour le cours.

Sara Glen était assise en face de moi à notre table. Elle ne m'adressait la parole que pour me raconter les rumeurs de la journée qui couraient sur moi, comme lorsque Brian Grand avait entamé une discussion en cours d'éducation pour dire combien j'étais répugnante de porter tous les jours le même jean sale.

Je n'en possédais que deux, trouvés aux fripes et presque identiques. Il m'était arrivé de les salir deux jours d'affilée et, à cause du travail, de n'avoir pas eu le temps de les emmener au Lavomatique. C'était cette fois-là que Brian avait fait la remarque, et je ne pouvais rien dire car il avait raison.

— Erin, murmura Sara en se penchant par-dessus la table. J'ai entendu dire que tu t'étais fait virer du *Dairy Queen* pour avoir craché dans la glace de Sonny. Les gens disent que tu as le sida et que tu essayais de lui refiler par pure méchanceté.

— Le sida. Voilà autre chose, fis-je en gribouillant sur mon calepin.

— Alors ce n'est pas vrai ?

— Non.

— Quelle partie ?

— Tout.

Sara parut satisfaite et reporta son attention sur le professeur.

— Les vacances de printemps arrivent dans deux semaines, déclara Mme Merit. Il nous reste un examen de milieu de trimestre. Je distribuerai les fiches de révision dans une semaine. Parcourez-les.

Les fiches de révision de Mme Merit étaient composées des questions et réponses à l'examen, quoique sous une forme d'énoncé différente. Bien qu'il soit censé s'agir d'un cours avancé, l'apprentissage consistait en une simple mémorisation ; je n'étais donc pas surprise que Sara pense que le sida se transmettait par la salive. Un pourcentage significatif des filles de notre classe tombaient enceintes avant l'obtention du diplôme ; les connaissances biologiques de base ne semblaient pas être une priorité parmi ces élèves. Ou peut-être n'y avait-il rien de plus intéressant à faire que de traîner, picoler aux fêtes données au barrage et s'envoyer en l'air.

L'heure du déjeuner s'écoula et j'avais ensuite cours de santé[1] – celui que j'aimais le moins – avec les deux Erin. J'avais un autre cours de calcul avec Alder, mais elle ne m'adressait pas la parole sans la présence de ses acolytes. Brady aussi assistait au cours de santé, mais il me laissait généralement tranquille pour s'en prendre à Annie Black, une cadette gentille et incroyablement intelligente atteinte de paralysie cérébrale. Il faisait une « imitation d'Annie » chaque fois qu'il la croisait dans les couloirs. Seules quelques personnes osaient lui reprocher ouvertement son attitude ignoble. Il était né au sein de l'une des familles les plus riches de Blackwell et ses parents étaient des piliers de la communauté. Son père, Brett, avait fait don de centaines de milliers de dollars au lycée et sa mère, Lynn, était une garce enragée, qui poussait des hurlements auprès de son ami le directeur dès que quelqu'un avait le culot d'enseigner à son fils les règles élémentaires de politesse ; la plupart des enseignants tentaient donc d'ignorer son comportement. Brady Beck s'était fait prendre en train de vandaliser le lycée, de boire de l'alcool au sein de l'établissement, de sécher les cours et de tourmenter des dizaines d'élèves, mais pas une seule fois il n'avait été collé ni même convoqué. Il représentait tout ce qui ne tournait pas rond dans notre petite ville.

Je m'assis à ma table et attendis. Nous étions vendredi, et le professeur Morris ne nous fit pas faire grand-chose. Il nous demandait généralement de procéder à quelques recherches ou nous laissait lire de

---

1. *Health class* : plus ou moins équivalent à un cours de SVT mais qui n'existe pas en France, on y traite de sujets liés à la drogue, la nutrition, la sexualité, etc. (*N.d.T.*)

notre côté. Si le travail manquait, cela dit, les deux Erin s'occupaient avec moi. Il m'aurait été plus facile de les ignorer si Weston n'était pas assis juste derrière moi. Pour une raison que je ne m'expliquais pas, leurs piques me paraissaient plus humiliantes lorsqu'il était présent.

— Allez, les voyous. Sortez un livre et lisez. Dieu merci, c'est vendredi.

Dix minutes ne s'étaient pas écoulées lorsque j'entendis quelqu'un murmurer mon prénom – ou peut-être mon nom. Quelques secondes plus tard il fut prononcé plus fort, et je reconnus la voix de Sonny. Elle essayait d'attirer mon attention. Je n'osai pas me retourner. Tout espoir de concentration sur la page ouverte devant moi était perdu. Je fixai un mot des yeux en espérant que Sonny n'alerterait pas le professeur.

Morris releva la tête et désigna le fond de la classe.

— Oui ?

Sonny baissa la main et se tint bien droite sur sa chaise, avec une expression suffisante.

— Je me demandais quelle était la politique de l'école concernant le virus du sida.

— Que veux-tu dire ? demanda l'entraîneur.

— Si un élève est testé positif au sida, que fait l'école pour protéger le reste des étudiants ?

— Pourquoi poses-tu la question ?

La lueur de curiosité dans le regard du professeur s'était éteinte, et il était évident qu'il avait compris qu'Erin mijotait quelque chose.

— J'ai appris aujourd'hui que l'une de nos étudiantes en était atteinte, et tout le monde est nerveux.

— Pourquoi ?

— Parce que c'est contagieux, et personne n'a envie de mourir uniquement parce qu'une traînée veut punir tout le monde pour ses mœurs dépravées.

— Ses mœurs dépravées. (M. Morris resta impassible.) Je pourrai t'expliquer en détail la politique de l'école après le dernier cours si tu veux.

— Je dois répéter avec l'équipe, dit Erin, agacée de voir son plan échouer. Je suis sûre que la classe tout entière se sentirait mieux si elle entendait ce que vous avez à dire.

L'entraîneur soupira.

— J'ai la fâcheuse impression que tu essaies de répandre une cruelle rumeur.

Des petits gloussements parcoururent la salle de classe.

— C'est offensant, répliqua Sonny. Qu'est-ce que vous êtes, déjà ? Karmologue ?

M. Morris pouffa.

— Kinésiologue.

— C'est ce que je disais. On pourrait croire qu'un diplômé en sciences de la santé trouverait ma préoccupation justifiée.

Le professeur n'hésita pas.

— C'est le bon sens qui s'y oppose. Lisez vos livres. Fini les bavardages.

La perspicacité de sa remarque m'épargnait des railleries supplémentaires dans l'immédiat, mais la réunion, après les cours, allait s'avérer encore moins amusante.

— Qu'est-ce que tu lis ? me demanda une voix profonde.

Je répondis à la question de Weston en lui montrant la couverture de mon livre d'un geste vague.

Il hocha la tête et attendit que je dise quelque chose. Voyant que je n'en faisais rien, il commença à se rasseoir sur sa chaise.

— Et toi, qu'est-ce que tu lis ?

Weston se pencha aussitôt vers moi et me montra la couverture de son livre comme je l'avais fait.

— Piers Anthony ?

Weston se racla la gorge pour étouffer une toux, puis me sourit :

— J'aime bien ce qu'il écrit.

Je hochai la tête.

— Moi aussi.

— Bien. (Puis il murmura :) J'étais inquiet. (Après une pause, il se pencha de nouveau près de mon oreille.) Pourquoi tu ne me parles jamais en cours d'art ?

Nous assistions ensemble à ce cours, celui que j'attendais toute la journée. Weston y participait mais, plus important encore, les Erin et Brady, non. Nous prenions notre travail au sérieux et c'était le seul endroit, au cours de la journée, où je pouvais être moi-même.

— Je devais simplement être occupée.

— Et tu seras occupée aujourd'hui ?

— Sûrement.

— Peut-être qu'avec un peu de chance tu feras une pause.

Je me retournai pour cacher mon sourire, mais pas avant d'avoir jeté un coup d'œil en arrière et vu l'expression de haine familière dans les yeux d'Alder. *Salope*, fit-elle du bout des lèvres avec un regard assassin.

Après le dernier cours, j'allai ranger mes manuels dans mon casier et je pris tranquillement la direction de l'aile est. L'ivresse des cinquante minutes passées avec Weston en cours d'art s'estompait à chaque pas. Je craignais la réaction de tous quand j'allais entrer dans la salle.

Brady et Brendan étaient assis sur leurs bureaux, quelques étudiants étaient occupés sur leurs téléphones, à écrire des messages ou à consulter les réseaux sociaux, et les Erin étaient assises à leurs places, tournées face au reste de la classe. Mme Hunter, le professeur d'anglais renforcé, ainsi que le conseiller de classe[1] n'étaient pas encore là. Merde.

— Qu'est-ce que tu fais là ? demanda Alder. (Je ne répondis pas, mais mon silence n'avait jamais dissuadé les Erin.) Personne ne veut ton avis.

Je pris place dans le fond, près de la porte, en espérant que Mme Hunter arriverait sous peu.

Sonny feignit un élan de compassion.

— Tu peux t'en aller. Tout le monde se fout de ce que tu as à dire, de toute façon.

— C'est obligatoire, répondis-je simplement. Je ne partirai pas.

Sonny se leva.

— Tu partiras si je t'y oblige.

— Assieds-toi, dis-je.

L'expression de Sonny passa de l'agacement à la stupeur, puis à la rage.

— Qu'est-ce que tu viens de me dire ?

Je la regardai droit dans les yeux.

— Je reste. Tu peux te rasseoir.

Le regard de Weston passa d'une Erin à l'autre, puis à moi. Sonny fit un pas dans ma direction et Weston se leva. À en juger par l'expression sur son visage, il était lui-même surpris de sa réaction.

Sonny lui jeta un regard de dégoût.

— Qu'est-ce que tu fais, West ?

Weston dressa le menton. Il prit une inspiration, cligna plusieurs fois des yeux, manifestement mécontent d'être pris à partie.

— C'est une réunion obligatoire. Inutile de lui chercher des poux. Elle non plus n'a pas envie d'être ici.

— Weston ! s'exclama Alder, stupéfaite.

---

1. Un *class advisor* est un membre du corps enseignant qui fait le pont entre les étudiants et la direction, par exemple pour l'organisation d'événements ou le suivi pédagogique des élèves. (*N.d.T.*)

Weston prit une bouffée de son inhalateur en dévisageant son amie.

— Laisse-la tranquille.

Tandis que les deux Erin restaient bouche bée, Mme Hunter entra et se dirigea vers l'avant de la salle.

— Qu'est-ce que j'ai manqué ?

Weston se rassit, imité par Sonny.

— Rien, marmonna Sonny.

— Très bien, commençons, dit Mme Hunter d'un air épuisé.

Le soulagement qui s'empara de moi me rendit émotive, plus que je ne l'avais été depuis un bon moment, mais je contins mes larmes, refusant de leur faire ce plaisir. Elles allaient devoir se contenter de leur frustration pour la journée.

3

— Les garces ! s'exclama Frankie en regardant la crème glacée s'écouler de la machine. Je n'arrive pas à croire qu'elle se soit dressée comme ça devant toi. Qu'est-ce qu'elle comptait faire ? Exactement ! Rien du tout !

— C'est vraiment à moi que tu parles, là ? demandai-je, amusée.

— Je te jure que j'adorerais en parler directement à cette pimbêche. J'adorerais !

Je ris en secouant la tête, pendant que les lames du mixeur faisaient l'amour à la glace aux M&M's que j'étais en train de préparer. À l'époque où Frankie me formait, elle avait comparé la préparation du mélange à un acte de masturbation masculine. Je n'étais pas certaine de savoir exactement en quoi cela consistait, mais un jour, je ferais certainement un heureux.

Quand j'avais fini par arriver au *DQ* après la réunion de classe, Frankie était noyée par le flot des clients et nous n'avions pas eu une minute à nous depuis lors. Les vendredis soir étaient toujours mouvementés, mais rien n'empêchait Frankie de déblatérer sans relâche sur mon affrontement avec Sonny.

Elle posa une main sur sa hanche et reporta tout son poids sur une jambe.

— Je suis si fière de toi. Vraiment. Je crois que c'est la première fois que tu oses te défendre, n'est-ce pas ?

— Je ne sais pas. Je ne me suis pas vraiment défendue ou quoi que ce soit. Je lui ai seulement dit que je restais.

— Et de rasseoir son cul de garce sur sa chaise. (Elle plissa le nez.) C'est ma partie préférée.

Tout juste comme le soleil commençait à se coucher, le rythme se calma quelque peu. La dernière voiture quitta le parking. J'entrepris de nettoyer l'immense pagaille que nous avions laissée et que nous n'avions pas eu le temps de nettoyer entre deux affluences.

Un pick-up arriva que je reconnus aussitôt. Weston Gates était la seule personne en ville à posséder une Chevy rouge cerise équipée d'un kit de levage et de jantes Rock Star. Il sauta à terre et trottina jusqu'à ma vitre. Il était en sueur, en crampons de base-ball, et seul.

— Salut.

— Salut, dis-je avec un regard pour Frankie. Qu'est-ce que je te sers ?

Weston m'observa un moment en silence.

— Est-ce que ça va ? lui demandai-je.

Il cligna des yeux.

— Ouais. Ouais, fit-il en haussant les épaules. Et toi ?

Je haussai à mon tour les épaules.

— Ça va. Je te prépare quelque chose ?

— Rien qu'un… n'importe.

Je lui préparai une coupe Hawaïenne et il me paya sans se départir de son air préoccupé.

— Je suis désolé. Pour aujourd'hui. (Je secouai la tête.) J'aurais dû dire quelque chose plus tôt.

— Ouais, disons dix ans plus tôt, intervint Frankie.

Il hocha la tête puis se dirigea vers son pick-up, mais il semblait hésitant, comme s'il avait quelque chose sur le cœur.

Frankie soupira.

— Je n'aurais pas dû lui parler aussi sèchement. Il m'a l'air d'être un gentil garçon.

— Oui, approuvai-je, incapable de détourner les yeux de Weston qui montait dans sa voiture et refermait sa portière.

— C'était… étrange.

— Oui, je me demande ce qui vient de se passer.

Je le regardais s'éloigner sur Main Street, un grand sourire aux lèvres.

— Je crois qu'il t'aime bien.

Mon sourire disparut.

— Qu'est-ce qui, dans cet échange bizarre, a pu t'amener à cette conclusion ?

Elle haussa les épaules.

— Moi aussi, je suis allée au lycée.

Frankie et moi finîmes notre service et fermâmes la boutique. Elle me proposa de me ramener, je déclinai et rentrai chez moi à pied. J'essayai de bien longer les jardins des maisons pour éviter d'être renversée par le flot de voitures qui se dirigeaient vers Main Street. C'était l'artère principale et le vendredi soir, tout le monde se retrouvait sur les terrains de sport situés juste en face du *Dairy Queen*. Le trajet jusqu'à chez moi consistait à mettre un pied devant l'autre en essayant de rester en vie.

À quelques rues de chez moi, le bruit d'un moteur familier rugit de l'autre côté de la route. Je relevai les yeux et mon regard tomba sur la Chevy rouge de Weston. Sa fenêtre était baissée et le pick-up vint se mettre à ma hauteur. Il était de nouveau seul.

— Salut, dit-il le coude posé sur le bord de la portière côté passager.

Je ne répondis pas.

Il sourit.

— Qu'est-ce que tu fais ?

— Qu'est-ce que j'ai l'air de faire, à ton avis ? demandai-je en tentant de ne pas sourire comme je l'avais fait après son départ du *Dairy Queen*.

— Tu as l'air de rentrer chez toi. Tu as des projets pour ce soir ?

Je plissai les yeux. Il savait pertinemment que je n'en avais pas.

— Tu veux qu'on se voie ? demanda-t-il.

— Tes copains ne sont pas sur le terrain ?

Je connaissais déjà la réponse, ils y étaient chaque vendredi et samedi soir si aucune fête n'était prévue ailleurs. Ce que j'aurais voulu savoir, c'était pourquoi il était là, à côté de moi, plutôt que de passer du temps avec eux.

— Je leur ai dit que j'étais fatigué et que je rentrais.

— Mais ce n'est pas le cas ?

— Eh bien... c'est plutôt que je m'ennuyais. Mais ensuite je t'ai vue...

Je baissai les yeux.

— Je ne suis pas vraiment habillée pour sortir.

— Tu parles à quelqu'un qui adore les glaces. Tu crois que je suis choqué de voir que tu en es recouverte ?

Je ris.

— Allez ! fit-il avec un sourire parfait sculpté par un appareil dentaire, qu'il n'avait retiré qu'à l'été précédent. Je peux te supplier si tu en as envie.

— Tu n'as pas besoin de me supplier, murmurai-je.

— Quoi ?

Je gloussai.

— D'accord ! Mais... laisse-moi d'abord me changer.

— Marché conclu.

Je tendis le bras.

— Tu peux te garer ici. J'en ai pour une minute.

Nous étions encore à deux rues de chez moi, et je ne voulais pas que les pots bruyants de sa Chevy attirent l'attention de Gina.

Je dus prendre sur moi pour me retenir de courir jusqu'à la maison, puis je montai les deux marches du perron et j'ouvris la porte. Par habitude, je tendis l'oreille à l'affût de Soul Asylum, mais rien aujourd'hui. J'entrai dans le salon, où je découvris Gina assise sur le canapé en velours doré et taché. Un pack de bière éventré gisait à ses pieds. Elle ne releva même pas les yeux.

J'allai directement dans ma chambre, posai mon sac par terre, retirai mon tablier ainsi que le reste de mes vêtements, et me rhabillai. Tout ce que je portais au travail sentait inévitablement la graisse. J'enfilai un tee-shirt noir et un short en coton gris chiné, une paire de tongs, et j'attrapai mon sac. Mon deuxième jean était par terre, maculé de sirop au chocolat, et même s'il faisait un peu frisquet, c'était la veille du jour de lessive et le short était mon seul vêtement propre.

Je refermai ma porte en silence et tentai de ressortir discrètement, mais Gina se redressa à mon passage.

— Où tu vas comme ça ?

— Je vais faire un tour. Je ne rentrerai pas tard.

Elle s'adossa aux coussins du canapé.

— Ramène-moi des cigarettes.

Je hochai la tête et sortis sans demander mon reste. Elle se serait évanouie avant mon retour, et ne se souviendrait pas de m'avoir demandé quoi que ce soit. Malheureusement, je n'avais retenu la leçon qu'après avoir dépensé plus de cent dollars de mes propres économies pour lui acheter des cigarettes.

Je m'arrêtai dans le jardin, comme si je m'attendais à ce que la voiture de Weston ait disparu, mais elle était à l'endroit où je lui avais dit d'attendre. Son regard s'éclaira et il me fit signe. En me voyant approcher, il se pencha pour m'ouvrir la portière.

— Grimpe ! dit-il avec un gentil sourire.

Ce n'était pas un vain mot : je dus m'accrocher à la portière et utiliser le marchepied pour atteindre le siège passager.

— Wow, dis-je

Il haussa les épaules.

— Ne te laisse pas impressionner. Elle appartenait à mon père.

— C'est mieux que rien, le taquinai-je.

— Où veux-tu aller ?

Je souris.

— N'importe où.

Weston but à la paille une gorgée de son énorme gobelet de jus glacé à la cerise tandis que la voiture bondissait sur les nids-de-poule et franchissait les flaques qui recouvraient les routes de Blackwell, le tout avec le Chance Anderson Band à plein tube. En moins de cinq minutes, nous étions sortis de la ville. Weston ralentit au sommet d'un pont qui enjambait l'I-35, et nous regardâmes les phares des voitures et des camions défiler au-dessous de nous, sur un axe nord-sud.

J'ouvris ma portière et m'approchai du bord. Les ponts ruraux n'étaient pas équipés de balustrades ; il n'y avait qu'un mur de béton qui arrivait à la taille, et le bon sens de tout à chacun. Un vent frais balaya mon visage et je me retournai, pas vraiment surprise de voir des éclairs crépiter derrière les nuages qui s'amassaient au nord.

— J'adore voir les orages aspirer le vent, dis-je.

Weston finit sa boisson et la paille grinça contre le polystyrène.

— J'adore les orages.

— Bon... tu as l'intention de m'expliquer ? demandai-je.

Weston arracha à contrecœur son regard de l'orage.

— T'expliquer quoi ?

— Pourquoi tu m'as amenée ici ?

Il haussa les épaules. Il mâchait sa paille, spectacle que je trouvai étrangement captivant.

— Pourquoi pas ?

— Il y aurait une centaine de raisons à « pourquoi pas ». Ce que je te demande, c'est la seule raison pour laquelle on est ici.

— Parce que je te l'ai demandé ?

Je ris et baissai les yeux.

— D'accord. Si c'est ainsi que tu veux la jouer…

— Je ne veux rien jouer du tout. Je veux seulement m'asseoir ici et voir l'orage se déchaîner avec toi, sans entendre toujours les mêmes potins sur qui fait quoi, qui va où et avec qui. Ça te convient ?

Je hochai la tête.

— Je crois que je peux faire avec.

West baissa le hayon, grimpa sur la plate-forme puis me tendit la main.

— Alors ? Viens.

J'acceptai sa main et m'installai à ses côtés, en laissant mes jambes pendre sur le côté.

Il inclina la tête derrière nous.

— J'ai des trucs à boire dans la glacière.

Je secouai la tête.

— Je ne bois pas.

— Non, je parle de sodas. Je crois que j'ai quelques Coca Cherry et un Mountain Dew.

— Comment choisir ? Ce sont justement mes préférés.

Il sourit et tendit la main derrière lui.

— Moi aussi. Je vais choisir pour toi.

Il fouilla parmi la glace fondue et en sortit une cannette verte.

— Et le gagnant est… un Mountain Dew. Tu dois avoir de la chance.

J'ouvris la cannette.

— On ne peut pas vraiment dire ça. Merci.

— Tout peut encore changer. Pour nous deux.

— Tu ne t'estimes pas chanceux ? demandai-je.

Il réfléchit un instant.

— Tu es la dernière personne à qui je devrais raconter mes problèmes.

— Je te remercie !

— Ce que je veux dire, c'est que tu vas me trouver stupide. Parce que mes problèmes sont à des années-lumière de l'enfer dans lequel tu vis.

Je haussai les épaules.

— Ce n'est pas à ce point.

— Si je devais subir ça tous les jours, je n'y arriverais pas. Tu es une sacrée dure à cuire, Erin Easter.

Il posa son bras sur son genou, son menton sur son poing, et m'observa. Son jean n'était pas correctement rabattu sur ses santiags et sa capuche était dans un sale état. Tout à coup, il ne me paraissait plus autant hors de portée.

Un éclair venu du nord se refléta dans ses yeux et nous surprit tous les deux.

— C'était un gros, dit-il, pas de chance qu'il passe à côté.

— Chance, malchance… C'est du pareil au même.

— Qu'est-ce que ça veut dire ? demanda-t-il avec un sourire.

— Il y a un proverbe chinois, que Mme Pyles nous a appris, à propos d'un vieux fermier taoïste, auquel je pense souvent.

— Raconte-le-moi, dit-il en m'encourageant d'un petit coup de coude.

— Je ne m'en souviens pas mot pour mot.

— Explique, alors.

Je pris une inspiration.

— Un jour, l'unique cheval du fermier meurt. C'était son seul moyen de labourer son champ. Tous les gens du village viennent lui présenter leurs condoléances pour sa malchance. Le fermier dit : « On verra. » Une semaine plus tard, son fils tombe par hasard sur un troupeau de chevaux sauvages et réussit à en ramener deux. Le village est stupéfait de la chance qu'ils ont. « On verra », dit le fermier. Peu après, la guerre ravage leurs terres. Tous les hommes robustes du village sont réquisitionnés. Le fils du fermier est le seul à rester. Par la suite, aucun de ceux qui sont partis à la guerre n'est revenu.

— Wow.

— Oui. Elle me l'a raconté en première année de lycée. Depuis, cette histoire me poursuit.

— Ça me parle. C'est... pertinent.

Je haussai un sourcil. Il pouffa, et je l'imitai. Le tonnerre gronda autour de nous et le vent forcit.

Weston leva le menton.

— Ça sent la pluie.

Son téléphone émit une sonnerie. Il le consulta brièvement avant de le ranger dans la poche avant de son sweat.

Je bus une gorgée de mon Mountain Dew.

— Erin ?

— Hé oui.

— Tu n'as jamais semblé être...

— Son type ?

— Non, fis-je en secouant la tête avec un rire. Pas du tout.

— Il faut croire que je ne le suis pas. Mais l'idée plaît à mes parents.

— Oh.

— Oui. Mes parents sont souvent du genre à « aimer l'idée ».

Il s'allongea et se servit de son bras replié comme oreiller, puis il regarda le ciel.

Je l'imitai, et je remarquai que le seul morceau de ciel dégagé se trouvait juste au-dessus de nous.

— Est-ce qu'ils attendent bientôt ton retour ?

— Non. Toi, si ?

— Non.

Weston prit une profonde inspiration et nous restâmes longtemps dans cette position. Aucun de nous n'estima nécessaire de combler le silence, et nous observâmes les nuages orageux masquer lentement les étoiles au-dessus de nos têtes.

4

Mon entrée en troisième heure de cours m'accorda un répit. Un visage familier, aux yeux bleus et aux lèvres parfaitement maquillées, me regarda.

— Tiens, coucou. Entre.

Julianne Alderman se tenait derrière le bureau de M. Barrow et maniait nerveusement des papiers.

— Mince alors. Je ne suis pas très douée pour ça.

Je me contentai de la regarder tandis que les autres élèves prenaient place à leurs bureaux. Ils la remarquèrent à peine et continuèrent à parler et rire bruyamment.

— Qu'est-ce que... Qu'est-ce que tu fais ici ? demanda Alder, figée sur le seuil, les yeux écarquillés.

Julianne sourit.

— Il faut croire qu'ils avaient désespérément besoin d'une remplaçante.

Alder leva les yeux au ciel et trottina jusqu'à sa chaise sur laquelle elle se laissa tomber.

— Je suis mortifiée. J'hallucine.

— Erin, prévint Julianne, sans la moindre lueur de colère dans les yeux.

Gina, elle, aurait déjà enjambé le bureau pour se jeter sur moi.

Les cheveux bruns et brillants de Julianne rebondissaient avec légèreté sur ses épaules tandis qu'elle faisait le tour de la classe pour distribuer des papiers. Quand j'étais petite, je fantasmais sur l'idée de grandir avec une mère comme elle. Pour Halloween, Alder arrivait toujours à l'école avec un splendide costume de princesse fait maison, ainsi qu'un petit chapeau pointu rose muni de rubans. Sam et Julianne étaient invariablement présents aux matchs pour lesquels Alder était pom-pom girl, avec des vestes ornées de pin's à son effigie. Pour ses seize ans, ils lui avaient offert une Honda Accord flambant neuve, qu'elle détestait. Elle ne savait pas la chance qu'elle avait de tenir toutes ces choses pour acquis. Elle ne savait pas que tout le monde ne recevait pas autant d'amour et d'attention qu'elle, alors je ne pouvais pas vraiment lui en tenir rigueur. Même si j'en avais envie.

Julianne s'assit sur la chaise de M. Barrow et sourit, le regard brillant. Nous avions le même teint, le même visage en forme de cœur, les mêmes cheveux sombres, les yeux bleus, et j'espérais donc que j'aurais toujours l'air aussi jeune et belle qu'elle à son âge.

Alder gémit.

— Qu'est-ce que c'est ?

— C'est votre devoir, répondit Julianne. M. Barrow a dit que vous sauriez quoi faire, alors mettez-vous au travail. Vous devez avoir fini à la fin du cours. Personne n'emporte rien à la maison.

Tout le monde, sauf moi, poussa un grognement, et Julianne cligna des yeux, manifestement mécontente d'être impopulaire.

— Seigneur, c'est *tellement* gênant, siffla Alder.

Julianne parvint à afficher un sourire doux mais blessé.

— Désolée, chérie. Ils avaient besoin de renfort.

À la cinquième heure, Alder était particulièrement maussade. Les gars ne cessaient de lui faire savoir combien ils trouvaient sa mère sexy, et les filles de lui demander pourquoi sa mère travaillait comme remplaçante. Julianne avait été mère au foyer depuis la semaine précédant la naissance des trois Erin. Avant cela, elle était auxiliaire médicale à la clinique du Dr Shuart, mais après avoir laissé une fois Alder à la garderie, elle s'était promis de ne plus jamais recommencer. C'était du moins ce qu'on racontait. Sam était le chirurgien général de Blackwell et ils vivaient dans une maison à six chambres au coin de la rue de Weston.

— C'est quoi cette odeur ? demanda Sonny à voix haute depuis le fond de la classe.

Ils n'avaient pas lâché le sujet de toute la journée ; ils avaient commencé dès la première heure, quand Brady avait accusé l'odeur chimique et rance, qui provenait de certaines nouvelles fournitures de Mme Merit, de venir de mon vagin. Par la suite, il avait remis ça chaque fois qu'il me croisait dans les couloirs, et d'autres avaient suivi l'exemple.

La perspective de les avoir tous ensemble en cours de santé aurait pu me détruire, mais pour une raison étrange, leurs moqueries ne me décontenançaient pas autant que d'habitude.

— Beurk, fit Brady. Encore ? Mais qu'est-ce que c'est ? Je l'ai senti toute la journée !

— Ça vient peut-être de toi ? suggéra Weston en se retournant.

Je gardai les yeux rivés droit devant moi.

M. Morris, qui était en train d'écrire au tableau, se retourna à son tour.

— Il y a un problème ?

Tout le monde secoua la tête.

Un haut-le-cœur étouffé retentit derrière moi, suivi d'un autre. Le professeur se retourna de nouveau.

— Désolée, monsieur, mais vous ne sentez pas ? demanda Sonny.

— Non, dit-il en regardant autour de lui, confus. Sentir quoi ? (Il renifla, et tout le monde éclata de rire. M. Morris était mécontent.) Soyez attentif ou sortez d'ici ! s'exclama-t-il en pointant la porte du doigt.

Tout le monde fit le silence.

— Ouais, ducon, murmura Weston.

L'enseignant fit volte-face et fixa Weston du regard.

— Qu'avez-vous dit, Gates ?

Weston déglutit.

— J'ai dit « ouais, ducon ».

M. Morris transféra son poids, prêt à se jeter sur Weston.

— Et qui est le con auquel vous faites référence ?

— Disons Brady, monsieur, et tous ceux qui se plaignent d'une odeur inexistante.

Le professeur hésita puis se retourna de nouveau.

— Va te faire foutre, minable, dit Brady dans un souffle.

— Suce ma bite, Beck ! riposta Weston en se levant.

— Ça suffit ! tonna M. Morris.

Mme Pyles entra dans la salle, les yeux écarquillés.

— Tout va bien ici ?

Le professeur fusilla Brady et Weston du regard.

— Sortez de ma classe. Tous les deux. Immédiatement.

Weston attrapa son sac et sortit en trombe.

Brady leva les mains.

— Je n'ai rien fait ! Pourquoi vous me mettez à la porte ?

— Dehors, Brady !

— Mais je n'ai rien fait ! C'est n'importe quoi ! Demandez aux autres !

M. Morris se tourna vers Mme Pyles.

— Madame Pyles, voulez-vous bien accompagner M. Beck hors de ma classe avant que je perde mon sang-froid ?

Mme Pyles le dévisagea un instant, puis se dirigea lentement vers Brady.

— Très bien, Brady, allons-y.

— Ne me touchez pas ! s'écria Brady d'une voix plaintive.

— Brady Beck, levez-vous de cette chaise ou je vous promets que je vais me joindre au professeur Morris pour vous faire sortir de cette salle. Debout ! Tout de suite !

Brady reculait à mesure que Mme Pyles se penchait sur lui. Je ne l'avais jamais vue dans une colère pareille. Après un moment de stupeur, Brady rassembla ses affaires à la hâte et fila à toute allure.

— Vous aurez des nouvelles de mes parents !

— Je bous d'impatience ! répliqua le professeur, le visage impassible. Maintenant, revenons aux muscles faciaux.

Je me ratatinai sur ma chaise, consciente des dix paires d'yeux rivés sur l'arrière de ma tête.

Pendant la septième heure de cours, je ne cessai de jeter des coups d'œil à la chaise vide de Weston en soupirant. Je n'avais pas besoin qu'il prenne ma défense, et cela lui causait du tort. Je ne comprenais pas vraiment pourquoi il prenait subitement mon parti, mais c'était clairement dangereux pour nous deux.

Quand je sortis du lycée à la fin de la journée, je vis Brady, Brendan, Andrew et les Erin debout à l'angle que je traversais généralement, à côté de leurs voitures garées parallèlement. Ils ne s'étaient pas une seule fois réunis ici depuis qu'ils avaient obtenu leur permis, et je savais que les Erin étaient déjà en retard pour leur entraînement. Conclusion, ils m'attendaient.

Je refusai de dévier ma route jusqu'au *Dairy Queen*, et je gardai la tête haute et les yeux fixés droit devant moi tout en m'approchant d'eux.

— Hé, lança Sonny. Faut qu'on parle.

— Je n'ai rien à vous dire, répondis-je en agrippant les bretelles en nylon noir de mon sac, si fort que mes doigts étaient douloureux.

Alder ricana.

— Peut-être pas, mais nous, on a plein de choses à te dire.

Brady me saisit par le bras et me retourna.

— Joue pas la conne. Laisse-la parler.

Je dégageai mon bras et, alors que les deux Erin s'approchaient de moi, un gros pick-up rouge s'arrêta à côté de nous. Le pneu avant droit monta sans difficulté sur le trottoir.

La portière du conducteur claqua, puis Weston contourna l'avant du véhicule et vint insérer son épaule entre la main de Brady et mon bras.

— Qu'est-ce que tu fais, mec ? demanda-t-il.

Les traits de Brady se durcirent.

— Ce que je fais ? C'est quoi ton problème ? Pourquoi tu me casses les couilles à cause de cette pouffiasse ?

— Laisse-la tranquille, mec, dit Weston en essayant de garder son calme.

— Weston, intervint Alder en cherchant à lui prendre la main.

Elle se faufila aux côtés de Weston comme un serpent venimeux, se hissa sur la pointe des pieds et déposa un baiser sur le coin de ses lèvres.

Je dus combattre une nausée soudaine.

Weston s'écarta d'elle.

— Vas-y, Easter, dit-il d'une voix calme par-dessus son épaule.

Je tournai les talons et repris ma route, refusant de regarder en arrière. Tout le long du trajet, je dus m'efforcer de repousser l'image révoltante des lèvres toxiques d'Erin touchant celles de Weston. Il était de notoriété publique qu'ils étaient le « premier » l'un de l'autre, mais je m'évertuais à ne pas y penser.

J'avais pourtant relevé tous les signes de rapprochement public entre eux au cours des cinq dernières années.

J'entrai au *Dairy Queen* par la porte de service et je nouai mon tablier en allant rejoindre mon poste.

— Salut, ma biche ! Comment s'est passée ta journée ? demanda Frankie en refermant sa vitre après le départ de son dernier client.

— Weston s'est fait virer de la classe pour avoir pris ma défense. Les Erin et d'autres gars m'attendaient à la sortie du lycée.

— Oh ! Attends... *quoi* ?

— Tu as bien entendu, dis-je en croisant les bras et en m'appuyant contre le comptoir.

Un minivan se gara sur le parking et plusieurs enfants en descendirent. La mère s'approcha de ma vitre, l'air épuisée. Je pris la commande et trois d'entre eux changèrent d'avis alors que j'étais déjà en train de les préparer. Ensuite, la file ne désemplit pas jusqu'à la tombée de la nuit, ce qui nous laissa très peu de temps pour parler. Une fois l'entraînement de baseball terminé, le pick-up de Weston passa sur Main Street sans s'arrêter au *DQ*. Aucun des autres joueurs ne s'arrêta.

Après le nettoyage et la fermeture, Frankie proposa de me ramener et se figea sur place.

Juste devant la porte de service se trouvait la Chevy de Weston. Il me souriait depuis le siège du conducteur.

— Je te ramène ?

Frankie me jeta un regard pour m'implorer d'accepter.

Je hochai la tête et Weston se pencha pour ouvrir la portière passager de l'intérieur. Je contournai le pick-up, remarquant au passage le sourire nigaud de Frankie. Je grimpai sur le siège et refermai la portière.

— Désolée pour tout à l'heure. Je t'ai laissé gérer les autres tout seul.

— Arrête. Ne t'avise pas de t'excuser auprès de moi.

Je gardai le silence et il se mit en route. Il passa dans ma rue, devant ma maison, et fila vers la sortie de la ville. Je savais où nous allions, et j'en étais heureuse. Je préférais ça plutôt que rentrer chez moi, plutôt que l'école et même le *Dairy Queen*. Cet endroit était devenu le seul où je pouvais me détendre, être en paix.

Il coupa le moteur et laissa le silence de la nuit nous envelopper. Weston ouvrit sa portière et se dirigea tout droit vers le hayon, qu'il abaissa. Cette fois-ci, il m'attendit et me tendit la main.

Je fixai ses doigts. Ils étaient longs, les ongles rongés.

— Je ne suis pas... impotente.

— Oh, je le sais. Je pense seulement que tu mérites un petit traitement de faveur.

J'observai sa main tendue.

Il haussa les épaules.

— Laisse-moi être sympa avec toi.

Je le laissai donc m'aider à grimper sur la plate-forme, puis il s'installa à côté de moi.

Il se pencha en arrière pour ouvrir la glacière, me tendit un Fanta orange et se servit un Coca Cherry.

— Merci, dis-je en buvant une gorgée. Qu'ont dit tes parents ? Pour aujourd'hui ?

— Ils ne sont pas au courant.

— Comment ça ? Le lycée ne les a pas appelés ?

— Ils n'ont pas appelé ceux de Brady, donc ils n'ont pas prévenu les miens.

Je poussai un soupir.

— Tant mieux. Je suppose qu'ils ne t'ont pas collé non plus ?

— Non.

Je hochai la tête.

— Je me demande pourquoi je te pose la question.
Il laissa échapper un rire sans humour.

— Quand je suis rentré chez moi, après l'entraînement, mon père tenait une lettre d'acceptation. Il avait le sourire jusqu'aux oreilles. J'avais envie de vomir.

— Pourquoi ?

— Parce qu'elle provenait de Duke, son ancienne université. Ne te méprends pas : c'est une bonne école. Ma sœur y est et l'adore.

— Alors où est le problème ?

— Il tenait une autre lettre dans sa main, de l'Art Institute de Dallas. (Il but une gorgée de sa cannette.) Il ne savait pas que j'avais postulé et j'ai essayé tous les jours d'arriver avant lui pour prendre le courrier, avant qu'il le découvre.

— Mais aujourd'hui tu es arrivé après parce que tu es resté avec moi au coin du lycée.

— Non, dit-il en secouant la tête. Ce n'est pas ta faute. Il n'en a même pas parlé. Ça ne l'a même pas intéressé. Il était trop excité par la bourse d'études de football, et même si je ne l'avais pas obtenue, il avait pris sa décision. Cela n'a pas la moindre importance que je me sois inscrit dans son dos.

— Qu'est-ce que tu vas faire ?

Weston sortit une enveloppe de la poche de sa veste.

— Je l'ai récupérée dans la poubelle.

Mon regard s'illumina.

— Tu vas y aller ?

Il observa la lettre.

— Je me suis cassé le cul pour remplir cette candidature.

— Tu éludes ma question.

Il me regarda.

— Qu'est-ce que tu crois ? Mes parents ne m'aideront pas financièrement, sans parler de me payer un appartement.

— Tu n'auras qu'à travailler à côté de tes études. Tu ne seras pas le premier étudiant au monde dans cette situation.

— Ce n'est pas ce qui me fait peur. Seulement… c'est une grosse gifle au visage de mes parents. Ce n'est pas rien.

— C'est ta vie. (Je savais qu'il s'agissait de paroles simples et galvaudées, mais elles n'en étaient pas moins vraies pour autant.) Que dirait le Weston de trente ans ?

— S'il est assis dans un bureau à classer des documents juridiques, il me maudira sûrement.

Je haussai les épaules et levai la tête vers le ciel.

— On dirait que tu as ta réponse.

— Il y a une différence entre vouloir et devoir, non ?

— Si. Tu devrais faire ce que tu veux.

Il croisa mon regard et me sourit. Il m'observa un moment, puis posa les yeux sur mes lèvres.

— Tu sens la crème glacée.

Je retins mon souffle.

— Et alors ?

— Je me demande si tu en as aussi le goût.

Après une courte pause, je m'étouffai et éclatai d'un rire hystérique.

Il fit la grimace.

— Quoi ? Qu'est-ce qu'il y a de drôle ?

J'étais incapable d'arrêter le rire qui montait dans ma gorge, comme s'il avait attendu toute ma vie pour être libéré. Les larmes me vinrent aux yeux et Weston se mit bientôt à pouffer lui aussi.

— Oh mince, fit-il en se frottant la nuque, je suis content qu'il fasse nuit.

— Pourquoi ? demandai-je en m'essuyant les yeux.

— Parce que je dois être rouge comme une tomate.

Je lui donnai un coup de coude espiègle.

— Ne sois pas gêné. Si quelqu'un m'avait dit il y a deux semaines que tu me dirais une chose pareille, je l'aurais pris pour un fou.

— Est-ce que tu aurais accepté que je t'embrasse, il y a deux semaines ?

Je ne pus me résoudre qu'à lui accorder un regard en biais, puis mes yeux tombèrent sur mes pieds, qui pendaient sur le bord de la plate-forme.

— Non.

— Non ?

— Pour les mêmes raisons que je ne veux pas que tu m'embrasses maintenant.

Son regard s'éclaira.

— Alder.

— Oui. (Je pinçai les lèvres. Il me le concéda d'un signe de tête.) Est-ce qu'il se passe quelque chose au barrage ce soir ? demandai-je pour changer de sujet.

Weston se pencha en arrière et joignit ses mains sous sa tête.

— Je ne sais pas, et je m'en fiche.

Je m'allongeai à côté de lui et, les yeux levés vers les étoiles, nous partageâmes des souvenirs de l'école primaire, de notre aversion pour Mme Turner, et de tout et n'importe quoi à l'exception d'Erin Alderman.

— Est-ce que le lycée va te manquer ? Enfin, j'imagine que oui. Tu es un dieu, ici.

Il rit, et se rembrunit.

— Le dieu de l'enfer, c'est le diable. Ce n'est pas vraiment un compliment.

— Touché.

Je balançai mes jambes en savourant le vent frais et printanier qui soufflait sur ma peau nue. Il faisait tout de même assez chaud pour que les insectes chantent et bourdonnent dans l'herbe. Je tendis l'oreille pour écouter leur mélodie.

Après avoir fini nos boissons, Weston les broya dans ses mains puissantes et les jeta derrière nous.

Il m'aida à descendre, puis m'ouvrit la portière. Je grimpai, m'installai, et il me regarda.

— Tu fais quelque chose pour les vacances de printemps ?

Je fis non de la tête.

— Mes parents vont skier avec le groupe de la paroisse. J'étais censé aller à South Padre avec Alder, Brady et presque toute l'équipe de foot et de pom-pom girls, mais je vais annuler.

Je fronçai les sourcils, confuse.

Visiblement amusé, Weston posa le coude sur sa portière et m'adressa son sourire parfait.

— Je vais rester ici.

— Tes parents ne vont pas piquer une crise ?

— Ils comprendront. En plus, j'ai dix-huit ans. Ils ne peuvent pas faire grand-chose.

— Alder ne comprendra pas.

— Aucune importance.

Je plissai les yeux.

— Tu vas me laisser en dehors de ça, n'est-ce pas ?

— Oui, Easter. Je ne vais pas te planter ce couteau dans le dos.

— J'ai l'impression que je dois te rappeler que je déménage dans quelques mois. Je ne suis pas assez folle pour croire que tu fais tout cela pour moi, mais s'il n'y a qu'une petite partie...

— Et si c'était le cas ? Si je faisais tout ça pour toi ?

— Alors je te demanderais pourquoi. Pourquoi, tout à coup, tu t'intéresses autant à moi.

— Qui a dit que c'était tout à coup ?

Je tentai de ne pas sourire. La seule chose qui me permit de garder un visage neutre fut mes prochains mots, que je prononçai avec conviction :

— Weston, tu es un type bien. Je mentirais si je disais que tu ne me plais pas. Mais je me tire de cette ville.

Il referma la portière et se dirigea lentement vers le côté conducteur. Il resta debout à l'extérieur une bonne minute. Lorsqu'il finit par monter et démarrer le moteur, il dut élever la voix pour couvrir le vrombissement des pots de sa Chevy.

— Moi aussi.

5

— Je peux te parler une minute ? Ailleurs qu'à travers une vitre ? m'implora Weston avec ses grands yeux émeraude.

Il me jetait ce regard depuis une semaine ; dans les couloirs et pendant les cours que nous partagions. Je savais qu'il voulait me dire quelque chose, mais la situation était gênante entre nous depuis qu'il m'avait déposée chez moi quelques jours auparavant.

Je me tournai vers Frankie. Elle pinça les lèvres et me fit signe de sortir par la porte de service.

— Oui... oui, heu... retrouve-moi derrière.

Je tournai les talons et me dirigeai vers le fond, les muscles tendus de la tête aux pieds. J'ouvris la porte et laissai Weston entrer. Nous étions seuls dans la réserve, sous les néons fluorescents et particulièrement peu flatteurs au teint, entourés de cartons de sirops et de nappages, avec une étrange odeur d'égout qui flottait dans l'air. Au début, il ne dit rien, et je laissai mon regard errer à travers la pièce en attendant qu'il se décide.

— Je suis un crétin, dit-il en fronçant les sourcils.

— Pardon ?

— Je suis encore pire qu'un crétin, je suis un lâche. J'aurais dû intervenir il y a bien longtemps. Quand tu as tenu tête à Erin... je crois que ça m'a redonné des couilles. Elles sont tellement cruelles ! Je voulais éviter que leur méchanceté soit dirigée contre moi, mais... ce sont des filles. Des adolescentes, et j'ai honte d'avoir été trop intimidé pour dire quelque chose. Surtout à Brady. Quel genre de couillon laisse un autre couillon parler à une femme comme il t'a parlé ? Ça me dégoûtait. Ça me dégoûtait depuis des années, et j'essayais simplement de ne pas y faire attention.

Je secouai la tête. Brady, Brendan et les deux Erin m'avaient dit certaines choses cette semaine, mais rien qui ne sortait de l'ordinaire. Je ne comprenais pas vraiment ce qui avait mis Weston en boule.

— Ce n'est pas grave. Je n'attendais pas de toi que tu...

— Je le sais. J'y ai pensé toute la semaine. Tout le mois. Je ne les laisserai plus, ni eux ni personne d'autre, te traiter comme ça. (Je devais avoir une drôle d'expression sur le visage car Weston sembla soudain nerveux.) Quoi ?

— Je ne sais pas... enfin... tu n'as toujours pas dit pourquoi ?

Il soupira.

— Je sais. Il ne reste que deux mois avant notre diplôme, et elles te torturent depuis l'école primaire. Je ne peux pas revenir en arrière, mais je peux me rattraper.

— C'est tout ? C'est ça, ta raison ? Tu as eu un cas de conscience, d'un seul coup ?

Il fit une grimace.

Je croisai les bras.

— Frankie a du monde, alors allons droit au but. Tu t'es retourné contre tous tes amis et tu passes maintenant ton temps avec moi, à qui tu as à peine adressé la parole depuis la maternelle. Je crois que je mérite de savoir pourquoi.

— Je t'ai parlé autant que je le pouvais.

— Autant que tu le *pouvais* ?

Il toussa au creux de son bras.

— Ce n'est pas ce que j'ai voulu dire.

— Je n'ai pas besoin que tu viennes me sauver, Weston. Je me débrouille toute seule depuis longtemps. Je ne suis pas un cas social.

Il fronça les sourcils.

— Je n'ai jamais dit le contraire.

— Cela vaudrait mieux pour tous les deux si tu te contentais de reprendre ta vie normale, et que tu me laissais tranquille.

Il fit une nouvelle moue, comme si mes paroles l'avaient heurté.

— C'est des conneries. Tu ne le penses pas vraiment, si ?

— Je ne sais plus quoi penser !

— Moi non plus ! s'exclama-t-il avec une respiration sifflante.

Il sortit son inhalateur de sa poche et en prit une bouffée. Puis il reprit, plus calmement :

— Je ne sais pas ce que je veux faire de ma vie. Et j'ai l'impression… j'ai l'impression que tu es la seule personne au monde qui n'attend pas ça de moi. Ce que je sais, c'est que je n'étais pas heureux de la direction que prenait ma vie jusqu'à ce que tu montes dans mon pick-up, le premier soir. Je ne sais pas ce que je fabrique, Erin, seulement je… j'improvise. Et j'espérais en quelque sorte que tu improviserais avec moi.

Mes lèvres affichèrent un sourire malgré les pensées négatives qui tournaient dans ma tête.

Lentement, il m'attira contre lui et me serra dans ses bras. Ses muscles étaient à la fois doux et fermes. Ma tête tenait à la perfection sous son menton. Nous restâmes dans cette position pendant ce qui semblait être une éternité. Il sentait la transpiration, mais l'odeur était agréable. Il aurait pu dégager la même que celle qui fermentait dans le drain du sol, je l'aurais aimée quand même.

— Je ferais mieux de m'y remettre, dis-je, la joue collée contre son torse.

Il faisait une bonne tête de plus que mon mètre soixante et j'avais une conscience aiguisée de ses mains dans mon dos, de ses doigts plaqués contre mes côtes. Nous n'avions jamais été aussi proches, même si je m'étais imaginée ce moment des milliers de fois.

Il s'écarta.

— On se voit plus tard ?

— J'ai des devoirs.

— Amène-les avec toi.

Je calai une mèche de cheveux derrière mon oreille.

— Ça devrait être dans mes cordes. Si tu me laisses tranquille et que tu me laisses terminer.

— Tu ne sauras même pas que je suis là.

Il sortit, et lorsque la porte se referma derrière lui, je courus rejoindre mon poste et la porte battante faillit heurter Frankie de plein fouet.

Weston monta dans son pick-up et démarra en trombe en marquant un court arrêt avant de s'engager dans Main Street.

Frankie m'observa d'un air impatient. Je haussai les épaules.

— Alors comme ça, c'est ton chevalier en armure, maintenant ? demanda-t-elle.

J'affichai une moue de dégoût.

— Non. Je lui ai dit que je n'avais pas besoin d'être sauvée. Et tu devrais déjà le savoir, depuis le temps.

Elle ricana.

— Mais ça peut être agréable d'être défendue.

Je tentai de retenir mon sourire, mais ces derniers temps, j'en semblais incapable.

— Il me plaît bien, dit Frankie. Et à toi aussi, mais d'une manière complètement différente.

Je fis la moue.
— Tu as une imagination débordante.
— Tu as changé depuis qu'il te tourne autour.
— Je ne vois pas de quoi tu parles, fis-je en levant les yeux au ciel avant d'attraper le premier chiffon que je trouvai.
— Eh bien, disons que tu ne le détestes pas.
Je me mis à frotter l'évier sans même faire attention à mes gestes.
— Pas aujourd'hui.

Quand nous sortîmes par la porte de derrière après avoir fermé le *Dairy Queen*, le pick-up rouge n'était nulle part en vue.
— Je croyais que vous aviez des projets ? demanda Frankie
Je haussai les épaules.
— Je te ramène ?
Je refusai d'un signe de tête et je me mis en route pour rentrer chez moi à pied. En posant la main sur la poignée de notre porte moustiquaire crasseuse, je dressai l'oreille, à l'affût d'un bruit de moteur, mais je n'entends rien. Soul Asylum résonnait entre les murs, et j'en fus soulagée. Si Weston m'avait posé un lapin, je ne voulais pas avoir en plus affaire à Gina.
Je poussai la porte et me dirigeai directement vers ma chambre. Je me sentais plus seule que d'habitude. Un coup franc frappé à la porte d'entrée me fit tendre l'oreille. Quelques secondes plus tard, Gina apparut sur le seuil de ma porte. Son mascara avait coulé, le blanc de ses yeux était rouge et vitreux. Elle portait encore son tablier du supermarché et son badge pendait de travers sur son polo blanc.
— C'est pour toi.
Son visage reflétait ma confusion.

Je hochai la tête et me dirigeai dans l'entrée. Je m'arrêtai net au milieu du tapis. Weston se tenait sur le perron, les mains dans les poches de son blouson de sport. Le corps du blouson était bordeaux, et un gros « B » était cousu sur le côté gauche, surligné en blanc. Le blouson de Weston était presque surchargé d'inscriptions récoltées au cours de son parcours lycéen, ainsi que de nombreux patchs cousus sur les manches en cuir. Je n'avais jamais voulu de teddy et c'était étrange de voir quelqu'un en porter un dans mon salon.

Gina était debout à côté de moi, bouche bée. Elle se gratta le bras et le désigna du menton.

— Qui c'est ?

Weston tendit la main.

— Weston Gates, madame. Je suis un ami d'Erin.

Gina hésita avant de lui serrer la main, puis me regarda.

— Tu vas quelque part ?

Je hochai la tête.

— Erin allait m'aider à faire mes devoirs, dit-il avec transparence, comme s'il avait fait ça des centaines de fois.

— Oh, fit Gina.

Voilà qui devait lui paraître plus logique, car elle ne devait pas comprendre qu'un type comme Weston Gates puisse attendre quoi que ce soit d'autre de moi.

Je filai dans ma chambre pour me changer et récupérer mes affaires, puis j'entraînai Weston à l'extérieur. Une fois dans son pick-up, je poussai un soupir.

— J'aurais préféré que tu ne fasses pas ça. Je ne veux pas que tu voies ma maison.

— Pourquoi ?

— C'est dégoûtant. Ça pue.

— Tout ce que j'ai senti, c'était l'herbe. Ta mère est stone, dit-il, amusé. (Lorsqu'il réalisa que ce n'était pas mon cas, il posa la main sur mon avant-bras.)

Hé, c'est chez toi, Erin. Ce n'est pas très grave. Je me fiche de savoir où tu vis.

— C'est juste humiliant, répondis-je en essuyant une larme. Je ne veux pas que tu voies ça.

Weston démarra, la mâchoire crispée.

— Je ne voulais pas te faire pleurer, Erin. Excuse-moi. Je pensais que ce serait plus sympa que de passer te prendre au *DQ*. Je me suis dit que je me présenterais à ta mère.

— Ce n'est pas ma mère, répliquai-je, les yeux tournés vers l'extérieur.

— Hein ?

— Elle s'appelle Gina.

— Tu as été adoptée ?

— Non. (Je tournai les yeux vers lui.) Mais ça ne t'est jamais arrivé d'avoir l'impression d'appartenir à un autre monde ?

— Tout le temps, admit-il, l'air las.

— Je ne me suis jamais considérée comme sa fille. Même quand j'étais petite.

— C'est peut-être à cause de son attitude ? Elle ne fait pas très « maman ».

— Elle ne l'est pas.

— C'est donc logique que tu éprouves ça.

Nous ne quittions pas la ville comme nous en avions l'habitude. Nous nous dirigions vers le sud, où vivaient la plupart des médecins et des avocats. Les parents de Weston avaient construit une immense maison dans le quartier lorsque nous étions au collège. Il s'engagea dans l'allée et sous l'arche qui reliait la maison à l'un des garages. Elle était délimitée par les portes du garage, par le côté de la maison et par une grille menant au jardin.

Il coupa le moteur et je secouai la tête.

— Je n'entre pas chez toi.

— Oh, arrête un peu, dit Weston en actionnant l'ouverture du garage.

Il descendit, ferma sa portière et fit le tour pour venir ouvrir la mienne, un grand sourire aux lèvres. Mais celui-ci disparut lorsqu'il vit que je ne bougeais pas.

— Ne fais pas l'enfant.

Je descendis lentement et le suivis à l'intérieur du garage. Puis nous passâmes une autre porte. La maison était plongée dans l'obscurité, mais une télévision était allumée quelque part. La lumière augmenta tandis que nous approchions de la cuisine.

— Weston ? appela une voix de femme.

— Je suis rentré, Maman !

Il retira mon sac de mes épaules et le déposa sur le comptoir.

— Weston, qu'est-ce que tu fais ? demandai-je, les dents serrées, gagnée par la colère.

Sa mère apparut dans la cuisine ; ses cheveux méchés et son visage ovale soulignaient ses magnifiques yeux verts. On voyait clairement de qui tenait Weston. Elle s'arrêta, surprise par ma présence. J'avais envie de ramper sous le comptoir.

— Qui est-ce ? demanda-t-elle avec un faux enjouement.

— Erin Easter. (Il me regarda.) Voici ma mère, Veronica.

— Ravie de vous rencontrer, parvins-je à articuler.

Elle m'observa des pieds à la tête d'un air sceptique. Ses yeux critiques me jaugeaient comme si j'étais un parasite qui avait infiltré son intérieur et devait être exterminé. Weston ne sembla pas s'en apercevoir. Il ouvrit la porte de l'arrière-cuisine, s'empara d'un paquet de chips, d'un pot de sauce pimentée, de deux bananes, puis il sortit deux cannettes de Coca Cherry du frigo.

— On va en bas, dit-il.

— Weston Allen… commença Veronica.

— Bonne nuit, Maman.

Il me fit passer devant lui et me guida vers une porte au bout du couloir. Je récupérai mon sac et avançai lentement, ne sachant trop où aller.

— Celle-ci, m'indiqua Weston.

J'ouvris la porte et il passa devant moi. Il alluma la lumière avec son coude, et une volée de marches menant au sous-sol apparut. Une fois en bas, nous pénétrâmes dans une grande pièce équipée de canapés, de deux télévisions, d'une console de jeux, d'un minibar avec évier, d'un matériel d'entraînement, d'une table de billard et d'une table de air hockey.

Cette pièce seule était plus grande que ma maison tout entière.

— Waouh, dis-je tout bas en laissant Weston me guider jusqu'à un canapé.

— C'est mon espace. Ici, personne ne nous embêtera. (Il ouvrit le pot de sauce et le sachet de tortillas.) Tu as faim ?

— Je vais prendre la banane.

Il me la lança.

— Je vais attendre.

— Attendre quoi ?

— Que tu aies fini tes devoirs. Je vais nous chercher un film à regarder.

Je le regardai appuyer sur les boutons de la télécommande sans même les regarder, allumer le magnétoscope numérique et lancer le service de films à la demande. Je sortis mes manuels. Un marque-page indiquait la page qui me concernait et je me mis à plancher sur les neuf questions auxquelles je devais encore répondre. Il ne me fallut qu'une quinzaine de minutes pour terminer, et Weston tint sa parole en gardant le silence.

Lorsque je rangeai mes affaires, il reporta son attention sur moi, l'air excité.

— Tu veux regarder *Triple tonnerre* ou *La Maison sombre sur la colline* ?

— Les deux ont l'air… amusants.

— Alors va pour *Triple tonnerre.*

Il appuya sur un bouton et l'écran devint noir. Il sélectionna quelques options supplémentaires et le film s'ouvrit sur un type en sueur qui courait comme un dératé en plein désert.

Au milieu du film, Weston était adossé contre les coussins, les chevilles croisées et posées sur l'ottomane qui faisait également office de table basse. J'avais de mon côté plus de difficultés à me détendre.

Weston me regarda, regarda la télévision, puis moi de nouveau.

— Quoi ?

— Tu es tellement crispée ! Tu veux que je te ramène chez toi ?

— C'est que… je ne pense pas que ta mère voie ma présence d'un bon œil. Et je…

Le téléphone de West sonna. Le nom d'Alder apparut sur l'écran. Il lut le message en moins d'une seconde et répondit tout aussi rapidement.

— Et si ta mère dit à Alder que j'étais ici ?

— Elle ne le fera pas.

— Comment peux-tu en être sûr ?

— Elle ne veut pas qu'Alder me fasse la tête. Elle est déjà en train de prévoir des petits-enfants Gates-Alderman.

Je fis une grimace de dégoût.

— Tu devrais peut-être me ramener chez moi.

Il se redressa.

— Pourquoi ? Le film ne te plaît pas ?

— Je ne suis pas à ma place, ici. Tu as une petite amie, et on…

— Se voit en douce ? acheva Weston avec un petit sourire. Très bien.

Il récupéra son téléphone.

— Qu'est-ce que tu fais ? demandai-je en le voyant taper un message.

— Je romps avec Alder.

6

Je lui arrachai son téléphone des mains et le tins à distance.

— Tu veux faire de ma vie un enfer ?

— Non. Mais si tu me dis que tu ne veux plus passer de temps avec moi à cause d'une fille qui ne me plaît même plus… la solution est toute trouvée.

— Pourquoi es-tu resté pendant cinq ans avec une fille qui ne te plaît pas ?

Il haussa les épaules.

— Pour passer le temps, j'imagine. Elle n'est pas vilaine.

— Non, dis-je en soupirant. Elle n'est pas vilaine. Mais tu passes pour un vrai salaud, là tout de suite.

— Faut-il vraiment qu'on parle de ça ?

— Non, tu peux te contenter de me ramener.

Il grogna et se tourna vers moi.

— Mes parents sont ensemble depuis vingt ans, et ils ne s'aiment pas vraiment. (Voyant que je n'étais pas satisfaite, il ajouta :) Elle me plaisait assez au début, mais je n'ai jamais aimé sa façon de traiter les gens. Toi en particulier. Quand je lui ai parlé de toi, on dirait que tout a encore empiré. Mais chaque fois que j'ai envisagé de la quitter, j'étais découragé par le drame que ça allait forcément engendrer.

— Cinq ans, c'est long.

— Tu n'as pas idée.

— Alors tu vas juste attendre de partir pour l'université ?

— C'était le plan, mais maintenant, je crois que j'ai envie de le faire avant. (Il se pencha vers moi, et je me penchai en arrière. Il ricana.) Tu as vraiment l'intention de me faire faire ça dans les règles, hein ?

— Je n'ai pas l'intention de te faire faire quoi que ce soit, dis-je en lui rendant son téléphone.

— En tout cas, tu me fais rater ce film.

Je jetai un coup d'œil à l'écran.

— Tu as mis pause.

— Ah, oui, dit-il avec un sourire avant d'appuyer sur un bouton.

La scène de violence reprit son cours, ainsi que les cris, les coups de feu et les pales d'hélicoptère vrombissant dans l'air. Weston reprit sa position contre les coussins, et je l'imitai.

Il regarda son téléphone toujours dans sa main.

— C'est quoi ton numéro, d'ailleurs ?

— Je n'ai pas de portable.

— Et un fixe ?

— Non plus.

Weston fronça les sourcils mais garda les yeux rivés sur l'écran de télé.

— Tu aimes passer du temps avec moi ?

Je n'étais pas sûre d'avoir bien entendu.

— Oui ?

— Pas seulement parce que tu n'as personne d'autre avec qui passer du temps ?

— J'ai d'autres personnes avec qui passer du temps.

— Frankie ?

— Oui.

— Et si je n'étais pas avec Alder ? Est-ce que tu…

Il regardait toujours la télé.

— Est-ce que je quoi ?

— Est-ce que tu me laisserais t'embrasser ?

— Je ne sais pas. Peut-être. Mais je ne suis pas sûre que ça te plairait.

Il se tourna vers moi.

— Qu'est-ce qui te fait dire ça ?

— Je n'ai pas eu beaucoup d'entraînement. Aucun, en fait.

Je sentis mon visage rougir. Je préférais être honnête avec lui, mais ce n'était pas forcément facile.

— Tu n'as jamais embrassé personne, dit-il, plus sous forme de déclaration que de question.

— Et alors ?

Il fixa mes lèvres des yeux, puis se repositionna pour regarder droit devant lui.

— Je suis disponible. Si tu veux t'entraîner.

Il gardait délibérément un visage neutre, sans pour autant y parvenir totalement, car je vis le coin de ses lèvres s'étirer.

— Je n'ai pas envie de m'entraîner. Je veux un vrai premier baiser. Et pas de la part d'un garçon qui trompe sa copine.

Il se rembrunit.

— Je t'ai dit que je romprais avec elle. C'est toi qui refuses.

— On n'aurait pas une seule seconde de paix. Toute l'école nous tomberait dessus, et je suis sûre que ta mère aussi.

— C'est pour ça que tu ne veux pas que je rompe avec elle ? Ou c'est simplement parce que tu ne veux pas de moi ?

Je gardai le silence et l'atmosphère devint vite pesante. J'avais soudain du mal à respirer. Weston se tortilla en attendant ma réponse.

— Je te trouvais déjà incroyable à la maternelle, dis-je.

Il me jeta un coup d'œil, puis sourit.

— Ah oui ?

— Oui.

Les yeux de nouveau rivés sur la télévision, il poursuivit, d'une voix à la fois douce et nerveuse :

— Moi aussi. C'est ce que je pensais de toi.

Je hochai la tête, et nous regardâmes la fin du film sans plus échanger une parole.

Ensuite, Weston enfila son blouson, ramassa mon sac et nous remontâmes au rez-de-chaussée. Il récupéra ses clés sur le comptoir de la cuisine puis nous sortîmes dans la nuit fraîche. Weston retira son blouson pour le poser sur mes épaules et m'aida à monter dans son pick-up, mais ses parents sortirent de la maison avant qu'il ait pu en faire le tour.

Leur conversation me parut immédiatement tendue et Weston ne cessait de me jeter des regards. Il posa les mains sur ses hanches, remua nerveusement et secoua beaucoup la tête. Il commençait à paraître agacé. Je regrettais que les vitres soient automatiques, sinon j'aurais baissé la mienne pour entendre ce qu'ils se disaient.

Ses parents finirent enfin par rentrer et Weston s'approcha du pick-up.

— Désolé, dit-il.

— Ne le sois pas.

— Non, c'est totalement malpoli de faire ça devant toi. Ils auraient pu attendre.

— Qu'est-ce qu'ils ont dit ?

Il secoua la tête et recula la voiture. Quand nous fûmes dans la rue, je posai mes doigts sur les siens, et il les entrelaça.

— Qu'est-ce qu'ils ont dit, Weston ?

Il soupira.

— Ils s'inquiètent concernant ma nouvelle amie. Ils ne trouvent pas convenable que je passe du temps seule avec toi à cause d'Alder.

— Ils ont raison.

Il me serra les doigts.

— Je ne peux plus faire une croix sur toi, maintenant. Quand on passe du temps ensemble, je ressens une paix qui disparaît quand tu n'es pas là. J'aimerais pouvoir m'expliquer mieux que ça. C'est un peu comme quand on est petit, qu'on met un pyjama tout propre en sortant du bain et qu'on se glisse dans des draps frais qui sortent du sèche-linge. Voilà l'effet que ça me fait d'être avec toi.

Je haussai les sourcils, et un sourire surpris et reconnaissant apparut sur mon visage.

— Je crois que c'est la chose la plus gentille qu'on m'ait jamais dite.

— C'est absurde. Tu es si bonne, Erin. Tu es... quelqu'un de super. Tu ne mérites pas la façon dont ils te traitent, et je ne sais même pas pourquoi ils font ça.

— Je ne sais pas non plus. Un jour, ils ont cessé de me parler, et le silence s'est transformé en haine.

— C'est vraiment bizarre. Je ne pige pas.

La Chevy s'engagea dans mon allée et Weston passa au point mort.

Je me penchai en arrière et m'étirai.

— Plus qu'un jour avant les vacances. Et ensuite, il ne restera plus que cinq semaines avant le diplôme. Après, tout cela n'aura plus d'importance.

— Est-ce que... tu vas aller au bal de promo ? demanda-t-il.

Je laissai échapper un rire strident qui me surprit moi-même.

— Non, répondis-je, amusée.

— Tu voudrais y aller avec moi ?

— Tu y vas avec Alder.

— Je ne lui ai pas encore demandé. Même si tout le monde s'attend à ce qu'on y aille ensemble, même elle.

— Je... (Je secouai la tête, soudain submergée.) Je n'ai pas de robe. Je ne saurais même pas où chercher. Et je n'ai pas l'argent...

— D'accord. Ne flippe pas. Contente-toi d'y réfléchir. Si tu as envie d'y aller, on se débrouillera pour trouver quelque chose.

Je déglutis.

— C'est toi qui me fais flipper. Je ne sais pas trop quoi penser de tout ça.

Une fois arrêtés devant chez moi, il porta ma main à ses lèvres.

— On ne fait qu'improviser, tu te souviens ?

J'actionnai le levier et sautai sur la pelouse. Je commençai à retirer son blouson, mais il fronça les sourcils.

— Garde-le pour moi.

Je le jetai dans l'habitacle.

— J'ai déjà une veste. Merci.

Il ricana.

— Pas qui sente mon odeur.

— Tu as peur que je t'oublie pendant la nuit ? le taquinai-je.

Il pointa le doigt sur sa poitrine.

— Oublier ça ? Impossible.

Weston s'éloigna en agitant la main et je me dirigeai vers ma porte en riant sottement. Tout était sombre et silencieux. Je me faufilai dans ma chambre, je posai mon sac sur le tapis et me glissai directement dans mon lit. J'étais trop fatiguée pour prendre une douche ou même me laver les dents. Je voulais simplement m'étendre entre les draps et repasser en boucle dans ma tête les paroles de Weston, l'effet que je lui faisais. C'était comme un rêve, un rêve dont j'allais inévitablement me réveiller très bientôt. Il allait se passer quelque chose qui allait tout ruiner, parce que ce genre de trucs ne m'arrivait pas à moi.

Je tendis le bras pour régler mon réveil une demi-heure plus tôt que d'habitude, puis je me détendis sur mon oreiller. Demain, nous serions vendredi ; le dernier jour avant les vacances, et le début d'un répit d'une semaine loin des deux Erin, et neuf jours et soirées entiers avec Weston, à occuper comme nous le souhaiterions. Il était en train de devenir mon meilleur ami, et pas seulement parce qu'il était mon seul ami au lycée. Nous avions réellement beaucoup en commun, de la musique à l'art en passant par un amour mutuel pour les trois premiers épisodes de *Star Wars*.

Je sentis mes paupières s'alourdir et je dérivai vers le sommeil, avec ses paroles à propos des pyjamas et des draps chauds qui tournaient dans ma tête, murmurées par sa voix douce et profonde.

7

Vendredi matin, je sortis de chez moi et j'aperçus une sorte de SUV blanc garé sur le trottoir. Mme Pyles baissa sa vitre et agita la main.

— Je t'avais dit que je serais là ! s'exclama-t-elle, un grand sourire aux lèvres.

Je levai les yeux. Le ciel était gris et nuageux, le trottoir et la pelouse étaient humides, mais la pluie avait cessé.

— Je pense que je peux y aller à pied.

— Il est censé pleuvoir un peu toute la journée, Easter. Grimpe donc !

Je me retournai pour vérifier que Gina ne m'observait pas depuis la porte, puis je montai rapidement.

— Attache ta ceinture, dit-elle en allumant le moteur.

— Peut-on se dépêcher, s'il vous plaît ? demandai-je en lui obéissant.

Elle démarra et s'arrêta un peu plus loin pour laisser passer un pick-up bleu, qui roula dans la grosse flaque qui se trouvait toujours à cette intersection, créant une gerbe d'eau qui éclaboussa le panneau jusqu'en haut.

— Si tu t'étais trouvée là, tu aurais été trempée, dit Mme Pyles avec un mouvement de tête.

— Merci, dis-je en me mordillant l'ongle du pouce.

Elle redémarra et s'arrêta de nouveau, quelques rues plus loin. Je jetai un regard au *Dairy Queen*. Il n'était pas encore ouvert et le parking était désert. Si la pluie continuait, le service serait calme après les cours. Juste à ce moment, le ciel se mit à craquer.

Mme Pyles tourna à droite vers le lycée ; ses cheveux blonds effleurèrent ses épaules quand elle se pencha en avant pour actionner les essuie-glaces.

— As-tu des projets pour les vacances ?

— Pas vraiment.

— Tu ne vas pas à South Padre avec les autres ? (Je lui jetai un regard en biais et elle afficha un sourire penaud.) J'ai remarqué que tu passais du temps avec Weston Gates. J'ai pensé que tu irais peut-être. Espéré que tu irais peut-être.

— Vous avez remarqué ? demandai-je, le cœur battant.

Je pensais que nous étions prudents. Weston m'avait soutenue en classe, mais je pensais que personne ne savait qu'en réalité nous passions du temps ensemble en dehors des cours.

Elle sourit.

— Veronica Gates est dans mon groupe de paroisse. Elle a parlé de vous deux, récemment. C'est tout. Rien qu'à moi.

— Ça, je ne doute pas qu'elle veuille garder le secret.

— Elle ne veut causer aucun problème.

— Pour Weston et Alder.

Mme Pyles se gara sur sa place réservée et se tourna vers moi.

— C'est un gentil garçon.

J'attendis, prête à l'entendre me conseiller de garder mes distances, ou quelque chose de tout aussi offensant.

— On peut dire que tu as bon goût, me dit-elle avec un clin d'œil.

Elle descendit et referma sa portière. Après avoir brièvement assimilé ses paroles et ressenti un bref élan de gratitude, je la rejoignis. Nous nous dirigeâmes vers l'entrée, à l'abri sous son parapluie. Elle pointa son porte-clés en direction du SUV blanc et celui-ci se verrouilla avec un bip.

À l'école primaire, avant de réaliser que je n'en aurais pas à seize ans, je fantasmais sur ma future voiture. Peu importait la marque ou le modèle, du moment qu'elle était équipée du système de verrouillage automatique. Il y avait quelque chose dans la posture, porte-clés en main, qui me paraissait si cool ! Puis mes seize ans étaient arrivés, et passés, tout comme mes dix-sept ans. J'avais tout de même passé mon permis, mais c'était inutile. Posséder une voiture me semblait totalement hors de ma portée... J'allais donc procéder à une chose impossible à la fois, en commençant par réussir à me rendre jusqu'au campus de l'Université d'État de l'Oklahoma. Et j'étais décidée à y parvenir même si je devais me mettre en route dès le mois de juillet. Et peut-être que, s'il n'était pas encore à Dallas ou à Duke, Weston pourrait m'y déposer.

Cette pensée me réchauffa le cœur tandis que je longeais le couloir où s'alignaient les casiers et que je traversais l'espace commun jusqu'à une série de casiers isolés à côté de la bibliothèque. J'avais spécifiquement demandé un casier à cet endroit car, même s'il était séparé de ceux des dernière année, la bibliothèque était entourée de murs en verre et la bibliothécaire, Mme Boesch, gardait toujours un œil vigilant entre les cours.

Je sortis des livres de mon sac puis le suspendis au crochet. Le soleil matinal qui filtrait par les fenêtres de l'entrée se cacha soudain et je tournai la tête sur ma droite ; Weston était appuyé contre le casier voisin du mien.

— Qu'est-ce que tu fais après le travail ce soir ?

Je haussai une épaule.

— Allons manger au Los Potros.

Après avoir jeté un œil circulaire, j'acquiesçai.

Weston s'éloigna avec un sourire rayonnant, sans avoir essayé de garder notre conversation secrète. Je refermai mon casier et je vis Sara Glen me dévisager de ses grands yeux sombres.

— Tu te tapes Weston Gates ? demanda-t-elle.

Je plissai les yeux, un masque de dégoût sur le visage. Quel était le problème des petites villes où tout le monde se figurait, dès lors que deux personnes de sexe opposé se parlaient, qu'elles couchaient forcément ensemble ?

— Non.

— Alors qu'est-ce qui vient de se passer ? Il vient de t'inviter à dîner. Pourquoi te propose-t-il de sortir avec lui ?

— Il ne m'a pas invitée à dîner. Tu as mal entendu, répliquai-je.

Techniquement, c'était la vérité : il n'avait pas demandé.

— Je l'ai bien entendu, siffla Sara. Je vais le dire à Alder.

— Vas-y. Elle ne te croira pas, et ensuite elle va s'imaginer que tu essaies de les faire rompre pour pouvoir tenter ta chance avec lui.

Sara médita mes paroles un moment, puis s'éloigna, toute son assurance envolée.

J'inspirai profondément et pris la direction de la salle de cours, les mains tremblantes et le cœur menaçant de jaillir hors de ma poitrine. Cet élan de courage venait d'un endroit très profondément enfoui en moi ; un endroit dont je n'avais pas connu l'existence. La perspective que Sarah détruise ma minuscule parcelle de bonheur m'avait donné le cran de proférer une menace qui me faisait moi-même frémir de peur.

Tout le monde était trop excité par son voyage à South Padre pour penser à m'embêter. À ma dernière heure de cours, si étrange que ce fût, je pouvais dire que la journée avait été plutôt agréable. Weston avait rapproché son tabouret de mon bureau, déclenchant un mélange de nausée et d'euphorie dans mon ventre.

— Regarde un peu ça, dit Weston.

Son projet, de la taille d'une affiche, était étalé sur la table ; je l'examinai avec un sourire incontrôlable. Il représentait une fille, le regard tourné vers la fenêtre, le visage plongé dans l'ombre à l'exception de ses brillants yeux bleus. Elle avait remonté ses genoux contre sa poitrine et un petit collier pendait entre ses doigts. Il s'agissait d'un petit cœur en argent, au contour ciselé de détails complexes. Au milieu apparaissait un mot : *Hasard*.

— Incroyable, murmurai-je. Elle est si jolie...

J'avais envie de passer mes doigts sur le visage, mais je ne voulais pas faire baver les couleurs.

— C'est toi.

Je relevai les yeux, stupéfaite. Nous travaillions sur nos projets depuis trois mois. Les sourcils levés, je secouai la tête, incrédule.

— Quel menteur !

— Je suis tout ce qu'il y a de plus sérieux.

— Est-ce que tout le monde est prêt à présenter son projet final ? demanda Mme Cup en entrant dans la salle de classe, vêtue d'un tailleur pantalon et d'un châle noir. Je sais que vous avez tous travaillé dur. Les années passées, vous rameniez ces affiches à la maison pour les encadrer, les donner, ou en faire ce que vous vouliez. Mais cette année, je vais vous demander davantage. Nous avons appris les leçons de Faulkner ; en tant qu'artistes, vous devez apprendre à tuer vos créations. (Elle soupira.) Et c'est précisément ce que je vais vous demander pour votre examen final.

Elle nous présenta la peinture de Shannon LaBlue, puis la déchira en deux dans le sens de la longueur. La classe resta bouche bée.

La mâchoire de Shannon tomba et celle-ci regarda autour d'elle, ne sachant comment réagir.

Mme Cup s'approcha de mon voisin, Zach Skidmore.

— Alors ?

— Vous êtes sérieuse ? Je pensais que ce serait le projet de couronnement de mes années de lycée. J'ai travaillé là-dessus comme un chien, Mme Cup !

— C'est ton dernier examen.

Zach garda les yeux rivés au sol un moment, souffla par le nez, puis saisit son projet, un magnifique paysage, qu'il déchira en deux. Tout le monde grimaça comme s'il venait de se tailler les veines.

Le professeur se tenait devant mon bureau. J'avais travaillé dur sur mon projet, un dessin au fusain représentant un couloir sombre décoré de peintures victoriennes. Le bruit de la déchirure résonna dans la salle.

Mme Cup fit un pas pour se placer devant Weston. Son projet était toujours posé sur mon bureau, derrière lui.

— Weston.

— C'est cruel, dit-il.

— C'est une leçon. Les leçons ne sont pas toutes faciles. Les meilleures – celles dont on apprend le plus – sont souvent les plus difficiles.

— Je refuse, dit Weston en se déplaçant légèrement pour protéger sa tendre et élégante représentation de moi-même.

— Ça compte pour ta note finale, Weston. C'était précisément le concept.

Il se leva, récupéra son affiche et la roula avec précaution.

— Alors il faut croire que j'ai échoué.

Il quitta la salle et se dirigea vers le parking.

Mme Cup secoua la tête puis se dirigea vers l'étudiant suivant qui attendait, horrifié.

— C'était toi ? demanda Frankie, légèrement étourdie.

Je confirmai d'un signe de tête.

— Un projet artistique sur lequel il travaillait depuis trois mois... et c'était toi ?

— C'était moi.

— Waouh. Et il a préféré échouer à son examen pour pouvoir le garder. C'est... plutôt poignant.

— C'est ce que j'ai pensé, mais je n'étais pas sûre de mon interprétation.

— Il n'y en a pas d'autre possible. C'est tellement romantique, j'en mourrais !

Elle se pencha en avant en faisant mine de sangloter d'une manière très peu flatteuse.

— C'est dégoûtant, dis-je en réprimant un sourire.

— C'est tellement beau ! Je ne peux pas résister ! Ah !

— Arrête ! m'exclamai-je en versant des M&M's dans la coupe de glace vanille que je venais de préparer.

Elle se redressa.

— Désolée. Je me suis emportée.

Je tendis la commande vanille M&M's à la petite fille, qui tourna les talons et laissa apparaître la cliente suivante. Alder. Elle avait les yeux rouges et l'air furax.

— Qu'est-ce que tu fais ? demanda-t-elle d'une voix cassée.

— On ne faisait que plaisanter. Qu'est-ce que je te sers ? demandai-je.

— Va te faire foutre. Tu sais très bien de quoi je parle, Easter, éructa-t-elle.

Je cherchai désespérément une réponse, mais elle n'était pas venue pour se disputer. Elle était seule, et ça ne lui ressemblait pas.

Elle dressa légèrement le menton avec impatience.

— Réponds-moi. Et ne t'avise pas de faire l'innocente. On sait toutes les deux ce qui se passe.

Frankie s'approcha de moi.

— Elle travaille, Alder. Vous parlerez plus tard.

— Non, je ne peux pas, répliqua-t-elle, les yeux brillants. Parce que je pars dans une demi-heure pour South Padre. J'étais censée y aller avec Weston, mais il a décidé tout à coup qu'il ne voulait plus y aller, alors je fais la route avec Sonny. Explique-moi pourquoi, Easter.

— Je ne peux pas parler à sa place.

— Pourtant, il faudra bien que quelqu'un le fasse. La seule chose qu'il m'a dite, c'est que ça ne marchait pas entre nous.

— Il a rompu avec toi ?

Alder posa les deux mains à plat sur le petit comptoir devant la vitre.

— C'est ce que tu voulais, non ?

— Pas vraiment, dis-je.

C'était la vérité. Je n'avais jamais attendu de Weston qu'il rompe avec elle.

— Il n'avait pas le temps d'entrer dans les détails parce qu'il devait emmener un stupide dessin à Ponca City pour le faire encadrer.

Je m'étouffai.

— Il... quoi ?

— Alors dis-moi, Easter. Pourquoi tu me fais ça ?

— Je suis désolée, dis-je en sentant monter la même colère que face à Sara. Pourquoi *je* te fais ça, à *toi* ?

— Est-ce qu'il m'a trompée ? J'ai le droit de savoir !

Frankie posa une main sur sa hanche.

— S'il a rompu avec toi, est-ce que c'est vraiment important ?

Alder planta ses yeux dans ceux de Frankie.

— Oh, toi, Frankie, retourne donc faire des gosses.

Frankie me poussa lentement sur le côté et se pencha en avant.

— Va-t'en immédiatement ou bien tu vas devoir profiter de ton séjour sans petit ami, et avec un œil au beurre noir.

Alder leva les yeux au ciel. Elle commença à s'éloigner, puis s'arrêta et revint vers nous.

— Fais gaffe à toi, Easter. À mon retour, je me donnerai pour mission de faire de ta vie un enfer, à tel point que tu finiras l'année enfermée chez toi. Tu me trouvais méchante avec toi ? Tu n'as encore rien vu.

— C'est une menace ? demanda Frankie en plissant les yeux.

Alder sourit, mais elle était plus effrayante que jamais.

— Je ne fais aucune menace. Je lui donne seulement une idée de ce à quoi ressembleront les prochaines semaines de sa vie.

— C'est du pareil au même, dit Frankie.

— Je vais aller profiter de mes vacances. Tu devrais vraiment essayer de profiter des tiennes.

— C'est prévu, fis-je en levant le menton.

Elle me jeta un regard qui me glaça le sang, puis retourna vers sa Honda.

— Eh bien ! Tu lui as fait mordre la poussière, dit Frankie, que l'affrontement avait exaltée.

Je m'appuyai au comptoir.

— Elle est sérieuse. À son retour, ça va être l'enfer.

— Quelle importance ? fit Frankie avec un clin d'œil. Tu as Weston.

— Weston n'est pas à *moi*.

— Il fait encadrer ton portrait ! (Elle soupira.) Il est mordu.

— Tout ceci est vraiment bizarre. Rien n'a jamais changé depuis la primaire. Les choses se sont progressivement aggravées, et maintenant la situation est... je ne sais pas.

— Incroyable ?
— Différente.

Frankie hocha la tête. Un SUV se gara sur le parking et quatre enfants en descendirent, suivis par leur mère qui portait un nourrisson. Nous nous remîmes au travail.

J'étais encore plus excitée par les vacances de printemps. S'il fallait que je sois punie par la suite, j'avais bien l'intention de profiter de chaque seconde.

8

Le pick-up de Weston était garé juste derrière le *Dairy Queen*. Comme s'il n'avait pas déjà l'air assez heureux, je lui apportai un énorme cône à la cerise. Son sourire s'agrandit jusqu'aux oreilles.

— Est-ce que je peux passer chez moi me changer ? demandai-je.

— Non. J'ai quelque chose à te montrer.

Il nous conduisit jusque chez lui. La maison semblait plongée dans l'obscurité et lorsqu'il appuya sur le bouton d'ouverture du garage, je remarquai que la voiture de ses parents n'était pas à sa place. C'était le week-end, mais la ville tout entière semblait désertée. L'absence de nombreux lycéens pour la totalité des vacances allait plonger Blackwell dans un sommeil d'une semaine ; il en allait ainsi tous les ans.

— Tes parents sont déjà partis ?

Il hocha la tête.

— Oui, ce matin.

— Qu'ont-ils pensé du fait que tu restes à la maison ?

Il m'ouvrit la porte et je pénétrai dans l'entrée.

— C'était bizarre. Ils étaient un peu déconcertés et ma mère a fait toute une histoire à propos d'Alder, mais ils avaient aussi l'air soulagés. Je pense qu'ils me laissaient partir parce que j'ai dix-huit ans, mais qu'ils n'allaient pas cesser de s'inquiéter.

— Ça peut se comprendre.

— Ils m'ont demandé si je voulais aller skier avec eux, mais ce sont leurs premières vacances entre adultes depuis qu'ils m'ont eu, alors ils étaient plutôt contents que je décline.

Je gloussai tout bas. Je trouvais sa vie absolument fascinante. La proximité avec ses parents, leurs efforts de compréhension mutuelle, l'attention qu'ils se portaient les uns les autres m'était étrangère. Mais ce que j'appréciais particulièrement, c'était qu'ils soient sobres et qu'ils parvenaient à résoudre leurs conflits sans crier.

Je suivis Weston dans les escaliers en colimaçon. Ils étaient constitués d'une rampe en bois verni, et les habituels barreaux en bois étaient remplacés par du fer forgé au design assez complexe. J'adorais cette maison. Elle était propre et décorée avec un goût tel qu'elle aurait pu figurer dans un magazine de décoration intérieure. Des toiles représentant Weston et sa grande sœur Whitney à des âges divers, seuls ou à deux, ornaient le mur couleur taupe.

Une fois arrivés à l'étage, Weston emprunta un autre couloir puis ouvrit la dernière porte sur la gauche en me faisant signe de le suivre. La pièce était toujours plongée dans l'obscurité, mais lorsque Weston alluma la lumière, je découvris une chambre propre qui sentait le frais, équipée d'un lit, d'une commode et d'un bureau. Comme le reste de la maison, tout était à sa place. La couette bleu nuit était tirée sous les oreillers, bien tendue aux coins. Le bureau était rangé et son ordinateur flambant neuf était éteint.

Au-dessus du bureau trônait mon portrait au fusain, désormais encadré d'une matière qui ressemblait à de la corde. Il ne s'accordait pas vraiment avec le cadre de lit en bois brun ni avec quoi que ce soit dans la pièce.

— Qu'est-ce que tu en penses ?

Je pris alors conscience d'avoir la bouche ouverte et je la refermai promptement.

Il fronça les sourcils.

— Je suis allé le faire encadrer chez *Hobby Lobby* à Ponca. Ce n'est pas le cadre que j'aurais voulu, mais il aurait fallu commander l'autre et je voulais te le montrer aujourd'hui. J'étais trop impatient.

— Tu as vraiment l'intention de rater ton examen d'art ?

Il haussa les épaules.

— Quelle importance ? Qu'est-ce que tu en penses ?

— L'Art Institute de Dallas pourrait voir d'un mauvais œil ton échec dans cette matière.

Ses épaules s'affaissèrent.

— Je ne vais pas à Dallas, Erin.

— Pourquoi ?

— J'ai essayé d'en parler à mes parents, mais je n'ai pas eu le courage de leur dire en face.

— Tu veux y aller ?

Il leva les mains, avant de les laisser retomber sur ses cuisses avec un claquement.

— Oui.

— Alors tu y vas. On trouvera un moyen de t'y envoyer, même s'il faut que je te tienne la main pendant que tu leur annonces. Ils t'aiment, Weston, et par-dessus tout, ils veulent ton bonheur, n'est-ce pas ?

Il hocha lentement la tête.

— Mais…

— Il n'y a pas de « mais ». On y arrivera.

Il m'observa un moment.

— Le cadre te plaît ?

— J'adore le cadre, j'adore le dessin. Je n'ai toujours pas compris pourquoi tu avais décidé de me prendre comme sujet pour ton projet. (Je laissai passer quelques secondes.) C'est ce que je suis pour toi ? Un projet ?

Ma question sembla le décevoir.

— Je ne savais pas vraiment où j'allais. J'ai simplement commencé à dessiner, et au bout d'une semaine j'ai réalisé qu'elle, dit-il en pointant le dessin du doigt, c'était toi. Ensuite, au fur et à mesure que je la peaufinais, j'ai compris ce qui s'était passé.

Il fit quelques pas vers moi, jusqu'à ce que je doive lever les yeux pour soutenir son regard.

— Quand tu penses suffisamment à quelque chose, tu commences à en rêver. Et quand tu rêves suffisamment de quelque chose, tu en viens à espérer qu'elle devienne réalité. (Il soupira.) Je pense à toi tout le temps, Erin. J'avais envie de te parler depuis des années, mais j'étais tellement nerveux... Je ne savais pas quoi te dire, et je redoutais ta réaction si je le faisais. Et puis j'avais peur que tu penses que je ne faisais qu'essayer d'aider Alder à te tourmenter. Je sais que j'ai mal choisi mon moment, parce qu'on s'apprête tous les deux à prendre des chemins différents, mais j'ai développé un véritable don pour t'aimer à distance.

J'avais fait tellement d'efforts pour ne jamais pleurer devant quiconque que j'éprouvai un moment de panique en sentant les larmes me monter aux yeux et la première rouler sur ma joue. Je l'essuyai rapidement.

Weston posa ses pouces de chaque côté de mon visage, se pencha en avant, et s'arrêta avant de murmurer :

— Je peux t'embrasser ?

Je hochai lentement la tête ; chacun de mes nerfs se mit à bourdonner, dans l'expectative des secondes à suivre.

Weston se rapprocha, ferma les paupières et posa ses lèvres sur les miennes. Elles étaient douces et chaudes. Puis il les entrouvrit et je l'imitai. J'avais vu suffisamment de scènes de baiser à la télévision pour savoir comment cela fonctionnait, et j'essayai donc de ne pas me crisper et de remuer les lèvres en rythme avec les siennes. Il glissa sa langue dans ma bouche et joua avec la mienne. Il avait un goût de glace à la cerise et de dentifrice, mélange étrangement magique. Ses mains glissèrent sur mes joues, sur ma nuque, puis sur mes épaules. Il enfonçait ses doigts dans ma peau tout en m'attirant tendrement contre lui.

Tout juste quand je pensais que le manque d'air allait me faire tourner la tête, j'entendis Weston respirer légèrement par le nez. N'ayant pas le moindre repère, je me contentai de suivre son exemple.

Il s'écarta et, pas vraiment prête à m'arrêter, je vacillai.

Il me dévisagea en émettant un petit bruit.

— Quoi ? C'était mauvais ?

Il secoua la tête.

— Non. Pas du tout. Mais on ferait mieux d'arrêter.

Il s'assit sur le lit pour prendre une profonde inspiration en se frottant la nuque, les yeux rivés au sol.

— Laisse-moi… laisse-moi rien qu'une minute.

Je m'approchai du lit et m'écrasai contre le torse de Weston. Il se renversa sur le matelas et je posai mes lèvres sur les siennes. Il passa ses bras dans mon dos pour me serrer contre lui et émit un léger bourdonnement tandis que nos langues tournoyaient de nouveau dans nos bouches. Accrochés l'un à l'autre, nous prenions à peine le temps de reprendre notre respiration et, à un moment donné au cours de l'heure qui suivit, nous nous retrouvâmes affalés sur toute la surface du lit.

Weston finit par laisser sa tête retomber sur son oreiller, sans pour autant desserrer ses bras autour de moi. J'étais étendue à ses côtés, une jambe passée par-dessus la sienne.

— Je sais déjà que je vais avoir mal demain, il faut qu'on arrête.

— Pourquoi tu aurais mal ?

Il fit une pause, cherchant les mots adéquats pour s'expliquer.

— Je vais passer pour un con. Je ne veux pas avoir l'air de te faire culpabiliser pour t'inciter à... tu sais. Et je n'ai jamais eu l'intention de te donner ton premier baiser et de te faire perdre ta virginité le même soir.

— Ah. Tu veux dire mal aux... ??

Il s'étouffa avant d'exploser d'un rire sonore. Quand il eut repris sa respiration, il déposa un baiser sur mes doigts.

— Oui.

— Je ne suis pas non plus née de la dernière pluie. Même si je n'ai pas encore d'expérience personnelle, je suis bien informée.

— Il y a une chose dont tu n'es sûrement pas informée, c'est que techniquement je ne suis pas en train de tromper Alder puisque j'ai rompu avec elle aujourd'hui.

— Je suis au courant.

Il repositionna sa tête sur l'oreiller pour me regarder en face.

— Comment ?

— Elle est passée au *DQ* aujourd'hui. Elle était plutôt remontée.

— Elle a été méchante avec toi ?

Je le vis serrer les dents en attendant ma réponse.

— Elle est toujours méchante avec moi. Mais elle a dit que quand elle rentrerait ce serait encore bien pire.

Weston détourna brièvement les yeux.

— Je ne les laisserai plus te faire de mal, Erin. Tu n'as plus besoin d'avoir peur d'eux.

— Je n'ai pas peur.

Il fronça les sourcils.

— Il n'y en a plus que pour six semaines. On va s'en sortir.

Je déposai un baiser doux et bref sur ses lèvres, puis je hochai la tête.

— C'est pour toi que je m'inquiète. Tu n'as pas l'habitude.

— Je suis heureux comme je ne l'ai pas été depuis longtemps. Ils pourront peut-être nous emmerder pendant les cours, mais ils ne pourront pas toucher à ce qui nous lie tous les deux.

Je posai la tête sur son torse et j'écoutai les battements de son cœur. Ils ralentirent à mesure que les minutes s'écoulèrent, jusqu'à devenir profonds et réguliers. Il avait les paupières closes et la main confortablement posée sur mon dos. Je me blottis contre lui et nichai mon visage dans son cou. Il resserra son bras autour de moi et je ne tardai pas à m'endormir à mon tour.

Mon cerveau n'enregistra pas tout de suite la sonnerie, mais lorsque Weston essaya discrètement de se relever, je me réveillai.

— Désolé, murmura-t-il. Il est quatre heures du matin. Rendors-toi.

— Que se passe-t-il ? demandai-je en me frottant les yeux.

— Je ne sais pas. Quelqu'un s'acharne sur mon téléphone.

Tout juste comme il récupérait l'appareil et le débranchait de son chargeur, il se remit à sonner.

— Merde, c'est ma mère. Allô ?

La voix stridente et désespérée de Veronica retentit à l'autre bout du fil.

— Non. Calme-toi, Maman. Non, je te l'ai dit. Je suis à Blackwell. Je suis resté ici, tu te souviens ? Maman, arrête de pleurer. Que se passe-t-il ?

La voix adopta un ton plus grave et je sus qu'il s'agissait de Peter, son père. Weston se passa une main sur le visage, les yeux écarquillés.

— Nom de Dieu. Tu es sûr ? Qui te l'a dit ? (Il fit une pause, attentif.) Oh, merde. Toutes les deux ? Je ne… bon sang. Non, ne revenez pas. Je vais bien. Oui, j'en suis sûr. Essayez de vous détendre. Je suis à la maison, en sécurité dans mon lit. D'accord. Je vous aime aussi.

Il raccrocha et me regarda.

— Qu'y a-t-il ? Ils vont bien ?

— Oui, ils vont bien. C'est les Erin. Elles étaient sur le trajet de South Padre, c'est Alder qui conduisait. Elle s'est assoupie ou je ne sais quoi, et elle a franchi la ligne blanche. Elles ont heurté un semi-remorque de plein fouet. Elles sont mortes.

— Elles sont… *mortes* ? répétai-je incrédule.

Weston passa de nouveau la main sur son visage, puis la posa sur sa bouche.

— Elles sont mortes. Sonny et Alder sont mortes.

Il avait les yeux écarquillés, la bouche ouverte. Nous restâmes assis en silence un long moment.

Weston récupéra son téléphone et commença à vérifier ses messages. Il soupira et secoua la tête.

— Les rumeurs sont déjà lancées. (Il reposa l'appareil.) Tu veux que je te ramène ?

— C'est toi qui décides. Si tu veux être seul, je peux rentrer à pied. Sinon, je reste ici avec toi.

Il m'attira contre lui puis s'adossa aux oreillers, mais aucun de nous ne se rendormit.

9

Les funérailles eurent lieu en même temps le samedi suivant. Je n'y assistai pas, car ma présence ne me semblait pas appropriée, mais Weston s'arrêta au *Dairy Queen* pour me tenir au courant. Les parents de Sonny, ainsi que Sam et Julianne, semblaient tenir le coup et se soutenaient les uns les autres. Il me raconta le déroulement des funérailles, évoqua la personne qui avait dirigé le service, les chansons qui avaient été diffusées et les gens qui étaient présents. Mais il semblait perdu.

— Pourquoi tu n'y vas pas ? demanda Frankie. Il a besoin de toi aujourd'hui.

— Je... (Je regardai Weston.) Tu veux que je t'accompagne ?

Il paraissait abattu.

— Oui, s'il te plaît ?

Je retirai mon tablier et le jetai sur le comptoir.

— Merci Frankie.

Elle me lança un clin d'œil, mais son visage était triste.

Une fois dehors, je me retrouvai aussitôt dans les bras de Weston, qui me serra fort et enfouit son visage dans mon cou un long moment. Lorsque je finis par m'écarter, il me retint.

Puis il me tendit ses clés.

— Tu veux bien conduire ?

Je me figeai.

— Je n'ai jamais conduit que la voiture de l'auto-école, et c'était il y a plus de deux ans.

— Tu peux y arriver, dit-il.

Il m'ouvrit la portière, m'aida à monter, puis fit le tour du véhicule.

Je tournai nerveusement la clé dans le contact, j'ajustai la position du siège et des rétroviseurs, tout en essayant de me souvenir de mes leçons de conduite. J'appuyai sur le frein puis je passai une vitesse et démarrai. Je m'arrêtai à la sortie du parking avant de m'engager sur Main Street.

— Où veux-tu aller ?

— N'importe où. Roule.

Il prit ma main dans la sienne. Je tournai à droite et m'apprêtai à sortir de la ville quand Weston posa sa tête contre l'appuie-tête.

Nous n'échangeâmes que peu de paroles et je roulai jusqu'à ce que la lumière de la jauge du réservoir s'allume. Nous étions à une heure au sud de Blackwater, à Stillwater. Weston m'indiqua la station-service la plus proche puis me montra comment faire le plein.

— Tu as faim ? demanda-t-il.

— Un peu.

— D'accord. Je vais acheter des chips et une pizza, ou quelque chose dans le genre. Tu veux un Mountain Dew ?

Je hochai la tête.

— Merci.

Il raccrocha le pistolet sur la pompe et courut à l'intérieur de la station. Ne sachant trop à quelle place me réinstaller, j'attendis sans bouger. À son retour, Weston m'observa, perplexe.

— Qu'est-ce que tu fais, bébé ?

Mes intentions, l'endroit où je me trouvais, et même mon propre nom m'échappèrent d'un seul coup. J'avais entendu des couples se donner des petits noms affectueux, et j'avais entendu des mères appeler ainsi leurs enfants, mais personne ne m'avait jamais appelée autrement que par mon prénom et quelques insultes imagées. Je m'étais souvent imaginé ce que je ressentirais si j'avais quelqu'un qui m'aimait et qui me donnait un petit nom, simple et doux ; et ce mot venait de sortir de la bouche de Weston Gates.

J'essayai de parler, en vain.

— Tu veux que je conduise ? demanda-t-il. (Voyant que je ne répondais pas, il s'approcha de moi.) Tout va bien ?

Je pris mon élan et me jetai dans ses bras, j'enroulai mes jambes autour de sa taille et m'accrochai à son cou, puis je l'embrassai violemment.

Il me rendit mon baiser, et les sachets qui pendaient à ses bras bruissèrent en heurtant mon dos.

Lorsque je m'écartai enfin, il me sourit.

— C'était en quel honneur ?

— Je ne sais pas. J'en avais besoin, c'est tout.

— Tu devrais suivre tes instincts plus souvent, dit-il avant de m'embrasser de nouveau.

Il me demanda de conduire et, cinq heures après la fin de mon service, je m'engageai dans l'allée de chez Gina. Deux voitures de police ainsi qu'une autre voiture bleu foncé arborant le logo des services sociaux se trouvaient déjà sur place.

— Oh, mon Dieu, fis-je en me tournant vers Weston. Je ne sais pas de quoi il s'agit, mais tu ferais mieux de t'en aller.

Il secoua la tête.

— Sûrement pas. On traverse toutes les épreuves ensemble maintenant, tu te souviens ?

Des larmes me brûlèrent les yeux.

— J'apprécie, vraiment, mais c'est humiliant. Je ne veux pas que tu entendes ce qu'ils ont à dire.

— Qu'est-ce qu'ils ont à dire ?

— Je ne sais pas, mais je ne veux pas que tu l'entendes.

Weston hésita, puis me prit doucement la main.

— Est-ce qu'elle te frappe ? (Je répondis par la négative et Weston poussa un soupir de soulagement.) Quand vas-tu te rendre compte que je ne suis pas là pour te juger, Erin ? J'aime tout chez toi. Depuis toujours. (Il me serra la main.) Laisse-moi t'accompagner. S'il te plaît ?

Je hochai la tête, coupai le moteur, puis nous nous dirigeâmes main dans la main vers l'entrée. À l'intérieur, Gina était assise sur le canapé, le visage impassible. Deux officiers de police se tenaient sur le côté, et une femme des services sociaux était assise à côté d'elle. Elle m'adressa un sourire.

— Bonjour Erin. Je m'appelle Kay Rains. Je suis des services sociaux. Nous sommes là au sujet de certaines circonstances concernant la mort d'Erin Alderman.

— D'accord... fis-je, totalement confuse.

Pensaient-ils que j'avais quelque chose à voir avec sa mort ?

Elle sourit en remarquant ma nervosité.

— Tout va bien, Erin. Vous n'avez pas le moindre ennui.

— Pourquoi la police, dans ce cas ? demanda Weston, qui tenait toujours fermement ma main.

Kay hocha la tête.

— Nous n'avions pas l'intention de vous faire peur. Ce n'est que la procédure habituelle. Vous devez nous accompagner à l'hôpital. Il y a eu une certaine... confusion.

Je fronçai les sourcils.

— Avec les Erin ? Quel est le rapport avec moi ?

Kay se leva.

— Une autopsie a été requise pour Erin Alderman. Les résultats nous sont parvenus hier soir et les parents ont quelques questions. Si nous pouvions simplement prélever un échantillon de votre sang, nous pourrons démêler toute l'affaire.

— Un échantillon de sang ? Vous ne nous avez toujours pas dit le rapport avec Erin, intervint Weston.

Kay soupira.

— Les résultats ont montré qu'Erin Alderman n'était pas l'enfant biologique de Sam et Julianne Alderman. Les résultats d'Erin Masterson étaient normaux. Vous êtes le seul bébé fille à être né à l'hôpital de Blackwell le 1er septembre. En fait, vous êtes le seul bébé à être né, en dehors des filles décédées, dans les trois jours autour de vos dates d'anniversaires.

— Êtes-vous en train de dire qu'Erin Alderman est la fille de Gina Easter, et qu'Erin est... celle de Sam et Julianne ? fit Weston.

Nous restâmes tous deux bouche bée.

Kay posa la main sur le genou de Gina, même si celle-ci ne semblait pas particulièrement bouleversée.

— C'est malheureusement ce que nous soupçonnons.

Weston et moi échangeâmes un regard, sans parvenir à refermer la bouche.

— Je vais... heu... je vais t'y emmener.

Je hochai la tête.

— Nous vous la ramenons très vite, madame Easter.

Gina fit un signe de tête et nous la laissâmes seule dans le salon.

Le gravier crissa sous mes pieds tandis que nous nous dirigions vers le pick-up de Weston. Il ouvrit la portière et me déposa sur le siège passager sans le moindre effort apparent. Il me regarda droit dans les yeux.

— Est-ce que tout cela est bien réel ? demanda-t-il.

Je secouai la tête, incapable de prononcer un mot.

Weston prit le volant et suivit la voiture des services sociaux et celle de la police jusqu'à l'hôpital. On nous guida jusqu'au laboratoire et on nous installa en salle d'attente. Weston me tenait la main. Je gardai les yeux rivés au sol. Mon cerveau était comme englué, comme s'il refusait d'explorer seulement l'éventualité de ce que tout cela signifiait.

— Erin Easter, annonça le technicien.

Weston se leva en même temps que moi.

— Seulement elle, je vous prie, dit Kay.

J'adressai un signe de tête à Weston, qui se rassit.

Le technicien me guida dans une petite pièce équipée d'armoires et d'un comptoir. Il déposa un garrot en caoutchouc et quelques tubes en verre sur un plateau argenté à côté de moi. Je détournai les yeux pour le laisser insérer l'aiguille, puis je sentis un très léger tiraillement lorsqu'il changea le tube. Il retira l'aiguille, tamponna d'un coton le point de piqûre, puis posa un pansement rose sur ma peau.

Je retrouvai Weston debout dans la salle d'attente, entre Kay et les officiers de police.

— Et maintenant ? demandai-je.

Kay m'adressa un sourire rassurant et me tendit sa carte.

— Maintenant, on attend. Si vous avez besoin de quelque chose, appelez-moi sur mon portable. Le numéro est sur la carte. Je vous tiendrai au courant des résultats dès que nous les aurons. Notre demande est prioritaire, mais ils doivent nous les envoyer, ce qui arrivera certainement mercredi.

— Oh, je n'ai pas de...

Weston s'empara de la carte, consulta le numéro et l'entra dans son téléphone.

— Je l'ai.

Il appuya sur un bouton supplémentaire, et le téléphone de Kay se mit à sonner. Elle le sortit de son téléphone et regarda l'écran.

— C'est le mien, dit Weston. Vous pourrez la joindre à ce numéro.

Kay et les deux policiers nous raccompagnèrent jusqu'au parking et s'en allèrent tandis que nous bouclions nos ceintures.

— Tu crois… tu crois que c'est possible ? Que Gina ne soit pas ma…

J'eus le souffle coupé et mon esprit se ferma de nouveau. Il ne voulait pas me laisser envisager la possibilité.

Weston entrelaça nos doigts. Je ne savais pas comment ma chance avait pu tourner de manière aussi spectaculaire, mais il devait s'agir des excuses de Dieu en personne. Sans Weston pour me tenir la main et me rassurer, je me serais littéralement effondrée.

— Ce que je sais, c'est que tu rentres à la maison avec moi. On va mettre nos joggings, commander des cochonneries pour le dîner et regarder autant de films que possible en une seule nuit.

Un sourire apparut sur mes lèvres. Ce programme ressemblait beaucoup à celui qui avait occupé l'intégralité de nos vacances, et c'était exactement ce dont j'avais besoin. Mais mon sourire s'estompa.

— Est-ce que je ne devrais pas rentrer chez moi ? Pour parler à Gina ?

— Tu en as envie ?

Je secouai la tête.

— Je ne pense pas qu'il en ressorte quelque chose de bon. Donc, j'imagine que non.

Weston tourna vers le sud et remonta 13th Street en direction de chez lui. J'avais passé la majeure partie de ces neufs derniers jour chez Weston ou au *Dairy Queen*. Gina ne m'avait posé aucune question, ni ne m'avait adressé la parole. Notez que je ne m'en plaignais pas. Cette semaine de vacances avait été la meilleure de ma vie et l'idée que les choses puissent rester ainsi pour toujours était loin de me déplaire.

Une fois garés dans le garage, Weston coupa le moteur et actionna l'ouverture de la porte. Dans la maison, nous trouvâmes Peter et Veronica assis à la table. Peter portait un costume gris sombre et une cravate noire, et Veronica une sublime robe noire ainsi qu'une ceinture assortie.

Elle se leva et s'approcha de son fils en faisant claquer ses talons sur le carrelage. Elle le serra contre elle un long moment avant de le relâcher et de se tamponner le nez avec un mouchoir.

— Où étais-tu passé ?

Elle n'était pas fâchée, mais manifestement épuisée émotionnellement. Elle m'étudia, avec plus de curiosité qu'auparavant.

— On a surtout beaucoup roulé, mais on revient tout juste de...

Weston me jeta un coup d'œil, attendant la permission de poursuivre.

— De l'hôpital, achevai-je. On m'a demandé un échantillon de sang.

Weston me prit la main.

— On a procédé à l'autopsie d'Alder. Elle n'est pas la fille biologique de Sam et Julianne.

Ses parents ne parurent pas surpris.

— On a appris ça, dit Veronica.

— C'est la vérité ? demanda Peter. Sam et Julianne viennent de partir.

— De partir d'*ici* ? demandai-je.

Veronica renifla.

— Ils ont subi l'impensable pour des parents, et maintenant, ça recommence. Je ne sais pas si je suis simplement épuisée, ou... elle a les yeux de Julianne, Peter. Tu ne trouves pas ?

Peter secoua la tête.

— Veronica. Ne donne pas de faux espoirs à la petite.

Je fronçai les sourcils.

— Me donner de faux espoirs ? Comme si c'était un prix que j'attendais de gagner ? Pensez-vous vraiment que ce serait une bonne chose ?

Veronica et Peter échangèrent un regard, puis le posèrent sur Weston, et enfin sur moi.

— Sam et Julianne sont des gens formidables, Erin. Si c'est vrai, tu vas trouver une nouvelle et fantastique famille.

— Si c'est vrai, cela signifie que j'ai perdu dix-huit ans sans eux. Je ne suis pas sûre de vouloir que ce soit vrai. Pour moi comme pour eux.

Veronica croisa les bras et Peter passa le sien autour de ses épaules, reflétant ainsi notre position, à Weston et moi.

Peter hocha la tête.

— Tu as raison, Erin. C'est une situation terrible pour chacun d'entre vous. Nous sommes vraiment désolés.

Je secouai la tête.

— Non, c'est moi. La journée a été très longue.

— Évidemment, ma chérie, dit-elle en quittant le bras de son mari pour s'approcher de moi.

Elle m'attira contre elle et me serra fort.

Je jetai un coup d'œil à Weston, qui observait sa mère avec, dans les yeux, une lueur qui semblait être un mélange de reconnaissance et de soulagement.

Veronica me relâcha avec un sourire.

— On descend, annonça Weston.

Il me prit la main et m'emmena au sous-sol. Nous nous assîmes sur le canapé et Weston s'empara de la télécommande. L'écran s'alluma et il sélectionna le premier film de la liste des films à la demande. Aucun de nous n'éprouvait le besoin d'avoir une interminable conversation concernant tout ce qui s'était passé au cours de cette dernière semaine. De ce dernier mois, à dire vrai. Pour lui comme pour moi, la vie était passée de « désespérée » à « heureuse », de la manière la plus étrange et la plus regrettable qui soit.

10

Lorsque je m'assis à ma place à la table noire de mon premier cours, la salle était plongée dans le silence. Tout le monde regardait le sol, mais à mon entrée, on me fusilla du regard. Puis les murmures s'élevèrent. C'était tout nouveau pour moi et je ne savais pas à quoi m'attendre, ce qui était plus effrayant encore que le quotidien avant la mort des deux Erin.

Pour la première fois en dix-huit ans et demi, j'étais la seule Erin. Les surnoms n'avaient plus aucune utilité et je n'avais plus besoin de faire semblant de ne pas remarquer Weston quand il entrait dans la salle. Mais cela ne changeait rien à ce que les gens pensaient de moi. Les yeux de Brady eurent un mouvement convulsif, et ses paroles haineuses lui chatouillaient le bout de la langue.

La sonnerie retentit, mais Mme Merit ne dit rien. À la place, un grésillement résonna dans les haut-parleurs et le principal Bringham s'exprima par le système de sonorisation.

— Chers étudiants, bonjour. Comme vous le savez tous, nous avons perdu deux élèves brillantes pendant les vacances, Erin Alderman et Erin Masterson. Nous allons observer deux minutes de silence afin que vous puissiez prier pour leurs amis et leur famille si vous le souhaitez ou, sinon, pour observer un moment de recueillement silencieux.

Le principal se tut et tout le monde garda les yeux rivés au sol. Je n'étais pas la seule personne que les deux Erin avaient harcelée sans répit, et certainement pas la seule à éprouver un certain soulagement plutôt qu'un sentiment de perte. Mais où qu'elles soient désormais, j'espérai qu'elles étaient libérées du fléau qui les poussait à s'en prendre aux autres, afin d'être en paix avec elles-mêmes.

— Merci de votre attention, dit le principal Bringham, puis le haut-parleur fut coupé.

— On m'a demandé de vous dire que si l'un d'entre vous a besoin de parler à quelqu'un à propos de ce qui est arrivé à Sonny et Alder, des conseillers seront présents toute la semaine pour vous aider à comprendre et à gérer vos sentiments. Maintenant, ouvrez vos manuels à la page 188, s'il vous plaît.

Tout au long de la journée, je notai le silence relatif dans le corps étudiant. On entendait de temps à autre une pom-pom girl faire une scène près de son casier. Après la crise de larmes de Chrissy en deuxième heure de cours, elles semblèrent toutes essayer de rivaliser d'hystérie. Brady était assis entre deux chaises vides en cours de santé, et même si je l'avais surpris en train de nous fusiller du regard plusieurs fois, Weston et moi, il ne prononça pas un mot.

En cours d'art, Mme Cup appela Weston à son bureau, et ils eurent une longue conversation à voix basse. L'issue sembla positive, mais elle se prolongea tant vers la fin du cours que Mme Cup eut à peine le temps de nous briefer sur notre dernier projet : notre contribution à la peinture murale du centre de Blackwell. C'était l'ancienne professeure d'art, Mme Boyer, qui avait lancé la tradition, et Mme Cup la perpétuait depuis son départ à la retraite. Nous apportions nos petites touches personnelles, mais il s'agissait surtout de remplir des trous entre les briques ou de repeindre les parties écaillées au cours de l'année précédente.

— Soyez préparés, déclara-t-elle. Nous irons sur le site dès demain. Assurez-vous d'avoir vos affaires pour ne pas avoir à revenir ici. Vous pourrez partir directement de là-bas à 15 h 30.

Weston était assis sur sa chaise maintenant placée à côté de mon bureau.

— Elle a toujours l'intention de te recaler ? murmurai-je.

Il secoua la tête en réprimant un sourire.

Deux filles apparurent sur le seuil de la salle et frappèrent à la porte.

— Mme Cup, M. Bringham souhaiterait voir Erin Easter.

— Très bien, dit Mme Cup en me faisant signe de ramasser mes affaires.

— Il a dit qu'elle devait venir immédiatement, ajouta l'une des filles.

Je récupérai mes affaires et Weston posa la main sur mon bras.

— Tu veux que je t'accompagne ?

— Ça va aller.

Il fronça les sourcils.

— J'ai envie de t'accompagner.

Je lui souris.

— Tu t'inquiètes trop. Tu n'as pas à me protéger, Weston.

— D'où tu tiens ça ? dit-il en ne plaisantant qu'à moitié. Je t'attendrai à la sortie.

Je secouai la tête.

— Tu seras en retard à l'entraînement. Vas-y.

Il me regarda remballer quelques affaires dans mon sac, puis je suivis les filles dans le couloir. Nous passâmes devant la série de casiers qui se tenait, isolée, au milieu de l'espace commun, puis nous tournâmes à gauche en direction du bureau. À peine quelques semaines plus tôt, j'avais emprunté le même chemin, trempée jusqu'aux os. La vie semblait aujourd'hui complètement différente et j'avais la sensation que les changements n'allaient pas s'arrêter de sitôt.

J'entrai dans le bureau où se trouvaient Kay Rains ainsi qu'un officier de police, le principal Bringham et la conseillère pédagogique, Mme Rogers. Quelques étudiants et professeurs traînaient dans le couloir ou attendaient quelque chose, assis sur une rangée de chaises près de la porte.

— Pourquoi n'allons-nous pas dans mon bureau ? demanda le principal Bringham. Je pense que cela vaudrait mieux.

Notre petit groupe lui emboîta le pas et Kay me demanda de m'asseoir sur l'une des deux chaises situées face au bureau du principal. M. Bringham s'assit et joignit les mains devant lui.

— Erin, on m'a informé que vous aviez procédé à un test sanguin. Savez-vous pourquoi ?

Je confirmai d'un signe de tête.

— Ne soyez pas nerveuse. Je sais qu'il y a beaucoup de monde ici, mais ce n'est qu'une formalité. Mme Rains a les résultats et elle est ici pour vous les expliquer.

— Avec un officier de police ? demandai-je.

Kay gloussa.

— Je sais. C'est affreux. Mais nous avons pensé que c'était pour le mieux, étant donné que nous sommes dans un établissement scolaire, et la possibilité de susciter de vives émotions… à moi aussi, cela me paraît exagéré. Mais étant donné que vous avez dix-huit ans, et que Mme Easter nous a demandé de vous informer directement à l'école en fonction de la nature des résultats, nous sommes venus ici.

— Je ne veux pas me montrer malpolie, mais peut-on aller droit au but ? Je vais être en retard au travail.

Kay cligna des yeux.

— Bien sûr, excusez-moi. (Elle remua sur sa chaise.) Erin, d'après les résultats qui vous concernent toutes les trois, nous en sommes arrivés à la conclusion qu'il y avait eu une erreur à l'hôpital le jour de votre naissance. Il semblerait que la défunte Mlle Alderman ait été confiée aux Alderman, et que vous ayez été donnée à Mme Easter… par erreur.

Mme Rogers fit un pas sur le côté et établit un contact visuel avec moi.

— Ce qu'elle essaie de dire, Erin, c'est que vous êtes la fille biologique de Sam et Julianne Alderman. Maintenant que vous avez dix-huit ans, je ne sais pas trop ce que cela signifie pour vous, mais les Alderman en ont été informés et ils aimeraient beaucoup vous parler, dès que vous vous sentirez prête.

— Ils sont au courant ?

Mme Rogers confirma, puis sourit.

— Et ils sont impatients d'en parler avec vous, si cela vous convient. Ils savent que le choc est énorme pour vous, et ils souhaitent vous donner tout l'espace dont vous avez besoin pour réfléchir.

— Où est Gina ? demandai-je.

Kay regarda Mme Rogers, puis moi.

— Elle s'est retirée de la réunion. Mais elle a été prévenue.

Je réfléchis un instant, tandis que tout le monde dans la pièce guettait ma réaction. Je jetai un regard à M. Bringham par en dessous.

— Puis-je disposer ?

— Bien sûr. Vous devez être bouleversée. Mme Rogers et moi-même sommes à votre disposition pour en parler dès que vous le souhaiterez.

Mme Rogers s'agenouilla à côté de ma chaise.

— Si vous avez des questions, juridiques ou autres, je serai ravie de vous aider, Erin. N'hésitez pas.

Je me levai en emportant mon sac.

— Merci, j'apprécie, mais je dois aller travailler.

L'officier de police s'effaça sur le côté et m'ouvrit la porte. Je sortis et j'essayai de ne pas prêter attention à la dizaine de paires d'yeux rivées sur moi. Je sortis par la porte latérale du bâtiment, et je trouvai le pick-up de Weston dans l'allée en demi-cercle située devant l'école.

Je ne m'arrêtai pas, mais il sauta à bas de sa voiture pour me rejoindre au pas de course.

— Qu'est-ce qu'ils ont dit ?

Voyant que je ne répondais pas et que je ne m'arrêtais pas, Weston se planta devant moi.

Je clignai des yeux.

— Erin, qu'est-ce qu'ils t'ont dit ?

— Que ma mère n'est pas Gina Easter, mais Julianne Alderman.

Weston se redressa et laissa son regard errer pardessus ma tête, perdu dans ses réflexions.

— Oh. (Il me regarda de nouveau.) Est-ce que ça va ?

— J'ai besoin de marcher.

— Tu es sûre que tu ne veux pas que je t'emmène ? Laisse-moi faire ça pour toi.

Je pris une profonde inspiration.

— Je n'ai pas marché depuis une éternité et là, j'ai vraiment, vraiment besoin de marcher.

Weston hocha la tête et je le contournai, concentrée sur mes pas, jusqu'à arriver devant le *Dairy Queen*. J'ouvris la porte, je nouai mon tablier et me dirigeai vers mon poste.

Frankie avalait une cuillère de sa propre concoction, appuyée contre le comptoir.

— Je me suis dit que tu n'allais peut-être pas venir aujourd'hui.

— Désolée. J'avais une réunion.
— Avec Weston ?
— Non, répondis-je, les sourcils froncés.
— Il était à trois mètres derrière toi quand je t'ai vue arriver, il devait rouler à deux kilomètres-heure. Puis il a tourné vers les terrains de sport et il est allé s'entraîner. Tu l'as largué ?
— On n'est pas... vraiment... ensemble.
— Alors tu l'as largué ?
— Non.
— Quel genre de réunion ?
— Avec le principal et la conseillère, et une dame des services sociaux.
— Pourquoi ?
— Je ne sais pas vraiment ce qu'elle faisait là. Ils ne savent pas trop quoi faire.
— À quel propos ?
— Quand, heu... Alder est morte, ils ont fait quelques tests, et les résultats étaient étranges. Alors ils ont fait des tests sur Sonny. Les siens étaient normaux. Alors ils m'ont demandé un prélèvement sanguin.
— Je ne comprends rien, mais je sens que tout va s'expliquer dans une minute, dit Frankie en fourrant une cuillère de crème glacée dans sa bouche.
— Donc, ils m'ont annoncé aujourd'hui après les cours que Gina n'était pas ma mère.
— Pardon ? s'exclama Frankie en se redressant, la bouche toujours pleine.
— Et Gina n'était même pas là. Enfin... ils m'ont dit qu'elle avait été prévenue, mais elle voulait qu'ils me l'apprennent au lycée. Elle n'a pas tenu à être là quand ils me le diraient. Alors je ne sais pas si je suis censée aller récupérer mes affaires, ou si j'ai encore un endroit où vivre, ou...

Frankie m'attira à elle et me serra dans ses bras, et c'est alors que je réalisai que j'étais en train de sangloter.

— Ma petite chérie, dit-elle en me berçant tendrement. (Puis elle s'écarta et prit mon visage entre ses mains.) Qu'est-ce que tu fais ici ? Tu ne peux pas travailler dans cet état.

— Je n'ai nulle part ailleurs où aller !

Frankie me serra de nouveau en émettant des petits bruits rassurants, comme le font la plupart des mères. À l'exception des mères comme Gina, qui ne savait probablement pas ce qui la laissait le plus indifférente : savoir qu'elle avait élevé l'enfant d'une autre, ou l'annonce que son enfant biologique était morte.

La route était calme et peu de monde devait avoir envie d'une glace, car il ne vint que deux clients après la fin de l'entraînement de base-ball, et Frankie les servit tous les deux.

— Il va venir directement ici. Je parie qu'il n'arrivait pas à se concentrer et qu'il mourait tellement d'envie de te voir que l'entraînement devait lui paraître interminable.

Je mordillai l'ongle de mon pouce en regardant la Chevy rouge garée de l'autre côté de la route.

— Non. Pas après la façon dont je l'ai traité.

— Ma chérie, s'il ne peut pas comprendre que tu viens de subir le plus grand choc de ta vie, alors il ne te mérite pas.

La portière de la Chevy s'ouvrit et se referma, puis le pick-up démarra rapidement, s'arrêta une brève seconde avant de traverser la route, puis fila à l'arrière du *Dairy Queen*. Je me ruai vers la porte de derrière, mais Weston l'avait déjà ouverte.

Je me jetai littéralement sur lui et il me rattrapa, puis me laissa, sans protester, le serrer comme si ma vie en dépendait. Il fit les mêmes sons apaisants que Frankie un peu plus tôt, et je réalisai que je pleurais de nouveau.

Frankie apparut sur le seuil et m'observa comme si j'allais mourir.

— Ramène la petite chez elle, Weston.
— Je n'ai pas… de maison, dis-je en sanglotant.
— Je te ramène chez moi, dit Weston.
Il me reposa sur mes pieds juste le temps de me soulever de nouveau dans ses bras et de me porter jusqu'à sa voiture. Frankie lui ouvrit la portière et il m'installa sur mon siège. Je perçus la voix étouffée de Frankie, qui s'interrompit pour laisser parler Weston, ils s'enlacèrent, puis il prit place au volant.
Il me tint fermement la main pendant le trajet, sans la lâcher pour pénétrer dans sa maison. Il me guida directement au sous-sol et me regarda m'asseoir sur le canapé.
— Je vais monter chercher à boire et… qu'est-ce que tu as envie de manger ?
— Pas grand-chose, en fait.
Weston soupira et hocha la tête.
— Oui, j'imagine.
Il appuya sur la télécommande et lança le dernier film de la liste, puis monta à la hâte. Heureusement qu'il avait allumé la télévision avant de partir et ne m'avait pas laissée seule avec mes pensées.
Moins de deux minutes plus tard, Weston s'asseyait à côté de moi et déposait sur la table basse diverses boîtes, ainsi qu'un paquet de mouchoirs. Puis il ouvrit une bouteille de Fanta et me la tendit.
— Je me suis dit que tu n'aurais pas besoin de caféine.
Je portai la bouteille à mes lèvres d'une main tremblante. Weston la saisit pour la reposer sur la table, puis je me blottis contre lui.
Il posa ses lèvres sur ma tempe.
— Dis-moi ce que je dois faire, Erin. Dis-moi comment t'aider à te sentir mieux, murmura-t-il.
— Comme ça, répondis-je. Exactement comme ça.

11

À 17 h 30, la porte du garage vibra au-dessus de nos têtes. Nous distinguâmes le bruit de la porte qui s'ouvre et se referme, et les autres bruits indiquant que ses parents étaient rentrés. La porte du sous-sol ne tarda pas à s'ouvrir et deux paires de pieds entamèrent la descente.

Weston ne bougea pas, et moi non plus. Peter et Veronica prirent place dans les deux fauteuils qui encadraient la table basse. Peter posa les coudes sur ses genoux et joignit les mains, position qui me rappela celle du principal juste avant de m'annoncer la nouvelle.

— On est au courant, déclara-t-il d'une voix grave et posée.

Veronica se pencha en avant, le regard empli de compassion.

— Depuis que nous avons appris la nouvelle, Peter et moi avons discuté et, quand tu seras prête, nous aimerions t'offrir un conseil juridique. Cependant, nous avons aussi parlé à Sam et Julianne, et ils espèrent pouvoir te parler dès que tu l'auras décidé.

— Quand, par exemple ?

J'étais allongée contre Weston, et je devais probablement avoir l'air d'une paresseuse mal élevée, mais j'étais émotionnellement et physiquement vidée.

— Ils habitent juste au coin de la rue, m'expliqua Peter. Ils attendent chez eux. Ils veulent seulement s'assurer que tu vas bien. Cela ne doit pas forcément avoir lieu ce soir.

Une porte claqua à l'étage et des bruits de pas résonnèrent dans la cuisine.

— Veronica ? appela une voix de femme, l'air désespérée.

Peter remonta à la hâte, une sorte de désaccord étouffé s'ensuivit, puis plusieurs personnes descendirent dans l'espace de Weston, là où personne n'était censé venir nous déranger. Weston et moi nous levâmes dès que Sam et Julianne apparurent au bas des marches.

Peter avait le souffle court.

— Julianne, je ne pense pas que ce soit une bonne idée, prévint-il.

Julianne avait les yeux rouges et brillants. Elle commença à s'approcher de moi, mais son mari la retint.

— Julianne !

Julianne tenait ses mains devant sa poitrine.

— Je suis désolée. Je sais que tu as eu une journée bouleversante. Seulement... Moi aussi. Une semaine bouleversante, à vrai dire, et je... (Une larme coula sur sa joue.) J'ai entendu dire que tu n'avais pas reçu beaucoup de soutien au lycée quand tu as appris la nouvelle et je... je voulais seulement m'assurer que tu allais bien. C'est tout.

Je fis quelques pas jusqu'à me retrouver à un mètre d'eux : mes parents. Ils me regardaient bouche bée comme si j'étais une pierre précieuse. Sam tenait Julianne par les épaules et elle était légèrement penchée en avant.

Elle tendit les mains, puis serra les poings, clairement tiraillée entre l'envie et le devoir. Quand elle parla, sa voix se brisa :

— Est-ce que tu voudrais bien que je… je voudrais seulement te serrer contre moi, si tu veux bien. Je ne veux pas te contrarier.

Tout le monde attendit ma réponse en me regardant.

Je hochai la tête une fois, presque trop subtilement pour que mon geste soit perceptible, mais Julianne tendit les bras et m'attira contre elle. Elle se mit à sangloter, le corps tremblant.

— Julianne, chérie, la supplia Sam. Je t'en prie, ne lui fais pas peur.

Je relevai les yeux pour le regarder par-dessus son épaule.

— Tout va bien. Elle peut pleurer.

Les lèvres de Sam tremblèrent et il tendit la main, hésitant, nerveux, pour la poser sur mon épaule. Ses larmes se mirent à leur tour à couler, et il regarda sa femme me serrer en pleurant.

Une heure plus tard, nous nous trouvions tous au rez-de-chaussée, réunis autour de la table devant un plateau de fromage, des biscuits entamés, une bouteille de vin vide et une bouteille de Fanta orange dont on avait servi deux verres. Peter et Veronica évoquaient leurs vacances de ski et le niveau de Peter, qui n'était pas vraiment aussi bon qu'il l'estimait.

C'était agréable de rire et d'écouter Sam et Julianne, d'apprendre à mieux les connaître. Je n'arrivais pas à détourner mon regard d'eux. Veronica avait raison : j'avais bien les yeux de Julianne. Et pour la première fois, j'étais associée à la beauté, car j'avais toujours trouvé Julianne Alderman magnifique, à l'intérieur comme à l'extérieur. Le bas de mon visage venait de Sam. J'avais la même finesse de la lèvre supérieure, avec le « m » bien dessiné du milieu, et j'avais aussi son menton. Je me demandai s'ils pensaient la même chose de moi, ou si quelqu'un avait déjà pensé les mêmes choses à mon sujet.

Julianne me prit les mains par-dessus la table.

— Tu dois penser que je suis une mère horrible pour n'avoir jamais su. Je suis auxiliaire médicale, pour l'amour du ciel ! Mais je leur ai dit, quand ils ne t'ont pas ramenée à moi après ton bain, qu'ils avaient ramené le mauvais bébé. Je le savais, mais ils m'ont dit que j'étais simplement fatiguée. Puis ils ont dit que c'était à cause des hormones. Et au fil des ans, d'autres mères ont dit avoir eu les mêmes craintes, à cause de toutes les histoires qu'on entend...

— Julianne, je pense qu'il est temps qu'on laisse Erin se reposer. Elle a cours, demain.

Julianne manipula maladroitement les boutons de son chemisier en soie, puis se mit à trembler.

— Je... je ne sais pas si elle... voudrais-tu...

— Pourquoi ne resterait-elle pas ici pour la nuit ? demanda Veronica. Après avoir prévenu Mme Easter ?

— Nous n'avons pas le téléphone, expliquai-je. Et elle ne... je ne pense pas qu'elle m'attende.

Julianne sembla contrariée.

— Nous avons encore quelques vêtements de Whitney. Tu peux les prendre, proposa Veronica.

— Veux-tu rester ici ? demanda Julianne.

— J'aimerais beaucoup, dis-je, de nouveau émue.

Sam se leva et invita sa femme à l'imiter. Elle n'avait manifestement pas envie de partir, mais il insista et elle finit par céder, non sans m'avoir fait un autre câlin.

Quand la porte se referma, Weston, Veronica, Peter et moi échangeâmes des regards, debout dans l'entrée.

— Erin, tu peux dormir dans l'ancienne chambre de Whitney. Ce n'est pas très... orthodoxe, mais je pense que c'est dans ton intérêt, jusqu'à ce que vous décidiez quoi faire ensuite, Julianne, Sam et toi. D'un point de vue légal, tout cela est un peu confus étant donné que tu n'es plus mineure. Ne t'inquiète pas. Tu es la fille de Sam et Julianne. Quelle que soit ta décision, ils s'assureront que tu ne manques de rien. Weston, montre-lui sa chambre et laisse-la se reposer. La journée a été longue.

Weston acquiesça, puis me prit la main pour m'emmener à l'étage. La chambre de Whitney se trouvait au bout du couloir, à l'opposé de celle de Weston. Elle possédait sa propre salle de bains, qui était immense, équipée d'une baignoire et d'une douche, ainsi que d'une armoire à linge qui s'étirait du sol au plafond, remplie de grosses serviettes moelleuses. Weston s'assura qu'il y avait du savon et du shampooing.

— On pourra récupérer ce qu'il te faut chez Gina demain, si tu veux.

Je hochai la tête.

Il m'emmena dans la chambre et rabattit la couette.

— Des draps propres. (Il ouvrit la penderie.) Et un paquet de vêtements. (Il ouvrit un tiroir de la commode.) Chemises de nuit et pyjamas. Certains sont en soie, parce que Whitney est une vraie diva. Laisse ton linge sale dans ce panier et Lila le récupérera demain matin en arrivant. Je suis presque sûr que Whitney a laissé du maquillage, des trucs de coiffure et ce genre de choses dans les tiroirs sous le lavabo.

— En effet, dit Veronica en passant la tête par la porte.

Elle me tendit une brosse à dents, un tube de dentifrice et un déodorant tout neuf.

— Peter dit toujours que je fais trop de stocks. Ce soir tu as remporté pour moi une querelle vieille de vingt ans, ma petite chérie.

— J'aimerais trouver un moyen de vous remercier. Je suis désolée de...

— Sottises, me coupa Veronica, la main sur la poignée. Nous allons résoudre toute cette situation. Essaie de te reposer. On se voit demain matin. Wes ?

Weston se pencha pour me donner un baiser, puis suivit sa mère. J'entrai dans la vaste salle de bains blanche et me déshabillai devant le miroir. Puis je pris une longue douche chaude en essayant toutes les marques de shampooing, de démêlants et de masques pour le visage qui me passaient sous la main. Quand je finis par sortir, j'embaumais comme un salon de coiffure et ma peau brillait comme du marbre. J'avais l'impression d'être le personnage de Julia Roberts dans *Pretty Woman.*

Je m'enveloppai dans une épaisse serviette et me brossai les cheveux. Je remarquai alors à quel point ma couleur était proche de celle de Julianne. Je choisis une chemise de nuit, l'enfilai et me glissai sous les draps de l'immense lit. Les ressorts ne grincèrent pas sous mon poids. Je n'étais même pas sûre que le lit de Whitney était muni de ressorts. On aurait dit un seul gros coussin bourré de mousse. Je posai ma tête sur l'oreiller et étendis mes jambes de tout leur long, et elles n'approchaient même pas du bout du matelas. Mon corps s'enfonça et la couette pelucheuse m'imprégna de douceur.

Je me tournai sur le côté et éteignis la lampe. Avant d'avoir pu reprendre ma position sous la couette, la porte s'ouvrit et Weston entra.

— Tu dors ? murmura-t-il.

— Non.

Il s'agenouilla à côté du lit.

— Tu es bien ?

— Mieux que jamais.

— Tu as besoin de quelque chose avant que j'aille me coucher ?

Je secouai la tête.

— Je ne sais pas si j'arriverai à dormir en te sachant à l'autre bout du couloir.

— Essaie, répondis-je en souriant.

Il gloussa, puis se pencha pour me donner le meilleur baiser possible malgré la présence de sa mère dans les parages. Puis une fois devant la porte il se retourna :

— Tout ira bien. Ce n'est qu'une étape supplémentaire qu'on franchira ensemble.

— Je sais.

J'aurais dû être effrayée, de découvrir à dix-huit ans que la femme qui m'avait élevée n'était pas ma mère. Mais à cet instant, j'avais l'impression d'avoir une petite armée à mes côtés.

Le lendemain matin, en arrivant au lycée, j'eus l'impression de pénétrer dans une nouvelle dimension. Tout le monde me dévisageait, comme avant, mais avec une curiosité nouvelle. En première heure de cours, Brady me jeta quelques coups d'œil, mais le dégoût avait désormais quitté ses yeux. Les professeurs eux-mêmes me regardaient différemment. C'était comme si je n'étais plus la même personne que la veille.

Personne, pas même Brady, ne m'appela Easter. J'étais enfin devenue Erin. Pour la première fois en neuf ans, personne ne m'adressa une parole négative ou ne me jeta un regard mauvais. Je continuais pourtant de m'attendre à ce que quelqu'un vienne me tourmenter, mais ce ne fut jamais le cas ; pas une seule fois de la journée. Le reste de la semaine s'écoula de la même manière et, le vendredi, la tension que j'éprouvais chaque fois que j'entrais dans une salle avait disparu, et je n'étais plus sur le qui-vive, prête à encaisser des insultes ou des jets de boulettes de papier. Mes pensées étaient intégralement concentrées sur Weston, Sam et Julianne. Ils étaient venus dîner tous les soirs de la semaine et revenaient ce soir, mais cette fois revêtait une importance particulière.

Weston me déposait tous les après-midi au boulot, puis traversait la route pour se rendre sur les terrains de sport. Lila lavait et séchait l'un de mes jeans chaque soir avant de partir afin que je puisse l'emporter dans mon sac et me changer avant d'embaucher. Je ne voulais pas abîmer les affaires de Whitney. Ses vêtements étaient féminins et très coûteux. Ses chaussures étaient légèrement trop grandes, mais je ne me plaignais pas. C'était la première fois que je portais des vêtements de marque, sans parler des fringues de créateurs.

Frankie et moi parlâmes de ses enfants, mais principalement de mon nouveau cadre de vie, et de ce à quoi celle-ci ressemblait désormais. Elle souriait beaucoup en m'écoutant, et je savais qu'elle était heureuse pour moi, mais je décelai également une sorte de tristesse dans ses yeux que je ne parvenais pas à déchiffrer.

Weston passait tous les soirs après l'entraînement, puis revenait me chercher à la fin de mon service. Mardi soir, nous passâmes chez Gina. N'étant pas certaine de pouvoir utiliser ma clé, je frappai à la porte. Personne ne répondit et je décidai d'entrer. Soul Asylum résonnait à plein tube. Je filai dans ma chambre et dans la salle de bains pour récupérer tout ce dont je pensais avoir besoin – mon deuxième jean, ma brosse à dents, un rasoir, un peu de maquillage, des sous-vêtements et un carnet de croquis. Je laissai tout le reste.

Ce soir, j'allais devoir me dépêcher de me changer pour être prête à 19 heures, heure à laquelle Sam et Julianne apporteraient le dîner. À la seconde où Weston se gara dans le garage, je lâchai sa main et me ruai à l'étage.

Quarante-cinq minutes plus tard, j'émergeai, douchée, rasée et crémée. Weston m'attendait, assis sur la dernière marche des escaliers. Il se leva en me voyant sortir de la chambre de Whitney. Je lui souris, mais il ne réagit pas.

— Qu'est-ce qui ne va pas ?

— Rien, répondit-il en se forçant à sourire.

Il se pencha pour m'embrasser sur la joue, puis nous descendîmes au rez-de-chaussée. Peter et Veronica étaient en train de mettre la table, pendant que Sam et Julianne retiraient les couvercles des plats et les plaçaient au centre.

Les yeux de Sam et Julianne s'illuminèrent lorsqu'ils me virent, et ils vinrent tous les deux m'enlacer. Nous nous installâmes, et Weston et moi racontâmes notre journée. Les adultes nous posèrent des questions spécifiques sur nos devoirs et sur notre ressenti concernant certains principes. Il aurait pu s'agir de simples banalités, mais Sam et Julianne semblaient sincèrement intéressés et suspendus à chacune de mes paroles.

Alors que nous finissions le cheesecake au chocolat, je remarquai que Julianne paraissait nerveuse. Pendant une pause dans la conversation, Sam lui prit la main et je vis ses yeux s'embuer.

— Erin, dit Sam. Julianne et moi avons discuté cette semaine, et même si nous savons que tout est arrivé très vite pour tout le monde, nous voulons te demander s'il te plairait de venir vivre chez nous… jusqu'à ce que tu ailles à l'université, ou que tu veuilles vivre par tes propres moyens. Seulement, nous avons le sentiment que nous avons beaucoup de choses à rattraper, et nous adorerions pouvoir le faire comme une vraie famille.

Je les regardai l'un après l'autre. Eux m'observaient avec un espoir infini dans les yeux.

— Tu auras ta propre chambre, dit Julianne. On t'a déjà acheté un nouveau lit, une commode et des draps. Mais nous avons pensé que tu voudrais choisir toi-même ta couette et ce genre de choses, alors j'ai laissé quelques catalogues sur le lit. (Elle leva une main.) Sans vouloir t'obliger à venir vivre chez nous.

Mais… je ne voulais pas que tu croies qu'on te proposerait la chambre d'Alder. Tu auras la tienne, tes propres vêtements, tes affaires à toi.

Sam se pencha légèrement en avant et remonta ses lunettes.

— Tu n'es pas obligée de prendre une décision ce soir. Sache seulement que la proposition est là. Et nous ne faisons rien ce week-end, au cas où tu voudrais… tu sais, emménager. Mais encore une fois, pas de pression.

— C'est d'accord. Je pense que ce sera bien, dis-je.

— Vraiment ? s'exclama Julianne, stupéfaite.

Je hochai la tête.

Julianne frappa dans ses mains, toute excitée, puis contourna la table pour m'étreindre. Veronica et Peter nous félicitèrent et de nombreuses embrassades s'ensuivirent, auxquelles Weston ne prit pas part.

Je me rassis à côté de lui.

— Tout va bien ? lui demandai-je.

— Ça va me manquer de ne plus te voir tous les jours.

— Weston, chéri, elle sera juste au bout de la rue ! intervint Veronica en riant.

— Je sais, dit-il, toujours maussade.

— Nous essaierons de ne pas prendre tout son temps, lui assura Julianne. Je te promets que nous veillerons à vous laisser du temps à vous.

Le moral de Weston sembla remonter quelque peu, et il me prit la main.

Sam et Julianne retournèrent à leur place.

— On pourrait commencer demain, dans ce cas ? Je n'ai pas vraiment grand-chose à emmener, dis-je avec un haussement d'épaules.

— C'est parfait, approuva Julianne. Nous nous occuperons de tout. Si tu as besoin de quelque chose que nous n'avons pas, n'hésite pas à nous le dire.

— Donc... à demain ? fit Sam en levant son verre de vin presque vide.

Les autres adultes levèrent leur verre à leur tour, et Weston et moi levâmes nos verres de Coca Cherry.

— À demain, dit tout le monde à l'unisson.

12

Sam et Julianne rentrèrent chez eux, impatients d'achever la préparation de certaines choses avant mon emménagement le lendemain. Peter et Veronica se retirèrent dans leur chambre et Weston me proposa d'aller faire un tour. Nous nous rendîmes en voiture sur son pont préféré, sans nous lâcher la main du trajet, et nous nous allongeâmes sur la plate-forme du pick-up, les yeux levés vers les étoiles.

— Je suis un peu nerveux. On vient d'être réunis, et je t'ai eu pour moi tout seul jusqu'à maintenant, dit-il en déposant un baiser sur mes cheveux.

J'appuyai ma tête sur son bras.

— Je serai juste au coin de la rue, et il faudra toujours m'emmener au lycée tous les matins. Je ne crois pas que les choses changeront tant que ça.

— Je ne sais pas. Tu as dix-huit ans à rattraper et je serais vraiment un crétin si je t'empêchais d'apprendre à connaître tes parents. J'ai le sentiment que je devrais m'effacer, mais je n'en ai pas envie.

— Je ne veux pas que tu t'effaces, répliquai-je en songeant à ses dernières paroles. Mes parents. Waouh. C'est… *dément*. Je continue de croire que je vais finir par me réveiller, ou que quelqu'un va m'annoncer que ce n'était qu'une blague cruelle.

— Une blague cruelle ? Tu viens de gagner au loto. Non seulement tes tyrans ont disparu, mais tu as retrouvé tes parents, qui sont parmi les meilleures personnes de cette ville.

— J'ai l'impression qu'une célébration serait déplacée.

— Tu ne les as pas volés, Erin. Ce sont les tiens. Un peu comme moi.

Je tournai les yeux vers lui et je vis son merveilleux sourire dans le clair de lune.

— Ça fait beaucoup de chance d'un seul coup pour quelqu'un qui n'en a jamais eu. J'ai l'impression que tout peut m'être arraché d'une seconde à l'autre.

— Je ne vais nulle part, dit-il, je te le promets.

Je me tournai sur le côté et me pressai contre lui avant de l'embrasser. La nuit était fraîche, mais une vague de chaleur me submergea de l'intérieur. Weston devait être dans le même cas que moi car il enfonça ses doigts dans ma peau et émit ce petit son que j'adorais. Je m'écartai et me mordis la lèvre, un peu nerveuse concernant la suite.

Je m'assis et ôtai mon tee-shirt. Weston ne bougea pas, jusqu'à ce que je commence à dégrafer mon soutien-gorge ; il se redressa et me saisit les bras. Il m'embrassa et murmura, contre mes lèvres :

— Qu'est-ce que tu fais ?

Il avait les yeux fermés, mais la retenue dont il se forçait à faire preuve contractait tous les muscles de son corps.

— À ton avis ?

— Pas ici.

— Pardon ?

— Tu n'as pas envie de vivre ta première fois sur la plate-forme de mon pick-up.

— Pourquoi pas ? C'est ici que j'ai mes meilleurs souvenirs.

Il sembla réfléchir un instant, puis répondit avec ardeur à mon baiser suivant. Il posa les mains sur mes épaules et baissa les bretelles blanches de mon soutien-gorge. Une seconde plus tard, il était posé à côté de nous et Weston retirait son tee-shirt avant de m'attirer contre lui. Le contact de son torse chaud contre mes seins nus créa des fourmillements entre mes cuisses, et ce fut mon tour d'émettre un bourdonnement sourd.

Weston m'allongea sur le dos, déboutonna mon jean, le retira et le posa sur la pile du reste de nos vêtements. Il ne nous fallut pas longtemps pour être totalement nus. Puis Weston se dressa au-dessus de moi, écrasa sa bouche sur mes lèvres et sa peau nue sur la mienne.

Je serrai ses hanches entre mes cuisses pendant qu'il enfilait un préservatif, mais lorsqu'il fut prêt, positionné pour prendre ma virginité, il fit une pause.

— Tu es sûre de toi ? Complètement sûre ? Tu peux me dire si tu préfères attendre, et je m'arrête tout de suite.

Je m'emparai de ses fesses nues et l'attirai contre moi. Il enfouit son visage dans mon cou tout en s'enfonçant doucement, lentement en moi. J'étais soulagée qu'il ne m'embrasse pas à ce moment-là, car j'étais incapable de me concentrer sur autre chose que la désagréable sensation de brûlure. Au bout de quelques minutes, cependant, nos corps s'étaient parfaitement adaptés et je me détendis. Weston posa de nouveau ses lèvres sur les miennes, et nous continuâmes à nous toucher et nous goûter l'un l'autre pendant des heures.

Juste avant le lever du soleil, Weston s'effondra à côté de moi et plongea la main dans la poche de son jean. Il en sortit son inhalateur et en aspira une bouffée. Il me regarda, épuisé mais heureux. Nous nous allongeâmes pour observer les étoiles. Weston me couvrit avec sa veste, puis sortit une longue boîte noire de son jean.

— J'ai quelque chose pour toi, dit-il.

— En quel honneur ?

— Pour ton anniversaire.

— Mon anniversaire est en septembre.

Il gloussa.

— C'est un cadeau anticipé. Je voulais attendre la remise des diplômes, mais le moment me semble parfait.

Je déballai la boîte et trouvai à l'intérieur un cœur en argent. Il était presque identique à celui du dessin au fusain, et gravé du mot Hasard. Je restai bouche bée.

— Il te plaît ?

— S'il me *plaît* ? C'est le même collier, n'est-ce pas ?

Il afficha un sourire radieux.

— Tu n'as pas oublié.

— Bien sûr que je n'ai pas oublié, comment as-tu fait pour trouver le même ?

Nous nous assîmes et Weston accrocha le collier à mon cou.

— J'ai des relations. Je suis la personne à connaître, tu sais.

— Je sais, dis-je en l'enlaçant.

Il m'embrassa.

— Je ne savais pas qu'en le voyant sur toi ce serait la seule et unique chose que tu porterais. C'est un sacré bonus.

Je pouffai de rire.

Son regard passa du cœur à moi.

— Il est parfait. Comme la fille à la fenêtre.

— Elle n'est pas parfaite, dis-je en secouant la tête.

— Pour moi, elle l'est.

Il m'embrassa de nouveau et tout juste quand la sensation de chaleur et de fourmillement commençait à renaître dans mon corps, il s'écarta.

— On ferait mieux de se rhabiller et de rentrer, que tu puisses dormir quelques heures. Aujourd'hui, tu déménages.

— J'emménage chez les Alderman, dis-je tout haut d'une voix songeuse.

— Tu *es* une Alderman.

Je secouai la tête, encore incrédule.

— Je vais vraiment devenir folle si je continue d'y penser.

Weston m'aida à descendre de la plate-forme et à monter à l'avant. Cette place semblait devenir la mienne, et l'idée me plaisait. Il me tint la main pendant tout le trajet du retour, et je me sentais rassurée de savoir que je ne déménageais qu'à quelques maisons de la sienne.

Weston, remarquant que j'étais perdue dans mes pensées, me serra la main.

— Essaie de ne pas trop te prendre la tête. Prends les choses comme elles viennent.

Je touchai le collier qui tenait à la perfection dans l'échancrure de mon décolleté, tout en me demandant à quoi allait ressembler ma vie en tant qu'Erin Alderman.

— Oui, tout ça, c'est le fruit du hasard, murmurai-je.

13

La lumière était éteinte, mais j'étais irrémédiablement attirée vers la chambre d'Alder. Je vivais à présent avec mes véritables parents depuis trois semaines, et je n'avais jamais vu la porte d'Alder ouverte. Mais chaque fois que je passais devant le montant peint en blanc, orné du prénom ERIN écrit en lettres pastel, quelque chose au fond de moi m'intimait l'ordre de l'ouvrir.

Non, je ne le ferai pas, me promis-je.

Lors de ma deuxième soirée chez les Alderman, Julianne s'était assise avec moi sur mon lit pour feuilleter des catalogues de décorations murales, de parures de lit et de vêtements. Elle m'avait demandé de noter tout ce qui me plaisait, et j'en déduisis qu'elle avait dû passer commande car des cartons arrivaient presque tous les jours.

La sonnette de l'entrée retentit et je descendis les escaliers en bois sans faire trop de bruit, même si je savais que Sam et Julianne étaient levés et déjà dans la cuisine.

Je me frayai un passage entre les boîtes pour ouvrir la porte, et je souris en voyant Weston chasser ses cheveux de son visage d'un mouvement de la tête. Ils étaient encore humides, et ses yeux légèrement gonflés. Nous étions restés tard au téléphone la veille au soir.

— On dirait bien qu'ils essaient encore une fois de t'attirer dans la cuisine avec l'odeur, dit-il en se penchant pour déposer un baiser sur mes lèvres.

— Coucou, répondis-je quand il rompit le contact.

Il baissa les yeux et avisa les cartons de tailles différentes.

— Encore des affaires ?

— Encore des affaires, acquiesçai-je, impressionnée.

— Weston ! s'exclama Julianne. Il y a une assiette de bacon pour toi ici !

Il me prit la main et nous longeâmes un couloir peint aux couleurs claires, puis nous passâmes une porte voûtée sur la droite. Julianne affectionnait particulièrement les couleurs pâles et la lumière naturelle, ce qui était logique compte tenu qu'elle incarnait le soleil et la joie. La maison tout entière était décorée dans des tons blancs, ou des nuances de blanc, de bleus pâles et de voiles et rideaux beiges.

Sur la cuisinière était posée une casserole de sauce au poivre blanc et, comme promis, à l'autre bout de l'îlot en granit se trouvait un plat débordant de bacon croustillant.

— Tu as faim ? demanda Julianne d'un air enjoué.

Elle portait un tablier à carreaux jaunes et bleus par-dessus son jean et son pull angora rose. Ses cheveux brun-roux chatoyant rebondissaient avec légèreté sur ses épaules.

Weston me regarda de ses grands yeux émeraude, car ce n'était pas à lui qu'elle s'adressait.

— Je suis désolée, fis-je avec une grimace.

Je n'aimais pas la décevoir, mais je n'avais pas le souvenir d'avoir déjà pris de petit déjeuner, et il me paraissait bizarre de manger le matin. Gina avait cessé de faire la cuisine dès que j'avais été en âge de me préparer des sandwichs. Mon temps de sommeil et le trajet à pied jusqu'à l'école auraient toujours eu la priorité sur la préparation d'un petit déjeuner, même si Gina s'était donné la peine de remplir les placards ou le frigo, ce qui n'était pas le cas.

Julianne haussa les épaules en s'efforçant de ne pas y attacher d'importance.

— Prends au moins une tranche ou deux en partant, ma chérie.

— Avez-vous préparé des... *biscuits and gravy*[1] ?

— Et des saucisses, ajouta Julianne, les yeux brillants.

Weston me jeta un regard avant de consulter sa montre.

— On a le temps.

Je posai mon sac à dos vert flambant neuf par terre et m'installai au comptoir de l'îlot.

— Oui, on a le temps.

Julianne sortit deux biscuits de la casserole, les coupa en deux, puis, avec une petite louche, les arrosa de sauce.

Weston déglutit, l'eau à la bouche.

— Ta mère ne prépare donc pas de petit déjeuner ? demandai-je.

— Si, parfois, répondit Weston. Mais elle ne cuisine pas aussi bien que Julianne. Je ne crois pas que ce soit possible, de toute façon.

— Oh, fit Julianne. La flatterie ne te mènera nulle part dans cette maison.

Je me tortillai sur mon siège. Il me vint à l'esprit que ce n'était pas la première fois que Weston s'asseyait dans la cuisine de Julianne pour y manger avec sa fille. Mais il ne s'agissait plus de la même fille.

---

1. Petit déjeuner populaire aux États-Unis consistant en de petits biscuits à pâte molle recouverts d'une épaisse sauce à base de jus de viande, souvent assaisonnée au poivre et accompagnée d'œufs ou de saucisses. (*N.d.T.*)

— Il a raison, chérie, intervint Sam. Tu es une cuisinière épatante, et je suis un homme chanceux. (Il saisit une pleine poignée de bacon et embrassa Julianne sur la joue.) Si tout va bien, je serai de retour à 20 heures.

Julianne hocha la tête et se pencha pour lui présenter sa joue.

Puis Sam s'approcha de moi et déposa un baiser sur mon crâne.

— Passe une bonne journée, petite. Tu travailles, ce soir ?

Je confirmai.

— Je travaille tous les soirs, de 16 heures à 20 heures.

— Ça fait beaucoup, dit Julianne, contrariée.

Sam adressa un signe à Weston.

— Tu passeras la prendre ?

Weston hocha la tête.

— Est-ce que je pourrais venir te récupérer au boulot demain ? demanda Sam en repoussant ses lunettes sur son nez, une lueur d'espoir dans ses yeux naturellement gonflés.

J'acquiesçai après avoir consulté Weston du regard.

— J'aimerais t'emmener manger une glace, ajouta Sam avec un haussement d'épaule.

Tout le monde le dévisagea.

— Je plaisante, dit-il en gloussant. Non, je pensais qu'on pourrait dîner ensemble ?

Il chercha l'approbation dans le regard de sa femme.

— Bien sûr, répondis-je, légèrement prise au dépourvu.

Il me serra l'épaule, récupéra sa veste et s'éloigna vers la porte de derrière qui menait au garage.

— Sam ? lança Julianne. Ton sac à main !

Elle me lança un clin d'œil.

Sam reparut en trottinant et ramassa une serviette en cuir marron.

— Ce n'est pas un sac à main ! fit-il, exaspéré.

Puis il disparut de nouveau et, quelques secondes plus tard, la porte claqua derrière lui.

Un vrombissement se fit entendre, indiquant l'ouverture du garage.

Julianne écarta ses cheveux de ses yeux.

— Il faut que j'aille chez le coiffeur. Cette mèche me rend folle. (Elle me regarda avec de l'excitation dans les yeux.) Tu veux m'accompagner ?

Je jetai un coup d'œil à mes cheveux, dont la couleur était presque identique à celle de Julianne, sans les mèches. Je les avais tressés car ils étaient encore un peu humides de la douche que j'avais prise la veille au soir. La plupart du temps, je les relevais en chignon ou en queue de cheval pour dégager mon visage. Gina me les avait coupés à deux ou trois reprises quand j'étais à la *grade school*[1]. La seule fois où je les avais coupés moi-même, c'était au début du lycée, et ce fut un fiasco retentissant. Depuis lors, je les avais laissés pousser. À présent, les pointes m'arrivaient au milieu du dos.

Weston me regarda.

— Heu, pourquoi pas, dis-je.

— Tu vas les couper très court ? demanda Weston avec une moue.

— Aussi court qu'elle le souhaite, intervint Julianne, ne plaisantant qu'à moitié.

— Simple question, se défendit Weston en levant les mains.

— Je vais appeler pour prendre rendez-vous. Quand est-ce que ça t'arrange ?

Je haussai une épaule.

— Samedi matin ?

— Je m'en occupe, dit-elle en rinçant un poêlon.

Weston avala son dernier morceau de biscuit.

1. Équivalent de l'école primaire en France. (*N.d.T.*)

— Merci, Julianne. On ferait mieux d'y aller maintenant.

— D'accord. Je déballerai tes affaires, Erin. Tu pourras les ranger ce soir.

— Merci. (J'enfilai mon sac à dos.) À plus tard !

— Je... passe une bonne journée, chérie.

— Toi aussi.

Je suivis West jusqu'à l'entrée.

Son énorme pick-up rouge était garé sur le trottoir devant la maison. La carrosserie semblait fraîchement lustrée, et les pneus brillaient.

— Tu t'es occupé de ta voiture, on dirait.

— Je m'ennuie, depuis que tu as emménagé ici. C'est plus dur que je le croyais, de te partager.

— Comment faisais-tu avant moi ? demandai-je.

Je le taquinais, mais Weston fit une drôle de tête. Auparavant, il passait son temps avec Alder et leurs amis. Il n'avait pas à rester à l'écart pour respecter le besoin de Sam et Julianne d'apprendre à connaître leur fille. Maintenant qu'Alder avait disparu et qu'il ne fréquentait plus les mêmes amis, il devait probablement se sentir un peu perdu quand j'étais avec Sam et Julianne.

Weston m'ouvrit la portière côté passager.

— À peu près la même chose. Je me languissais de passer du temps avec toi.

Je ne savais pas vraiment s'il était sérieux. Il ne souriait pas.

Je grimpai sur mon siège et Weston fit le tour de sa Chevy, puis prit place derrière le volant. Il me prit la main et me tira les doigts.

— Quoi ? demandai-je.

— Viens là, dit-il en me faisant signe de m'asseoir plus près de lui.

Je me décalai au milieu et bouclai la ceinture ventrale. Il boucla la sienne et démarra. Il nous conduisit au lycée d'une seule main, son bras posé sur le siège derrière moi. Il devait probablement conduire souvent d'une seule main quand il était avec Alder.

En mon for intérieur, j'eus comme un mouvement de recul. Ce genre de pensées devait cesser ou j'allais finir par me miner le moral.

Lorsque nous nous garâmes sur le parking des étudiants et que nous rejoignîmes ensemble le côté sud du bâtiment, les regards des autres étaient moins appuyés que la semaine précédente. Je n'étais toujours pas à l'aise pour lui tenir la main dans l'enceinte du lycée, mais parfois, Weston s'emballait.

La première heure de cours se passa sans le moindre harcèlement de la part de qui que ce soit, ce qui était devenu la nouvelle norme. Brady continuait de me jeter des coups d'œil perçants, mais il s'agissait plus de curiosité que de colère.

Mme Merit commença le cours aussitôt que la sonnerie retentit, et elle avait fait défiler presque la totalité de ses diapositives sur le tableau blanc interactif lorsque Sara Glenn se pencha vers moi.

— Qu'est-ce que c'est que ce collier ? demanda-t-elle.

— Les filles ont tendance à porter des bijoux de temps en temps, tu sais, répondis-je.

Cela ne suffit pas à la dissuader.

— C'est Weston qui a dû te l'offrir. Tu le portes chaque jour depuis près d'un mois.

Je choisis de l'ignorer. Il ne me semblait pas nécessaire de lui répondre.

— Chrissy North dit que tu t'es installée dans la chambre d'Alder. Est-ce qu'elle est hantée ?

— Non, et non.

— Brendan a dit que Weston avait dit que vous aviez déjà couché ensemble dans cette chambre.

Je plissai les yeux.

— Weston n'a jamais dit ça.

— Alors c'est vrai ?

— C'est dégoûtant.
Elle haussa les sourcils.
— Coucher avec Weston, c'est dégoûtant ?
Je me penchai vers elle à mon tour.
— Tu n'en as pas marre d'écouter les ragots et de les répandre, Sara ? Ou est-ce vraiment la seule manière que tu as trouvée pour te donner de l'importance ?
— Mesdemoiselles ? fit Mme Merit.
Je me rassis sur ma chaise et me concentrai sur mon manuel en posant mes mains sur mes genoux pour que Sara ne les voie pas trembler. J'étais frustrée d'être entrée dans son jeu. Qu'est-ce qui n'allait pas chez moi ? J'avais toujours été au-dessus de ce genre de bassesses. Cela ne devait pas changer.
Mme Merit nous lut le sujet, et je m'attelai aux vingt-deux questions posées à la fin du chapitre. Sara ne m'adressa plus la parole et je m'assurai d'avoir remballé mes affaires dix secondes avant la sonnerie pour pouvoir quitter la salle rapidement.
Weston me retrouva à mon casier. Il sentit que quelque chose n'allait pas.
— Brady t'a dit quelque chose ?
Je secouai la tête.
— Brendan ? Micah ? C'était Andrew, c'est ça ? Ce petit con...
— Non. Personne n'a rien dit.
Je rangeai mon manuel dans mon casier et sortis celui du cours suivant.
Weston me souleva doucement le menton pour tourner mon visage vers lui.
— Dis-moi.
Je fermai les yeux.
— Des rumeurs horribles circulent. Horribles.
— Comme quoi ?
Il lâcha mon menton et fronça les sourcils.
— Je n'ai pas envie de les répéter. C'est trop horrible.

— Qu'on aurait fait l'amour dans le lit d'Alder ?

Je relevai les yeux vers lui.

— Tu les as entendues ?

— La semaine dernière. Je suis même surpris que tu ne l'apprennes qu'aujourd'hui.

— Je suis vraiment désolée. Je...

Les joues de Weston s'empourprèrent sous le coup de la colère, mais celle-ci n'était pas dirigée contre moi.

— Tu ne vas pas t'excuser pour eux, Erin. Tu dois avoir pitié d'eux. C'était tellement tordu et... (Il s'interrompit.) Celui ou celle qui est suffisamment malade pour avoir répandu cette rumeur a d'autres problèmes que les ragots. Tu ne peux pas contrôler leurs paroles ou leurs pensées.

— Je sais. Je me fiche de ce qu'ils pensent de moi. Mais là, c'est vraiment... je ne veux pas que ça arrive aux oreilles de Sam ou Julianne.

— Je leur ai déjà dit. Ils savent qu'on ne leur manquerait jamais de respect de cette manière.

Ma mâchoire tomba.

— Tu leur as dit ? Comment as-tu pu leur dire une chose pareille ?

— C'est une petite ville, Erin. Je préfère qu'ils l'apprennent de notre bouche, tu ne crois pas ?

— Mais ils ne l'ont pas appris de notre bouche. Ils l'ont appris de la *tienne*. Pourquoi ne m'as-tu rien dit ?

Plus je m'agitais, plus Weston semblait nerveux. Il déglutit, et son visage se ferma.

— Tu en as déjà assez bavé comme ça.

— Je t'en supplie, ne me regarde pas avec cet air.

— Quel air ?

— Ce regard de pitié. J'ai eu ma dose.

— Erin, commença Weston, mais la sonnerie l'interrompit.

— Merde !

Je récupérai mes affaires, refermai mon casier et me hâtai de rejoindre le cours suivant.

Les deuxième et troisième heures de classe passèrent dans une sorte de brouillard. L'expression sur le visage de Julianne quand Weston lui avait appris les dernières rumeurs était tout ce sur quoi mon esprit arrivait à se concentrer. Weston me retrouva à mon casier entre les deux cours et attendit que je parle la première. Constatant que je gardais le silence, il me laissa repartir sans rien dire.

Il était de nouveau devant mon casier avant le déjeuner, mais je me rendis directement à la cafétéria et mangeai seule. Les autres étudiants suivaient le moindre de mes gestes. Ils me dévisageaient quand Weston et moi étions ensemble, et aussi quand nous ne l'étions pas. L'attention était nettement moins négative qu'avant l'accident, il s'agissait désormais davantage de curiosité, mais c'était malgré tout une attention indésirable.

Au moment de rejoindre le cours de santé, le poids devenait trop lourd et mes émotions commençaient à prendre le dessus.

M. Morris nous distribua un document de recherche et s'assit à son bureau. Je me mis au travail, consciente du regard de Weston posé dans mon dos. Je l'entendis fouiller dans son sac et prendre une bouffée de son inhalateur. Il essaya de trouver une position confortable, ce qui fit grincer son bureau.

Ses doigts chauds se posèrent entre mes omoplates, avec une légèreté telle que je crus avoir rêvé.

— Je t'en prie, parle-moi, murmura-t-il.

Je tournai la tête par-dessus mon épaule.

— Je ne sais pas quoi te dire.

— Dis que je suis un crétin d'avoir parlé à tes parents sans t'avoir consultée avant, et ensuite, dis que tu ne me détestes pas.

— Je ne te déteste pas.

Il retira ses doigts et je l'entendis soupirer.

Je jetai un regard à M. Morris, qui s'efforçait de ne pas nous observer. Après un rapide balayage de ma vision périphérique, je constatai que M. Morris n'était pas le seul à avoir remarqué l'échange entre Weston et moi.

Je ressentis un pincement au cœur. Cela faisait des semaines que je m'efforçais de retenir mes larmes, et je préférai concentrer mes pensées sur les doses de noix de coco dans une Tempête Hawaïenne, sur le nombre de boîtes de gobelets, cuillères et serviettes en papier que nous allions devoir stocker une fois la livraison effectuée. Je m'imaginais en train de plier et de compter de vieux chiffons. Le *Dairy Queen* m'avait toujours rassurée. Non seulement mon travail m'occupait l'esprit, mais c'était aussi là-bas que je passais du temps avec ma plus proche amie, Frankie. Et malgré le nombre de personnes auxquelles je devais faire face, il y avait toujours une vitre entre nous.

La sonnerie retentit, mais j'étais perdue entre les murs du *DQ*. Weston se leva et s'arrêta devant mon bureau et, voyant que je ne relevais pas les yeux, il continua sa route. Je fus bientôt la dernière dans la salle. Du moins à ce qu'il me semblait.

— Hé, fit une voix.

Je relevai la tête. Brady Beck.

— Tu vis vraiment chez les Alderman, maintenant ?

Je rassemblai mes affaires et me levai, mais Brady me bloqua le passage.

— Je parie qu'ils flippent tout le temps que tu leur voles quelque chose. Tu es peut-être de leur sang, mais tu as été élevée par une droguée.

Je me contentai de le dévisager, refusant de répondre.

Il me parcourut des pieds à la tête avec une expression de supériorité et de suffisance dans les yeux.

— Weston a-t-il enfin avoué pourquoi il s'intéressait soudain autant à toi ?

Je gardai le silence.

— Tu devrais peut-être lui poser la question.

Il s'éloigna.

Les fausses marbrures blanches dans les carreaux rouges du couloir ressemblaient à de minuscules serpents albinos qui rampaient dans différentes directions, principalement vers les grandes baies vitrées qui recouvraient le mur sud des espaces communs. Les chaises entourant la vingtaine de tables étaient vides et, lorsque j'arrivai à la sphère vitrée qui constituait la bibliothèque située au milieu du lycée, je décidai de renoncer à mon casier et de me rendre directement à mon prochain cours, celui d'espagnol.

Mlle Alcorn m'accueillit avec un sourire. J'étais la première, et certainement la seule sans son manuel.

— Je l'ai oublié à la maison, lui dis-je, espérant éviter d'avoir à me justifier devant tout le monde.

— Veille à ne pas l'oublier demain. Tu en auras besoin.

Je hochai la tête et tentai de dissiper les nœuds dans ma nuque. Dix minutes à peine après le début du cours, Micah Norton déchira un bout de papier de son cahier et le jeta sur mon bureau.

— Weston t'a déjà larguée ? Vous étiez inséparables, et je ne vous ai pas vus ensemble de la journée.

Je ne me retournai pas.

— Easter, murmura-t-il.

C'était la première fois qu'on m'appelait ainsi depuis la découverte que je n'étais pas la fille de Gina. C'était du mépris. Comme cela l'avait toujours été.

Je ne réagis toujours pas. Micah n'avait pas ses amis avec lui pour l'encourager à me harceler, et si je l'ignorais, généralement, il laissait tomber. Il existait trois types de petits tyrans : ceux comme Sara, passifs-agressifs plus qu'autre chose, et souvent uniquement lorsqu'ils passaient une sale journée. D'autres, comme Micah et Andrew, ne me tourmentaient que lorsqu'ils étaient entourés, puis il y avait ceux du genre de Brady et Brendan, qui se fichaient de ce qui se passait autour. Quand ils décidaient de s'en prendre à quelqu'un, leur harcèlement ne cessait pas avant d'avoir réussi à briser leur victime.

J'avais lu quantité de livres et d'articles sur le harcèlement. J'avais ainsi appris que c'étaient généralement les filles qui s'en prenaient les unes aux autres, mais dans mon lycée, les pires étaient les garçons. Ils aimaient le pouvoir que leur procurait l'intimidation. Souvent, l'ampleur de la cruauté dépendait du nombre de camarades qui se joignaient à l'agression. Personne n'était à l'abri. C'était aléatoire, toujours soudain et impitoyable. La meilleure des protections consistait à se lier d'amitié avec les tyrans. Le cercle était vicieux, prévisible, le seul véritable remède étant l'obtention du diplôme, et je savais que j'étais l'une des nombreuses désespérées à attendre impatiemment le dernier jour de cours.

Mon indifférence, combinée à la politique zéro tolérance de Mlle Alcorn concernant le harcèlement furent vraisemblablement deux facteurs qui incitèrent Micah à renoncer rapidement. J'éprouvai une vague de soulagement familière, pourtant suivie d'un malaise. Je me sentais en manque d'entraînement, même après quelques semaines à peine à ne plus devoir me tenir autant sur mes gardes. Heureusement, Micah me laissa en paix pour le restant du cours.

Lorsque je retrouvai Weston en cours d'art, il n'était plus qu'une boule de nerfs. Assis sur sa chaise, qu'il avait placée à mon bureau, il agitait sa jambe avec impatience.

— Pourquoi tu m'évites ? lâcha-t-il dès qu'il me vit.

— Je ne t'évite pas, répondis-je à voix basse en espérant qu'il baisse aussi d'un ton.

Mme Cup entra dans la salle et nous interpella : nous devions nous rendre directement à la vieille pizzeria située à côté de la peinture murale sur laquelle nous travaillions.

— Qui n'a pas de moyen de transport ? demanda-t-elle.

Weston me jeta un regard inquiet.

Seuls deux étudiants levèrent la main.

— Vous viendrez avec moi, ou vous pouvez demander à un élève. À vous de voir.

Mme Cup attendit que les deux élèves se décident.

Weston ne me quittait pas des yeux.

— Je peux t'emmener ?

Une fois sur le parking, Weston me tendit sa main. Les seules autres personnes présentes étaient les élèves de notre classe et Mme Cup, ce qui rendait la situation moins gênante qu'avant ou après les cours, mais je sentis la tension irradier de ses doigts au moment où nous nous touchâmes.

Dès qu'il eut refermé sa portière, il prit une profonde inspiration.

— Je suis désolé, Erin. Je pensais bien faire. J'essayais de te protéger. Je me rends compte maintenant qu'il était stupide de leur parler sans t'avoir demandé ton avis.

Il attendit ma réponse, et se préparait manifestement à une dispute.

— Je m'en remettrai.

Je n'étais pas en colère. Je n'étais pas sûre de ce que je ressentais, mais je n'avais pas l'habitude de voir quelqu'un se confondre ainsi en excuses… auprès de moi.

Il fronça les sourcils, tourna la tête et démarra. Ma réponse ne lui convenait pas et il garda le silence, perdu dans ses pensées, pendant le trajet jusqu'à l'emplacement, désormais vacant, qu'occupait l'ancienne pizzeria. À notre arrivée, tout le monde était déjà posté devant le mur de brique en train de sortir le nécessaire à peinture.

— C'est tout nouveau pour moi aussi, Erin, dit Weston. Je me fichais qu'Alder me quitte. Je ne m'inquiétais pas, chaque soir, de me dire que je ne la reverrais peut-être plus jamais dès qu'elle partirait à la fac. C'est à toi qu'arrivent toutes ces choses bizarres, insensées, horribles, et il serait parfaitement compréhensible que tu n'aies pas le temps d'essayer de construire quelque chose avec moi… Mais je suis fou de toi, Erin. Tu n'as pas idée d'à quel point tout cela me fait flipper.

— Tu veux qu'on revienne sur les choses qui font flipper ? Tu sais que ma mère est une bonne cuisinière parce que tu es déjà sorti avec sa fille. Tu t'es sûrement envoyé en l'air avec elle dans la chambre où je dors. Tu connais mieux ma maison et mes parents que moi. Je mène la vie de quelqu'un d'autre, Weston. Alors reparle-moi un peu de ta peur de te faire larguer.

Je posai ma main sur ma bouche. Weston souffla comme s'il venait de recevoir un coup dans le ventre.

— Oh, mon Dieu, je suis désolée d'avoir dit ça, soufflai-je.

Il secoua la tête et se frotta la lèvre inférieure.

— Il n'y a pas de règles en la matière. Je le mérite peut-être. Je ne sais même pas.

— Personne ne mérite ça. Tes sentiments sont tout aussi importants que les miens. On a tous les deux traversé de dures épreuves. Pardon, dis-je en lui tendant la main.

Il coupa le moteur et saisit la poignée de la portière. Une vague de peur me submergea. Il l'entrouvrit de quelques centimètres, puis s'arrêta. Il se retourna et me serra contre lui. Les larmes que je retenais depuis le matin finirent par couler le long de mes joues.

Mme Cup frappa à la vitre et nous nous redressâmes aussitôt. Weston ouvrit sa portière.

— Allez, tous les deux. Vous avez du boulot.

Je m'essuyai les yeux et hochai la tête.

Nous descendîmes du pick-up armés de nos pinceaux et peintures et nous nous approchâmes du mur sous des regards appuyés. N'importe quel autre élève aurait récolté une retenue ou au moins de sévères remontrances. Il y avait un avantage à être un Alderman, ou un Gates, ou un Masterson, ou un Beck. Les règles ne semblaient pas s'appliquer à ceux qui portaient ces noms. Pas à Blackwell.

14

Frankie versa la préparation dans la coupe bleu et rouge qu'elle tenait à la main. Elle parvenait à doser avec précision la quantité de crème glacée, de coulis à la fraise et de bananes tout en parlant distraitement de ses enfants et de son week-end.

— Quand je me suis réveillée, j'ai retrouvé non seulement du chewing-gum dans mes cheveux, mais aussi deux crottes de nez et un bâton de sucette. Il n'y a qu'à moi que ça arrive, non ?

J'écarquillai les yeux, et elle plongea un cornet gaufré dans une sauce au chocolat. Elle le tint un moment en l'air pour s'assurer que le chocolat était sec, puis versa la préparation à l'intérieur sans en verser une goutte sur le cône.

— Me diras-tu un jour ton secret pour la préparation de la Tempête en cornet ? lui demandai-je.

— À quoi bon ? Tu vas bientôt me quitter.

Je fronçai les sourcils.

— Il me reste encore quatre mois, je te remercie.

Frankie tendit le cornet à travers la vitre coulissante, qu'elle referma ensuite.

— Tu n'as plus besoin de cet argent, Erin. Redeviens donc une vraie jeune fille. Profite de la fin de ton lycée.

Je fis une moue.

— Je n'ai pas travaillé tout ce temps pour demander de l'argent à quelqu'un.

— Ce sont tes parents, Erin. C'est ce que font les enfants. Et tu le mérites.

— Je comprends ce que tu essaies de me dire. Mais je ne veux pas dépendre de qui que ce soit pour l'argent. Pas même de Sam et Julianne. En plus, il se pourrait que tu me manques… ou pas.

— Aïe, fit-elle en retournant le panneau OUVERT. Je te déteste.

— Je te déteste aussi.

Tandis que nous faisions du rangement et du nettoyage, le bruit de la Chevy de Weston retentit à l'arrière de la boutique.

— Tes refus me manquent, quand je te proposais de te ramener, dit Frankie.

— Et tes propositions de me ramener, malgré mes refus systématiques, me manquent aussi.

— Pourquoi tu lui dis toujours oui, à lui, et à moi toujours non ? demanda-t-elle en nettoyant le distributeur de crème glacée.

— Il me laisse conduire, répondis-je avec un sourire.

Elle leva les mains et les laissa retomber sur ses cuisses.

— Tu aurais pu conduire ma saleté de Taurus ! Il suffisait de demander !

Je gloussai en la suivant hors de la réserve.

— Bonne soirée, Frankie.

— Bonne soirée, Erin. Salut Weston ! lança-t-elle avec un geste de la main.

Weston lui répondit puis me regarda, le coude posé sur sa portière peinte en rouge.

— Quoi ?

Il avait tourné sa casquette de base-ball blanche et bordeaux à l'envers et des mèches de ses cheveux bruns s'en échappaient. Il avait déjà pris une douche et je savais que l'odeur de son gel douche Old Spice – maintenant mon parfum préféré – allait me chatouiller les narines aussitôt que je monterais dans la voiture.

Il avait les joues rouges, et son nez légèrement pointu était encore un peu brillant de son décrassage. Les deux océans d'émeraudes qui reposaient sous ses longs cils noirs étincelaient contre sa peau tannée.

Dire qu'auparavant je lui volais des regards aussi souvent que possible et qu'aujourd'hui je pouvais le contempler à loisir ! Il m'avait déjà dit plusieurs fois qu'il m'aimait, et cette épiphanie n'était pas récente. Weston Gates était amoureux de moi depuis que nous étions petits et, tout ce temps, il était probable que je l'aimais déjà, moi aussi. Je ne savais simplement pas l'interpréter comme tel. Je ne le pouvais pas ; à cette époque, il n'y avait aucun espoir. Et le voilà à présent, assis devant moi dans son pick-up surélevé, ses pots annonçant au monde qu'il était venu me récupérer au *Dairy Queen,* et cette situation devenait quotidienne. Pour nous comme pour toute la population de notre petite ville.

— Tu ne vas pas encore t'excuser pour tout à l'heure, si ? demanda-t-il, ce qui signifiait qu'il n'avait pas envie de revenir sur le sujet.

— Non. En fait, je me demandais si on ne pouvait pas aller faire un tour sur le pont avant que tu me ramènes.

Il rayonna.

— Ah oui ?

Avant que je puisse répondre, il se pencha pour m'ouvrir la portière de l'intérieur.

— Monte, bébé. J'ai du Fanta Orange dans une glacière à l'arrière rien que pour toi.

Je grimpai.

— Tu es tellement romantique.

Il m'attira contre lui et posa la main sur ma cuisse.

— C'est mon plaisir, dit-il avec un sourire taquin.

Après m'avoir déposé un rapide baiser, il s'engagea sur Main Street et tourna à gauche en direction du pont. *Notre pont*, comme il l'appelait.

La voiture n'était pas garée depuis dix minutes que nous étions déjà peau contre peau dans le lit de son pick-up. Je perçus son hésitation pendant qu'il m'embrassait et je m'écartai pour chercher son regard.

— Qu'est-ce qui t'arrive ? lui demandai-je.

— Rien.

— Menteur.

— Heu... c'est un peu gênant, dit-il avec un gloussement de nervosité.

— Qu'est-ce qui est gênant ?

— Et vraiment inapproprié. J'aurais dû dire quelque chose plus tôt.

— Oh Seigneur. Qu'y a-t-il ?

J'envisageai le pire des scénarios, afin de me préparer à toute éventualité.

— Eh bien, après l'entraînement, aujourd'hui, j'ai reçu un message de Julianne.

— D'accord ?

— Sam avait un peu de temps avant sa dernière opération et ils m'ont invité à papoter. Ils... (Il fit la grimace.) Ils m'ont fait le coup de la grande discussion.

— Quelle grande discussion ?

— À propos de nous. De ça. À propos de contraception et...

— Oh, mon Dieu ! Oh non ! m'exclamai-je en m'écartant de ses bras. (Je me rassis et remis mon tee-shirt.) Pitié, non. Ne me dis rien.

Il était amusé, pas le moins du monde préoccupé par l'évocation de notre vie sexuelle avec mes parents.

— Ils voulaient seulement s'assurer que je ne profitais pas de notre situation et que, tu sais... Qu'on prenait nos précautions. Ils savent que tu veux aller à l'université et ils ne veulent pas que je gâche tout.

Je cachai mon visage dans mes mains.

— Tu veux savoir ce que Sam m'a dit ?

Je secouai la tête.

— Pas vraiment, non.

— Il a dit (Weston baissa la voix pour imiter celle de Sam) : « Si tu ne comptes pas l'épouser, alors enlève tes mains de l'avenir d'un autre homme. »

— Oh. Waouh. Stop.

— Alors j'ai répondu : « Très bien. Ai-je votre autorisation de le lui demander ? »

— Ce n'est pas drôle.

Weston éclata de rire.

— Il a dit : *Non !*

Il secoua la tête et jeta ses bras en l'air pour imiter un Sam très en colère.

— J'ai fait ça pour l'embêter un peu.

Je plissai les yeux.

— Pitié, dis-moi que tu n'as rien avoué.

— Si. J'ai confirmé.

Je tendis le cou.

— Qu'on couchait ensemble ? Ou qu'on prenait nos précautions ? Les deux, j'imagine ?

— Exact.

Je me relevai. Weston ne sembla pas apprécier, mais il ne dit rien.

— Tu es pressée de rentrer, tout à coup ?

— Maintenant qu'ils savent ce qu'on fabrique, oui ! Chaque minute que je passe dehors après mon travail, ils doivent se dire qu'on est en train… C'est grave. Je suis mortifiée.

— On n'est plus des gamins, on est des adultes consentants.

— Qui vivent toujours chez leurs parents, lui rappelai-je. Comment vais-je pouvoir les regarder dans les yeux en rentrant ?

— Ils ne sont pas naïfs. Ils le savaient déjà.

— Mais moi, je ne savais pas qu'ils savaient.

— Tu m'embrouilles.

— Je ne veux pas qu'ils pensent que je suis quelqu'un de mauvais.

— Tu n'es pas quelqu'un de mauvais. Et ce n'est pas ce qu'ils pensent.

Il détourna les yeux. Il me cachait quelque chose.

— Tu es bizarre. Qu'est-ce que tu ne me dis pas ? demandai-je.

Il haussa les épaules, visiblement mal à l'aise.

— Ils savaient pour Alder et moi. Ils n'étaient pas ravis, mais ils n'ont pas flippé.

— Désolée d'avoir posé la question.

— Moi aussi, marmonna-t-il.

Nous emportâmes nos Fanta dans la cabine du pick-up et rentrâmes en silence. Quand il se gara devant chez moi, je jetai un coup d'œil à la maison, comme si un monstre m'attendait à l'intérieur.

— Ils ne vont pas te crier dessus.

— Je ne suis pas habituée à toute cette pression, ni à m'inquiéter de ce que des parents pourraient penser de moi, ni à décevoir quelqu'un. C'est stressant.

— Bienvenue dans mon monde… et dans celui d'à peu près tout le monde, dit-il en me donnant un petit coup de coude accompagné d'un clin d'œil.

Je sortis du pick-up et West me tendit mon sac.

— Pourquoi as-tu remis ton tablier ?

— Je ne sais pas. Rentrer sans mon tablier, j'ai l'impression que ce serait comme de revenir avec le tee-shirt à l'envers.

— Bon raisonnement. Je vais rentrer et prendre une douche froide.

— Si Julianne et Sam m'attendent à la table de la cuisine pour parler de mes règles ou je ne sais quoi, ce sera entièrement ta faute.

Weston rejeta la tête en arrière et éclata de rire.

— Tout cela fait partie du temps que vous avez à rattraper.

J'affichai un sourire en coin.

— Avant, l'ingratitude d'Alder me stupéfiait. Et maintenant, regarde-moi ! J'ai tellement de chance qu'ils ne soient pas assis là-dedans avec un pack de bières en me demandant d'aller leur acheter des cigarettes.

— Il n'y a pas de bonne manière de faire ça, Erin. Arrête de te mettre autant de pression.

Je hissai mon sac sur mon épaule avec un hochement de tête et je souris en voyant Weston attendre que je sois entrée pour partir. À l'intérieur, la lumière de la cuisine était allumée.

— Erin ? appela Julianne d'une voix tremblante.

Je posai mon sac au pied des escaliers et je m'arrêtai sur le seuil de la cuisine, une épaule appuyée contre le montant de la porte. Julianne était assise sur un tabouret à l'îlot central, les cheveux attachés sur sa nuque. Elle portait un tee-shirt de Sam et un pantalon d'intérieur bleu marine. Elle serrait entre ses mains une tasse de café, remplie d'un liquide d'un marron laiteux à la surface duquel flottait un tas de marshmallows.

— Comment se sont passés le lycée et le travail ? demanda-t-elle.

Je retirai mon tablier, le roulai en boule et haussai les épaules.

— Bien. Et ta journée ?

— Bien. Un peu ennuyeuse. J'ai nettoyé la maison, et par là, j'entends mettre la vaisselle du petit déjeuner dans le lave-vaisselle et sortir les poubelles, car comme tu as certainement pu le constater, Sam est un maniaque de la propreté. Puis j'ai regardé *Days of Our Lives*. Cet EJ est un sacré génie maléfique. J'espère que Sami et lui vont régler leurs affaires.

Je ne savais pas qui étaient EJ et Sami, mais elle semblait irritée par leur manque d'unité.

— J'aurais pu t'aider avec la vaisselle et les poubelles. Il faut seulement que tu m'expliques le fonctionnement du lave-vaisselle. Je n'en ai jamais eu, mais ça doit être pratique.

Julianne agita la main.

— Je t'en prie, j'ai à peine de quoi m'occuper.

— Tu n'as jamais pensé à reprendre le travail ?

Ses yeux se posèrent sur le frigo, mais elle ne le regardait pas vraiment.

— À la clinique ? Je ne sais pas. Je suis restée mère au foyer si longtemps... Alder semblait toujours avoir beaucoup de choses à me faire faire. Maintenant, je n'en ai plus tellement... (Ses yeux reprirent leur concentration.) Oh, Erin, ce n'est pas ce que j'ai voulu dire. Je ne vous comparerais jamais toutes les deux. Je vais m'arrêter de parler maintenant.

Elle se couvrit les yeux de ses longs doigts délicats. Ses ongles étaient parfaitement manucurés et vernis d'un mauve pâle.

J'allai m'asseoir sur le tabouret à côté d'elle.

— Tu peux me parler d'Alder. Tu l'as élevée. Tu l'as aimée. Cela ne me blesse pas du tout.

Julianne joignit ses mains et posa sa joue contre son poignet, puis me regarda en secouant la tête.

— Tu as dit que tu t'étais élevée toute seule, Erin. Puis-je te faire remarquer que tu as fait un travail fantastique ?

Je souris.

Elle glissa un objet vers moi, et je baissai les yeux. C'était un smartphone.

— Sam l'a rechargé, et il est prêt à l'emploi ; le chargeur est branché derrière la table de nuit dans ta chambre. Le numéro est sur le papier au dos.

Je retournai l'appareil pour lire les sept chiffres écrits de la main de Sam.

— C'est pour moi ?
— Nous serions rassurés si tu le gardais sur toi.
— Combien ça coûte ? Je veux dire, le téléphone et l'abonnement mensuel.
— Oh, on l'a mis sur les comptes de la famille. On s'en occupe.
— Merci, mais je...
Julianne posa sa main sur la mienne et son regard s'adoucit.
— Ce n'est qu'un téléphone, Erin. Ça nous fait plaisir.
— D-d'accord. Merci.
— Tu veux un peu de chocolat chaud ?
— Je vais aller prendre une douche et me coucher, si ça ne t'ennuie pas.
— Oh, bien sûr, dit-elle en s'efforçant de ne pas paraître déçue.
Alors que je m'apprêtais à quitter la cuisine, Julianne reprit la parole :
— Nous, heu... nous avons parlé à Weston aujourd'hui. Je ne sais pas s'il te l'a dit, mais nous nous sommes rendu compte après coup que c'était un peu trop personnel et qu'il était un peu tard pour que nous jouions les indiscrets.
Sans me retourner, je fermai les yeux.
— Je suis désolée si nous avons dépassé les limites. Nous en faisons peut-être un peu trop en essayant de rattraper le temps perdu. Sam et moi en avons parlé tout à l'heure. Nous allons faire un effort pour ne pas t'envahir et empiéter sur ta vie privée. Ce doit être particulièrement pénible compte tenu que tu n'as pas connu cette... surveillance, auparavant.
Je me retournai.
— C'est gênant, avouai-je, et c'est vrai que je n'y suis pas habituée. Je me sens un peu sous pression, mais malgré tout, c'est gentil à vous de vous soucier de moi au point de le harceler à ce sujet.

Trois rides se formèrent sur le front de Julianne lorsqu'elle haussa les sourcils.

— Oh, d'accord. Eh bien… bonne nuit, ma chérie.

— Bonne nuit.

— Erin ?

— Oui ? fis-je en passant la tête par la porte.

— Est-ce que cela te mettrait mal à l'aise si je te disais que je t'aime ? Tu n'es pas obligée de le dire en retour.

— Je ne crois pas que je serais mal à l'aise.

Elle sourit.

— Je t'aime.

C'était tellement surréaliste que je n'hésitai pas à lui répondre :

— Je t'aime aussi, Julianne.

Je remontai le couloir et l'entendis renifler tandis que je grimpai les marches.

Les lettres pastel sur la porte d'Alder avaient disparu. Je m'arrêtai devant. Le premier étage était plongé dans le noir, mais la lumière provenant du rez-de-chaussée me suffit pour voir qu'elles manquaient.

Je me demandai si elles étaient dans une boîte parmi un paquet d'autres boîtes dans la chambre d'Alder, ou si Sam et Julianne avaient tout laissé en l'état. Je posai la main sur la poignée avant de me raviser et de traîner mon sac jusqu'à ma chambre.

Des piles de vêtements neufs, lavés et pliés, reposaient sur le lit, lui-même recouvert de la housse de couette que j'avais choisie, blanche ornée de bandes horizontales d'un vert pâle. À la subtile réaction de Julianne, j'avais compris que ce n'était pas la plus originale qu'elle ait vue, mais j'avais déjà parcouru trois catalogues et c'était la première qui me plaisait. Et elle était verte. Le vert, c'était mon nouveau truc, la couleur qui allait avec mon nouveau petit ami, ma nouvelle maison, mes nouveaux parents, et ma nouvelle vie.

Je rangeai dans les tiroirs de la commode les vêtements que Julianne n'avait pas accrochés dans le placard et j'allai prendre une douche. La vapeur inonda la salle de bains et je restai sous l'eau jusqu'à ce que mes doigts commencent à se friper.

Après avoir accompli ma routine sans me presser, je me faufilai sous les draps et inspirai profondément. La maison était tellement silencieuse, la nuit… Pas de basses qui faisaient trembler les murs, pas de télévision bruyante. Rien que le léger bourdonnement du ventilateur de plafond et celui, intermittent, du chauffage central qui soufflait dans les conduits.

Tout juste comme je commençais à sombrer dans le sommeil, je perçus des murmures de la voix profonde de Sam dans la chambre à coucher au rez-de-chaussée. Quelques minutes plus tard, des pas montèrent les escaliers en silence, puis ma porte s'ouvrit. Je levai la tête et distinguai leurs deux silhouettes.

— Désolé, murmura Sam. Je vérifiais juste que tout allait bien. L'habitude.

— D'accord, dis-je en reposant ma tête sur l'oreiller tandis que la porte se refermait.

Je restai allongée dans le noir, en pensant au nombre de fois où ils avaient passé la tête par la porte qui, aujourd'hui, n'arborait plus les lettres pastel, et comme il devait être étrange pour eux d'ouvrir cette porte-ci pour jeter un œil sur une fille différente.

Une sensation étrange s'empara de moi, l'impression accablante de ne pas avoir ma place dans cette maison. Pour la première fois depuis que j'avais quitté celle de Gina, l'horrible tapis à poils longs me manquait, ainsi que le ventilateur qui oscillait de travers dans ma chambre. Les murs de cette chambre n'étaient ni éraflés ni en train de s'effriter, et la moquette était trop propre. La tuyauterie de la salle de bains ne fuyait pas et n'était pas recouverte d'une croûte de saleté, et les tiroirs de la commode ne grinçaient pas quand je les ouvrais. Les draps sentaient l'adoucissant, ainsi qu'un parfum sophistiqué, propre à Sam et Julianne. Le lit était presque trop confortable.

Ma place n'était pas auprès de Gina, et je ne cadrais pas avec la vie des Alder. Je ne prenais peut-être pas assez le temps pour essayer de me trouver. Tout à coup, l'idée du chocolat chaud me parut fantastique, mais je ne voulais pas déranger les deux autres personnes qui vivaient dans la maison. Une pensée fugace me traversa l'esprit ; une espèce d'envie qu'ils se mettent à abuser de la boisson ou de l'herbe, afin de pouvoir déambuler à ma guise au milieu de la nuit. Puis je me sentis terriblement coupable, au point de ne plus me supporter.

15

— Qu'est-ce que c'est que ça ? demanda Weston tandis que nous nous dirigions vers sa Chevy.

Il pointa un doigt dans mon dos. Comme un chien qui poursuit sa queue, je fis un tour complet sur moi-même pour voir ce qu'il désignait.

Il rit et m'arrêta, puis sortit le téléphone de ma poche arrière.

— Ça.

— Oh, c'est Julianne qui me l'a offert hier soir.

— C'est un téléphone.

— Je sais.

— Il fonctionne ?

— Je pense. Je ne l'ai pas allumé.

Il me le rendit avec un petit sourire.

— Tu ne l'as pas allumé ? Pourquoi ?

Je haussai les épaules et m'approchai de sa voiture.

— Je n'ai pas eu le temps de lire les instructions. Je ne sais pas comment on fait.

Une fois tous deux installés sur nos sièges, les ceintures bouclées, il me tendit la main, et je la saisis. Puis il tendit l'autre.

Je fronçai les sourcils.

— Tu me fais le coup de la poignée de main secrète ?

Son amusement se transforma en éclat de rire.

— Le téléphone, Erin ! Donne-moi ton téléphone pour que je t'apprenne à t'en servir.

J'obéis, et il me montra comment l'allumer, ajouter des contacts et envoyer des messages. Il entra même quelques morceaux de musique et me montra comment les écouter.

— Le plus important pendant les cours, c'est ça.

Il poussa un minuscule bouton sur le côté.

— Ça met l'appareil en mode silencieux. Tu pourras changer ta sonnerie si tu veux. Je te montrerai plus tard.

— Pourquoi ?

Il haussa une épaule.

— Je ne sais pas. C'est ce que font les gens pour le personnaliser. Tu n'es pas obligée, mais pense surtout à le mettre en silencieux. S'il sonne en plein cours, tu pourrais te le faire confisquer.

— Qui veux-tu qui m'appelle pendant les cours ?

— Je pourrais t'envoyer des messages si j'avais ton numéro. (Il tapota l'écran et sortit son propre téléphone, sur lequel il entra quelque chose.) Laisse tomber. Je l'ai.

Je récupérai l'appareil.

— Peut-être que je ne voulais pas te le donner, fis-je pour le taquiner, mais il me vint une pensée qui me rendit triste. Tu es probablement la seule personne qui t'en servira.

Le téléphone vibra dans ma main. C'était un message.

Weston se pencha pour m'indiquer comment l'ouvrir.

C'est Sam (Papa). N'oublie pas notre dîner.
À ce soir. Passe une bonne journée.

Promis, répondis-je.

Un sourire vint danser sur mes lèvres.

— Qui était-ce ? demanda Weston, intrigué par mon expression.

— Sam. Il me rappelait notre dîner de ce soir.

— Ah oui, dit-il sans se départir de sa moue.

Il démarra pour prendre la direction du lycée. Il semblait perdu dans ses pensées et effectua le trajet comme un automate. Il n'ouvrit pas la bouche jusqu'à notre arrivée.

Cette fois, il n'essaya pas de me prendre la main. Il posa son bras autour de mes épaules, m'accompagna jusqu'à mon casier, et déposa un baiser sur mes cheveux.

— On se voit après les cours, dit-il avant de s'éloigner.

Les premières et deuxièmes années dont les casiers étaient situés dans la même rangée que le mien me dévisagèrent, surpris de cette inhabituelle démonstration d'affection.

Je rangeai mon sac dans mon casier, récupérai mon manuel de biologie et me rendis en cours. Ma table était vide à mon arrivée, ainsi que plusieurs autres. Il était tôt. C'était le bon moment pour remettre mes devoirs sur le bureau de Mme Merit. L'anticipation et la recherche perpétuelle de la discrétion faisaient partie intégrante de ma personnalité. Cela ne changerait probablement jamais.

Au moment où je retournai à ma place, Brady Beck entra dans la salle et s'assit sur la chaise de Sara Glenn, juste en face de moi. Prise d'un mouvement de recul instinctif, je regrettai aussitôt mon geste.

Il parut y trouver du plaisir.

— Tu lui as demandé ?

— Demandé quoi, à qui ?

— À Weston. Pourquoi il s'intéresse autant à toi, tout à coup.

— On a déjà parlé de tout ça.

— Alors il ne t'a pas dit la vérité.

— Pourquoi tu ne me balances pas simplement ce que tu as envie de me dire, qu'on en finisse ?

Les yeux de Brady se mirent à briller des nombreuses pensées qui se jouaient dans sa tête. Il considéra les différentes options qui s'offraient à lui, ce qu'il avait envie de révéler, et si le résultat serait celui escompté.

— Oh, et puis non, fit-il en repoussant la chaise pour se lever. (Il alla rejoindre sa place, sans pour autant me quitter des yeux.) Chassez le naturel...

Je sortis mon téléphone et appuyai sur le bouton que Weston m'avait montré. Je souris en pensant qu'il avait enregistré son numéro dans mes contacts. Ce serait agréable d'avoir une petite discussion avec lui pour me distraire pendant que la classe se remplissait d'étudiants endormis.

— Ce sont les Alderman qui t'ont offert ce truc ? demanda Brady.

La dizaine d'élèves qui étaient entrés s'assirent et se tournèrent tous vers moi.

Je ne relevai pas les yeux.

— Qu'est-ce que ça fait de profiter de la mort de quelqu'un d'autre ?

Je ne répondis toujours pas.

— Je n'arrive pas à croire qu'ils te laissent reprendre le cours de sa vie, comme si elle n'avait jamais existé.

J'appuyai sur plusieurs boutons ; tout était bon pour m'occuper l'esprit.

— Julianne n'a jamais été si intelligente...

— Ferme ta putain de bouche !

Les mots avaient jailli de mes lèvres avant que j'aie pu me retenir. Le buste pressé contre la table, j'avais posé mes paumes à plat sur le bureau, dont la surface noire était gravée d'inscriptions d'anciens et de nouveaux élèves.

Brady se rassit, avec une satisfaction différente de tout ce que j'avais pu voir chez lui auparavant. Il savait maintenant comment m'atteindre. Je lui avais laissé voir ma faiblesse, et je n'avais aucun doute qu'il l'exploiterait à la moindre occasion.

Je vis le regard de Sara dévier derrière moi et je me retournai. Mme Merit avait entendu mon éclat de vulgarité, et j'attendais maintenant ma punition.

— Ouvrez vos livres à la page deux cent quatre-vingt-trois, dit-elle en prenant place derrière son bureau.

Pendant la pause entre les deuxième et troisième heures de cours, Weston me rejoignit à mon casier avec une expression très différente de celle qu'il arborait le matin même sur le trajet de l'école. Il avait les joues rouges et le souffle court.

— Qu'est-ce que t'a dit, Brady ? demanda-t-il.

— Aucune importance.

— Bien sûr que si. D'après ce que j'ai entendu, il aurait dit que tu te réjouissais de la mort d'Alder et que tu en profitais, il aurait déblatéré sur Julianne et tu aurais pété un plomb. Est-ce qu'une seule de ces choses est vraie ?

— Oui, la plupart.

— Pourquoi tu ne m'as rien dit ? demanda-t-il, légèrement vexé.

— Tu es fâché ?

— Non, je suis furax !

— Alors voilà pourquoi.

Il changea de position.

— Pourquoi tu le laisses s'en tirer ainsi, Erin ? Te traiter comme ça ? Il devrait se prendre un poing dans la tronche, se faire mettre une raclée, trébucher et se vautrer la tête la première... *quelque chose, n'importe quoi*. Les gens comme lui ne peuvent pas traiter les autres comme de la merde et s'en tirer sans la moindre répercussion.

— Tu ne m'as pas dit, l'autre jour, d'avoir pitié d'eux ?

— Avec Brady, difficile de ressentir autre chose que de la haine pure. Tu n'es pas la seule concernée. Et l'imitation qu'il fait d'Annie Black chaque fois qu'elle passe en fauteuil roulant ? Et Jenny Squires ?

— Eh bien, quoi ?

— Si elle n'a été le manager de l'équipe de base-ball qu'une seule saison, c'est parce qu'après chaque match extérieur elle devait laver la morve de Brady dans ses cheveux. Il s'asseyait systématiquement derrière elle dans le bus et lui collait des mollards sur la tête. Il lui en mettait autant qu'il pouvait jusqu'à l'arrivée du bus.

— Si tu étais au courant, alors pourquoi tu n'as rien dit ?

Weston parut blessé.

— Tu as raison. J'aurais dû faire quelque chose. De nombreuses choses. Surtout pour toi.

— Tu l'as fait.

— Avec dix ans de retard ! Exactement comme l'a dit Frankie.

— Mieux vaut tard que jamais. Tu ne peux pas sauver le monde entier. Mais, simple curiosité : si tu en as été témoin et que tu y étais si opposé, pourquoi tu as laissé faire ?

Il baissa les yeux.

— Peut-être que je suis un lâche.

— Tu n'es pas un lâche.

— Peut-être que je l'étais jusqu'à aujourd'hui.

Brady, qui passait par là, siffla sa désapprobation.

— Je te confirme, t'es vraiment tombé bien bas, Gates.

Weston saisit Brady par le col et pivota pour le plaquer contre le casier voisin du mien.

Je tressaillis et reculai d'un pas. Brady ouvrit de grands yeux et, pendant cette fraction de seconde, lui et moi devions nous poser la même question ; qu'allait faire Weston ensuite ?

— Si le karma ne te remet pas à ta place, c'est moi qui m'en chargerai, dit-il d'une voix menaçante et légèrement sifflante.

— C'est quoi ton problème ? glapit Brady.

Je touchai le bras de Weston et jetai un regard circulaire, à l'affût d'un professeur.

— Weston ? Weston, relâche-le.

Weston se détendit peu à peu et finit par lâcher le tee-shirt de Brady.

— Le jour où son comportement le rattrapera, ce sera son karma. Le nôtre dépend de notre réaction.

La respiration de Weston se calma et ses épaules se relaxèrent.

Brady s'éloigna rapidement en redressant son haut et en faisant rouler son cou d'un côté et de l'autre, comme s'il allait, et qu'il pouvait encore se venger. Tout ce qu'il avait pour lui, c'était ses mots, et il en avait conscience. Ce qui expliquait pourquoi il s'en servait avec autant de haine et de méchanceté.

Les élèves ne s'étaient arrêtés qu'un instant, pensant qu'une bagarre allait éclater, mais la scène avait pris fin si rapidement que personne n'avait eu le temps de former un rassemblement et d'attirer encore davantage l'attention. Comme si de rien n'était, ils se remirent en route en se croisant telles deux rivières opposées, suivant la même voie chaque jour sans même savoir pourquoi.

— Désolé, dit-il. J'ai perdu mon sang-froid.

Le sifflement de sa respiration s'intensifia. Il peina à inspirer correctement.

— Tu as ton inhalateur ?

Il hocha la tête, le sortit de sa poche, secoua le petit récipient et en inspira une bouffée. Il déposa un baiser sur mon front et s'éloigna sans rien ajouter, à l'exception d'une toux à mi-couloir.

De l'autre côté de la vitre qui entourait la bibliothèque, je vis plusieurs étudiants me fixer. Je tournai la tête et me rendis en cours. Au sein de notre lycée se mêlaient faiblesse, tristesse, emphase et fierté, le tout lancé sur la même route à cent cinquante kilomètres-heure, vers un but pour lequel nous n'étions pas préparés. Des étudiants qui oubliaient régulièrement de ramener leurs manteaux à la maison attendaient d'être catapultés dans le monde des adultes.

D'un côté, j'étais heureuse de m'être débrouillée pendant si longtemps toute seule. Sans leur maman à leurs côtés, la plupart de mes camarades de classe ne savaient pas comment gérer leur argent, ou même la dose de paracétamol à prendre, et à quelle fréquence. À l'école, nous étions maternés, grondés et nourris aux heures qu'on nous indiquait. Nous devions même lever la main pour demander la permission d'aller aux toilettes. Dans quelques semaines à peine, nous serions libres d'accumuler les cartes de crédit et les prêts étudiants, de signer des baux pour des appartements que nous ne serions pas forcément en mesure de payer, tout cela car on nous apprenait à apprendre, mais on ne nous apprenait pas à vivre.

C'était une des toutes petites choses de mon éducation dont je pouvais tirer parti, et pourtant je ne la souhaiterais à personne d'autre. Jamais je ne récupérerais mon enfance. À de nombreux égards, j'avais toujours été l'adulte, et il était tellement difficile de m'adapter à des parents et maintenant un petit ami qui désiraient tant prendre soin de moi !

Mes pensées s'estompèrent tandis que les affiches scotchées au mur attiraient mon attention. Décorées de paillettes, elles présentaient des textes comme BAL DE FEU ET DE GLACE et BILLETS EN VENTE ! Les bavardages excités qui résonnaient dans les couloirs indiquaient que le bal de promo arrivait à grands pas, tout comme les diplômes et l'été. L'énergie qui vibrait entre les murs arrivait à son apogée.

En m'installant à mon bureau, je repensai à Weston et au son que faisait sa respiration. Je n'y connaissais pas grand-chose sur l'asthme, mais Weston n'en faisait pas non plus grand cas.

Je sortis mon téléphone de ma poche, consultai mes messages et cliquai sur son nom. C'était, semblait-il, le moyen le plus simple de m'y prendre.

La sonnerie retentit, mais je gardai mon téléphone sur mes genoux et tapotai l'écran.

Tu te sens mieux ?

:) Coucou. Oui ? Pourquoi ?

Je vérifiais. Tu avais du mal à respirer tout à l'heure.

Mais non ;)

;)

Je glissai de nouveau le téléphone dans ma poche tandis que M. Barrows commençait son cours, transportée par l'excitation que me procurait la transgression des règles. J'avais souvent vu des gens le faire auparavant, et je n'avais jamais compris pourquoi ils risquaient ainsi de s'attirer des ennuis, une retenue, ou de se faire confisquer leur téléphone. Leur raison m'apparaissait désormais très clairement, et elle n'avait rien à voir avec les messages en eux-mêmes.

Je me fis la promesse que je ne recommencerais pas, mais ce n'était pas la seule promesse que j'allais rompre aujourd'hui.

16

Frankie essuya le sirop au chocolat sur son tablier en poussant un juron, puis se couvrit promptement la bouche.

— Oups.

— Tant que tu ne le fais pas avec le micro allumé, dis-je avec un clin d'œil.

— Je suis un peu à côté de la plaque, aujourd'hui.

— Nerveuse ?

— À quel sujet ? demanda-t-elle bien qu'elle sache exactement ce que je voulais dire.

— Tu as oublié ton rendez-vous avec Mark ?

— Oui, en effet, merci de me le rappeler.

Elle fit mine de vérifier quelque chose sur l'étagère proche de la fenêtre du drive-in.

— Quelle menteuse !

Elle me jeta un regard outré.

— Quelle insolente !

Je pouffai bêtement et Frankie finit par rire. Après avoir essayé en vain de nous calmer pendant une minute, nous nous mîmes toutes deux à glousser de bon cœur. Un orage avait éclaté une heure plus tôt et Main Street étincelait sous la lumière des réverbères.

— Je suis bien contente que les jours rallongent, dit Frankie en essuyant les traînées de mascara sous ses yeux. Ça me laisse le temps de jouer avec les enfants quand je rentre du travail.

— Mark sait que tu as des enfants ?

— D'où te vient cette obsession pour Mark ? Probablement. Il ne vit ici que depuis deux mois, mais je suis sûre que tout le monde chez Kay Electric l'a mis au courant de mon degré de solvabilité et de mon historique sexuel, depuis le temps. Non, je déconne. Enfin, pas vraiment.

— Ce n'est pas Barbara qui t'a parlé de lui ? demandai-je.

Barbara s'occupait de la comptabilité chez Kay Electric, et Frankie la faisait rire chaque fois qu'elle venait au *DQ*. Le week-end précédent, Barbara était passée en rentrant chez elle et avait parlé à Frankie de Mark, le nouvel ouvrier de ligne venu d'Alabama. Il était mignon, gentil et célibataire, et il aimait beaucoup rire. Barbara avait demandé à Frankie si elle pouvait lui donner son numéro et, à la surprise générale, Frankie l'avait griffonné sur une serviette en papier qu'elle lui avait transmis par la vitre.

Trois coups de téléphone plus tard, Frankie avait accepté un premier rendez-vous. Elle avait fait tomber des objets, renversé des choses et s'était emmêlée dans les commandes toute la soirée. Weston lui-même s'en était rendu compte quand il était passé quelques minutes après son entraînement.

Elle consulta sa montre.

— Bon. C'est l'heure de fermer, petite. De quoi j'ai l'air ?

Elle avait mis ses formes en valeur dans un nouveau jean corsaire et une chemise à carreaux violets.

— Couverte de chocolat, ce que je te parie qu'il appréciera.

Elle rit en retirant son tablier.

— Merci, Erin. Bonne soirée avec ton... Sam.

— Merci. Je vais passer un formidable dîner avec mon Sam.

Je souris. Cette formulation me plaisait.

J'entendis le moteur de la Range Rover de Sam tourner au ralenti à l'arrière de la boutique avant même d'ouvrir la porte. Il m'adressa un grand sourire et je saluai Frankie avant de monter.

— Je suis parti trop vite et j'ai encore oublié mon sac à main, plaisanta-t-il. Ça t'ennuie si on repasse par la maison avant d'aller dîner ? Mon téléphone est à l'intérieur.

— Pas de problème.

Sam reprit la route vers le sud. Les premières secondes s'écoulèrent dans le silence, puis Sam se racla la gorge.

— Tu peux changer de radio si tu veux.

— Celle-ci me va.

— Comment s'est passé le travail ?

— Tranquillement. Weston est passé et Frankie avait un rendez-vous ce soir.

— Julianne voulait appeler pendant l'orage. Je lui ai assuré que tu devrais t'en sortir. (Il gloussa tout bas, mais se tourna vers moi en voyant que je gardais le silence.) Désolé. Tu as eu peur ? On aurait dû appeler ?

— Non, j'adore les orages.

Sam hocha la tête, soulagé.

— Moi aussi. Julianne, un peu moins. On avait un chien autrefois, comme ça, quand je n'étais pas à la maison pendant un orage, Julianne avait un compagnon, mais cette idée n'a pas marché. Cela a aggravé l'asthme de Sonny.

— De Weston, tu veux dire ?

Sam réfléchit quelques instants puis dit :

— Tu marques un point. Les poils ont dû aussi déclencher son asthme. Mais à l'époque, nous voyions Sonny presque tous les jours. Pendant longtemps,

Weston ne venait que si Peter et Veronica le forçaient à jouer avec les filles.

— Sonny avait de l'asthme ?

— Tu ne le savais pas ? demanda Sam.

Je secouai la tête.

— Je ne devrais pas être surpris. Elle refusait de l'admettre tout autant que Weston.

— Il n'en parle pas beaucoup.

— Il fait beaucoup d'efforts pour t'impressionner. Je ne l'ai jamais vu se comporter ainsi. (Il se perdit dans ses pensées un moment avant de revenir au présent.) Quoi qu'il en soit, avec Sonny qui était si souvent chez nous, nous avons décidé de nous débarrasser de... heu. Je ne me souviens même pas de son nom.

Il se gara sur le trottoir et j'attendis. Je ne voyais rien d'étrange à ce que Sam ne se soit pas garé dans l'allée, jusqu'à ce que je voie Julianne debout à côté d'un autre véhicule. Pas son G-Wagon blanc, mais une BMW rouge. Avec un énorme ruban blanc au sommet.

Sam descendit et contourna la voiture jusqu'à ma portière.

— Dites-moi que ce n'est pas vrai, murmurai-je avant de descendre.

Sam et Julianne affichaient tous deux des sourires jusqu'aux oreilles.

— Nous avons manqué quelques anniversaires et quelques Noël, déclara Sam.

— Et le diplôme arrive bientôt, ajouta Julianne.

Je pointai du doigt la carrosserie d'un rouge éclatant.

— C'est pour moi ?

Sam me tendit une petite commande équipée de boutons argentés.

— Ce n'est pas comme de tendre des clés, mais ceci va avec ta nouvelle voiture. Nous espérons que tu aimes le rouge.

Je m'étouffai avec ma propre salive.

— Si j'aime le... ? Vous plaisantez.

Ils secouèrent tous deux la tête, et je les imitai.

Leurs sourires s'estompèrent et Julianne s'approcha de moi, les mains tendues.

— Laisse-nous te faire ce plaisir, je t'en prie. Je ne sais même plus qui a eu l'idée. Nous deux, je crois.

Sam approuva d'un signe de tête.

Julianne reprit d'une voix tremblante :

— Et tu as besoin d'une voiture, chérie. Tu as dix-huit ans, tu travailles dur et... tu devrais avoir un moyen de transport.

Leurs visages, puis la voiture, commencèrent à se brouiller. Avant que je pense à retenir mes larmes, mes joues étaient déjà inondées.

Les lèvres de Julianne se mirent à trembler et elle se mit bientôt à pleurer elle aussi.

Sam me serra dans ses bras.

— Laisse-nous t'offrir ce cadeau.

— Je ne sais même pas comment accepter une chose pareille. Chaque jour qui passe c'est un peu plus fou, mais dans le meilleur des sens possibles. Pas à cause des affaires ! Ce ne sont pas les affaires.

Mes paroles sortaient de ma bouche d'une drôle de voix étouffée et je n'étais même pas sûre qu'ils me comprennent.

Sam me fourra la commande dans la main.

— Elle a un an, elle est en excellent état et elle a un coefficient de sécurité de neuf virgule un. Les clés sont à l'intérieur de ce boîtier. J'ai rempli le réservoir et vérifié les niveaux moi-même. Veux-tu nous conduire au restaurant ? Je peux te montrer toutes les commandes.

Je secouai de nouveau la tête.

— Je crois que je ne devrais pas. Je n'ai pas beaucoup d'expérience en conduite, et...

— Il t'arrive de conduire le pick-up de Weston de temps en temps, non ? demanda Julianne.

Je confirmai.

— Il faut que tu m'emmènes au restaurant avant que je ne meure de faim.

Sam essayait de me taquiner aussi gentiment que possible, tentant clairement de détendre l'atmosphère.

Je m'essuyai les yeux et regardai Julianne.

— Et toi, tu as dîné ?

Elle hocha la tête.

— Va donc passer du temps avec ton...

— Mon Sam, achevai-je.

Cette phrase sembla aussi beaucoup plaire à Sam.

J'ouvris de grands yeux.

— Je ne veux pas avoir l'air ingrate. Ce... merci. Merci infiniment. C'est incroyable. Vraiment pas croyable. Ça me fait même un peu peur. J'ai l'impression que plus les choses vont bien, pire ce sera quand tout disparaîtra. Pas les objets. Je ne parle pas du matériel.

Julianne prit mon visage entre ses mains.

— Tu es notre fille et nous avons acheté une voiture à notre fille. C'est tout. Il n'y a rien de mal. Il n'y a pas lieu de te préparer à une quelconque déception. Ce n'est qu'une voiture.

— Ce n'est pas qu'une voiture.

J'observai de nouveau la BMW rouge bonbon garée dans l'allée, puis la commande dans ma main. J'avais une voiture à moi. Je pouvais m'en servir pour aller à l'école. Au travail. À la fac. À l'épicerie. Au Lavomatique, si je devais y retourner. Ce n'était pas le cas, mais j'aurais pu m'y rendre en voiture.

— Vous n'imaginez pas ce que cela représente pour moi. Je ne pense pas pouvoir vous l'expliquer.

— Tu n'imagines pas ce que tu représentes pour nous, dit Julianne.

Je pinçai les lèvres.

— Je suis vraiment nerveuse à l'idée de la conduire.

Ils rirent de bon cœur. Julianne prit des dizaines de photos pendant que Sam me montrait les bases, puis elle agita la main lorsque je sortis *très* lentement de l'allée.

— Tu t'en sors très bien, dit Sam tandis que j'enclenchais le clignotant pour tourner à droite.

— Je vais me réveiller d'une minute à l'autre, dis-je en secouant la tête. C'est trop merveilleux pour être vrai.

Sam pouffa.

— Je suis ravi qu'elle te plaise. C'est un soulagement. Nous avions peur que tu ne l'aimes pas et que tu sois fâchée.

Je pensais à ce qu'ils avaient dû ressentir en voyant la déception dans les yeux d'Alder quand ils lui avaient offert une voiture pour ses seize ans. Au stop suivant, je pris soin de regarder Sam droit dans les yeux.

— Vous n'étiez pas obligés de m'offrir quoi que ce soit. Votre bienveillance et votre compréhension vont déjà bien au-delà de ce que j'aurais jamais espéré. Mais là, c'est absolument incroyable. Je l'adore. Je ne pourrai jamais assez vous remercier.

Le sourire de Sam s'agrandit et il ajusta sa position sur son siège.

— Je suis impatient de répéter tes paroles à Julianne. Elle sera folle de joie.

J'appuyai sur la pédale et la voiture, qui était bien plus qu'une simple voiture, réagit immédiatement et nous emmena au restaurant.

À notre arrivée, il me fallut près de dix minutes pour me garer, puis Sam m'indiqua comment couper le moteur et verrouiller la voiture. Il me guida jusqu'à l'entrée et tendit la main pour m'ouvrir la porte, mais celle-ci s'ouvrit avant.

Les Masterson apparurent et Carolyn eut un hoquet de surprise. Ses cheveux platine, fins et raréfiés par des années de décoloration, étaient retenus en chignon.

Son col blanc était relevé à l'arrière et bien plié sur l'avant. Quand elle ouvrit la bouche, son visage entier se mua comme une seule unité tant sa peau était tirée. Elle était presque squelettique, mais son mari, Harry, était un homme bien en chair et essoufflé rien que d'avoir marché depuis leur table jusqu'à la porte. Contrairement à Carolyn, Harry n'affichait pas la moindre expression. Seuls ses yeux bougèrent pour voir qui provoquait chez sa femme une telle réaction.

Sam posa les mains sur mes épaules et l'atmosphère se tendit aussitôt.

— Bonsoir, Harry. Carolyn.

Carolyn se ressaisit et haussa un sourcil en m'examinant comme si Sam venait de me récupérer dans une décharge municipale pour me donner le privilège de sa présence.

— Alors comme ça, elle vit avec vous à présent ? demanda Carolyn d'une voix voilée et pleine de mépris.

— Pas maintenant, Carolyn, dit Sam en me poussant vers les portes.

— Sais-tu ce que nous avons traversé, Sam ? insista-t-elle.

— Je ne suis vraiment pas à l'aise pour discuter de tout cela devant Erin, Carolyn. Je t'en prie, dit-il en lui faisant signe de s'écarter.

Elle n'en fit rien.

— Je suis dévastée. Julianne est ma meilleure amie et j'ai traité Alder comme ma fille. Vous rendez-vous compte à quel point cette situation est tordue et malsaine ? Je ne peux même pas en parler à Julianne parce que vous avez votre nouvelle famille désormais, et elle ne veut aucune négativité. Est-ce qu'elle se *fiche* de moi ?

Je fronçai les sourcils.

Harry restait stoïque.

Sam me jeta un regard avant de reposer les yeux sur elle.

— Julianne a raison. Notre priorité est Erin et sa présence à vos côtés n'est pas une bonne idée étant donné… (Il me serra contre son côté.) Je suis vraiment désolé, Carolyn. Mais je n'ai pas l'intention de parler de tout ceci maintenant. Nous avons tous vécu une période pénible, et le moment est mal choisi.

Nous passâmes une porte supplémentaire et fûmes accueillis par l'hôtesse. Les murs étaient couverts de peintures éclatantes et les haut-parleurs diffusaient une mélodie espagnole à un volume adéquat. Des dizaines de têtes se tournèrent pour suivre notre progression jusqu'à la table du fond.

Le serveur vint prendre notre commande de boissons et je vis Sam remuer nerveusement sur son siège. Il se pencha vers moi.

— Je suis désolé pour Carolyn. Je ne savais pas qu'on les croiserait. Ils ne sont pas beaucoup sortis depuis le décès des filles.

— C'est compréhensible.

— Julianne et Carolyn ne sont pas d'accord concernant nos décisions.

— Ça a dû être très dur pour Carolyn.

Sam s'immobilisa, surpris par ma remarque, puis rit tout bas.

— Oui, c'est sûr. Julianne est habituellement très… aimable. Carolyn n'a pas l'habitude d'être ignorée. Comme tu as dû le sentir, c'est un peu tendu entre nous.

— Ils ne croient pas que je sois votre fille ? demandai-je.

Il releva ses lunettes rondes sur son crâne.

— Cela n'a aucune importance pour moi ou pour ta… Julianne. Tout ce qui nous intéresse en ce moment, c'est que la transition se fasse en douceur pour toi et… oh, Erin. Je suis désolé. Toute cette histoire doit te paraître folle.

— Je ne suis pas un bébé, Sam. Et tu es chirurgien. J'attends de toi des paroles intelligentes.

Sam laissa échapper un rire.

— Bon, mais je ne te parle pas comme ton chirurgien. Je te parle comme ton Sam.

Je souris. Je commençais vraiment à affectionner cette formule.

Mon téléphone vibra.

— C'est Weston. (Je lus le message en silence, puis le répétai à voix haute.) « Julianne m'a montré des photos de la voiture. Elle déchire ! »

Sam parut ravi et me fit signe de répondre.

Je peux passer te prendre pour aller au lycée demain matin ?

Il ne répondit pas immédiatement. Mais la réponse me parvint quelques minutes plus tard.

Waouh !

Quoi ?

J'avais peur que ça aussi, ça disparaisse.

Qu'est-ce que tu veux dire ?

Notre trajet à l'école ensemble le matin.
Appelle-moi avant de te coucher. J'adore la voiture.

D'accord. Merci ! Moi aussi !

Il me renvoya un émoticon avec un cœur au bout des lèvres, mais je ne savais pas comment répondre la même chose et je n'avais pas envie de passer mon dîner avec Sam à écrire des messages, alors je me contentai de lui renvoyer le clin d'œil dactylographié que je lui avais déjà envoyé.

— Les choses se passent bien entre vous ? demanda Sam en me voyant ranger mon téléphone.

Je hochai la tête.

— C'est un peu bizarre depuis que j'ai emménagé.

— Oui, je pense que tu lui manques un peu.

— Est-ce que c'est bizarre pour vous ? Que je passe du temps avec lui, alors qu'il était le petit ami d'Alder ?

Sam parut réfléchir un instant, mais je savais qu'il connaissait déjà la réponse. Il cherchait simplement la bonne formulation.

— Je veux que tu sois heureuse. Weston est un bon garçon.

— Tu peux être directe avec moi, Sam. C'est moi qui ai posé la question.

Sam afficha un sourire en coin.

— Tu es… rafraîchissante, Erin. Mais je m'en tiens à ma première déclaration.

Je hochai la tête.

— Compris.

17

Le ventilateur blanc et immaculé tournoyait en silence. Il ne grinçait pas et se fondait presque sur le plafond blanc, qui n'était ni craquelé ni en décomposition. Aucune trace non plus de moisissure à l'endroit où le toit fuyait.

Les toilettes et les salles de bains des Alderman sentaient encore la peinture fraîche. Rien à voir avec le trois-pièces minable et décrépi de Gina. Il était étrange de ne pas l'avoir revue depuis que j'avais appris la nouvelle, mais c'est ainsi qu'elle l'avait voulu. La voiture de Gina était toujours garée devant l'épicerie pendant son service, à la même place, aux mêmes heures, mais je n'y étais pas entrée. D'abord parce que je ne saurais pas quoi dire, ensuite parce que Julianne remplissait les placards de tout ce dont je pouvais éventuellement avoir besoin. C'était comme si, pour elle, anticiper et satisfaire le moindre de mes désirs était devenu un boulot à plein temps.

Je passai le pouce sur le boîtier de commande à distance que je tenais encore à la main. Je ne l'avais pas posé sur ma table de nuit ni dans la cuisine à côté de celui de Sam parce que j'éprouvais la peur irrationnelle qu'en posant ce boîtier il disparaisse. Tout ce qui m'était arrivé au cours du dernier mois était tellement surréaliste, à l'opposé de la voie que ma vie avait suivie jusque-là, que c'était presque trop beau pour y croire. Je tenais donc la commande comme je m'accrochais à l'espoir que j'ouvrirais les yeux dans la même chambre le lendemain matin, celle non loin de la porte où manquaient les lettres pastel.

Je jetai un œil à l'horloge digitale posée sur la table de nuit et soupirai. Il était deux heures du matin. J'avais appelé Weston après le dîner et nous avions discuté de la voiture pendant une heure. Il voulait aller faire un tour avec moi, mais j'étais trop fatiguée. Maintenant, allongée sur un matelas si moelleux entre des draps si doux qu'ils donnaient un effet presque gras (dans le meilleur des sens possible), je n'arrivais pas à trouver le sommeil.

Je traversai ma chambre pieds nus et ouvris la porte. Elle grinça. Je me figeai avant de jeter un regard dans le couloir. Obscur et silencieux. Sam et Julianne étaient couchés depuis un moment déjà.

Je fis quelques pas sur la moquette tissée jusqu'à atteindre la porte d'Alder. Mon cœur s'accéléra lorsque je posai la main sur la poignée en me demandant si elle serait verrouillée. Je redoutais ce que j'allais trouver de l'autre côté, comme si elle pouvait se tenir là et me crier de sortir.

J'appuyai sur la poignée dorée, et la porte s'ouvrit. Elle craqua légèrement, comme la mienne, quand je poussai le battant.

La pièce était plongée dans le noir, mais le clair de lune qui filtrait par les fenêtres dispensait assez de lumière pour me permettre de distinguer les photos punaisées sur le tableau de liège. Des photos des Erin, avec l'équipe de pom-pom girls ou sur un terrain de base-ball, avec Brady, Brendan, Chrissy et, bien sûr, Weston. Je déglutis. Il semblait heureux et mon ventre se noua, même si je me souvenais l'avoir vu arborer toujours la même expression quand il se trouvait avec

Alder. Les yeux brillants, qui n'étaient que pour elle. Je songeai à la façon dont il me regardait, moi.

C'est différent.

Sa chambre était propre et chaque objet à sa place. Elle avait été dépoussiérée récemment, et le lit avait été fait. Je m'assis sur sa couette noir et blanc et j'observai les différentes décorations au mur. Ma présence ici me semblait déplacée, et à la fois excitante, mille fois plus que d'écrire des messages en cours. Alder serait morte une nouvelle fois si elle savait que je me trouvais dans sa chambre – si elle savait que je vivais ici et que Weston venait me voir. Je me demandais comment Sam et Julianne rationalisaient tout cela dans leur tête et parvenaient à trouver leur équilibre dans leur désir de me rendre heureuse sans avoir l'impression de salir sa mémoire.

Je m'approchai de sa penderie et ouvris la porte. C'était un vrai dressing dans lequel on pénétrait, comme le mien. Ses vêtements étaient bien alignés et suspendus sur des dizaines de cintres en plastique, comme les miens. Mais elle possédait également plusieurs uniformes de pom-pom girl et un paquet de robes et de talons hauts. Un sac en plastique dépassait du reste des vêtements et j'allumai la lumière du placard pour y regarder de plus près. C'était une robe de bal.

J'essayai de la voir sans la toucher, mais je finis par la sortir de son emplacement pour la tenir devant moi. La clé de voiture que je tenais toujours à la main rendait la manœuvre difficile, mais je parvins à l'ôter du plastique d'un geste maladroit. Elle était à couper le souffle. Le col était dénudé sur une épaule avec un décolleté plongeant dans le dos ; le tissu, couleur chair à partir de la taille, était orné de quelques strass argentés. Elle aurait ressemblé à une déesse grecque et je l'imaginai porter ses cheveux en chignon haut sur sa tête. Puis je l'imaginai avec Weston, et je rangeai la robe.

Ma curiosité n'était toujours pas satisfaite, mais le placard était le seul endroit que je pouvais inspecter la lumière allumée. Je parcourus l'ensemble de ses vêtements et chaussures. Je trouvai un coffre à jouet rectangulaire derrière les tenues, blanc, orné de petits chaussons de danse roses et sans couvercle. Il était rempli de poupées et de Barbie, de quelques vieux jouets McDonald's et de carnets, tous vides ou presque. À l'intérieur, je trouvais quelques rares dessins juvéniles, comme un chien ou une licorne, et un dessin de trois bonhommes bâton. Trois petites filles, chacune avec le nom ERIN inscrit au-dessus de leur chevelure, toutes différentes. Je sus immédiatement laquelle était censée me représenter : celle avec la masse de cheveux emmêlés. Elles se tenaient les mains en souriant. Je retins mon souffle. Je songeai que cette scène de rires et d'affection était alors quotidienne dans la vie réelle. À l'époque, nous étions les meilleures amies du monde.

Un bac de rangement transparent rempli de classeurs attira mon attention, et je retirai le couvercle aussi silencieusement que possible pour en sortir le premier classeur. Il était vert, orné du mot JOURNAL écrit au marqueur noir de la main d'Alder.

Je le reposai, puis le repris. J'effectuai le même geste plusieurs fois, en essayant chaque fois de me dissuader de l'ouvrir.

Ce sont ses pensées intimes, Erin. Tu n'as pas le droit, songeai-je en reposant le couvercle.

De toute façon, je devais me lever tôt pour aller chercher Weston et me rendre au lycée pour la première fois au volant de ma voiture, avec toute la prudence requise. Il était mal et interdit de lire les pensées intimes d'autrui. Très mal. Et si j'ouvrais ce

classeur, ce serait une violation des nombreux principes moraux et éthiques qui m'étaient précieux.
Je le fis quand même.

9 oct.

Ils n'arrêtent pas de me parler. Je ne suis jamais seule. Eric m'a écrit pendant l'entraînement, alors je suis sortie en douce plus tôt parce que l'entraîneur était parti, et on a allumé un joint. Je croyais que Chrissy m'avait vue descendre de sa voiture, mais heureusement, non. Des fois, j'ai envie de faire comme si ça n'avait pas d'importance, mais ça en a. Ça en a toujours. Ils sont toujours à l'affût, dans l'attente que je foire. Dans l'attente de voir si je vais m'effondrer. Eric est le seul qui me comprend, et encore, seulement quand on est défoncés. Moins d'un an avant que je me tire de cet endroit minable. Je n'aurai plus jamais à sourire à aucun d'eux.

12 oct.

Je l'ai encore surpris à la regarder. Je jure devant Dieu que je vais trouver comment avoir cette garce. Je ne sais pas comment, mais je trouverai.

Je refermai le classeur, sans vouloir savoir si c'était de moi qu'elle parlait. Les journaux étaient datés depuis l'école primaire. Je haussai les sourcils. Elle avait rempli tous ces classeurs... Toutes les pensées d'Erin Alderman étaient juste là, à ma disposition. Un journal, intitulé MON PREMIER JOURNAL, était plastifié et muni d'un cadenas brisé.

Je refermai le couvercle et me levai, puis j'éteignis la lumière. L'intimité d'Alder avait déjà été transgressée, tout comme la confiance de Sam et Julianne.

La culpabilité me poussa à sortir de sa chambre, à remonter le couloir et à me remettre au lit.

Après vingt minutes sans avoir réussi à me vider la tête, je rivai les yeux sur le ventilateur de plafond. Alder parlait-elle de moi ? Qu'avais-je fait ? Parlait-elle de Weston qui me regardait ? Sûrement pas. Il m'avait dit un jour qu'il m'avait toujours appréciée, mais il ne m'était pas venu à l'esprit que ce puisse vraiment être le cas. Les questions étaient là, et je n'étais pas sûre de vouloir connaître les réponses. Il y en avait tant, parmi ces pages ! Il se pouvait même que je découvre la raison pour laquelle les Erin avaient cessé de me parler.

Je me tournai sur le côté, la clé de la voiture toujours dans ma main. Je me demandai si Julianne était au courant pour les journaux. Ils n'étaient pas particulièrement cachés. Peut-être respectait-elle suffisamment l'intimité d'Alder pour que celle-ci n'ait pas pris la peine de les cacher.

Je fermai les yeux en me demandant si c'était moi que Weston regardait. Il fallait que je sache. La prochaine fois que je me retrouverais seule à la maison, je lirai son journal jusqu'à découvrir la raison du comportement d'Alder envers moi. Et la raison de l'aversion qu'elle éprouvait pour Blackwell, alors qu'elle avait tout. Ou peut-être que non, et peut-être que ce n'était pas ce qu'elle cherchait. Cela ne me regardait pas. Je ne devrais pas lire ces journaux. Mais entre le *devoir* et l'*envie*, je savais que la curiosité finirait par l'emporter, surtout quand on sait que j'attendais ces réponses depuis très longtemps.

Ce ne fut qu'en posant le pied sur la première marche que la fatigue me rattrapa. Le sommeil avait été long à venir la veille et même après m'être endormie, je n'avais pas réussi à le rester très longtemps.

Sam entra dans la cuisine en même temps que moi et posa la main sur mon épaule.

— Bonjour ma chérie. Tu surveilleras ton niveau d'essence. À ce propos ! s'exclama-t-il avant de fourrer la main dans la poche de son pantalon pour en sortir son portefeuille. Tiens, prends ça. Et si tu as besoin d'autre chose, enfin, dans les limites du raisonnable...

Je refusai poliment son argent.

— J'ai de l'argent.

Il insista en tendant de nouveau la carte argentée.

— Ton salaire, ce sera ton argent de poche. On s'occupe du reste. Allez prends-le, ma chérie, je suis en retard.

Après une légère hésitation, j'acceptai la carte et tentai de la glisser dans ma poche arrière, mais c'était un de mes nouveaux jeans et les poches à rabat étaient encore fermées. Je n'arrivais pas à trouver quel était le bouton à ouvrir avec tous les strass qui l'entouraient, alors je la rangeai dans ma poche avant. Elle irait dans mon sac à dos plus tard. J'étais déjà nerveuse rien que de la porter sur moi.

— Merci.

Sam me lança un clin d'œil et se dirigea vers la porte menant au garage.

— Je dois filer, chérie !

— Passe une bonne journée ! lança Julianne.

Je la rejoignis dans la cuisine.

— J'y vais aussi.

— Pas de petit déjeuner ? demanda-t-elle en essayant de masquer sa déception.

Une magnifique omelette était posée sur un plat à motifs floraux. Une fourchette sur une serviette en tissu et un demi-verre de jus d'orange étaient posés à côté.

— Tu es tellement... tout est toujours si parfait ! La maison tout entière pourrait servir de modèle dans un magazine.

Julianne rayonna.

— Merci. C'est pour passer le temps, en fait. J'ai tendance à m'agiter, dit-elle en posant les paumes à plat sur le comptoir. Et je m'ennuie un peu, si tu veux savoir la vérité.

— As-tu pensé à reprendre le travail ?

Elle hocha la tête.

— Sam et moi en avons discuté. Nous pensons qu'il vaut mieux que je reste à la maison encore un peu. Surtout l'été, quand tu seras plus souvent là.

— Je travaille beaucoup pendant l'été, lui dis-je, un peu gênée.

— À ce propos, dit-elle en se mordant la lèvre. Que dirais-tu de faire moins d'heures au *Dairy Queen* ? Tu aurais plus de temps à la maison... et avec Weston. Pour profiter de ta dernière année et de ton été avant l'université. Je ne te mets pas la pression, ce n'est qu'une idée.

— Si je travaille autant, c'est pour l'université.

— Erin, ma chérie, c'est nous qui te payons l'université. Ce que tu gagnes, tu pourras le dépenser comme bon te semble.

— C'est... très généreux. Mais Sam et toi, vous en avez déjà fait tellement... Vous m'avez offert une maison où habiter et cette magnifique voiture, là-dehors. Je ne peux rien accepter d'autre de votre part. Et j'ai une bourse d'études.

Elle sourit.

— Je suis tellement fière de toi.

Ses paroles me prirent au dépourvu. Je n'avais pas le souvenir qu'on m'ait déjà dit ça auparavant.

— Tu travailles si dur, ct tu es une si bonne personne malgré les conditions dans lesquelles tu as grandi. (Les larmes lui montèrent aux yeux, mais elle se ressaisit rapidement.) Ton argent, c'est ton argent. Et ce que ta bourse ne couvrira pas, on s'en occupe. Je comprends que tu aies l'impression qu'on en fait beaucoup, mais c'est seulement parce que tout arrive d'un coup. Si tu avais grandi ici, le processus aurait été graduel. Si c'est un peu accablant, je te présente mes excuses.

Je secouai la tête.

— Tu n'as pas à t'excuser, Julianne. Pour rien. Tout ce que tu as fait est formidable. Ce que vous avez fait tous les deux.

L'expression de Julianne s'adoucit et elle tendit le bras par-dessus l'îlot pour me prendre la main.

— Tu es notre fille, dit-elle d'une voix douce. Laisse-nous prendre soin de toi. Laisse-nous te rendre la vie un peu plus facile que ce qu'elle a été pour toi. Nous aussi, ça nous aide.

Je souris.

— Je peux peut-être demander à Patty d'embaucher quelqu'un pour le week-end et réduire mes heures pour cet été.

Un sourire rayonnant éclaira le visage de Julianne, et elle me tapota la main avant de se retourner vers la cuisinière.

— Je suis impatiente ! On pourra aller en ville ou je ne sais quoi, dîner, faire les boutiques ou aller au musée.

Son enthousiasme était contagieux.

— Cela me ferait très plaisir.

Je m'assis pour avaler quatre ou cinq bouchées de l'omelette, boire mon jus, puis je récupérai mon sac.

— À ce soir ! lançai-je.

— D'accord chérie, dit-elle en ramassant mon assiette.

Sam avait laissé la porte du garage ouverte, sachant que j'allais partir peu après lui. Je secouai la tête. L'idée d'avoir une voiture – une BMW, rien que ça – pour me rendre au lycée était presque incroyable, et pourtant elle était là, étincelante, et n'attendait que moi.

Je reculai lentement et pris la direction de chez Weston, au coin de la rue. Je me garai dans la rue mais, en sortant, je remarquai que j'étais trop éloignée du trottoir. Je m'apprêtai à remonter pour rectifier le tir.

Weston apparut devant chez lui, son sac à la main.

— T'en fais pas pour ça, bébé.

Il était particulièrement séduisant aujourd'hui avec son jean retenu par une grosse ceinture en cuir marron. Son polo turquoise accentuait encore son teint hâlé. Il arborait une montre à son poignet gauche et des bracelets en cuir tressé au droit. Il avait le corps mince et tonique des joueurs de base-ball et avait stratégiquement ébouriffé ses cheveux avec une pointe de gel. Ses yeux étaient encore un peu endormis, mais ses iris d'un vert vif brillaient comme à leur habitude.

Je ne savais pas si je m'habituerais un jour à ce que quelqu'un avec son physique puisse m'appeler bébé. J'avais toujours trouvé ce genre de surnom mièvre et ridicule, mais quand il sortait de la bouche de Weston, une vague de chaleur se répandait dans tout mon corps, et je ne voulais qu'une seule chose, qu'il recommence. Le naturel avec lequel il le disait me donnait l'impression que nos débuts n'auraient pas de fin. Aucun souci en vue pour nous deux.

Peter et Veronica sortirent à leur tour, tous deux surpris, mais avec un air heureux.

— Quelle voiture tu as là ! s'exclama Peter.

Je haussai une épaule avant de secouer la tête.

— Je sais. Ils sont trop bons avec moi.

— Balivernes, répliqua Veronica. (Elle posa un bras sur mes épaules et serra.) Tu avais besoin d'une voiture, petite idiote.

Weston ouvrit la portière côté passager.

— Allez, vous avez vu la voiture. On doit y aller.

Ses parents agitèrent la main tandis que je reculais nerveusement. Weston évoqua son entraînement de base-ball et notre prochain contrôle, sans s'inquiéter une seule seconde de mes talents de conductrice. Je conduisais son pick-up de temps en temps, mais cette situation n'avait rien à voir.

J'entrai sur le parking sous les regards des étudiants. Blackwell était si petite que tout le monde savait qui conduisait quoi.

— Ils ne nous lâchent pas des yeux, dis-je avec effroi.

— Pas étonnant.

— Ils vont dire que je profite de Sam et Julianne.

— Je les remettrai à leur place.

Je me garai et coupai le moteur. Shannon LaBlue, du cours d'art, n'hésita pas à s'approcher.

— C'est la tienne ? demanda-t-elle d'une voix plus aiguë que d'habitude.

Je consultai Weston du regard.

— Oui.

— Ses parents viennent juste de la lui offrir, ajouta-t-il. Cool, hein ?

Cette réponse ne m'était pas venue à l'esprit, mais j'aimais l'effet produit : *mes parents.* Sam et Julianne étaient les miens.

— Une BMW, Easter ? Incroyable !

Je hochai la tête, incapable de la remercier. Pour une raison qui m'échappait, il me paraissait étrange de dire merci. D'autres personnes s'approchèrent pour mieux voir. Je verrouillai la voiture à distance, puis Weston m'emmena dans le bâtiment par la main.

Le temps d'arriver en cours de bio, tout le lycée avait appris la nouvelle. Sara et quelques autres me posèrent des questions dès que j'entrai dans la salle. Brady, lui, me regarda mais ne dit rien.

En entrant dans la salle de M. Barrows, je m'arrêtai sur le seuil. À la place de notre professeur se tenait Julianne, qui manipulait nerveusement des papiers derrière son bureau. Nos regards se croisèrent, et elle afficha une expression à mi-chemin entre le sourire et la moue.

— On m'a appelée à la dernière minute. Je suis désolée si cela te met mal à l'aise.

D'autres élèves me poussèrent légèrement pour rejoindre leurs places. Je m'approchai de Julianne et la serrai dans mes bras. Elle s'immobilisa un instant, stupéfaite par ma démonstration inhabituelle d'affection.

— Merci encore pour la voiture, murmurai-je. Tout le monde la trouve superbe.

— J'ai essayé d'arrêter les remplacements, me dit-elle à l'oreille.

Je m'écartai.

— Je trouve ça plutôt cool de te voir en pleine journée, dis-je avec un sourire, avant de me diriger vers mon bureau.

La mine de Julianne était indéchiffrable. Elle semblait perdue dans ses pensées, mais un sourire effleurait ses lèvres et elle continua d'accueillir les élèves qui arrivaient.

18

J'effectuai le trajet jusqu'à la peinture murale avec l'esprit chargé de regrets. Je me garai sur l'emplacement de l'ancienne pizzeria près de la Chevy de Weston. Il m'attendait, les mains dans les poches, un sourire aux lèvres.

Le soleil, haut dans le ciel, jetait une ombre le long du mur de béton où se trouvaient les autres élèves, pinceaux à la main. Mme Cup jeta un regard dans ma direction et accueillit mon arrivée avec un petit signe de la main.

— Qu'est-ce que tu fabriquais ? demanda Weston. Tu aurais dû être juste derrière moi.

— J'ai été retenue par un feu rouge. Et je conduis lentement.

— Un escargot aurait pu te doubler.

— Je n'ai pas honte, répliquai-je en me dirigeant vers le mur.

Je plongeai mon pinceau dans un petit pot de peinture verte et commençai à combler les trous laissés par l'ancienne peinture. Weston m'imita, avec une couleur différente.

— Qu'est-ce que tu fais après le travail ? demanda-t-il.

— Je... je pense que je dois avoir une conversation avec Julianne.

— Oh ? Ça m'a l'air sérieux.
— Ça l'est. Je n'espère pas. Enfin peut-être.
— C'est à quel sujet ?
— Quelque chose que j'ai fait.
Il hésita, donna quelques coups de pinceau.
— J'ai envie de savoir, selon toi ?
— Probablement pas.
— Dis-le-moi quand même.
— Je... C'est grave.
— Tu as abîmé la voiture ?
— Non.
— Tu lui as volé quelque chose ?
Je tournai la tête vers lui.
— Quoi ?
Il haussa les épaules, choqué par ses propres paroles.
— Je ne sais pas pourquoi j'ai dit ça. Mes idées fusent. Je me demande ce que tu peux avoir de si sérieux à lui dire. Je ne pense pas que tu sois capable de la voler, ni elle ni personne.
Je hochai la tête, satisfaite, mais cette satisfaction ne dura pas.
— C'est presque aussi grave.
— Mince, Erin, dis-le-moi.
— Je... suis entrée dans la chambre d'Alder.
Il haussa les sourcils. Je baissai les yeux et poussai un soupir.
— J'ai vu sa robe de bal. Elle est magnifique.
— Oui. Elle m'en avait parlé.
— Elle a des dizaines de journaux intimes rangés dans un bac au fond de sa penderie.
— Tu les as lus ? demanda-t-il, soudain inquiet.
Jc confirmai, les joues en feu.
Il se remit à peindre sans mot dire.
J'attendis et, lorsque le silence menaça de me rendre folle, je me tournai vers lui.
— Dis-le.
— Dire quoi ?

— Que c'est mal.

— Qu'est-ce que tu as trouvé ? demanda-t-il. Quand est-ce qu'elle y avait écrit pour la dernière fois ?

Il gardait les yeux rivés sur le mur devant lui, mais ses questions étaient teintées d'inquiétude.

— Je n'ai pas lu grand-chose. Rien qu'une page. Je me sens déjà assez mal. Ce serait pire encore si je te disais ce qu'elle a écrit.

— Quelque chose sur moi ?

— Peut-être. Je ne sais pas. C'était vague.

— Je n'ai pas besoin de te dire que c'est mal, Erin. C'est écrit sur ton visage. Mais... ne le fais pas. Ne les lis pas.

Il avait raison. Inutile d'argumenter. Du coin de l'œil, je le vis s'agiter, ce qui me rendit curieuse.

— Elle en a de vraiment très vieux. Peut-être explique-t-elle quelque part pourquoi Sonny et elle avaient arrêté de me parler.

— Elles ont arrêté de te parler parce que c'étaient des garces, répliqua-t-il sèchement. Déjà à l'école primaire.

— Alder ne t'a jamais rien dit à ce sujet ?

Son pinceau lui échappa des mains. Il tenta de faire un bond en arrière, mais son pantalon et ses chaussures furent éclaboussés de peinture.

— Merde ! s'exclama-t-il en levant les mains.

— Va chercher un chiffon humide, dit Mme Cup en accourant.

Elle essaya de l'aider, mais la peinture ne faisait que s'étaler.

— Je peux rentrer chez moi pour essayer d'enlever ça ?

Mme Cup consulta sa montre.

— Il ne nous reste que vingt minutes. Va. Ne conduis pas trop vite.

Weston me serra contre lui, posa ses lèvres sur ma joue et les y laissa quelques secondes supplémentaires.

— Arrête de lire, Erin. Elle est partie. Rien de tout cela n'a plus d'importance.

Il monta à la hâte dans sa voiture et démarra. Il s'engagea dans la rue, et quelques secondes plus tard, j'entendis son moteur s'emballer.

Un grognement de frustration s'échappa des lèvres de Mme Cup.

— Les garçons !

À la fin de la journée, Mme Cup nous laissa partir avec cinq minutes d'avance. Je me rendis directement au *Dairy Queen* et me garai à côté de la Taurus de Frankie.

La portière de la BMW était à peine refermée que j'entendis le cri perçant de Frankie.

— Nom d'un petit bonhomme, qu'est-ce que c'est que ça ? demanda-t-elle en pointant du doigt la voiture.

Je m'approchai d'elle avec un sourire penaud.

— Ma voiture.

— Ta voiture ? *Ta* voiture ? Sam et Julianne t'ont acheté une BMW ? Ne réponds pas. La réponse est évidente, mais bon sang, Erin ! s'exclama-t-elle en m'emboîtant le pas.

Je nouai mon tablier.

— Je sais. Crois-moi, je sais. Heu... est-ce que je peux te parler une minute ?

Toute l'excitation quitta les traits de Frankie, et elle m'examina un instant.

— Oui ?

— Julianne voudrait que... Elle m'a demandé de demander à Patty de, heu... faire moins d'heures.

Frankie garda le silence quelques secondes.

— Tu démissionnes ?

— Non, répondis-je énergiquement. Elle parlait de profiter de ma dernière année de lycée et de l'été. Elle veut que je demande à Patty de me libérer les week-ends et de réduire mes heures cet été.

— Et ça te convient ?

Je haussai les épaules.

— Enfin quoi, reprit-elle, bien sûr que ça te convient. Quel adolescent ne voudrait pas plus de temps libre ? Oui. Bon, je dirai à Patty que tu veux lui parler, mais j'ai compris.

— Tu as l'air en colère.

Elle agita la main.

— Bien sûr que non. Pas du tout.

— Je sais que Patty devra sûrement engager quelqu'un d'autre. Je resterai jusqu'à ce qu'il ou elle soit bien formé.

— Je m'en chargerai. Ce n'est pas un problème.

— Tu es bizarre.

— Mais non.

Une petite fille, au visage déjà couvert de chocolat, apparut devant la vitre. Voyant que Frankie ne s'occupait pas d'elle, elle frappa au carreau.

Frankie tourna la tête et posa la main sur la vitre pour bloquer la vue.

— Dégage, Milky Way, on parle.

— Frankie ! m'exclamai-je en ouvrant ma vitre pour prendre sa commande.

Sa mère attendait dans une fourgonnette en examinant ma voiture.

Après lui avoir tendu deux cornets au chocolat et une Tempête aux M&M's, je refermai la vitre et croisai les bras.

— Tu es fâchée.

Frankie frottait les comptoirs déjà impeccables.

— Je ne suis pas fâchée. Je suis déçue. Pas par toi. Mais on a toujours été toutes les deux, tu vois ? Toutes les deux dans le même bateau. Coincées ici.

— J'aime bien travailler au *Dairy Queen*.

— Je parie que tu ne diras plus ça quand tu auras mon âge.

— Patty aime bien, elle.

— Patty est la propriétaire.

— Oh.
— Quoi ?
— Patty vient d'arriver.
Le petit sourire narquois de Frankie lui valut un jet de gobelet en pleine tête. Elle ouvrit la bouche, et son expression fit disparaître le sourire initialement enjoué de Patty.
— Bonjour, mesdames. Tout va bien ?
Frankie ramassa le gobelet.
— Princesse Alderman a une requête.
Ce fut mon tour d'ouvrir la bouche.
Sans bouger la tête, Patty nous regarda tour à tour.
— On dirait que j'ai bien choisi mon jour pour passer. Je voulais seulement vous dire que ma nièce viendra vous aider cet été. (Elle se tourna vers moi.) J'ai croisé Julianne l'autre jour, et elle m'a dit espérer que tu passes un peu plus de temps à la maison. Est-ce qu'elle t'en a parlé ?
Je hochai la tête.
Patty me lança un clin d'œil.
— Je vais te simplifier la vie, ma toute belle. (Elle donna un coup de tête sur le côté.) Allez ouste.
J'avançai ma tête, les yeux écarquillés.
— Quoi, maintenant ?
— Oui ! Je prends ton service pour aujourd'hui.
— Oh non, Patty. Merci, mais je vous préviendrai beaucoup plus tôt que ça.
Elle gloussa.
— Pas de problème, tant que ça te convient. J'en ai déjà parlé avec Julianne, et nous sommes prêtes. Et puis, elle a raison. Tu t'es suffisamment tuée à la tâche. Maintenant, sois une gamine comme les autres tant qu'il te reste encore un peu de temps.
Je regardai Frankie, qui semblait perdue.
— Elle a raison, dit-elle. Vas-y, petite. Je t'enverrai tes nouveaux horaires quand on aura fait le planning avec Patty.

Je restai figée sur place, stupéfaite.

Patty afficha une mine contrite.

— Tu n'es pas obligée de partir. Je ne te mets pas à la porte. Ce n'était qu'une suggestion de la part de Julianne, et puisque Frankie a dit que tu voulais me parler, j'ai supposé que c'était de cela. Je me trompe ?

Je répondis par la négative.

Elle sourit.

— Bon, dans ce cas, qu'est-ce que tu attends ? Va te boire un verre chez *Sonic*, ou ramène un cornet à Weston. Il est encore à l'entraînement, non ?

— Oui, encore un peu. Ils jouent leur dernier match dans deux semaines.

Patty jeta un regard à Frankie.

— Veille à la retirer du planning ce jour-là. Et des week-ends aussi.

Frankie acquiesça.

— Je ne sais pas, dis-je à Frankie.

— Moi si, répondit-elle. Ce n'était pas juste de ma part de te faire culpabiliser. Je t'avais déjà dit que tu devrais ralentir sur tes heures. Je ne sais pas… Je crois qu'en fait je ne pensais pas que tu le ferais. Tu vas me manquer, c'est tout.

Patty tendit la main.

— J'ai besoin de ton tablier, Erin. Passe une bonne fin de journée !

Je dénouai mon tablier dans mon dos et le tendis à Patty.

— Vous allez quand même me garder sur le planning, n'est-ce pas ? Je ne suis pas virée ?

— Bien sûr que non, petite idiote ! dit-elle en me fouettant malicieusement le derrière avec le tablier.

Une voiture s'arrêta sur le parking et Patty me tourna le dos pour ouvrir la vitre et accueillir la famille qui s'approchait.

Frankie me sourit.

— On se voit la semaine prochaine. Tout va bien, dit-elle avec un sourire forcé. Je suis désolée. C'était stupide.

— D'accord. On se voit dans quelques jours.

Pour une étrange raison, je fis un détour pour passer devant la maison de Gina. Elle n'avait pas changé. Les fenêtres étaient toujours sales, la porte moustiquaire toujours de guingois, le porche toujours pas repeint, la clôture toujours cassée. Je me demandai si elle avait touché à ma chambre, si elle avait vendu les meubles. Rien ne semblait jamais changer, ici. Je me demandai si elle se souciait suffisamment de moi pour ne pas avoir voulu vendre mes affaires. Ou alors elle était tellement soulagée de se débarrasser de moi et s'était empressée de se défaire de tout ce qui pouvait lui rappeler mon existence.

La porte du garage se referma lentement derrière la BMW, et je coupai le moteur. Le silence. Le silence absolu. Rien que moi, le garage, et l'odeur de la voiture neuve.

Julianne ouvrit la porte avec un grand sourire.

— Tu rentres tôt ! Tu as parlé à Patty ?

Je refermai la portière derrière moi et me dirigeai tout droit vers la cuisine pour m'asseoir sur mon tabouret préféré à l'îlot. Elle me suivit et s'appuya contre la cuisinière, les bras croisés.

— Que se passe-t-il, mon bouton d'or ? Patty n'était pas fâchée, si ?

Je secouai la tête.

— Elle m'a dit que tu lui avais déjà parlé.

Julianne fit la grimace.

— Oh, Erin, j'espère que ça ne fait rien. Cela ne voulait pas dire qu'elle était obligée de réduire tes heures. Je lui ai simplement dit que j'espérais que c'était ce que tu voudrais, et que j'allais t'en parler.

— Tout va bien. J'allais le faire… elle m'a seulement devancée.

— Oh. Donc… tu ne m'en veux pas ?

— Non ! Mais je dois te dire quelque chose. Je crois que c'est toi qui vas m'en vouloir.

— Oh ? fit-elle, soudain inquiète.

— Je voulais attendre que Sam soit rentré pour pouvoir vous le dire à tous les deux.

— Il travaillera tard.

— Alors je vais te le dire, et peut-être que tu pourras lui expliquer ?

Elle avança jusqu'à pouvoir poser ses deux mains à plat sur l'îlot en granit.

— Je, heu… je suis entrée dans la chambre d'Alder. J'étais curieuse, même si ce n'est pas une excuse. Mais j'ai vu le bac rempli de journaux.

Julianne ne réagit pas. Elle se contentait d'écouter.

— J'en ai lu un. Pas en entier, seulement quelques lignes.

Julianne pencha la tête et, après plusieurs secondes, elle s'essuya les yeux du revers de la main.

— Je suis désolée. Je n'aurais pas dû faire ça. Je n'irai plus dans sa chambre. Le pire, c'est que je savais que c'était mal de ma part, mais je l'ai fait quand même.

Julianne releva ses yeux humides vers moi.

— Tu n'es pas la seule.

— Pardon ?

— J'ai toujours su qu'elle tenait un journal intime. Depuis sa mort, moi aussi, je les ai lus. La curiosité est un vilain défaut qui nous prend au piège, n'est-ce pas ? dit-elle, honteuse. Mais, Erin… Tu ne devrais pas en lire plus. Cela ne te plaira pas.

— On croirait entendre Weston, dis-je en détournant les yeux.

— Qu'est-ce que tu veux dire ?

— Il m'a dit la même chose. Que je ne devrais pas en lire plus. En réalité, il s'est montré très bizarre à ce sujet.

— Vraiment ? Qu'a-t-il dit d'autre ?
— Rien.
Elle se mit à gigoter.
— Il est passé aujourd'hui.
— Pardon ?
— Il m'a dit que tu lisais les journaux d'Alder, et il m'a demandé de te dire d'arrêter.
Weston avait quitté le cours de peinture pour *cafarder* ? Il devait y avoir une raison pour qu'il ne veuille pas que je lise les journaux. Il ne cherchait sûrement pas à m'attirer d'ennuis avec Julianne. Il y avait quelque chose là-dedans qui me ferait mal, et il était au courant.
— Pourquoi a-t-il fait ça ?
Elle baissa les yeux, troublée.
— Alder était différente de ce que nous pensions, Erin. Certaines des choses qu'elle a écrites sont... bouleversantes. Elle savait des choses. Des choses dont Sam et moi n'avions aucune idée. Et... (Elle secoua la tête.) Je ne les ai pas tous lus. C'était trop pénible. Je ne l'ai pas dit à Sam. Je ne sais pas vraiment quelle serait sa réaction.
— Je garderai ça pour moi.
— Merci, dit-elle, soulagée.
— Julianne ? Y a-t-il quelque chose qui me concerne là-dedans ? Dont je devrais être au courant, j'entends.
Elle hésita.
— Oui.
— Puis-je les lire ?
— Je ne sais pas quoi te répondre, ma chérie.
— Je crois... je crois qu'il le faut.

19

Mes Converse noires grimpèrent les gradins jusqu'au dernier. L'équipe de base-ball faisait des tours de chauffe, les tee-shirts imbibés de sueurs, les visages rouges. Je n'étais pas assise depuis cinq minutes lorsque l'entraîneur Langdon annonça la fin de l'entraînement, et ils coururent jusqu'au banc de touche.

Après un bref débriefing, les joueurs se rendirent sur le parking, Weston y compris. Au bout d'un moment, il reparut et leva les yeux vers moi. Il monta les gradins deux par deux pour me rejoindre. Il me serra dans ses bras et me donna un baiser. Il était couvert d'une fine couche de sueur, mais il aurait pu être couvert de déchets toxiques que je n'aurais opposé aucune résistance.

— Je m'apprêtai à traverser la rue, et j'ai vu ta voiture sur le parking. Qu'est-ce que tu fais ici ?

Je haussai les épaules.

— J'ai pensé que je pourrais venir te voir t'entraîner, puisque les entraînements seront bientôt finis.

Il tourna les yeux vers le terrain.

— Je n'arrive pas à croire que ce soit ma dernière année. Ça va me manquer. Pour la plupart. Le bal, le diplôme, puis tout sera fini.

— Tu as parlé à ton père à propos de Dallas ?

Il répondit négativement.

— Il est trop excité par Duke, Erin. Chaque fois que j'envisage d'aborder le sujet, le moment semble mal choisi.
— Il n'y a pas de bon moment pour ce genre de chose, et tu vas attendre jusqu'à ne plus avoir le temps.
— Il a peut-être raison. Peut-être que Duke est le meilleur choix pour moi.
— Alors tu veux être avocat ?
Il fit une grimace de dégoût.
— Non.
— Weston, dis-je en tournant son visage transpirant vers moi. Tu dois leur dire. Tu n'as qu'une vie. Un seul essai. Ne le gâche pas pour le rêve d'un autre.
Il observa mes deux yeux l'un après l'autre.
— Bon sang, tu es si belle.
Je baissai les yeux, embarrassée.
— Est-ce que tu as un rencard pour le bal de fin d'année ?
Je lui jetai un regard.
— Tu sais très bien que non.
— Tu veux bien y aller avec moi ?
— On en a déjà parlé, dis-je en secouant la tête.
— C'était avant que ta mère soit Julianne Alderman. Elle t'aidera à trouver une robe.
— Je ne vais pas lui demander de m'acheter une robe.
— Tu n'y es pas obligée. Contente-toi de lui dire que je t'ai demandé de m'accompagner au bal.
— Je ne danse pas, dis-je en me tortillant nerveusement.
Il souleva mon collier entre son pouce et son index, se pencha, l'embrassa, puis remonta dans mon cou.
Je soupirai en tournant le menton pour étirer mon cou et lui permettre un meilleur accès.
Il s'écarta et fronça les sourcils.
— Quoi ? demandai-je, surprise par sa réaction.
— Tu ne sens pas la crème glacée.

Je pouffai.

— Je suis à peine passée au travail aujourd'hui. Patty a repris mon service et elle a réduit mon planning pour m'accorder plus de temps libre. À la demande de Julianne.

Weston afficha d'abord un sourire en coin, puis jusqu'aux oreilles.

— Merci, Julianne.

Son regard se posa sur mes lèvres, puis il s'approcha, m'embrassant tendrement au début. Puis il ouvrit la bouche et j'accueillis sa langue dans la mienne.

— S'il te plaît, accompagne-moi au bal, murmura-t-il contre mes lèvres. Je ne veux pas y aller tout seul. Je ne veux y aller avec personne d'autre que toi, et c'est ma dernière année. Je ne veux pas le manquer. Même si on ne reste que le temps de poser pour une stupide photo.

— Je comprends ton dilemme, mais je n'ai vraiment pas envie d'y aller.

— Eh bien, fit-il en s'approchant de mon oreille, parfois, on fait des choses qu'on a pas envie de faire. C'est une bonne leçon de vie.

— Tu as raison. Si tu annonces la nouvelle à ton père pour Duke, alors je viens au bal de promo avec toi.

Il se redressa, choqué par ma proposition.

— Ce n'est pas juste, Erin.

— Tu viens de dire…

— Je sais ce que j'ai dit. Mais un bal et mettre mon père en rogne, ce n'est pas exactement la même chose.

— Ce n'est pas si différent.

Il plissa les yeux.

— Tu iras au bal si je lui dis que je veux aller à Dallas ? Et s'il dit non ?

— C'est entre ton père et toi. Mais si tu lui en parles, je t'accompagne.

— Marché conclu.

— Vraiment ? fis-je, soudain pâle.

— Tu ferais mieux de te mettre à la recherche d'une robe dès maintenant.

Je déglutis.

Nous nous levâmes. Weston me prit la main et me raccompagna à ma voiture.

— Tu me suis jusque chez moi ? Mes parents ne seront pas à la maison avant deux heures.

— Tu te souviens de ce que Sam a dit ?

Il hocha la tête.

— Il m'a dit de rester à l'écart de la femme d'un autre. Mais tu ne seras pas la femme d'un autre.

— Ralentis, *Speed Racer*.

— Tu vois ce que je veux dire, dit-il en ouvrant ma portière.

— Je te retrouve dans cinq minutes, répondis-je en m'installant au volant.

J'étais allongée dans les bras de Weston contre sa poitrine nue. Le ventilateur de plafond vrombissait au-dessus de nous, et le tableau qu'il avait peint de moi était accroché au-dessus de nos têtes.

— J'aime savoir que tu le portes tous les jours, dit-il en touchant mon collier.

— Et moi je suis heureuse que tu me l'aies offert.

— Je t'aime.

Je me figeai. Est-ce que ce qu'il venait de dire signifiait vraiment ce qu'il venait de dire ?

Il m'avait fait comprendre ses sentiments auparavant, mais il ne me les avait jamais exprimés aussi explicitement. À voix haute.

— Erin ?

— Ça me fait plaisir.

— Ça te fait plaisir, répéta-t-il d'un ton neutre.

Je fermai les yeux. Je savais que je lui avais fait de la peine.

— J'ai aussi envie de te le dire. Mais je n'y arrive pas.

— Tu le penserais sincèrement ?

— Je crois, oui.

— Tu crois.

— Arrête de faire ça, dis-je en me redressant, avant de remettre mon soutien-gorge et mon tee-shirt.

Il soupira, regrettant manifestement la tournure que prenait la conversation.

— C'est flippant, Weston. Même si tu vas à Dallas, tu seras à cinq heures de route. On vivra nos vies séparées. Aucun couple ne survit quand les deux vont dans des universités différentes.

— Tu n'en sais rien. (Il se rembrunit.) Pourquoi faut-il que tu sois si négative ? On se verra autant qu'on peut. On se parlera au téléphone tous les soirs. On restera ensemble, puis tu viendras me voir et tu tomberas amoureuse de Dallas, et tu viendras t'installer avec moi après ton diplôme.

— Ah oui ?

Il s'adossa à la tête de lit.

— Oui.

— Je ne suis pas négative. Je suis réaliste. Je ne veux pas que l'un de nous souffre.

— Si on se sépare, on souffrira. J'aurai le cœur brisé. Je n'ai envie d'être avec personne d'autre.

— Weston, tu as dix-huit ans. Tu ne sais pas ce que tu veux.

Il se leva et enfila son jean.

— Toi, tu ne sais définitivement pas ce que je veux.

Je finis de m'habiller et je nouai mes lacets.

— Ce n'est que du bon sens. On vit dans un bocal à poissons, ici, mais il y a des milliers de filles jeunes et belles à Dallas.

— Mais toi, tu es unique.

Nous nous tenions chacun d'un côté du lit, à soutenir le regard de l'autre. Il remua nerveusement.

— Est-ce que... est-ce que tu dis ça parce que tu prévois de rencontrer quelqu'un d'autre à Stillwater ?

— Non !

— J'ai l'impression que tu gardes des options sous le coude.

— Bon sang, Weston, ce n'est pas ça du tout.

Sa respiration se mit à siffler et il fouilla le sol des yeux avant de trouver son inhalateur sur sa table de nuit. Il le secoua et inspira une bouffée.

— Pourquoi tu te mets en colère ? Et pourquoi on parle de ça maintenant, d'ailleurs ?

— J'aimerais bien savoir si la fille que j'aime me voit comme du temporaire.

— Blackwell est temporaire.

— Je ne reste même pas ici !

— Je sais ! Je ne veux simplement pas faire de promesses que je pourrais ne pas tenir.

— D'accord, c'est génial. Merci, bébé.

Mes épaules s'affaissèrent. C'était déloyal de sa part.

— Je dois rentrer.

Je contournai son lit, mais il se plaça sur mon passage. Il prit une profonde inspiration, toucha mes bras et posa son front contre le mien.

— Des devoirs ?

— En quelque sorte.

— Qu'est-ce que ça veut dire ?

— Je veux lire les anciens journaux d'Alder. Je veux savoir pourquoi elles ont arrêté de me parler.

Il se raidit.

— Je croyais que tu avais renoncé à les lire ?

— J'ai changé d'avis. Disons que Julianne n'a pas vraiment d'opinion.

— Quoi ? s'écria-t-il.

Je m'écartai, surprise par sa réaction explosive.

— Ces journaux ne te regardent absolument pas, Erin. C'est mal, et tu le sais !

Je clignai des yeux et serrai les dents.

— Pousse-toi.

— D'accord.

Il fit un pas sur le côté, je sortis en trombe et tombai nez à nez avec Veronica.

— Erin ? fit-elle.

— Désolée, je dois y aller.

Le souffle court, Weston me rattrapa alors que j'arrivais à ma voiture.

— Ne les lis pas, Erin. Ne les lis pas, c'est tout.

— Pourquoi ? Qu'est-ce que tu as peur que je découvre ?

Je le vis serrer les dents, puis déglutir lentement. Au bout de quelques secondes sans réponse, je montai dans ma voiture et rentrai chez moi.

Je me garai et me rendis directement dans la chambre d'Alder.

— Erin ? lança Julianne.

Je fermai la porte et m'appuyai contre le battant, à bout de souffle. La porte de la penderie d'Alder était fermée. Je la fixai des yeux, sachant maintenant que, bien ou mal, je devais lire ces journaux. Je devais savoir ce qu'il y avait de si terrible pour que Weston s'y oppose.

J'ouvris la porte et je tirai le bac de rangement au milieu de la chambre. Je sortis tous les journaux jusqu'à trouver celui en plastique. Je parcourus les descriptions de ses rêves et des garçons qui lui plaisaient. Après avoir fini la lecture de ce journal, je m'attaquai aux classeurs. J'avais envie de passer directement à celui qui concernait notre dernière année de primaire. C'est à cette époque qu'elles avaient cessé de me parler, mais je me forçai à les lire un par un.

La fatigue commençait à se faire sentir lorsque j'ouvris le classeur à couverture jaune intitulé 5e GRADE[1].

1. Année correspondant au CM2 dans le système scolaire français. (*N.d.T.*)

Les mentions faites de moi étaient toujours les mêmes. Nous étions toujours amies. Elle m'aimait encore. À quelques occasions, elle disait avoir demandé à ses parents si Sonny et moi pouvions nous joindre à leurs vacances familiales, et que Sam et Julianne y réfléchissaient. Je tournai les pages jusqu'à celle qui m'intéressait.

8 oct. 2008

Hier j'ai passé la nuit avec Sonny. Elle a pleuré jusqu'à s'endormir. Ses parents se disputaient à propos d'une chose qui s'est passée il y a longtemps. Elle a entendu son père dire que quelque chose était une erreur. Carolyn voulait un test parental. Elle a dit que Gina Easter était une salope. Puis elle a dit qu'elle voulait le divorce. Sonny m'a fait promettre de ne rien dire. Je détestais la voir pleurer, alors j'ai promis.

23 oct. 2008

Sonny a dit que Gina Easter était amoureuse de son père, mais que son père ne l'aimait pas. Elle a encore entendu ses parents se disputer. Maintenant, on ne parle plus à Easter. Sa mère est mauvaise. Elle fait pleurer la maman de Sonny. La maman de Sonny a dit que son papa déménageait. Je ne dirai rien.

La plupart des textes suivants décrivaient la haine qu'elle me vouait, les choses méchantes qu'elles me faisaient et me disaient. Les parents de Sonny n'avaient jamais divorcé ; je supposais donc qu'ils avaient réglé leurs problèmes, mais ce ne fut qu'en arrivant aux classeurs que je compris totalement. Le père de Sonny et Gina avaient une liaison. Harry avait mis Gina enceinte. Je refermai le classeur. Les Erin étaient demi-sœurs.

Voilà pourquoi elles me haïssaient. Elles pensaient que Gina et moi avions failli provoquer le divorce des parents de Sonny.

— Gina, murmurai-je en tournant les pages.

Voilà de quoi avait parlé Carolyn au restaurant. La fille de Gina avait été un rappel, un objet sur lequel diriger sa colère. Après l'accident, Carolyn avait compris qu'elle avait accueilli l'enfant illégitime d'Harry dans leur foyer, qu'elle l'avait emmenée en vacances, qu'elle lui avait offert des cadeaux de Noël et d'anniversaire. Par une étrange ironie du sort, Harry avait aidé à élever sa propre fille, même quand il pensait l'ignorer pour sauver son mariage.

Mes pensées dérivèrent vers Gina. Les parents de Sonny étaient un peu plus vieux qu'elle. Son père était copropriétaire d'une usine de fabrication prospère à la sortie de la ville. Il devait avoir une petite trentaine d'années quand Sonny était née – quand nous étions nées toutes les trois. Gina n'avait même pas l'âge requis pour acheter de l'alcool quand elle était tombée enceinte, et elle ne parlait jamais de l'homme que nous pensions toutes les deux être mon père.

Un sentiment soudain de compassion s'empara de moi. Je me sentais si lourde que j'avais l'impression d'être clouée au sol. Je lui en avais tellement voulu... mais en vérité, nous savions toutes deux ce que cela faisait d'être haï de tout le monde. De n'avoir personne. De devoir apprendre très tôt que la meilleure défense était l'isolement, même quand on nous tendait une main salutaire. Ce n'était pas qu'elle ne voulait pas être mère, c'est qu'elle était trop brisée pour assumer ce rôle.

Au fil des pages, Alder parla moins de Gina et plus de leur haine pour moi. Plus Alder grandissait, mieux elle expliquait les disputes périodiques de Harry et Carolyn à propos de Gina – généralement aux alentours de nos anniversaires – et à l'époque de notre

Middle School[1] : il était clair pour Carolyn que la fille de Gina serait toujours un rappel de l'infidélité de son mari, et elle me détestait pour ça – tout comme les Erin.

Elle parlait aussi des regards que je jetais à Weston, et de ceux qu'elle surprenait chez Weston à mon intention – des dizaines de fois. Mon ventre commençait à se nouer.

On frappa à la porte.

— Erin ? appela Julianne avant d'entrouvrir le battant.

Sa chevelure n'était plus soyeuse et brillante, mais une masse emmêlée. Son visage était démaquillé et luisant, et elle avait passé une longue et fine robe de chambre par-dessus son pyjama rose à fleurs.

— Oh, chérie. Il est trois heures du matin. Tu ne crois pas que tu devrais faire une pause ?

Je réalisai alors que mes yeux étaient deux globes secs et rêches sous mes paupières, et que la peau tout autour était lourde et tirée.

— J'ai presque fini.

— D'accord. Weston a appelé plusieurs fois tout à l'heure. Il a dit que tu ne répondais pas au téléphone.

— Je crois qu'il est toujours dans la voiture.

Elle pinça les lèvres et m'adressa un sourire de compassion.

— Tu es une page blanche, Erin. Tu ne devrais peut-être pas la noircir avec les mots d'Alder.

— Tu étais au courant ? À propos de Gina ?

Elle hocha la tête.

— Je crois que tout le monde l'est.

Je fermai les yeux.

— Pas étonnant que Gina soit autant en colère. Elle était seule, blâmée, détestée, et tout ce qu'elle avait, c'était moi en guise de rappel.

1. Équivalent du collège en France. (*N.d.T.*)

— Pas toi. Ce n'était pas toi. Tu as été conçue avec amour et rien d'autre. Tu es à nous.

— Tout le monde s'est trompé.

— Oui, tout le monde.

— Ils lui ont laissé tout l'opprobre, et lui, il a toujours sa famille et sa réputation. Ce n'est pas juste.

— Non, ça ne l'est pas. Je suis désolée que Sonny et Alder t'en aient fait payer le prix.

— Il faut que je la voie. Je ne sais pas pourquoi. Je ne suis pas encore prête, mais il faut que je lui parle de toute cette histoire.

Une lueur d'inquiétude s'alluma dans les yeux de Julianne.

— Oh, d'accord. Je, heu... je comprends.

Je baissai les yeux sur le classeur sur mes genoux, et Julianne referma la porte. Je posai mon menton sur mon poing tout en tournant les pages des journaux qui correspondaient aux années lycée. Elle savait que j'aimais bien Weston, et c'était la seule raison pour laquelle elle le voulait. Elle avait écrit sur la perte de sa virginité mais, à ma plus grande surprise, ce n'était pas avec Weston. Elle le trompait avec Eric Liberty. Je grimaçai de dégoût. Eric était un fumeur de marijuana boutonneux et dégingandé, qui avait été arrêté deux fois et viré du lycée ; et elle était amoureuse de lui, et non de Weston.

À l'extérieur, le ciel s'éclaircissait. Je consultai le réveil d'Alder. Il était près de six heures du matin.

Je tournai la page pour lire la première semaine de notre dernière année. Page après page, je lus ma détresse à travers ses yeux, combien elle aimait m'infliger cette souffrance. C'était l'un de ses seuls plaisirs, l'une des seules choses qui lui apportait de la joie. Elle détestait Blackwell, sa maison, sa voiture, et parfois Sam et Julianne. Ses ambitions consistaient à épouser Eric et s'installer à San Francisco.

Son premier texte du mois d'octobre me glaça le sang.

13 oct.

Il commence à se faire à l'idée. C'est Sonny qui a trouvé ce plan brillant pour qu'il fasse son portrait en cours d'art. Quand Easter découvrira que c'est elle, elle y croira. Elle croira qu'il l'aime bien, et elle le croira quand il lui proposera de l'accompagner au bal de promo. Et alors on pourra enfin nous venger de cette garce façon Carrie, devant absolument tout le monde. Un seau de merde sur sa tronche et sa robe d'occasion. Ce sera épique ! ☺

Mes mains se mirent à trembler. Je refermai le classeur et le posai par terre avec les autres. Mon matelas n'émit presque aucun bruit lorsque je m'y laissai tomber pour enfouir ma tête sous un oreiller. Même si j'avais envie de croire que ce n'était pas vrai, Alder ne mentirait pas dans son propre journal. Les Erin préparaient un dernier coup vicieux et humiliant avant l'obtention de mon diplôme, et Weston avait l'intention de les aider. Le portrait qu'il avait peint de moi, le collier, l'attention et la fausse gentillesse faisaient partie du plan pour me déshonorer devant l'école entière.

Mon oreiller était imbibé de larmes. Après tout ce qu'ils m'avaient fait endurer, comment avais-je pu être aussi crédule ? Comment avais-je pu croire que Weston s'était soudain intéressé à moi sans la moindre raison ? Les soirées sur le pont, les conversations nocturnes, la perte de ma virginité… tout ça ne faisait que partie du *plan*. Ce n'était peut-être pas son idée, mais il avait suivi le mouvement, et Alder ne faisait que semblant d'être jalouse car elle savait que ce n'était pas réel. Et même si ça l'avait été, elle s'en fichait.

Elle avait secrètement prévu de se mettre avec Eric, de toute façon.

Je ne cessai d'essayer de trouver des excuses à Weston, passant en revue tout ce qui aurait pu faire de lui un simple et innocent spectateur, mais tout était là, dans les journaux. Un dernier coup de poignard, même après leur mort. Pas étonnant que Weston se soit opposé à ce que je les lise. Il savait exactement ce que j'allais y trouver.

Pourquoi être resté avec moi après la disparition d'Alder ? Pourquoi continuer la mascarade ? Puis je compris : il m'avait demandé de l'accompagner au bal de promo. Il allait exécuter leur plan. Il était amoureux d'elle et décidé à réaliser ses dernières volontés.

Comment pouvait-on être assez odieux pour accepter et accomplir une chose pareille ? Je savais que les Erin étaient de vraies diablesses, mais Weston... voilà ce que voulait dire Brady, la dernière fois. Il savait ce que fabriquait Weston. Je m'étais offerte à cette personne. Je l'avais laissé me toucher. Poser ses lèvres sur moi. Me pénétrer.

Je courus jusqu'à la salle de bains, retirai le collier et le jetai dans un tiroir. Puis je retirai mes vêtements. La porte de la cabine s'ouvrit en grinçant et je fis couler l'eau. J'entrai avant même qu'elle soit chaude tant je voulais me débarrasser de toute trace de Weston sur ma peau. Je restai un long moment sous l'eau à me frotter, à sangloter, anéantie, trahie au-delà des mots.

La peau à vif, je finis par couper l'eau et m'envelopper dans une serviette. Un léger coup à ma porte me fit sursauter. Julianne passa la tête à l'intérieur et son visage se décomposa.

— Mon Dieu, ma chérie, tu as l'air épuisée. Tu as un peu dormi au moins ?

— Je suis éveillée, dis-je. Plus éveillée que jamais.

20

Sam et Julianne me retrouvèrent dans la cuisine une heure avant la première sonnerie du lycée. Ils arboraient tous deux des visages préoccupés, une tasse de café à la main.

— Je sais que j'ai dit vouloir épargner les détails à Sam, mais... commença Julianne.

Il était inutile pour elle de finir. Je voyais sur le visage de Sam qu'il savait ce qu'on avait fait.

— J'ai essayé de trouver quelque chose à te dire pour te remonter le moral. Les papas sont censés être des hommes sages, mais quand vous êtes celui qui a élevé la personne responsable de...

Il s'interrompit, répugné par ses propres pensées.

— Sam, ce n'est pas ta faute. Ni celle de Julianne. C'est un cycle brutal et continu.

Il contourna l'îlot et passa son bras autour de mes épaules.

— Avec toi, on oublie facilement qu'on s'adresse à une lycéenne. Je suis censé te réconforter, et pas l'inverse.

— Est-ce que ça t'aiderait si je disais que tout ça, ça craint un max ?

Il sourit légèrement.

— Non, pas après ce que Julianne a trouvé dans ces journaux. Mais merci d'essayer.

— Clairement, l'éducation n'a rien à voir avec le comportement, déclara Julianne en se frottant le front. Tu es une personne si douce, avec un si bon cœur, Erin. Même après tout ce que tu as traversé.

— Que vas-tu dire à Weston ? demanda Sam en remontant ses lunettes, que la légère bosse sur son nez empêchait de rester en place.

— Tu es au courant pour ça aussi ? demandai-je, surprise.

— Julianne me l'a dit ce matin. Elle voulait que je sache ce qui t'avait fait tant de peine.

Je jetai un regard à Julianne, qui ressemblait à un ange dans son pull blanc.

— Est-ce que je t'ai réveillée ?

— J'étais déjà réveillée. Je ne t'ai jamais entendue pleurer comme ça. Je ne crois pas avoir jamais entendu personne pleurer comme ça. Il fallait que je sache. Je ne voulais pas être indiscrète, Erin, mais ça me paraissait trop important pour être ignoré.

Trois coups rapides retentirent à la porte, puis nous entendîmes la voix étouffée de Weston.

— Erin ? appela-t-il avec une nervosité évidente.

Je regardai Sam, qui hocha la tête.

— Je m'en occupe.

Ses pas résonnèrent dans le couloir carrelé, puis des murmures s'élevèrent.

— Laissez-moi juste lui parler, dit Weston en haussant la voix. Je dois lui expliquer.

Sam s'exprima à voix basse.

— Comment ça, elle ne veut pas me voir ? Erin ? lança-t-il de nouveau. Erin !

— Weston.

Sam s'exprimait d'une voix tendue, mais ferme.

Un bruit de bagarre se fit entendre et Julianne écarquilla les yeux. Elle se rua dans l'entrée à son tour. Je passai la tête par la porte et me la pris entre les mains.

— Arrête ! s'exclama Julianne.

Leurs voix se calmèrent, mais le désespoir dans celle de Weston était toujours palpable.

La porte se referma et Sam et Julianne revinrent dans la cuisine, tous deux avec un air ahuri.

— Que s'est-il passé ?

Sam soupira.

— Il voulait entrer.

— Il t'a poussé ? demandai-je en avalant ma salive.

Apparemment, je ne connaissais vraiment pas Weston.

Sam secoua la tête, visiblement perturbé.

— Non, non… il a appuyé sur la porte. Je l'ai repoussée. Il est simplement bouleversé. Je lui ai dit que vous pourriez parler plus tard, mais de ne pas t'ennuyer au lycée. Tu veux que j'appelle M. Bringham ?

Je secouai la tête.

— Non, s'il te plaît. Je veux juste que tout ça s'arrête.

— Pourquoi tu ne sécherais pas les cours aujourd'hui ? On pourrait aller faire les boutiques. Ou rester à la maison et regarder des comédies à la demande.

Le sourire forcé de Julianne était étrangement rassurant. Elle avait mal pour moi, et Sam aussi. L'empathie n'était pas un sentiment auquel j'étais habituée, mais c'était une sensation incomparable. À cet instant, notre famille paraissait soudée, réelle et, pour la première fois, j'avais l'impression d'être à ma place ici, dans cette cuisine, avec deux personnes qui m'aimaient suffisamment pour rester debout toute la nuit à s'inquiéter, pour repousser une porte et appeler le principal du lycée. J'avais ma place avec eux car j'étais à eux.

Je me levai pour les serrer tous deux étroitement dans mes bras.

— Plus que quelques semaines. Je peux supporter encore quelques semaines.

Sam posa tendrement sa grande main à l'arrière de ma tête et m'attira contre lui.

Julianne s'écarta pour me regarder dans les yeux, tandis que les siens s'embuaient.

— Nous aurions souhaité que tes dernières semaines de lycée se passent autrement. Nous aurions tellement voulu ça pour toi.

— Je sais. (Je récupérai mon sac et le hissai sur mon épaule.) On se voit après mes cours.

— On t'aime, dit Julianne.

Le petit sourire de Sam était empli de respect et de fierté.

— Je vous aime aussi, répondis-je avant d'aller au garage.

J'entendis la voix de Julianne.

— Que peut-on faire d'autre ? Je veux qu'elle vive mieux que ça.

— C'est la personne la plus forte que je connais, chérie. Elle n'a pas besoin qu'on règle le problème à sa place. Nous l'aiderons à grands coups d'amour.

Je souris. Ces paroles m'accompagneraient tout au long de la journée.

En cours de biologie, des rumeurs circulaient déjà concernant une crise entre Weston et moi. Sara ne posa aucune question et je trouvai ça bizarre. Peut-être mon visage me trahissait-il, pourtant j'avais remis en pratique mon stoïcisme. Les cicatrices qui s'étaient formées au fil des ans étaient plus solides que jamais, car cette fois, j'avais un solide soutien à la maison. Je savais que, quoi qu'il arrive avec Weston, j'aurais toujours Sam et Julianne à mes côtés. Ils étaient à moi. Pour toujours.

Pendant la deuxième heure, au beau milieu du cours de Mme Vowel, Mme Pyles apparut sur le seuil avec son sourire légendaire.

— J'ai besoin d'Erin, madame Vowel.

La professeure écarta sa main du tableau sur lequel elle était en train d'écrire.

— Doit-elle prendre ses affaires, ou reviendra-t-elle ?

Mme Pyles me regarda.

— Prends tes affaires.

J'obéis et la suivis dans le couloir bordé de vitres en plexiglas, récoltant des regards appuyés des élèves et des professeurs de chaque classe devant laquelle nous passions.

— Ils pensent que j'ai gagné à la loterie, murmurai-je. Et en même temps ils me jugent, en croyant que je profite de la mort d'Alder. Toutes les bonnes choses qui m'arrivent sont déformées.

— Je m'inquiète pour toi, dit-elle. Apparemment, M. Bringham et Mme Rogers aussi. Ils veulent parler de la situation avec toi.

— Sam a appelé ?

— M. Bringham n'a rien dit. Pourquoi ? Tout va bien à la maison ?

— Sam et Julianne sont formidables.

Mme Pyles parut soulagée.

— Tant mieux. Tu ne mérites pas moins.

— On va au bureau ?

Elle acquiesça.

— Ils vous ont envoyée me chercher ?

— J'ai entendu Mme Rogers charger un étudiant de te prévenir de venir au bureau, et j'ai proposé de le faire en personne. J'ai pensé que cela nous laisserait le temps de discuter. J'ai vu que tu avais une nouvelle voiture. C'est fantastique.

— Oui, incroyable. Sam et Julianne ont déjà tellement fait pour moi !

— Ce sont des gens qui ont bon cœur. Et de la chance aussi, visiblement.

— De la chance ?

— De t'avoir retrouvée auprès d'eux. T'avoir récupérée, même après avoir perdu Alder, a dû leur faciliter un peu les choses, tu ne crois pas ?

— Je ne sais pas. Ils n'en parlent pas vraiment. À mon avis, ils doivent se dire qu'il serait injuste de me parler de leur chagrin.

— Je peux comprendre. C'est logique. Mais, même si elle leur manque, ils peuvent malgré tout être heureux de t'avoir toi.

— C'est le cas. Ils le sont. Je ne connais personne qui aurait su gérer la situation comme eux. Parfois, j'entends Julianne pleurer dans la chambre d'Alder. Pas souvent, mais ce doit être très dur pour eux de ne pas pouvoir faire leur deuil normalement.

— C'est une situation délicate. Ils sont à la fois tristes et heureux. Mais tout le monde peut voir combien tu les as comblés de bonheur.

— Vous croyez ? demandai-je en m'arrêtant devant le bureau.

— Absolument.

Elle me fit un clin d'œil et ouvrit la porte.

La secrétaire, Mme Bookout, bondit de son fauteuil. Elle était à peine aussi grande que la petite cloison qui séparait son bureau de l'entrée.

— Je vais les prévenir de votre arrivée, déclara-t-elle.

À son retour, elle me fit signe d'entrer.

— Vous venez ? demandai-je à Mme Pyles.

— J'ai quelques photocopies à faire et quelques documents à rassembler pour le prochain cours.

Sur ce, elle disparut en direction des bureaux du fond, et j'entrai dans celui de M. Bringham. Il était assis derrière son bureau, les mains croisées, un gentil sourire aux lèvres. Mme Rogers était assise devant l'un des deux fauteuils placés devant le bureau, l'air heureuse elle aussi. Cette fois, le principal adjoint, M. Mann, assistait également au rendez-vous. Ses cheveux fins et rougeâtres et ses lunettes carrées s'accordaient au style de son chandail rouille.

— J'espère que vous n'êtes pas nerveuse, Erin. Nous voulions seulement prendre de vos nouvelles.

Comment se passe la vie dans votre nouvelle maison ? Vous vous entendez bien avec Sam et Julianne ?

— Ils se sont montrés incroyables. Ils m'ont dit l'autre jour qu'ils prenaient en charge les dépenses liées à l'université.

Mme Rogers rayonna.

— Ce sont de merveilleuses nouvelles, Erin. Vraiment. Nous sommes très heureux pour toi. On dirait que tout s'arrange.

— Moi aussi, je suis heureuse pour moi.

M. Mann croisa les bras et s'appuya contre le mur.

— Vos notes sont toujours bonnes. Nous sommes impressionnés par la manière avec laquelle vous avez géré tout ceci.

— Merci.

— Comment ça se passe, avec Gina ? demanda doucement Mme Rogers.

— Notre relation est inexistante.

Elle donna un petit signe de tête, ne sachant visiblement comment répondre.

— Tout le monde réagit différemment. Cela doit être dur pour elle aussi.

— En réalité, je pense qu'elle est soulagée.

— Oh, fit M. Mann en secouant la tête. Je n'irais pas jusque-là. Vous êtes une jeune femme formidable, Erin. Nous voulons juste que vous sachiez que nous sommes là. Nous vous encourageons. Des choses pareilles… parfois, la réalité frappe alors que nous ne sommes pas préparés, et si vous vous sentez perdue, vous pouvez compter sur nous. Nous trouverons les ressources pour vous venir en aide et vous aider à assimiler le tout. Car tout ça… ça fait beaucoup.

Ils me regardaient tous, comme s'ils s'attendaient à ce que je m'effondre.

— Tout n'a pas été totalement sans heurt. C'est lourd à encaisser et j'ai beaucoup de choses à intégrer. Mais on avance un jour après l'autre.

— C'est agréable de t'entendre dire « on », fit remarquer Mme Rogers. C'est important d'avoir du soutien à la maison.

— Je pensais justement aujourd'hui combien le soutien de mes parents m'aidait.

Ils s'entre-regardèrent, soulagés et satisfaits de notre conversation. Après avoir évoqué mes notes et mes projets d'études, ils me libérèrent, M. Bringham m'invita à venir chaque fois que j'aurais besoin de parler. Je le remerciai et me dirigeai vers mon casier.

Transportée par leur positivité et leurs sourires, l'esprit ailleurs, je n'étais absolument pas préparée à me retrouver nez à nez avec un Weston dévasté devant mon casier. Je marquai un temps d'arrêt avant de reprendre mon chemin, décidée à échanger rapidement mes manuels d'anglais contre ceux d'algèbre renforcé.

Weston se contenta de rester planté là, en silence, pendant que je composais le code de mon cadenas. Je procédai à l'échange de livres. Quand je refermai la porte en métal et que je me retournai, Weston accrocha mon tee-shirt avec son doigt.

— Tu as lu son journal de cette année, c'est ça ?

Je ne répondis pas.

— Je sais ce que tu penses. Je comprends que tu me détestes, et à ta place, je me détesterais aussi, mais je t'en supplie, laisse-moi t'expliquer. Tu peux me frapper, ou me hurler dessus si tu veux, mais écoute-moi.

Je ne me retournai pas. Je ne voulais pas qu'il voie la rougeur qui colorait mon visage jusqu'à la racine de mes cheveux.

— Sam t'a demandé de garder tes distances.

— Même si on n'avait aucun cours ensemble, je ne pourrais rester loin de toi.

— Essaie quand même, dis-je en m'éloignant, sans un regard en arrière.

Le cours d'algèbre ne tint pas mon esprit occupé comme je l'aurais voulu. L'idée que Weston ne m'avait pas quittée des yeux, ou qu'il essaie de me parler en cours de santé ou d'art me rendait malade. À tel point que j'arrivai à peine à avaler les frites au fromage que j'avais commandées chez *Sonic* au déjeuner.

Les serveurs s'activaient au niveau des doubles portes vitrées du drive-in, telles des fourmis à l'entrée de leur fourmilière. Les voitures étaient garées à leurs places respectives de chaque côté du restoroute. Les conducteurs attendaient leurs commandes au volant de leurs pick-up et berlines aux vitres baissées, ou patientaient sous le panneau du menu.

Ma BMW rouge était l'unique véhicule aux fenêtres fermées. J'étais seule avec mes pensées. Crier sur Weston et lui taper dessus ? J'avais l'impression d'avoir crié sous l'eau ma vie entière ; cela m'avait toujours rassurée de garder mes sentiments cachés sous la surface. La plupart des gens ne pourraient pas le comprendre, mais j'estimais que les réactions étaient dangereuses, au même titre que la tentation ou l'addiction. En laissant quelqu'un m'affecter, je perdais le seul contrôle que je possédais, et même s'il s'agissait de Weston, renoncer – rien qu'une fois – à la force morale dont je m'efforçais de faire preuve depuis si longtemps était une pente glissante sur laquelle j'avais trop peur de m'engager.

Il ne mènerait à rien de dévier de mon cap maintenant. Le besoin de Weston de s'expliquer et d'arranger les choses le concernait lui, pas moi. La justice n'était pas sienne, elle m'appartenait, à moi. C'était moi qui survivais depuis l'école primaire.

Le cours d'espagnol de Mlle Alcorn se déroula sans incident, mais je passai l'heure à me préoccuper de la suivante. Weston était assis juste derrière moi en cours de santé, et je redoutais les remarques mesquines de Brady. Depuis la mort des deux Erin, il n'était plus aussi loquace, mais il avait encore ses moments.

Weston apparut à mes côtés quand j'entrai dans la salle. Je ne lui adressai pas un mot et allai m'asseoir en l'ignorant. Les craintes qui m'avaient tracassée l'heure précédente semblaient sans fondement, jusqu'à ce que, cinq minutes avant la fin du cours, je sente des doigts tirer sur mon tee-shirt.

— Erin, murmura-t-il. Je t'en prie.

— Arrête de supplier, Gates, dit Brady à l'arrière de la salle. Tu es lamentable. Elle a tout découvert. Alors laisse tomber.

Je gardai les yeux rivés devant moi. M. Morris releva la tête.

— Un problème ?

Après quelques secondes, Brady prit la parole.

— Aucun problème. Seulement Weston ne veut pas laisser Erin tranquille alors qu'elle le lui a demandé.

Le regard de M. Morris se posa sur moi.

— Erin ?

Je déglutis et secouai la tête.

— Je ne sais pas de quoi il parle.

Weston me toucha de nouveau et je me penchai en avant pour l'esquiver. Mon geste n'échappa pas à M. Morris.

— Weston, fit-il.

— Ce n'est rien, vraiment, intervins-je en le suppliant des yeux de ne pas attirer l'attention sur moi.

Il considéra ma demande silencieuse et céda, retournant à ses documents.

— Weston qui te ment, qui fait semblant de t'aimer, qui te fait croire qu'il en pince pour toi pour que tu acceptes de l'accompagner au bal de promo, et qu'Alder puisse te verser un seau de merde sur la tête devant tout le monde, moi je dis que c'est quelque chose, déclara Brady.

Un hoquet de surprise collectif parcourut la salle, puis les murmures s'élevèrent.

Je fermai les yeux et me retournai. Je voulais voir de mes propres yeux l'expression sur le visage de Weston. J'avais besoin de l'entendre nier.

Il avait la mâchoire crispée et respirait par le nez, les narines évasées. Il s'agrippait à son bureau comme si sa vie en dépendait, et il avait les articulations blanches.

Je sentis les larmes me monter aux yeux.

— Dis que ce n'est pas vrai, murmurai-je dans un souffle.

— Ce n'est pas vrai, dit Weston, les dents serrées.

— Quel sale menteur ! s'exclama Brady derrière nous d'une voix légère. J'étais là quand ils ont tout planifié.

Comme s'il savait ce qui était sur le point d'arriver, M. Morris bondit par-dessus son bureau au moment exact où Weston quittait le sien.

Il se jeta sauvagement sur Brady, mais le professeur le retint juste à temps.

— Espèce de petite merde dégueulasse et pourrie gâtée ! hurla Weston.

Brady se rassit en regardant Weston avec de grands yeux.

M. Morris traîna Weston hors de la classe et, quelques instants plus tard, la sonnerie retentit. Les autres élèves ramassèrent leurs affaires à la hâte et se ruèrent dans le couloir pour voir la scène qui s'y déroulait.

Je restai à ma place, immobile, épuisée. Brady remballait lentement ses affaires. Les affiches d'anatomie et les graphiques aux murs seraient les seuls témoins du sel qu'il allait verser sur mes blessures.

— Erin, dit-il d'une voix basse et douce. Je suis un crétin. Je travaille dur pour conserver ce titre. Je suis aussi suffisamment ignoble pour savoir que le meilleur moyen de te venger de Weston, c'est d'aller au bal avec moi.

Je me figeai comme une statue. Ce n'était même pas la dernière chose à laquelle je m'attendais de sa part. Me demander de l'accompagner au bal ne figurait même pas sur le spectre des choses que Brady Beck aurait pu me dire. Je relevai les yeux et, pour la première fois, il ne me regardait ni avec haine ni avec dédain.

— Tu... tu n'as pas de rencard pour le bal ? demandai-je.

Il tenta un sourire, qui finit par se transformer en haussement d'épaule indifférent.

— Pas encore.

Après une longue pause, je me levai en soutenant son regard même s'il faisait une tête de plus que moi.

— C'est peut-être parce que Weston n'est pas le seul à penser que tu n'es qu'une petite merde dégueulasse et pourrie gâtée.

Je m'éloignai sans un regard en arrière.

21

Le monde semblait avoir basculé de son axe. Plus encore que d'habitude. Sam avait réorganisé son planning pour être plus souvent à la maison. Ayant réduit mon service au *Dairy Queen* à deux soirs par semaine, je passais mes heures après les cours à regarder des films calée entre mes deux parents sur le canapé, à jouer au Monopoly à la table de la cuisine, et à conduire Julianne à Ponca City pour acheter des meubles et de la décoration pour ma future chambre à l'université.

Un soir, alors que j'étais assise entre Sam et Julianne devant *Princess Bride*, Sam tendit la main dans mon dos pour caresser les cheveux de sa femme. Elle pencha la tête contre sa main.

— Comment vous êtes-vous rencontrés, tous les deux ? leur demandai-je.

Ils échangèrent un regard et Sam mit le film en pause.

Julianne sourit, mais Sam prit la parole le premier.

— Au lycée.

— Vous êtes sortis ensemble au lycée ?

— Oui, répondit Julianne en regardant Sam.

Ses yeux exprimaient le même amour que sur leurs photos de mariage.

— Et vous étiez aussi en couple pendant la fac ?

— Oui, répondit Sam. On est tous les deux allés à l'université de l'Oklahoma.

— Oh.

Je le savais. J'avais vu le diplôme de Julianne encadré dans le bureau.

— Mais on se voyait à peine. J'étais chez les Kappa Kappa Gamma, et ton Sam était chez Sig Ep, et nous avions tous les deux une grosse charge de travail. Nous nous sommes mis d'accord pour que notre expérience universitaire passe en premier, et si tel était notre destin, nous resterions ensemble. Nous avons fait nos propres expériences, mais les meilleures que j'ai en mémoire sont celles que j'ai faites avec Sam.

Sam remonta ses lunettes et sourit.

— Vraiment ?

— Vraiment. (Elle lui tapota le genou et me regarda.) Tu vas connaître une époque formidable à l'UEO. Le campus est magnifique.

— Je suis encore plus impatiente qu'avant, dis-je, les yeux rivés sur mes mains.

Julianne se tourna vers moi.

— Tu lui as parlé ?

Je secouai la tête.

— Je ne trouve rien de gentil à lui dire.

— Toujours fâchée ? demanda Sam.

Julianne plissa le nez.

— Bien sûr qu'elle est toujours fâchée. Toujours opposée au bal de promo ?

— Je ne... je n'avais jamais vraiment prévu d'y aller.

— Tu pourrais peut-être proposer à quelqu'un ? suggéra Sam.

Je haussai les épaules.

— Il n'y a personne avec qui j'ai envie d'y aller.

— Et si... commença Julianne, avant de se raviser.

— Quoi ?

— Et si nous allions acheter une robe, comme ça, si tu décides d'y aller, tu seras préparée. Sinon, on la revendra ou alors tu pourras la garder pour une grande occasion si tu entres dans une sororité.

— Je n'entrerai pas dans une sororité, dis-je avec conviction.

— Alors on la revendra.

— On verra, dis-je.

L'écran de mon téléphone s'alluma. C'était Weston. Encore une fois. C'était toujours lui. Je reposai l'appareil sur la table basse.

Sam et Julianne échangèrent un nouveau regard, puis Sam pointa la télécommande vers la télévision et remit le film en marche.

Le lundi, je me sentais étrangement de bonne humeur. Certainement parce que je devais aller travailler au *DQ*. Weston avait cessé d'essayer de m'expliquer les choses plusieurs jours auparavant, mais il semblait malheureux. Alors que je rassemblais mes affaires devant la peinture murale et que je me dirigeais vers ma voiture – garée à une extrémité du petit groupe de voitures, et à l'opposé de celle de la Chevy – Weston courut pour me rattraper.

Je tentai de l'ignorer, mais il saisit la main que je posai sur la poignée et y fourra un bout de papier plié.

Je froissai le papier dans ma paume.

— Lis-le, s'il te plaît. Si tu le lis, je ne t'ennuierai plus.

Je hochai la tête d'un geste à peine perceptible puis ouvris ma portière. Il ne me fallut que deux minutes pour arriver au *Dairy Queen*. J'entrai dans le petit bâtiment, le papier à la main.

— Salut, l'étrangère, lança Frankie avec un sourire.

Elle était au téléphone et je sus immédiatement qu'elle parlait de ses enfants avec sa mère.

Je lui souris, m'appuyai contre le comptoir et retournai le papier dans mes mains. Au bout de plusieurs minutes, je finis par le déplier, et je fis une grimace en lisant les deux simples phrases.

J'ai parlé de Dallas à mon père.
Rendez-vous à 18 heures le soir du bal.
Je t'aime
Weston

Je froissai le papier et posai mon menton sur mon poing fermé.

Frankie me jeta un regard prudent.

— Je dois y aller, Maman. Embrasse les petits pour moi.

Elle raccrocha et s'approcha de moi.

— Qu'est-ce que c'est ?

— Un mot de Weston.

— Et c'est grave ?

— On n'est plus ensemble.

— Vraiment ?

— Oui. Il... j'ai découvert qu'il avait l'intention d'aider Alder à me persuader d'aller au bal pour pouvoir m'humilier.

— Pardon ? s'exclama-t-elle d'une voix perçante. Non. Weston ne ferait jamais ça.

— C'est écrit dans son journal. Il n'a pas nié. Et Brady était au courant.

Elle pâlit.

— Il doit y avoir une explication. Il doit y avoir autre chose que tu ne sais pas.

— Oui : j'ai été particulièrement stupide, fis-je en essuyant les larmes ridicules qui coulaient sur mes joues.

— Mais... elle est morte. Pourquoi poursuivrait-il son plan ?

— Parce qu'il le lui a promis ? Je ne sais pas. Je savais que quelque chose m'échappait. Je savais qu'il ne pouvait pas s'intéresser subitement à moi comme ça. Seulement... j'avais envie d'y croire.

Ma voix se brisa.

— Qu'est-ce qu'il t'a écrit ? demanda-t-elle, horrifiée.

Je lui tendis le papier et elle se hâta de le lire. Puis elle releva les yeux.

— Qu'est-ce que ça veut dire ?

— Je lui ai promis que je l'accompagnerais au bal s'il disait à son père qu'il voulait s'inscrire à l'Art Institute de Dallas plutôt qu'à Duke.

— Tu ne crois tout de même pas qu'il a toujours son plan en tête ? Il... à un moment dans toute cette histoire, il a changé d'avis, Erin. Il est tombé amoureux de toi et maintenant que tu connais l'horrible vérité, il veut à tout prix arranger les choses. Ce n'est pas le genre de personne à tremper dans une affaire aussi cruelle.

J'eus un geste d'ignorance.

— Tu n'es pas obligée d'y aller avec lui. Si tu redoutes ce qui pourrait se passer, alors n'y va pas.

Je relevai la tête et m'essuyai de nouveau les yeux.

— Je n'ai pas peur d'eux. Je refuse. Quoi qu'ils aient en tête, je contrôle ce que les autres me font ressentir. Ils ne peuvent pas me faire de mal si je ne les laisse pas faire.

Frankie me rendit le papier, que je repliai à l'identique. Ce faisant, je me coupai le doigt avec la tranche et une goutte de sang perla de la minuscule entaille. Je fourrai le mot dans la poche de mon tablier et m'essuyai avec une serviette en papier.

— Ils peuvent essayer ce qu'ils veulent. La plaisanterie se retournera contre eux, dis-je en ouvrant la vitre quand la première voiture s'arrêta devant la boutique.

Frankie m'observa d'un air admiratif.

— Tu es si proche de la fin. Si proche de la libération.

Je me tournai pour remplir un gobelet de crème glacée, à laquelle j'ajoutai du caramel et des rondelles de bananes, puis je passai le tout au mixeur.

— Je ne suis plus Easter. Je ne me cacherai pas.

— Tu as envie d'y aller avec lui.

Ses paroles me heurtèrent de plein fouet et je m'accroupis, laissant le gobelet sur le comptoir.

— Elle se sent bien ? demanda la femme de l'autre côté de la vitre.

Frankie se précipita vers moi et s'agenouilla.

— Je suis une lycéenne de dernière année qui veut aller au bal. J'ai une seule occasion de voir à quoi ça ressemble. Qu'ils aillent se faire voir. Qu'il aille se faire voir. Qu'ils aillent tous se faire voir.

— Voilà ce que j'aime entendre, approuva Frankie. Tant pis pour eux. Et s'il fait quoi que ce soit pour t'embarrasser, ne serait-ce que se comporter comme un idiot, je ne donne pas cher de sa peau. Parce que tes parents et moi, on lui collera la raclée de sa vie.

Je me relevai.

— Tu n'as pas à t'inquiéter pour ça. J'écris ma propre histoire. Et dans mon histoire, je veux un *happy end*. Quoi qu'il arrive, ils ne peuvent pas m'atteindre.

Je sortis mon téléphone et écrivis un message à Julianne.

Tu as des projets demain ?

Non. Tu as quelque chose en tête ?

On m'a invitée au bal. Si on peut dire.

Génial ! Qui ?

Weston.

Tu es sûre ?

Pas vraiment. Mais j'y vais.

Alors d'accord. On reparlera de ce revirement plus tard. Mais tu vas avoir besoin d'une robe.

Mardi après les cours, Julianne me retrouva chez *Frocks & Fashions* en centre-ville. Je me contentai de rester plantée sur place pendant qu'elle passait les robes en revue. Elle m'en montrait une, et je secouais la tête.

Après plusieurs refus, elle s'approcha de moi.

— Quelle est ta couleur préférée ? demanda-t-elle.

— Je les aime toutes.

— C'est pratique. (Elle pouffa.) Que penses-tu de celle-là ? demanda-t-elle en me présentant une robe évasée bleu-vert avec un corsage en tissu bouffant.

Nouveau refus.

— Qu'est-ce qui ne te plaît pas ?

— La jupe évasée. La couleur. Le bustier.

— Pigé.

Quelques minutes plus tard, elle me présenta une autre robe, les yeux brillants.

— Regarde celle-là ! (Elle consulta l'étiquette.) C'est ta taille !

D'un rose tendre, la longue jupe souple flottait juste au-dessus du sol, et la taille Empire était cousue sous un corsage transparent. Ce voile de tissu recouvrait les deux épaules et des centaines de minuscules strass argentés ornaient la poitrine puis se séparaient pour remonter sur l'encolure.

Julianne la retourna. L'arrière était décolleté dans le dos comme la robe d'Alder, mais les strass ornaient les bords au lieu de se regrouper en dessous.

— Tu la détestes ?

Je fis non de la tête.

— Non, elle est plutôt jolie, en fait.

— Ah oui ? Pourquoi tu ne l'essaierais pas ?

— Je ne sais pas. J'aurais l'impression de gaspiller ton argent si jamais je n'y allais pas.

— Pff. Allez.

Elle ouvrit le rideau de l'une des cabines.

J'entrai avec la robe et refermai derrière moi. J'ôtai la robe de son emballage plastique et l'enfilai.

— J'ai trouvé les chaussures parfaites ! s'exclama Julianne.

J'essayai de remonter la fermeture, mais je n'arrivais pas à l'atteindre dans mon dos.

— Je crois que je vais avoir besoin d'aide.

— Je peux entrer ?

J'écartai le rideau et sa mâchoire tomba.

— Magnifique, fit-elle tout bas en baissant les chaussures qu'elle tenait à la main.

Je baissai les yeux.

— Elle est pas mal.

Elle me prit par la main et me plaça face au miroir à trois panneaux. Elle remonta la fermeture et me tendit les chaussures.

— Non, elle n'est pas « pas mal », fit-elle. Elle est sensationnelle.

À de nombreuses reprises tout au long de la semaine, je surpris le regard de Weston, et il semblait toujours sur le point de dire quelque chose, sans jamais aller jusqu'au bout. Les yeux verts dans lesquels j'aimais tant me plonger auparavant étaient devenus une source de conflit, car je me languissais de les voir tout autant que je le redoutais. Finalement, le vendredi matin avant le début des cours, il me retrouva à mon casier.

— C'est mon dernier match, ce soir. Tu as dit que tu viendrais.

— On a tous les deux dit beaucoup de choses.

Il fit la grimace, puis se força à sourire nerveusement.

— Qu'est-ce... qu'est-ce que ça veut dire ? Tu vas vraiment annuler le bal alors que j'ai parlé de Dallas à mon père ? Ce n'était pas une partie de plaisir. Il a crié. Puis il a parlé pendant des heures pour me dire combien j'avais mûri. Après avoir accepté, bien sûr. Je flippais comme pas possible. Mais je l'ai fait.

Je gardai les yeux rivés sur le fond de mon casier.

— Je me suis inscrit en ligne à Dallas hier.

Je n'ouvris toujours pas la bouche.

— S'il te plaît, viens au match. Je te propose un marché. Un quitte ou double. Si on perd, tu n'es pas obligée de venir au bal avec moi.

Je tournai enfin les yeux.

— Pourquoi ? C'est vraiment aussi important pour toi de mener à bien le plan d'Alder ?

Il haussa les sourcils et eut un geste de négation.

— Pour moi, rien n'est plus important que toi. Je ne sais pas comment te dire que je suis désolé. Je ferais tout pour pouvoir retirer ma participation au plan d'Alder. Je *voulais* y aller avec toi. Je *voulais* passer du temps avec toi. Le reste aurait pu être évité.

— Tu *voulais*, répétai-je en le fusillant du regard. Il n'est toujours question que de ce que tu veux, n'est-ce pas ?

— Il faut croire, oui. Je ne veux pas de regrets. Je veux serrer la fille que j'aime dans mes bras pendant la dernière danse. Je veux qu'elle assiste à mon dernier match de base-ball. Je veux fabriquer ces souvenirs avec toi. C'est *tout* ce que je veux. Je te le jure.

Je fermai mon casier.

— Viens au match. Si on perd, je ramène mon smoking et j'annule ton bracelet de fleurs.

— Tu m'as commandé un bracelet de fleurs ? demandai-je, circonspecte.

— Et une limousine blanche, ajouta-t-il avec un regard plein d'espoir.

Je plantai Weston devant mon casier.

En entrant dans ma salle de bio, une sensation proche de la nausée s'empara de moi tandis que je refoulais le mélange d'émotions qui tourbillonnait au fond de moi.

22

La tonalité retentit. Une fois, puis deux. Au volant de ma BMW, en route pour le terrain de base-ball, ma paume transpirait sur le téléphone.

— Coucou chérie, répondit Julianne.

— Je… je vais au terrain de base-ball. C'est le dernier match de Weston ce soir.

— Ah ? demanda-t-elle sans manifester d'opinion.

Mais son absence de surprise m'étonna.

— Il m'a demandé de venir. Il m'a aussi rappelé que je lui avais promis d'aller au bal avec lui.

— Ça commence à faire sens, dit-elle en essayant de paraître positive. En tant que mère, je ne suis pas sûre d'être d'accord avec cette coercition.

— Dis-moi de rentrer à la maison.

— Tu ne veux pas y aller ?

— Non. Mais si. Mais non.

Elle souffla dans le téléphone.

— Est-ce que je peux venir ?

— Au match ?

— Oui. Ton Sam est là. Je parie qu'il aimerait lui aussi assister au dernier match de Weston.

— Heu… oui. Oui. S'il vous plaît, venez.

Au moins, je ne serais pas assise toute seule.

— On se met en route, dans ce cas. À tout de suite.

Je posai le téléphone dans le porte-gobelet et m'engageai sur le parking du terrain de base-ball. Il était déjà plein et débordait sur la pelouse des forains du côté nord. Un car blanc, neuf et vide, sur lequel était écrit CHISHOLM LONGHORNS, était garé à l'extrémité sud du parking. Les spectateurs étaient encore en train d'entrer mais le tableau d'affichage m'indiquait que le match avait déjà commencé.

À mon arrivée, Weston se trouvait justement placé sur le marbre près du banc de touche, batte à la main, un casque bordeaux sur la tête. Il leva les yeux vers les gradins un instant avant de les baisser de nouveau sur ses crampons, puis il frappa la batte contre son pied gauche.

Il fit un pas et jeta un dernier regard derrière lui. Il me vit entrer. Il trottina jusqu'à la clôture et s'accrocha au grillage, un grand sourire aux lèvres et de l'espoir dans les yeux.

— Erin !

Tiraillée par mes émotions, entre la flatterie et la gêne, je lui adressai un petit sourire du coin des lèvres.

— En place, Gates ! aboya l'entraîneur Langdon.

Il m'adressa un dernier regard avant de reprendre sa place. Je l'observai tout en montant les marches. Il laissa passer la première balle.

— Fausse ! déclara l'arbitre en levant le poing en l'air.

La foule hua.

Weston se pencha en avant et ajusta sa prise sur sa batte. Le lanceur lui jeta la balle et Weston frappa. Le coup porta avec un craquement et la balle fut propulsée au-delà de l'arrêt-court, puis retomba dans le champ gauche, ce qui lança les joueurs dans une course effrénée.

La foule applaudit Weston qui se mit à courir et atteignit la première base. Il embrassa son index et son majeur et les pointa dans ma direction.

— Erin ! appela Veronica, un sourire aux lèvres.

Elle agita la main et je m'installai à côté d'elle au quatrième rang, à gauche du marbre.

Sam et Julianne nous rejoignirent moins d'un tour de batte plus tard et s'assirent de chaque côté de moi. Aucun d'eux ne savait ce qui reposait sur l'issue de ce match, et je commençai à me sentir coupable d'ajouter cette pression supplémentaire à Weston.

Les deux premières manches furent remportées par les Blackwell Maroons, mais la suivante fut truffée d'erreurs et nous étions menés de quatre points. Je devinais la frustration sur les traits de Weston. Il se mit à crier des encouragements à ses coéquipiers depuis le monticule du lanceur.

Une fois il lança la balle et elle lui revint directement. Il l'évita et elle s'écrasa dans le gant du joueur de deuxième base.

La foule poussa un *Ooh* collectif.

— Bon sang, c'était pas loin, dit Veronica en posant la main sur sa poitrine.

— Les lanceurs aussi devraient porter des casques, ajouta Sam.

Weston toussa au creux de son coude et attendit le receveur. Il effectua deux signes de tête négatifs, puis un d'approbation. Il se pencha en arrière, leva une jambe et lança la balle au frappeur.

— Quelqu'un lui a mis le feu aujourd'hui ! s'exclama Peter après que Weston eut marqué trois balles consécutives.

L'arbitre siffla et les joueurs se regroupèrent sous l'abri de touche. Les joueurs de Chisholm s'équipèrent de leurs gants et coururent prendre leur position sur le terrain.

Au sixième tour, nous étions à la batte, menés d'un point. J'entendis quelqu'un tousser sur le terrain.

— C'est Weston ? demanda Veronica. Il a bien son inhalateur, n'est-ce pas ?

— Il l'a toujours avec lui, dit Peter en essayant de paraître désinvolte, mais je décelai une touche d'inquiétude dans sa voix.

— Il fait beaucoup de crises ces temps-ci, confia Veronica à Julianne.

Une effervescence attira notre attention vers le camp de Blackwell, puis l'entraîneur Langdon apparut en poussant des cris. Les soigneurs postés non loin accoururent et les joueurs commencèrent à s'écarter, sans quitter des yeux, stupéfaits, le spectacle qui s'offrait à eux mais qui restait hors de notre vue. Peter se leva d'un bond et dévala les gradins. Veronica emprunta les marches en ciment.

— Oh, mon Dieu.

Mes parents se levèrent à leur tour et je les suivis en bas des marches.

— Weston ? s'écria Veronica.

Peter la tenait par les épaules, tandis qu'elle plaquait ses deux mains sur sa bouche.

L'un des secouristes courut jusqu'à l'ambulance et revint avec du matériel et un brancard sur lequel ils chargèrent rapidement Weston. Ce fut la première fois que je pus l'apercevoir enfin. Il était pâle, les cheveux humides et plaqués sur son front. Ses yeux étaient révulsés et il cherchait de l'air. Son inhalateur tomba de sa main et rebondit au sol.

— Allez, allez ! s'écria Sam en aidant Julianne et les secouristes à pousser le brancard jusqu'au trottoir, puis jusqu'à l'ambulance.

La foule entière s'était réduite au silence. Tous les joueurs retirèrent leur casquette et la posèrent contre leur poitrine.

— Non, non, non, murmurai-je, impuissante.

L'ambulance s'éloigna toutes sirènes hurlantes en direction de l'hôpital, et Peter et Veronica coururent à leur voiture.

— Erin ! Erin ! Viens ! appela Julianne depuis le parking.

Je courus avec elle jusqu'à sa G-Wagon. La portière claqua derrière moi et je la regardai allumer le moteur et enclencher la marche arrière.

— Où est Sam ?

— Dans l'ambulance. Weston a déjà fait des crises d'asthme comme celle-là. Pas depuis longtemps, mais il va s'en sortir.

— Tu me le promets ? demandai-je, le corps tremblant.

Julianne pinça ses lèvres, qui devinrent une ligne dure.

— Il ne nous ferait pas ça. Pas encore.

— Qui ?

— Dieu.

Je clignai des yeux et tournai la tête vers la fenêtre.

Julianne se gara à l'arrière de l'hôpital, près de l'entrée des ambulances. La nôtre était déjà garée, les portes arrière grandes ouvertes.

Julianne me prit la main et nous entrâmes au pas de course dans la salle d'attente.

Des mères serrant leurs bébés fiévreux et un couple de personnes âgées, dont l'un était atteint d'une toux sévère, occupaient les quelques chaises disponibles, mais nous n'en avions pas besoin.

Je serrai mes bras autour de ma taille et, au bout de vingt minutes d'une attente insupportable, Sam apparut. Il semblait préoccupé.

— Ils le stabilisent, déclara-t-il, mais il posa la main au bas du dos de Julianne et l'emmena dans le couloir.

Ils parlèrent à voix basse. La conversation semblait intense. Julianne me jeta un regard et se couvrit la bouche avec la main.

Ne sachant que faire des miennes, je les plaquai de nouveau contre mes côtes.

Sam et Julianne revinrent et me prirent tous deux dans leurs bras.

— Il va s'en tirer, dit Sam.

— Tu es sûr ?

— Ils font tout ce qui est en leur pouvoir. (Il me tendit un billet de cinq dollars.) Pourquoi tu n'irais pas nous chercher de l'eau au distributeur, au bout du couloir ?

J'acceptai le billet, je quittai la salle d'attente et je tournai à droite. J'aperçus le distributeur automatique, pratiquement au fond du couloir, près de l'entrée. En chemin, je croisai une femme en blouse qui poussait un appareil carré équipé d'un bras, au bout duquel se trouvait un objet ressemblant à un objectif. On aurait dit une machine à rayons X portative, et je conclus qu'elle se rendait dans la chambre de Weston.

Le distributeur automatique avala mon billet. Je sélectionnai une bouteille d'eau, récupérai la monnaie, puis répétai l'opération deux fois. Je ramenai les bouteilles dans la salle d'attente.

Sam et Julianne se trouvaient avec l'entraîneur Langdon et s'arrêtèrent de parler à mon approche. Ils saisirent leur bouteille d'eau mais ne les ouvrirent pas.

Sam me serra contre lui et nous attendîmes. Ne pouvant rester inactive plus longtemps, je m'approchai de la porte et j'observai les nuages noirs qui assombrissaient le ciel. Un par un, les joueurs apparurent et firent les cent pas dans la salle d'attente avec nous.

Une éternité plus tard, Peter arriva et tout le monde se regroupa autour de lui.

— Ils ont réussi à rétablir son niveau d'oxygène. On lui donne un traitement respiratoire maintenant, mais ils vont le garder pour la nuit. Ils vont le déplacer dans une chambre à l'étage.

Les coéquipiers de Weston finirent par partir au fur et à mesure, jusqu'à ne laisser plus que Sam, Julianne, l'entraîneur Langdon et moi. Peter revint nous trouver accompagné de Veronica, et je vis deux infirmières pousser un lit d'hôpital dans le couloir derrière eux.

Je tentai d'apercevoir quelque chose, en vain.

— Dieu merci, dit Julianne.

— Merci pour votre aide aujourd'hui, dit Peter à mes parents. Sans vous, je ne sais pas s'il aurait tenu le coup jusqu'à l'hôpital.

Ma mâchoire tomba. Julianne me jeta un regard.

— Mais il va bien maintenant, n'est-ce pas ?

Peter hocha la tête en posant la main sur mon épaule.

— Il doit se reposer. On t'appellera demain.

Peter nous quitta pour suivre son fils.

Sam et Julianne poussèrent un soupir de soulagement simultané.

— J'ai la sensation que j'aurais pu déceler sa crise plus tôt, dit l'entraîneur.

— Vous n'avez rien à vous reprocher, le rassura Julianne.

L'entraîneur se frotta la nuque.

— Demandez à Peter de me tenir au courant.

Sam acquiesça. L'entraîneur Langdon sortit ses clés de sa poche, poussa les portes vitrées et rejoignit sa voiture à pas rapides.

— Tu es prête, ma puce ? me demanda Sam en tendant la main.

— Il est resté parce qu'il voulait gagner, dis-je. Il sentait sûrement ce qui était en train de se passer et il n'a rien dit parce qu'il voulait finir le match.

Sam m'adressa un sourire compatissant.

— C'était son dernier match, Erin.

— Non, j'ai accepté. Il a dit que s'il perdait son match aujourd'hui je ne serais pas obligée d'aller au bal avec lui.

Julianne fronça les sourcils. Mes yeux se remplirent de larmes.

— Il ne voulait pas aller à l'université de Duke. Il voulait aller à l'Art Institute de Dallas. Je lui ai donné ma parole que s'il l'annonçait à Peter je l'accompagnerais au bal. Il l'a bien dit à Peter, mais je ne pouvais plus y aller. Pas après... Weston a proposé un quitte ou double. Il m'a demandé de venir assister au match aujourd'hui et m'a dit que, s'il perdait, alors il ne m'ennuierait plus à propos du bal.

La lèvre de Julianne se mit à trembler.

— Ce n'est pas ta faute, ma chérie.

— Je comptais y aller quoi qu'il arrive. Je me fichais de ce qu'ils m'avaient fait, j'avais l'intention d'y aller. Mais je le torture depuis deux semaines en lui faisant croire que je le déteste. Je sais exactement l'effet que ça fait, d'être détestée, et c'est ce que je lui ai infligé. C'est tellement pire que tout ce qu'on a pu me faire !

— Erin, chérie, commença Sam, mais je reculai d'un pas.

— Tout le monde n'arrêtait pas de dire que c'était lui le bourreau, et moi la victime. Même lui. Mais vous vous trompez tous. C'est moi qui suis à blâmer. Je sais combien c'est douloureux et je... je l'aime. Je sais ce que c'est d'être rejeté par la personne qui est censée vous aider. Je n'ai aucune excuse pour l'avoir traité comme ça, et il a failli mourir aujourd'hui à cause de ce fichu bal. Tout ça uniquement pour que je l'accompagne.

Les personnes encore présentes dans la salle d'attente observaient la scène d'un œil curieux pour certains, d'un œil critique pour d'autres.

— Tu es épuisée, dit Sam. Rentrons à la maison, et nous te ramènerons à la première heure demain matin. Dès ton réveil.

Je secouai la tête.

— Je ne peux pas le laisser. Ma place est ici.

— Je sais que tu veux...

— Non, je *devrais*. C'est ce que je suis censée faire, Sam, pas seulement ce que je voudrais.

— Très bien, dit Julianne en me prenant la main. Sam, tu travailles tôt. Je vais rester ici avec notre fille.

— Bien sûr, bien sûr, répondit-il.

Il saisit les clés que Julianne lui tendait. Il nous enlaça toutes les deux et disparut sur le parking obscur.

Julianne échangea quelques mots avec les femmes au bureau des admissions, puis elle me fit signe de la suivre. Nous empruntâmes un ascenseur pour nous rendre à l'étage.

La salle d'attente était vide et plongée dans le noir. Julianne alluma la lumière et nous prîmes place sur une banquette. Elle m'invita à poser la tête sur ses genoux, et je ne me fis pas prier. Je laissai les larmes couler sur mon visage, puis tomber sur son jean. Elle me caressa les cheveux en silence.

— J'avais peur, murmurai-je. Je ne savais pas comment lui pardonner. Je ne savais pas comment l'aimer. Je ne savais pas comment faire marcher notre histoire. J'ai l'impression d'avoir attendu que ma vie commence, et Blackwell était ma salle d'attente. Je pensais que Weston en faisait partie. Dans mon esprit, personne d'ici ne pouvait s'intégrer dans ma nouvelle vie.

— Tu as été blessée par ce que tu as lu dans ces journaux. En plus des années de souffrance que tu as déjà endurées. Personne ne te le reproche. Pas même Weston. C'est évident, il suffit de voir son comportement. A-t-il dit pourquoi il avait accepté d'aider Alder ?

— Seulement parce qu'elle lui offrait le moyen de faire quelque chose qu'il avait déjà envie de faire.

— Oh, dit-elle avec un accent étrange.

Elle posa doucement la main sur mon front.

— Il provoque trop d'émotions en moi. J'ai passé ma vie entière à empêcher les gens de m'atteindre. Ce que je ressens pour lui me fait peur.

— Repose-toi, ma chérie. Tout sera différent demain matin.

Je tentai de me détendre, mais aussi fatigué que fut mon corps, je refusais de fermer les yeux, de crainte de me réveiller avec une mauvaise nouvelle. Les heures s'écoulèrent et je sentis la main de Julianne s'alourdir, sa respiration ralentir.

Des bruits de pas résonnèrent sur le sol carrelé du couloir et lorsque je relevai les yeux, Veronica apparut sur le seuil.

— Devinez qui est réveillé, murmura-t-elle avec un sourire.

Je m'assis et réveillai Julianne.

— Il va mieux ? demandai-je.

— Il te demande. Il ne se rendormira pas. J'espérais que tu serais toujours là.

— Je peux le voir ?

Veronica fit un pas sur le côté.

— Il est dans la 210.

Je bondis de mon siège et je dus me retenir de courir dans le couloir tout en parcourant les plaques de numéros jusqu'à trouver la chambre de Weston. Elle était plongée dans le noir. J'entrai lentement.

Il était assis sur son lit. Sa silhouette se raidit lorsqu'il me reconnut.

— Erin, dit-il d'une voix faible.

Il tapota la fine couverture bleue pour m'inviter à m'asseoir à côté de lui. La perfusion plantée dans sa main était reliée à une poche de sérum physiologique. Une canule insérée dans son nez et accrochée derrière ses oreilles lui distribuait de l'oxygène par le biais d'un appareil accroché au mur.

Il était pâle et semblait fragile dans sa blouse d'hôpital bleu clair. Ses pieds atteignaient l'extrémité du lit.

Je m'assis enfin à côté de lui, comme j'en rêvais depuis que nous étions arrivés, mais maintenant que je me trouvais là, les mots me manquaient.

Il gardait la tête posée contre ses oreillers.

— Est-ce qu'on a gagné ? demanda-t-il.

Je laissai échapper un rire.

— On s'en fiche.

— Pas moi. Je ne veux vraiment pas manquer la chance de t'emmener au bal.

Je secouai la tête.

— Ça n'a pas d'importance. J'accepte de venir, si c'est toujours ce que tu veux.

Il fonça les sourcils.

— Et comment ! Si j'avais su que, tout ce que j'avais à faire, c'était une petite crise d'asthme, j'en aurais provoqué une il y a des semaines.

Il me lança un clin d'œil.

— Ce n'est pas drôle.

Il se rembrunit.

— Je ne les aurais jamais laissés t'humilier au bal, Erin. J'ai accepté d'essayer de te séduire et d'essayer de t'emmener au bal. Je n'ai jamais accepté de les laisser t'humilier.

— Pas maintenant, le coupai-je. Attends de te sentir un peu mieux.

— J'ai besoin de savoir que tu me comprends. Non, plus que ça. J'ai besoin que tu me croies. J'ai accepté de me rapprocher de toi, mais ce n'était qu'un prétexte, Erin. Alder se proposait de m'offrir une chose dont je rêvais depuis longtemps… et sans te harceler à ce sujet. Elle *voulait* te faire venir au bal, alors elle acceptait de se mettre à l'écart. Comme tous les autres.

— Et ce qui s'est passé au coin du lycée, ce jour-là, avec les deux Erin et Brady ? Et quand elle est passée à mon travail ?

— Elle avait peur qu'en s'effaçant complètement tu comprennes leurs manigances.

— *Tes* manigances. Tu continues de faire comme si tu n'y avais pas pris part.

— C'était le seul moyen d'être avec toi sans qu'ils te prennent encore plus pour cible. Quelles chances j'aurais eues, à cette époque ?

— Ce n'était pas seulement pour me protéger *moi*.

— D'accord, je l'admets. Je voulais être avec toi et profiter, c'est tout. Je savais qu'ils ne nous ficheraient pas la paix. À ce moment-là, ça m'a paru être la solution idéale. Quand tu veux réaliser un *home run*[1], parfois il faut savoir voler une base de temps en temps.

— On n'est pas dans un jeu, Weston. Si ça ne s'était pas passé comme tu le voulais...

— Si j'avais vraiment cru qu'il n'y avait aucun moyen d'éviter ce qu'elle avait prévu de te faire au bal, on se serait fait notre propre soirée, rien que toi et moi, sur le pont. Je n'aurais pas pris le risque. Tu as raison, mon attitude était fourbe, et ce n'est pas un jeu. Mais au final, il était impossible de rompre avec Alder pour me mettre avec toi sans provoquer une catastrophe. Ça n'aurait pas fonctionné et je t'aurais perdue. Tu aurais décidé que tout cela ne valait pas le coup. Tu m'aurais évité comme la peste jusqu'au moment de partir à la fac, et l'histoire se serait arrêtée là.

Je le regardai dans les yeux. Cette perspective semblait lui procurer une véritable souffrance physique.

— Mais tout a changé. Tu aurais dû tout me dire.

— Je ne pouvais pas prendre le risque, Erin. Je croyais déjà que j'étais fou de toi avant, à planifier tout ça rien que pour avoir une chance d'être avec toi. Je ne pensais pas possible de pouvoir t'aimer encore plus, mais c'est arrivé. J'ai paniqué. Je ne savais pas quoi faire.

— Dire la vérité. Même quand elle est moche. Même quand elle ne me concerne plus, comme le fait que les deux Erin soient demi-sœur.

1. Au base-ball, coup sûr permettant au frappeur de passer par toutes les bases d'une seule frappe. (*N.d.T.*)

Il baissa la tête pour me regarder.

— Tu es au courant de ça aussi ?

— J'ai tout lu. Je sais tout.

Il réfléchit quelques instants et secoua la tête, comme stupéfait.

— Imagine comme les choses auraient été différentes si elles avaient découvert la vérité sans l'accident.

— Je ne préfère pas. Je deviendrais folle en pensant à tous les « et si » alors qu'il y a déjà suffisamment de faits bien réels à encaisser. Tout ce que je veux, c'est connaître la vérité sur ce qui s'est passé, Weston. Après seulement, on pourra tous aller de l'avant.

— Même nous ? demanda-t-il.

Je me rapprochai de lui avec un petit sourire. Mes yeux s'étaient ajustés à la pénombre et je pouvais presque distinguer les pensées qui tourbillonnaient dans ses yeux.

— Très bien, voici toute la vérité : je réfléchis à un moyen d'être avec toi depuis la *middle school,* déclara-t-il. Là, c'était notre dernière année de lycée. Je n'avais plus beaucoup de temps, et je commençais à désespérer. Tu trouves que Sonny a été maligne en inventant ce stratagème ? Qui, à ton avis, a planté la graine dans sa petite cervelle tordue ?

— Alors comme ça, m'humilier au bal de promo, c'était ton idée ? dis-je en essayant de garder une voix calme.

Il fronça les sourcils, visiblement déçu que j'en arrive à cette conclusion.

— Non, bien sûr que non. J'ai joué avec leur jalousie. J'ai souvent contrarié Alder à ce sujet. Je m'assurais qu'elle me voie en train de te jeter des regards. Un soir on a eu une grosse dispute. Elle disait que je n'aurais jamais une seule chance avec toi parce que tu n'oserais jamais faire quelque chose contre elle. C'est là que l'idée m'est venue. La fois suivante où tu as surgi dans notre conversation – ce qui était assez fréquent – je les ai taquinées. J'ai dit que je n'aurais aucune difficulté à te convaincre de sortir avec moi.

Je haussai un sourcil.

Il m'implora de le laisser finir son explication.

— Sonny a dit la même chose qu'Alder, que tu n'aurais pas le cran. Il ne m'en fallait pas plus. J'ai parié avec elles que je pouvais te convaincre de venir au bal avec moi. Après une discussion avec Brady, l'histoire de *Carrie* est apparue. C'est là qu'ils ont essayé de me persuader. J'ai dit oui, certes, mais juste pour faciliter mon plan de rapprochement avec toi sans qu'ils viennent te harceler encore davantage. Pour qu'on puisse être tranquilles.

— Et qu'est-ce que tu avais prévu après le bal ?

— J'allais te poser la même question. Et après l'été ? (Il entrelaça nos doigts.) Je viendrai en Oklahoma tous les week-ends s'il le faut. Je sais que tu as ton idée sur la vie que tu voulais mener après Blackwell. Mais tu peux toujours concrétiser les projets que tu avais quand on s'est mis ensemble. Je veux seulement être avec toi. Je veux quitter Blackwell avec toi. Je rêve de te voir devenir celle que tu veux.

— On trouvera une solution, dis-je. Aucun de nous ne sait ce qu'il veut devenir.

Il me serra la main.

— Je suis ce que nous sommes.

Ma lèvre se mit à trembler. Je m'étais mal comportée avec lui et voilà maintenant qu'il essayait d'arranger les choses dans un lit d'hôpital.

— Tu ne devrais pas être aussi gentil avec moi. Je ne mérite plus tes traitements spéciaux, maintenant.

— Est-ce que tu sais seulement depuis combien de temps je t'aime, Erin ?

Je souris, les yeux brûlants de larmes.

— Aussi longtemps que je t'aime.

Il m'attira à lui et je m'allongeai à ses côtés sur son lit. Les silhouettes de Veronica et Julianne se découpèrent sur le seuil.

Weston prit une profonde inspiration et posa sa tête sur la mienne. Il se détendit et bientôt, le bip du moniteur de fréquence cardiaque ralentit à un rythme régulier.

Veronica serra Julianne contre elle et elles s'éloignèrent.

Je posai la joue contre la poitrine de Weston. Le bal avait lieu le week-end prochain et l'obtention des diplômes deux semaines plus tard. La seule préoccupation qu'il me restait, c'était la conversation que je devais avoir avec Gina. Tout le reste me faisait l'effet d'un pyjama propre et de draps chauds tout droit sortis du sèche-linge. Weston et moi aurions tout l'été à passer ensemble avant de partir pour l'université et, pour la première fois, il paraissait appartenir à mon nouveau départ plutôt qu'à un *happy end*.

23

Rentre chez toi, éteins les lumières, et suicide-toi.

J'ouvris grand les paupières et je parcourus des yeux la pièce plongée dans le noir. Une bouffée d'angoisse, de peur et de panique monta en moi lorsque je discernai enfin les murs blancs et nus de la chambre d'hôpital. Les yeux rivés sur les chiffres d'un vert fluorescent qui brillaient d'une lueur sinistre sur l'écran de la pompe à perfusion, je me remémorai peu à peu les événements de la veille.

Le moment où les secouristes avaient emporté Weston sur une civière resterait l'un des plus terrifiants de ma vie. Les images les plus effrayantes passaient en boucle dans ma tête ; l'inhalateur qui s'échappe de ses doigts mous, les sirènes de l'ambulance qui fonce en direction de l'hôpital… tout se bousculait.

Je refermai les yeux pour chasser ces souvenirs et ces sensations. La respiration régulière de Weston et les bips saccadés du moniteur finirent par dissiper la tension. Il était en vie. Tout allait s'arranger.

Mon corps était collé au sien et j'avais une conscience aiguë des endroits où notre peau se touchait. Sous l'épaisse couverture que l'infirmière nous avait donnée, il était brûlant. Malgré la douleur que j'éprouvai à la hanche due à ma position prolongée, je restai immobile dans les bras du garçon qui m'aimait.

Les rayons du soleil levant perçaient à travers les stores et chassaient la pénombre. Weston remua, et je regrettai en silence que la nuit ne puisse se prolonger encore un peu.

Veronica Gates lisait un magazine dans le fauteuil rembourré situé à l'autre bout de la pièce. Des lunettes de lecture à montures noires sur le nez, elle se servait de son téléphone pour s'éclairer.

Je levai la tête, et elle m'imita.

— Bonjour, murmura-t-elle d'une voix à peine audible.

Ne voulant pas réveiller Weston, je me contentai de lui sourire. Je reposai doucement ma tête sur sa poitrine, et Weston resserra ses bras en prenant une profonde inspiration.

Veronica rit en silence et vint s'asseoir sur la chaise en bois située juste à côté du lit.

— Quand il était petit, il tenait son ours en peluche de la même manière. Si j'essayais de le lui enlever après qu'il s'était endormi, il le serrait contre lui.

Elle croisa les jambes et joignit les mains sur ses genoux, examinant son fils avec un amour inconditionnel.

— En première année de primaire, il est rentré à la maison et nous a annoncé avec le plus grand sérieux, à Peter et à moi : « Je vais me marier », dit-elle en imitant la voix d'un Weston de sept ans. (Elle rit de nouveau dans un souffle, perdue dans ses souvenirs.) Peter lui a demandé quand, et Weston a répondu : « Quand je serai grand. » Je lui ai demandé « Avec qui ? » et il a répondu : « Avec Erin. »

Elle guetta ma réaction.

— À l'époque, je pensais qu'il parlait d'Alder, mais il m'a fait promettre de ne jamais te raconter cette histoire. J'ai réalisé alors que je m'étais trompée d'Erin.

Je retins mon souffle.

— C'était il y a longtemps. Je pense qu'il ne m'en voudrait plus aujourd'hui. (Elle jeta un regard à son fils.) Je suis heureuse qu'il t'ait rencontrée, Erin. Je ne crois pas te l'avoir jamais dit.

— J'ai surtout de la chance qu'il ne soit pas du genre à abandonner facilement, murmurai-je.

Weston remua de nouveau et Veronica se pencha pour le regarder de plus près.

Il grogna légèrement.

— Erin ?

Veronica haussa un sourcil et me jeta un regard entendu.

— Je suis là, dis-je.

Les yeux toujours fermés, il s'approcha de quelques centimètres pour poser ses lèvres sur mes cheveux. Le soleil éclairait suffisamment la pièce pour nous permettre de distinguer ce que les ombres dissimulaient encore dix minutes plus tôt.

Weston soupira.

— Ne pars pas.

— Je ne pars pas.

— Dans ce cas, je ferais mieux d'aller vous chercher un petit déjeuner, déclara Veronica en se levant.

— Bonjour ! lança l'infirmière d'une voix qui semblait assourdissante comparée aux murmures bienveillants de Veronica. Je suis Amelia. Comment vous sentez-vous ?

Sa blouse d'un rose vif s'accordait admirablement à son humeur.

Veronica rassembla ses affaires tout en la surveillant du coin de l'œil.

Amelia portait de longues tresses rassemblées en un beau chignon au sommet de son crâne, ce qui rajoutait une bonne dizaine de centimètres à sa petite silhouette potelée.

Weston cligna ses yeux somnolents.

— Oh, j'étais dans le brouillard.

— Ce sont les médicaments, expliqua-t-elle. Je vais vérifier vos signes vitaux et nous attendrons la visite du Dr Shuart. Je suis sûre qu'il vous laissera sortir aujourd'hui.

Elle lui adressa un clin d'œil et me fit signe de me retirer.

J'obéis et descendis du lit.

Weston fronça les sourcils.

— Ne pars pas.

Veronica secoua la tête, amusée.

— Elle t'a dit qu'elle restait, pour l'amour du ciel, mon fils !

Il me jeta un regard méfiant. Le peu d'enthousiasme que m'avait procuré l'histoire de Veronica se dissipa rapidement.

— C'est votre petite amie ? demanda Amelia à Weston pour le taquiner.

Sans me quitter des yeux, Weston sembla vouloir me laisser répondre à sa place.

— J'ai entendu dire qu'elle avait dormi la moitié de la nuit sur cette horrible banquette en salle d'attente, et le reste de la nuit écrasée dans votre lit. Les infirmières ont trouvé ça mignon, dit Amelia en secouant la tête.

Le tensiomètre passé autour de son bras gonfla en émettant un sifflement. Weston fit la grimace. Amelia posa une pince sur son doigt et parut satisfaite des chiffres qui s'affichèrent et qui n'avaient aucun sens pour moi.

— Tout va bien ? s'enquit Veronica.

Amelia confirma d'un signe de tête.

— Comme si rien ne s'était passé.

Veronica souffla.

— Peut-il prendre un petit déjeuner ?

— Absolument. (Elle lui tendit un menu plastifié.) Sonnez-moi quand vous vous serez décidé entre les flocons d'avoine et les œufs.

À en juger par l'expression de Weston, les choix du menu ne devaient pas être très prometteurs. Amelia quitta la pièce aussi vite qu'elle y était entrée, et Veronica hissa son sac sur son épaule.

— Je vais chercher quelque chose pour tout le monde. Je passerai chez Braum pour prendre des *biscuits and gravy.*

Weston se redressa.

— Je vous accompagne, dis-je.

— Non, tu devrais rester, intervint Weston.

Veronica alla déposer un baiser sur la joue de son fils.

— Je vais appeler Papa et lui dire que tu es réveillé. (Elle se tourna vers moi.) Tu restes ?

Je vis à l'expression de Weston qu'il voulait saisir l'opportunité de me parler seul à seule. Je confirmai à Veronica que je restais.

— Appelle-moi si le Dr Shuart passe vous voir, dit-elle.

— Sans faute.

Elle sortit de la chambre et tourna à gauche en direction des ascenseurs.

Elle salua les infirmières d'une voix lointaine et, quelques instants plus tard, le carillon de l'ascenseur annonça son arrivée.

Debout dans le coin où je m'étais retranchée pour laisser la place à l'infirmière, je regardai Weston poser un bras sous sa tête avec une expression indéchiffrable.

— Les *biscuits and gravy* me font saliver d'avance.

Comme par enchantement, mon estomac gronda à ce moment-là et je plaquai mes deux mains sur mon ventre.

— Tu es restée toute la nuit, dit-il sans formuler sa phrase comme une question.

Je hochai la tête et croisai les bras ; je me demandai ce qu'il avait à me dire qui avait dû attendre le départ de sa mère.

Il baissa les yeux sur ses pieds, perdu dans ses pensées.

— Tu peux me mentir. Je ne t'en tiendrai pas rigueur.

— Pardon ?

Une profonde tristesse apparut dans son regard.

— Je pensais ce que j'ai dit. Même si tu pars à Stillwater, que tu adores l'Université de l'Oklahoma et que tu ne reviens jamais, mes souvenirs des prochaines semaines auront moins d'importance pour moi si tu n'en fais pas partie. Je ne veux pas que tu fasses des promesses que tu ne peux pas tenir, Erin… mais pour l'instant, je peux te dire que je me contenterais parfaitement d'un mensonge. Mens-moi. Allons au bal, célébrons notre diplôme comme tout le monde et passons le meilleur été de notre vie. On teste les montagnes russes, on s'envoie en l'air et on fait comme si rien n'allait jamais s'arrêter.

— On improvise, c'est ça ?

Un début de sourire étira ses lèvres, mais sa mâchoire se crispa.

— Non. Tu as toujours été dans mes projets. Toi et toujours toi.

Je m'approchai de son lit et me penchai vers lui. À quelques centimètres de ses lèvres, je fouillai son regard à la recherche d'une promesse ou d'un signe indiquant qu'il pouvait lire l'avenir. Il me saisit par les bras pour m'embrasser.

Un jour ou l'autre, il se pouvait qu'il me laisse partir, mais pas pour le moment. À dix-huit ans et avec l'éternité devant lui, il me demandait de m'abandonner au dernier acte de notre enfance, de me perdre dans l'été qui nous appartenait. J'avais déjà passé ma vie entière à dériver, et ce qu'il revendiquait maintenant était particulièrement effrayant.

Mais, quand Weston disait ce genre de choses, ce que j'avais envie de perdre, c'était toute envie d'être secourue.

— Bébé ? murmura-t-il en sondant mon regard.

Les bips de son moniteur s'accélérèrent légèrement.

Que ce soit par naïveté ou dans l'espoir insensé de nous croire suffisamment spéciaux, Weston et moi, pour vivre dans un univers parallèle où les amours de lycée pouvaient durer, je ne voulais pas me contenter de « croire ». Je voulais faire confiance à Weston, même si ce n'était que jusqu'au mois d'août.

— Entendu, dis-je.

Ne m'offrant qu'un demi-sourire pour toute réponse, il posa une main sur ma chevelure emmêlée et m'attira à lui pour m'embrasser. Il glissa sa langue dans ma bouche et la fit tournoyer avec la mienne – avec lenteur et douceur – pour sceller la promesse que nous venions de nous faire, puis il me fit grimper sur le lit.

Il fourra ensuite son nez dans mon cou et je pouffai de rire, sans me soucier de ceux qui pouvaient m'entendre. Il me serrait contre lui, détendu, soulagé, et peut-être encore sous l'effet des sédatifs.

Un coup à la porte nous interrompit, puis le Dr Shuart entra, vêtu d'une veste blanche et d'une chemise à carreaux. Il était accompagné d'une infirmière.

— Comment va M. Gates ce matin ? demanda-t-il. Au hasard, je vais dire que vous allez parfaitement bien.

Me sentant rougir, j'allai me retrancher sur le fauteuil dans le coin. Weston ne semblait pas troublé et affichait un sourire satisfait.

— Voici Dacia, déclara le Dr Shuart en tournant légèrement son épaule dans sa direction.

Dacia m'adressa un signe de tête et sourit à Weston. Puis elle griffonna quelque chose sur le classeur qu'elle tenait dans les mains.

— Weston est notre dernier patient, docteur. Vous avez dix minutes pour retourner au bureau avant votre premier rendez-vous, alors pas de pause au rez-de-chaussée pour discuter, dit-elle sur un ton maternel.

Le Dr Shuart lui tourna le dos et haussa les sourcils.

— Je vous présente la donneuse de coups de fouet. Elle me discipline.

— Il faut bien que quelqu'un le fasse, murmura-t-elle sans cesser d'écrire.

Assise sur le fauteuil, je sortis mon téléphone pour écrire à Veronica pendant que le Dr Shuart parlait avec Weston. Ils évoquèrent les prescriptions et le Dr Shuart lui expliqua que Weston devrait recevoir un dernier traitement respiratoire avant de rentrer chez lui.

Le médecin et Dacia me saluèrent avant de quitter la pièce. Mon téléphone émit un bip.

— Ta mère veut que je demande au médecin de revenir dans quinze minutes, dis-je. Apparemment, la file d'attente est exceptionnellement longue.

— Elle a dit ça ? demanda Weston d'un air de doute.

— Elle a peut-être dit « cette foutue file d'attente ».

— Je ne pense pas que Dacia sera d'accord.

— J'ai bien peur que tu aies raison, dis-je en rangeant mon téléphone.

Je consultai ma montre.

— Tu travailles aujourd'hui ?

— Non, rendez-vous chez le coiffeur avec Julianne. Mais je vais annuler.

— Tu as déjà annulé une fois. Vas-y. Je ne veux pas que tu me voies respirer dans ce stupide nébuliseur, de toute façon. J'ai l'air complètement ridicule.

— Ce n'est pas avant une heure. Et j'ai envie de *biscuits and gravy*.

— Tu as peur que ma mère t'en veuille de m'avoir laissé tout seul, c'est ça ? demanda-t-il en riant.

— Oui, aussi.

Mon téléphone bipa de nouveau. Je le sortis de ma poche, lus le message puis reposai l'appareil sur mes genoux.

— Qui était-ce ? demanda Weston.

— Julianne, pour me rappeler notre rendez-vous.

Veronica entra, munie de deux sacs en plastique, exaspérée. Je me levai pour l'aider et mon téléphone tomba par terre.

— Oh-oh ! s'exclama Veronica.

Je le ramassai et constatai avec soulagement que l'écran était intact. Je fis un pas vers Veronica, mais elle me chassa d'un geste de la main et j'allai m'asseoir sur le lit à côté de Weston. Elle nous tendit à chacun un récipient en polystyrène et un paquet contenant des couverts en plastique et des serviettes en papier.

Weston attaqua, affamé. J'éprouvai quelques difficultés à couper les biscuits avec mon couteau et il me fallut donc deux fois plus de temps, mais peu importait. La sauce était crémeuse et poivrée, et mes papilles chantaient des louanges aux dieux de la cuisine du Sud et à celui ou celle qui avait inventé et perfectionné l'association de graisse, de farine et de lait.

Veronica récupéra nos barquettes vides et les jeta dans la petite poubelle à côté de la porte.

Je rassemblai mon portefeuille et mon téléphone.

— Tu t'en vas ? demanda-t-elle.

Weston répondit à ma place.

— Elle a rendez-vous chez le coiffeur avec Julianne. Je l'ai empêchée d'annuler.

— J'espère bien, approuva Veronica. C'est moi qui t'ai élevé.

Je pouffai tout bas et me dirigeai vers la porte, mais Weston se tapota la joue. Je m'empressai d'y déposer un baiser, mais il se tourna au dernier moment pour m'embrasser sur la bouche, en me retenant par le poignet.

Pour la deuxième fois ce matin, mes joues rougirent d'embarras. J'évitai de croiser le regard de Veronica sur le chemin de la sortie.

Alors que je tournai dans le couloir, j'entendis Veronica réprimander son fils.

— Tu ne lui as pas demandé, n'est-ce pas ?

Je m'arrêtai et m'appuyai contre le mur non loin de la porte. Un silence s'étira pendant quelques secondes, puis je dus tendre l'oreille pour entendre la réponse de Weston.

— Je lui ai déjà demandé, Maman.

— C'est officiel ?

— Oui, on va au bal.

— Et ?

— Je ne sais pas. Ne me pose pas de questions sur Erin, Maman. C'est bizarre. (Après une courte pause, il reprit :) Je t'ai entendue, au fait.

— L'histoire de l'ours en peluche ? Désolée. Je n'ai pas pu m'en empêcher.

— Je parlais de l'autre.

— Comme quoi tu comptais l'épouser ?

Veronica marmonna quelque chose, puis Weston reprit la parole.

— Ce n'est pas grave. Je suis content qu'elle soit au courant.

— Alors c'est bien vrai. Tu parlais d'Easter.

— Ce n'est plus son nom, Maman, mais oui, c'est d'elle que je parlais.

J'entendis le lit grincer.

— J'espère que tu sais ce que tu fais, mon fils.

— Arrête, l'avertit Weston.

— Je veux seulement que personne ne souffre, dit-elle d'une voix sincère.

— Je vais juste tenir bon jusqu'à ce qu'elle soit partie, Maman. C'est tout ce que je peux faire.

Veronica ne répondit pas, et je repris la direction des ascenseurs en m'efforçant de ne pas mal interpréter les paroles de Weston.

24

— J'adore, dit Weston en ouvrant ma bouteille de Fanta.

Le bruit familier des bulles et des voitures qui passaient sous nos pieds relaxaient mon corps tout entier. Je me sentais bien, assise sur la couverture en denim à l'arrière du pick-up rouge de Weston avec un soda frais, et j'aimais sentir les montants de la plate-forme me rentrer dans les omoplates. Cela valait beaucoup mieux que d'avoir rejoint tout le monde sur le parking du terrain de base-ball.

— C'est vraiment court, dis-je en passant mes doigts dans les extrémités ondulées de mes cheveux châtains.

La coiffeuse avait coupé plus de vingt centimètres, mais mes cheveux touchaient encore mes épaules.

— Ils sont plus brillants et plus souples, et ils ont l'air plus foncés.

— Que des bons points, dis-je.

Je m'enfonçai contre le dossier, comme si cela pouvait m'aider à imprimer les détails dans ma tête. C'est à cela que devait ressembler le bonheur absolu, et même si le reste de ma vie devait être digne d'un conte de fées, je voulais me rappeler chaque seconde de nos soirées passées sur notre pont.

Des lucioles bourdonnaient au-dessus des jeunes épis de blé dans les champs qui bordaient les deux côtés de la route. Malgré la lueur du crépuscule, les étendues d'herbe verte semblaient infinies. Les moustiques pullulaient mais nous les chassions du revers de la main ; nous préférions l'air printanier exceptionnellement chaud à la cabine du pick-up à l'abri des moustiques.

— Tu portes le collier.

— Je l'ai récupéré chez Gose Jewelers après mon rendez-vous. Tu n'avais pas encore signé les papiers de sortie.

— Ça a duré une éternité, grommela-t-il.

— Au moins tu es remis. Tu es remis, n'est-ce pas ?

— En pleine forme, dit-il avec un éclat brillant dans l'œil.

Il posa les paumes à plat sur la couverture, se pencha en avant et fourra son nez dans mon cou.

— Tu as un petit goût salé, murmura-t-il après avoir goûté ma peau.

— Mais rien ne vaut la crème glacée, dis-je avec un sourire.

— En fait, je crois que c'est encore meilleur.

Il remonta jusqu'à mon oreille, puis sur ma joue, et toute sa douceur s'envola lorsqu'il dévora ma bouche.

Jamais, auparavant, nous n'avions fait meilleur usage de son pick-up ; nos mains tiraillaient les boutons et les fermetures, tiraient et baissaient les vêtements. Mais dès que la respiration de Weston devint un peu laborieuse, je me figeai.

— Quoi ? demanda-t-il, dressé au-dessus de moi.

— Tu siffles.

— J'ai mon inhalateur. (Il rit.) Je vais bien, je te le jure.

— Ça ne suffit plus à me rassurer désormais.

Les muscles de Weston se détendirent et il me caressa la joue avec son front.

— Tu te sentirais mieux si on y allait lentement ? Ou tu préfères arrêter ?

— On devrait peut-être t'accorder quarante-huit heures après l'expérience que tu viens de vivre.

Il reposa la tête de l'autre côté de mon épaule dénudée et toucha le sol de la plate-forme.

— Et si je te promets que je me sens parfaitement bien ?

— Qu'est-ce que tu en sais ? Est-ce que tu as senti la crise venir pendant le match ?

Il ne releva pas la tête.

— Je l'ai ignorée.

— Est-ce que tu l'ignores encore maintenant ?

— Non. Je ne sais pas. Non.

— On ferait mieux d'attendre.

Weston prit une inspiration puis souffla lentement. Il hocha la tête.

— Comme tu veux, bébé. C'est toi qui décides.

Il se redressa et me tendit mon soutien-gorge avec un sourire forcé.

— Ne sois pas fâché.

Il rit.

— Je ne suis pas fâché, Erin. Promis. Seulement, je me sens bien et j'attends ça depuis longtemps. Des semaines. De longues, très longues semaines, ajouta-t-il plus pour lui-même que pour moi.

Il me tendit mon tee-shirt et enfila le sien. Je le regardai avec une moue couvrir son torse parfait.

— Quoi ? demanda-t-il en voyant mon expression.

Je haussai une épaule.

— Tu ne devrais jamais mettre de tee-shirt. Il faut que je trouve un prétexte. Peut-être que je vais tous les brûler.

— Je n'aime pas être pris pour un objet, dit-il en dressant le menton. Je suis un être humain !

— Tu es mon être humain.

— Ça oui, confirma-t-il en me prenant dans ses bras. Et maintenant, qu'est-ce qu'on fait ? demanda-t-il à quelques centimètres de mon visage.

J'avais envie de le supplier de continuer ce qu'il avait commencé, mais je voyais qu'il était fatigué et qu'il devait se reposer.

— En fait, je suis épuisée, mentis-je. Je dois réviser pour les examens de fin de semestre. Je suis en retard.

— Alors, tu as envie de réviser ou de dormir ? demanda-t-il, un sourcil levé.

— Les deux, répondis-je en boutonnant mon short.

— Tu ne serais pas en train de me ménager, par hasard ? demanda-t-il. Ce serait gênant et peut-être légèrement insultant. J'ai déjà fait des crises d'asthme avant sans que tu sois là pour me dorloter. Et il semblerait que j'aie survécu.

Je ricanai.

— Ramène-moi à la maison, que tu puisses dégonfler ton ego. (Il ouvrit la bouche.) Je ne te dorlote pas, je t'aime. Il y a une différence.

Il fronça les sourcils.

— Comment veux-tu que je réponde à ça ?

— Ne réponds pas. Allez, viens.

Je descendis de la plate-forme et Weston m'imita.

Il me reconduisit chez moi sans lâcher ma main. L'air qui s'engouffrait par sa vitre baissée faisait voler ma chevelure dans tous les sens, ce qui nous fit éclater de rire. Weston alluma la radio et enclencha son CD du Chance Anderson Band. Il tapota le volant en rythme avec son pouce et se mit à chanter à tue-tête.

Moins de dix minutes plus tard, garé dans l'allée des Alderman, Weston me souhaitait une bonne nuit en m'embrassant. J'entrai dans la maison et je souris devant l'expression de Julianne.

— Tu rentres tôt, dit-elle, incapable de cacher sa surprise.

— Il était fatigué.

Je la rejoignis sur le canapé et elle passa son bras autour de mes épaules.

— Es-tu en train de me dire que c'était son idée de te ramener à la maison ?

— Non.

— Ça m'aurait étonnée.

Nous rîmes de bon cœur et Julianne saisit la télécommande.

— Ton Sam a été appelé à l'hôpital. Qu'est-ce que tu veux regarder ?

Mon téléphone bipa. C'était Veronica.

Merci.

Elle savait aussi bien que Julianne que Weston n'était pas à l'initiative de cette soirée écourtée.

Je souris et lui renvoyai un petit smiley. Weston m'avait enfin montré comment installer des émojis dans mon téléphone.

— C'est ce qu'on appelle l'amour vache, me taquina Julianne.

— Ça ne lui a pas plu.

— Alors c'est bien cela ? De l'amour ?

Sa question me prit au dépourvu. Je me ratatinai sur le canapé, comme si on avait aspiré tout l'air de la pièce.

— Tu me demandes si je l'aime ?

— Désolée, dit-elle, visiblement honteuse. J'avais oublié qu'on n'en est... pas encore là. Mais ça viendra, j'espère.

— Je... Ce n'est pas toi – ni toi et moi. Tout va bien. Tout va pour le mieux. Notre relation me plaît.

L'inconfort montait encore d'un cran.

Julianne m'observa un moment, puis nous éclatâmes de rire toutes les deux. Je pouffai si fort et si longtemps que les larmes me montèrent aux yeux et que Julianne dut s'essuyer les joues.

— Ah ! pépia-t-elle. Ça ne m'était pas arrivé depuis longtemps. (Elle hocha la tête.) J'en avais bien besoin.

— Moi aussi.
— Je, hum... j'ai parlé au Dr Briggs aujourd'hui. Il pense qu'il aura une place de secrétaire de direction à l'automne.
— Vraiment ? C'est génial !
— Ah oui ?
— Absolument. Je t'ai vue à l'œuvre hier. Tu es vraiment douée. Tu connais encore ton affaire.
— J'ai oublié à quel point j'aimais ça.
— Alors tu devrais vraiment t'y remettre.
— Je n'en ai pas parlé à Sam.
— Alors je ne lui en parlerai pas non plus.
— Je voulais attendre de t'en avoir parlé. J'envisageais de reprendre après ta première semaine à Stillwater - juste au cas où tu aurais besoin de quelque chose.
— Tu vas t'ennuyer. Tu devrais reprendre dès le premier jour de mes cours. Comme ça, on commencera quelque chose de nouveau ensemble.
Elle plissa le nez, puis baissa les yeux.
— Tu es... une jeune femme épatante, Erin. Je ne pourrais pas être plus fière, même si je n'ai rien à voir avec ça.
— Tu as tout à voir avec ça. Cette partie de moi manquait, jusqu'à aujourd'hui.
Elle secoua la tête.
— Non, tu es ainsi depuis toujours. Tu aurais emporté ce caractère à l'université, et... c'est difficile pour moi de le dire à voix haute, car tu pourrais mal me comprendre, mais je mentirais si je te disais que je ne m'estimais pas très heureuse d'avoir la chance de te connaître. Je suis malheureuse qu'Alder ait disparu. Elle me manque. Elle... (Son visage se froissa.) Beaucoup de jeunes sont en colère et font de mauvais choix au lycée, mais ils apprennent à se rattraper plus tard. Ils reprennent le droit chemin et ils grandissent. Alder n'aura pas l'occasion de te présenter ses excuses. C'était dur pour moi de le comprendre, mais je peux

être heureuse que tu sois là sans être heureuse qu'elle, elle ne le soit plus.

— Tu as raison.

Julianne me serra dans ses bras.

— Je t'aime.

— Je t'aime aussi.

Julianne appuya sur un bouton et le guide des programmes apparut à l'écran.

— Bon. *L'Escadron de la Mort de la place Rouge 2, Le Voyage des trois chiens, Fantômes Sanguinaires de l'Enfer.* Qu'est-ce que c'est que ce bazar ? Avec plus de trois cents chaînes, tout ce qu'on a, c'est ça ou Soul de Velours et Latin Jazz.

Je pouffai de rire. Julianne était toujours exaltée le samedi soir.

— Et le *Saturday Night Live* ? proposai-je.

Elle hocha la tête.

— On peut faire ça. Au fait, j'ai récupéré ta robe chez Wanda aujourd'hui. Elle fait les retouches pour Frocks and Fashions.

— Oh, merci.

— Tu devrais l'essayer avant d'aller te coucher. Juste au cas où.

— Oh... d'accord.

— Tu comptes toujours y aller ?

— Oui.

— Tu es nerveuse ?

— Oui.

— Tu lui fais confiance ? Pour ne pas coller au plan d'Alder consistant à t'humilier, je veux dire ?

— Oui. Mais je ne sais pas pour les autres, en revanche.

— Ils n'ont pas intérêt, dit-elle, les yeux tournés vers l'écran. Ils... ils n'ont vraiment pas intérêt.

Je ne savais pas de quoi elle serait capable ; de leur préparer une fournée de mauvais cookies, ou de les pointer du doigt, mais elle paraissait très sérieuse.

Pendant que les sketchs défilaient sur l'écran placé au-dessus de la cheminée, je m'imaginai ce qui se serait passé si Alder et Sonny étaient revenues saines et sauves de leurs vacances, et si Weston n'était pas arrivé à les empêcher de mener leur projet à bien. Gina n'aurait pas remarqué mon départ pour le bal, et serait encore moins intervenue pour me défendre si j'étais rentrée à la maison couverte de je ne sais quelle substance dont ils m'auraient aspergée.

Une fois que les acteurs se furent réunis pour nous souhaiter une bonne nuit et que le générique se mit à défiler, Julianne bâilla et consulta son téléphone. Elle tapota l'écran puis se leva.

— Sam sera à la maison dans vingt minutes. Je vais utiliser le tapis de course en attendant.

— J'aurais voulu... Ça t'ennuie si je vais faire un tour ?

Elle pencha la tête, étonnée par ma question, puis son visage s'éclaira.

— Du côté de Ferguson Street ?

Un sourire étira mes lèvres sur le côté. Je ne pouvais pas lui mentir.

— Oui. J'ai pensé que je devrais aller voir Gina.

Elle déglutit.

— Promets-moi d'appeler si la situation devient étrange.

— Promis. La pire chose qu'elle ait jamais faite, c'est m'ignorer.

Son visage s'assombrit, et elle hocha la tête avant de déposer un baiser sur mon front.

— Sois prudente.

J'étais assise dans ma BMW rouge, les lumières éteintes et le moteur coupé, stationnée à l'endroit où s'était garé Weston après notre première soirée sur le pont. Cette époque me paraissait à des années-lumière. Et aujourd'hui, j'étais là dans mon short en jean de créateur et ma voiture hors de prix, en train de rassembler mon courage pour frapper à la porte de la maison que j'avais toujours rêvé de quitter.

La Malibu blanche et rouillée de Gina était tout contre la porte du garage situé à l'arrière de la propriété, dissimulée dans les ombres laissées par le réverbère. Deux bandes de gravier irrégulier formaient l'allée, et un trottoir inégal et fendu menait au perron.

Serrant les clés dans ma main, je sortis de la voiture.

— Merde, fis-je en claquant la portière derrière moi.

J'avais l'impression d'avoir du goudron dans mes chaussures. Je m'arrêtai en haut des marches, à un mètre de la porte d'entrée. De la musique résonnait à l'intérieur, mais les battements de mon cœur remplaçaient les basses qui faisaient généralement vibrer les murs et martelaient ma cage thoracique.

Je serrai ma main moite et frappai au panneau de Plexiglas. L'encadrement en aluminium trembla à chacun de mes coups. Après quelques secondes d'angoisse, je répétai mon geste. Rien ne se passa. Il était tard. Il aurait pu s'agir de l'un de ses copains de défonce qui frappait à la porte, mais elle ne venait pas répondre. Elle devait déjà avoir perdu connaissance.

Sans me laisser le temps de réfléchir, je tournai la poignée. Plus personne ne veillait à ce qu'elle ne dépasse pas les limites, ne s'assurait qu'elle était bien rentrée chez elle ou qu'elle avait à manger dans le frigo. J'avalai ma salive, redoutant ce que j'allais trouver de l'autre côté de la porte, terrassée à l'idée de l'état dans lequel je risquais de la découvrir.

— Gina ? appelai-je en posant le pied sur la moquette en calicot marron vieille de trente ans.

Toujours rien. Elle n'était pas sur le canapé. Elle devait être soit dans son lit, soit la tête dans les toilettes. Je penchai pour la première solution, étant donné que la maison n'empestait pas l'odeur familière de bière éventée et de vomi.

— C'est moi, Erin ! Gina ?

La faiblesse de ma voix était plus effrayante encore que l'absence inexpliquée de Gina de son salon.

Je touchai le gonflement dans ma poche arrière. Julianne m'avait dit d'appeler si la situation devenait bizarre, mais le problème, c'est que tout ce qui concernait Gina était bizarre comparé à la vie chez les Alderman.

Je poussai la porte de la salle de bains, qui s'ouvrit en grinçant. La lumière était éteinte et la petite pièce était vide. Le lavabo était tellement différent des surfaces onéreuses de ma salle de bains actuelle chez les Alderman ! Celui de Gina était couvert de crasse, de rouille et de taches diverses. Le robinet fuyait, le rideau de douche était moisi et le sol n'avait pas été nettoyé depuis mon départ.

Au bout du couloir, je frappai doucement à la porte de Gina.

— C'est Erin, annonçai-je assez fort pour être certaine d'être entendue. Il faut qu'on parle.

Au bout de plusieurs secondes sans réponse, je poussai le battant. Les gonds grincèrent. Je plissai les yeux pour y voir dans la pénombre.

Je me résolus à allumer la lumière et à l'appeler à nouveau. L'ampoule nue éclaira un lit vide et défait, des draps fleuris achetés dans une friperie quand j'avais neuf ans.

Le martèlement léger et régulier sur le climatiseur à la fenêtre indiquait qu'il tombait une légère pluie. Debout sur le seuil, je me demandai où chercher ensuite.

Serait-elle assise dans sa voiture ? Et cela m'aurait-il échappé ?

J'éteignis la lumière et refermai la porte. C'est alors que j'aperçus le rai de lumière qui filtrait au bas de la porte de mon ancienne chambre. Elle me semblait à des kilomètres malgré les cinq ou six pas qui me séparaient d'elle. Je poussai le battant du doigt, et il s'ouvrit lentement.

Gina était assise, seule, sur ce qui était autrefois mon lit.

25

La chambre entière avait été nettoyée, le lit fait, et le tapis vert avait été passé à l'aspirateur.

Gina portait encore son tablier de l'épicerie, le badge à son nom épinglé de travers. Elle avait dompté sa frange blonde et crépue. Elle releva les yeux vers moi sans surprise apparente.

— Qu'est-ce que tu fais là ? lui demandai-je.

Elle haussa les sourcils.

— Tu as des clopes ?

Je répondis par la négative.

— Comment... comment tu vas ?

Elle laissa échapper un rire et sembla seulement remarquer les gouttes de pluie contre la fenêtre.

— Il n'était pas censé pleuvoir ce soir.

— Tu sais ce qu'on dit sur l'Oklahoma : si le temps ne te plaît pas, attend cinq minutes et il changera.

— C'est ce que disait mon père.

Je fus prise au dépourvu. C'était la première fois que je l'entendais évoquer mon grand-père ou une quelconque famille de manière générale.

— Ah oui ? fis-je en appuyant ma tête contre le montant de la porte.

Elle ne répondit pas.

— As-tu quelqu'un, Gina, n'importe qui ? Je ne parle pas de ton dealer. As-tu de la famille à qui te confier ?

— Tu étais la seule à continuer de me parler après… (Elle tourna la tête vers la fenêtre.) Tout ça pour qu'en plus, au final, tu ne sois même pas ma famille. (Elle sembla réfléchir un instant.) Même si tu n'avais aucune raison de me parler, de toute façon.

— Je suis au courant de ce qu'il s'est passé.

Elle eut un rire bref.

— Je suis surprise que tu ne l'aies pas appris avant.

— Ce n'était pas juste. Tu n'étais qu'une gamine. On t'a laissée te débrouiller toute seule.

— Et je t'ai fait la même chose, dit-elle, les yeux rivés au sol.

— As-tu discuté avec quelqu'un ? De tout ça ? demandai-je.

Elle secoua la tête.

Je redressai la mienne et m'approchai du lit. Elle m'observa avec prudence. Je m'assis à côté d'elle.

— Parle-moi, dis-je.

Elle fouilla mon regard et sembla se préparer à la cruauté à laquelle elle – autant que moi – s'était tant habituée au fil des ans.

— Je ne sais même plus comment on fait, finit-elle par dire.

— Eh bien… comment gères-tu la situation ?

— Comment je gère ?

— Tu es furieuse ? Soulagée ? Triste ?

Elle secoua lentement la tête, puis ses yeux s'embuèrent.

— Je n'ai personne. Difficile de ressentir quoi que ce soit quand il n'y a personne pour s'en soucier.

— Moi je m'en soucie.

Elle se leva mais garda les yeux rivés au sol.

— Si tu es venue ici pour me faire culpabiliser…

Je me levai à mon tour en niant.

— Non, ce n'est pas pour ça. Je suis venue ici pour… c'était injuste, la façon dont Harry t'a laissée tomber alors que tu étais jeune et enceinte, et la façon dont ils t'ont tous traitée.

— J'en reviens pas qu'au final il ait passé du temps avec sa propre fille, et que l'autre garce lui ait même ouvert grand sa porte. Le meilleur dans tout ça, c'est l'ironie de toute cette histoire. (Son sourire finit par s'estomper et elle releva les yeux.) Pas pour toi. J'ai vu ta nouvelle voiture. Ils s'efforcent de rattraper les années que tu as passées coincée avec moi, hein ?

— Ils rattrapent simplement le temps perdu.

— Ce n'est pas grave. Tu n'as pas à me mentir. Je sais ce que j'ai fait.

— Personne n'est tout blanc dans l'histoire. Nous avons tous fait des erreurs. Mais je voulais seulement que tu saches que je suis au courant, qu'ils sont au courant. Tout le monde est au courant, mais tout le monde ne te blâme pas, Gina. Ce n'est pas toi la méchante dans cette affaire.

— Je ne suis pas non plus la victime.

— Alors arrête de te comporter comme telle. (Je la vis réfléchir, les yeux dans le vague.) C'est un nouveau départ pour toutes les deux à présent. J'estimais que tu devais le savoir.

Gina pinça les lèvres et la culpabilité accentua les rides autour de ses yeux.

— J'aurais dû me douter que tu n'étais pas ma fille. Mais si l'accident n'était pas arrivé, je m'en serais rendu compte, maintenant. Venir me dire tout ça après la façon dont je t'ai traitée ? C'est du Julianne tout craché. Tu as toujours valu mieux que moi, mieux que cette crasse.

Elle observa les murs et les taches au plafond, puis reposa les yeux sur moi.

— Tu es jolie.

— Merci, dis-je. Tu veux venir faire un tour avec moi ? Je t'achèterai une cartouche de cigarettes.

Elle secoua la tête.

— Nan. Il faut que j'arrête, de toute façon. Il y a beaucoup de choses qu'il faut que j'arrête. Un nouveau départ, hein ?

Je lui adressai un petit sourire.

— Exactement.

Je n'avais pas essayé d'enlacer Gina depuis que j'étais petite et je ne pensais pas qu'elle y serait favorable aujourd'hui non plus ; je rejoignis donc ma voiture sans un regard en arrière. À chaque pas, je laissais derrière moi les rejets et les reproches qui s'étaient accumulés au fil des ans.

Derrière ma BMW se trouvait la Chevy de Weston. Ce dernier était appuyé contre ma portière, les bras croisés.

— Ça va ? me demanda-t-il en ouvrant les bras.

Ses vêtements étaient humides de pluie, tout comme ses cheveux qui dépassaient de sa casquette.

Je me jetai dans ses bras en fermant les yeux et il enfonça tendrement ses doigts au bas de mon dos.

— Ça va, répondis-je, surprise de me sentir réellement bien.

— Vraiment ?

Je relevai les yeux.

— Oui. Comment as-tu…

— Il se peut que Julianne m'ait dit où tu allais.

Je souris.

— Allez viens, je te suis.

Il m'ouvrit la portière et me déposa un baiser avant de me laisser monter. Puis je le vis trottiner jusqu'à son pick-up dans mon rétroviseur.

Les essuie-glaces qui balayaient les gouttes déversées par le ciel sur Blackwell semblaient imiter la respiration de la voiture.

Je ralentis en m'engageant dans l'allée et baissai ma fenêtre pour appuyer sur le bouton d'ouverture du garage. Dès que les pneus arrière eurent passé le seuil, le martèlement de la pluie s'arrêta.

Weston se gara derrière moi et laissa le moteur tourner. Il descendit et s'approcha de moi, retira sa casquette et secoua ses cheveux.

Je levai les mains en riant.

— Tu es censé te reposer.

— Tu es censée réviser.

— J'ai appris certaines choses, dis-je en passant mes mains autour de son cou.

— C'était quoi, le but de cette visite ? Tourner la page ?

— En quelque sorte. (Je haussai les épaules.) Je ne sais pas. Certaines personnes ont besoin que quelqu'un leur manifeste de la gentillesse – rien qu'une seule fois.

— Elle ne t'a jamais manifesté la moindre gentillesse.

— Je n'avais pas besoin qu'elle le fasse.

Il fourra ses mains dans ses poches.

— Même quand tu pensais qu'elle était ta mère ?

— Comme je te l'ai dit, je n'ai jamais eu l'impression qu'elle était ma mère. Je ne peux pas t'expliquer. Je le savais, c'est tout. Et je pense qu'elle le savait aussi.

— Ça n'excuse pas la façon dont elle t'a élevée.

Pour la première fois, je vis briller dans ses yeux la colère qu'éprouvait Weston envers Gina. Il prenait l'affaire à cœur. Weston m'avait aimée à distance pendant que j'étais ignorée sous mon propre toit. Cela avait été plus pénible pour lui d'en être témoin que pour moi de le supporter.

— Tu as raison. Ce n'est pas une excuse. Mais je ne peux pas continuer à vivre dans cette maison, Weston. Il est temps de remballer toute cette colère et cette incompréhension et de faire ses adieux.

— Alors c'est tout ? Tu passes à autre chose, tout simplement ?

— Je ne veux pas rester bloquée là-dessus. Tu ne devrais pas non plus.

— Et toi, tu ne devrais pas pardonner aussi facilement, dit-il avec un froncement de sourcils. À commencer par moi.

— Pourquoi ? demandai-je.

— Pour ne pas t'avoir dit pendant si longtemps que tu étais aimée.

La porte menant à la maison s'ouvrit. Sam et Julianne apparurent, en peignoir, la mine préoccupée.

— Elle est saine et sauve. Tout va bien ! leur lança Weston.

Sam le salua de la main.

— Rentre prudemment, toi aussi.

— Promis, répondit-il en levant la main. Bonne nuit, murmura-t-il à mon oreille. Avec un peu de chance, je te verrai demain.

— Tu es quelqu'un de chanceux.

— Oh oui, mademoiselle, tu as bien raison.

Il se pencha pour me donner un baiser, bien trop intime à mon goût pour les yeux de Sam et Julianne, puis il repartit sous la pluie. Il monta dans sa voiture, recula et disparut au coin de la rue.

La maison des Gates était si proche que j'entendis son moteur se couper lorsqu'il se gara chez lui.

Sam rentra et Julianne m'offrit son bras. Elle me suivit à l'étage jusqu'à ma chambre, dans laquelle je pénétrai en poussant un profond soupir.

— Comment ça s'est passé ? demanda-t-elle, debout sur le seuil, la tête appuyée contre le chambranle comme je l'avais fait chez Gina.

— Bien. Weston estime que c'est une façon pour moi de tourner la page.

— C'est ainsi que tu le vois ? demanda-t-elle avec une fêlure dans la voix.

Elle avait peur – peur de me perdre à nouveau. Mais Julianne n'était pas du genre à essayer de me décourager, d'une quelconque manière, ou de me persuader de rester à l'écart de Gina. Elle ne me demanderait jamais de couper les liens, même si elle estimait qu'entretenir une relation avec mon ancienne mère pourrait se révéler nocif. Ce n'était pas un refus de la part de Julianne de me défendre, car elle m'avait clairement fait comprendre dès le début qu'elle me soutiendrait toujours quoi qu'il arrive. C'était principalement pour cette raison que je l'aimais. Elle ne s'était jamais immiscée dans mes décisions, avec l'espoir de me materner. L'amour qu'elle me portait était discret et réservé, mais entier – et c'était aussi ma façon de l'aimer.

— Oui, répondis-je.

Les épaules de Julianne se détendirent et elle sourit. Avec son intuition de mère, elle savait que je n'avais rien besoin d'ajouter.

— D'accord ma chérie. Dors bien.

— Bonne nuit.

J'attendis qu'elle ait refermé la porte avant de me déshabiller et d'entrer dans la salle de bains propre dont le robinet étincelant ne fuyait pas.

Je pénétrai sous le jet d'eau chaude et laissai la vapeur qui envahissait la pièce me détendre. Je ne pouvais effacer les années que j'avais passées seule, mais elles n'avaient plus d'importance. Aujourd'hui, j'étais submergée d'amour. Il me suivait, m'accompagnait, et ne me quitterait plus pour le reste de ma vie.

Après m'être lavée, rasée et passé de la crème, je peignai mes cheveux humides et enfilai ma chemise de nuit. Les draps sentaient l'adoucissant et l'odeur sophistiquée qui n'appartenait qu'à Sam et Julianne.

L'écran de mon téléphone s'alluma et je le récupérai sans lever la tête de mon oreiller.

J'ai envie de venir.

Je souris et tapai ma réponse.

Tu viens de partir.

Et alors ?

Tu es fou.

Rien que de toi.

Je reposai mon téléphone sur ma table de nuit et levai les yeux vers le plafond immaculé. J'inspirai profondément. Je n'arrivais toujours pas à croire que la chance ait ainsi tourné pour moi.

Le lendemain matin, sur le trajet du lycée, j'avais l'impression qu'on avait réparé une partie brisée de mon être. Dans mon cœur et dans mon esprit, j'avais pardonné à Gina, et elle le savait. Tout cela m'avait aidée à amorcer une période de renouveau, qui avait débuté avec Weston.

Il était arrivé avant moi, mais il m'attendait dans son pick-up. Je me garai de son côté et je tentai de contenir un sourire en voyant avec quel enthousiasme il me rejoignit.

Il me serra dans ses bras et, d'un seul baiser, témoigna son amour pour moi au lycée tout entier.

— Coucou, ma petite muette.

— Ta petite... muette ?

— Je t'ai envoyé au moins cinq messages.

— Je conduisais.

— Il t'a fallu une demi-heure pour venir ?

— Non.

Il sembla réfléchir un moment, puis baissa les yeux. Des cernes violettes s'étiraient au-dessous.

— Tu as l'air fatigué.

— Sûrement parce que j'ai dû suivre ma petite amie tard hier soir pour m'assurer qu'elle allait bien, dit-il en entrelaçant nos doigts.

L'air matinal était déjà chaud et il devait avoir laissé son teddy dans la voiture car il ne portait qu'un tee-shirt blanc au-dessus de son jean. Il se mit en route, mais je le retins par le bras.

— Tu te sens mieux ?

— Oui, répondit-il avec un sourire.

Il regarda sur sa gauche puis me tira brusquement à lui, à l'écart de l'allée principale.

Une Caprice des années 1990 passa le deuxième dos d'âne sans même ralentir.

Nous nous trouvions sur le trottoir. Les étudiants qui nous dépassaient ne regardaient pas devant eux tant ils étaient occupés à se retourner sur Weston, à l'affût d'un signe de conflit.

— Mieux comment ? demandai-je en posant la main sur sa joue.

Il jeta un regard autour de lui et me prit la main pour la poser sur son torse.

— Bébé, je vais très bien. Tu ne me croiras sûrement pas tout de suite, mais j'ai de l'asthme depuis que je suis en âge d'avoir des souvenirs. Je ne l'ai jamais laissé me ralentir, et ce n'est pas maintenant que ça va commencer, avec tout ce qui m'attend. (Il me serra tendrement les doigts.) Tu ne me crois pas ?

— Si, et c'est bien ce qui m'inquiète. Tout ce que je veux, c'est que tu sois prudent. Tu m'as fait de nombreuses promesses et j'ai bien l'intention que tu les tiennes.

Il porta ma main à ses lèvres et reprit, tout contre ma peau :

— J'ai l'intention de t'en faire encore quelques-unes. (Il rit et se remit en route.) Je vais vraiment bien, Erin. Allez viens, on va être en retard.

À peine avais-je pris ma place en cours de biologie que Brady et Brendan se mirent à échanger des murmures ; mes murs de protection se dressèrent instantanément. Et quand ils se mirent à traiter Weston de petite fiotte, il me fut presque facile de les ignorer. Mais, à ma grande surprise, Sara fit volte-face et agrippa le dossier de sa chaise.

— Il aurait pu *mourir*, espèces de crétins ! Fermez-la !

Brady la fusilla du regard, incrédule.

Il ouvrit la bouche, mais Lisa Kahle, une table devant, parla la première.

— Non, vraiment. Fermez-la. C'était sérieux, et que vous vous en serviez pour harceler Erin, ça dépasse les bornes.

Brady observa tour à tour les deux filles. Il avait toujours dans l'idée de répliquer, mais Mme Merit entra à ce moment-là, le souffle court, l'air épuisé.

— Bon, nous avons un gros chapitre cette semaine et je suis sûre que vous êtes tous pressés d'en finir pour ne pas avoir de devoirs la semaine du bal. Ouvrez vos livres à la page 303.

Je trouvai la page et jetai un regard à Sara. Elle croisa le mien et nous échangeâmes un petit sourire de reconnaissance.

Le reste de la journée se passa sans incident majeur, à l'exception des questions au sujet de Weston.

À mon arrivée en cours de santé, Weston se pencha par-dessus son bureau pour m'enlacer et déposer un baiser sur ma joue.

— Bien, commença M. Morris en relevant les yeux de son carnet. Asseyez-vous, Gates.

Un rire général parcourut la salle, et Weston obéit. Je me retournai, et il m'adressa un clin d'œil en essayant de contenir son sourire.

Entre chaque cours, Weston me retrouvait à mon casier et bavardait comme s'il avait bu des litres de café. Je ne l'avais jamais vu aussi insouciant.

Avant le cours d'art, cependant, il brilla par son absence. En ouvrant la porte métallique de mon casier, j'aperçus un grand Post-it glissé à l'intérieur.

Tu es le seul souffle dont j'ai besoin.
Avec mon amour éternel.
Weston

Je décollai le papier. Les larmes me montèrent aux yeux, mais cette fois, je ne m'efforçai pas de penser au stock du *Dairy Queen* pour les retenir. Deux larmes coulèrent sur mes joues et je ne pris pas la peine de les essuyer. Pour la première fois, je pleurais des larmes de joie.

Je hissai mon sac sur mon épaule et pris la direction de mon prochain cours. Weston était assis à sa place habituelle, à mon bureau. Il n'en avait jamais changé depuis le premier jour. C'était à l'époque où nous essayions seulement d'être amis, et où il m'avait présenté son projet – le projet qui avait inspiré le cœur en argent suspendu à la chaîne autour de mon cou.

À la vue de mes joues humides, son expression se modifia, mais je lui montrai le Post-it dans ma main. Je me jetai dans ses bras et il me serra avec un peu plus de force que la normale, comme il avait l'habitude de le faire, tout en pressant sa joue contre mon oreille. Puis il essuya mes larmes avec ses pouces.

— C'était censé te faire sourire.

Je ris.

— Je souris.

— Tu m'as fait peur, pendant une fraction de seconde.

Je me penchai et murmurai :

— J'aime être aimée par toi. C'est tout.

— Tu ferais mieux de t'y habituer, dit-il en m'attirant sur la chaise à côté de lui.

26

Mme Cup entra.

— Tout le monde est là ? demanda-t-elle à la ronde. Où sont Josh et Noah ?

Zach jeta un regard circulaire.

— Ils sont déjà en route.

— Oh, ces deux-là, fit-elle. Très bien, nous allons les retrouver là-bas. Tout le monde est véhiculé ? Oui ?

Weston et moi sortîmes ensemble sur le parking pour nous rendre sur le site de la peinture murale. Weston choisit de suivre ma voiture alors que je me traînais loin derrière les autres, à une vitesse certainement inférieure à celle qu'il aimait. Il s'arrêta à ma hauteur au premier feu rouge et baissa sa vitre. La musique à fond, il balançait sa tête en rythme, un sourire aux lèvres.

— Salut, beauté. Sympa, la caisse.

Je secouai la tête en riant.

— Qu'est-ce que tu fais ce week-end ?

— Je vais au bal.

— Ah oui ? Tu as un rencard ?

— Bien sûr.

— Tu veux pas plutôt y aller avec moi ?

— Tu es atrocement mignon, mais j'y vais avec mon petit ami.

— Il doit être carrément incroyable pour t'avoir mis le grappin dessus.

Je lui jetai un regard.

— C'est toi que tu complimentes, ou moi ?

Il rejeta la tête en arrière et éclata de rire. Le feu passa au vert et je démarrai. Il accéléra et s'inséra dans ma file juste avant d'arriver à l'ancienne pizzeria.

Mme Cup nous regarda approcher du mur de brique, les sourcils levés.

— Pourquoi arrivez-vous toujours les derniers, tous les deux ?

Weston me pointa du doigt.

— C'est sa faute.

Ma mâchoire tomba.

Il se pencha en avant et posa les mains sur ses genoux, secoués par ses éclats de rire.

Mme Cup attendait une réponse.

— Je viens d'apprendre à conduire. Je suis nerveuse... et lente.

Elle jeta un regard noir à Weston avant de se diriger vers ses fournitures et de nous tendre à chacun un pinceau. Weston plongea le sien dans un seau sur lequel était écrit « MARRON SAVON GLYCÉRINÉ ».

Weston se remit à rire.

— Qu'est-ce qui t'arrive, à la fin ? Tu as des poches sous les yeux et on dirait que tu as sniffé des vapeurs de Mountain Dew.

— Je suis de bonne humeur. On m'a aussi prescrit un nouveau bronchodilatateur. Ça doit avoir un rapport. Tu travailles ce soir ?

— Oui, répondis-je en imbibant mon pinceau, attendant la suite.

— Alors si je fais ça...

Il brandit son pinceau et donna un coup dans l'air, m'éclaboussant de peinture marron.

— ... tout le monde croira que c'est du chocolat ?

Je reculai. Mon visage était maculé de gouttes de peinture et, en baissant les yeux, je m'aperçus qu'elles avaient créé une ligne parfaite depuis mon cou jusque sur mon jean.

— Weston Gates ! s'exclama Mme Cup.

Instinctivement, je plongeai mon pinceau dans le seau et l'agitai devant Weston, créant une ligne identique à la mienne sur ses vêtements.

— Erin East... Alderman ! s'écria Mme Cup.

La classe tout entière éclata de rire et, bientôt, une bataille générale de peinture se déclencha.

— Non ! Arrêtez ! *Arrêtez !* hurla Mme Cup en agitant les mains en l'air.

Nous nous poursuivions en secouant nos pinceaux, projetant de la peinture dans tous les sens, et les différentes couleurs se mélangèrent dans tous les seaux qui nous tombaient sous la main.

— Pas le mur ! Ne vous approchez pas du mur ! s'époumonait Mme Cup, placée entre le mur et nous.

Nous limitâmes la bataille au parking, loin du mur, mais Mme Cup écarquilla les yeux et courut de l'autre côté, les bras en l'air.

— Pas les voitures ! Ne vous approchez pas des voitures ! Arrêtez ! Arrêtez immédiatement !

Tout le monde s'arrêta, le souffle court, les mines hilares. Nous ressemblions à des paquets de Skittles fondus.

— Retenue pour tout le monde ! s'exclama Mme Cup, essoufflée. (Ses mains retombèrent sur le côté.) Comment pensez-vous pouvoir remonter dans vos voitures sans en mettre partout ?

— Je ne peux pas aller en retenue, je suis attendue au travail !

Je regardai Weston, qui se contenta d'un haussement d'épaules en guise d'excuses.

— Retournez tous au lycée. Allez, tout de suite !

Mme Cup pointa le doigt en direction du sud et tout le monde poussa un soupir de lassitude.

Nous étions à peine à mi-chemin lorsque nous croisâmes les autres étudiants qui quittaient le lycée au volant de leur voiture. Mme Cup suivait la classe, veillant à ce que nous restions groupés et à ce que nous retournions directement au lycée. Lorsque nos camarades nous reconnurent, un concert de klaxons et de railleries retentit.

Des gouttes de sueur se formaient à la racine des cheveux de Weston, et il avait les joues rouges.

— Tu te sens bien ? lui demandai-je calmement.

— Oui, répondit-il d'un ton agacé.

L'étincelle qui avait illuminé son regard toute la journée avait disparu.

— Weston…

— Je commence à être fatigué, mais ça va. Je te le jure.

Je lui pris la main. Malgré sa tête de plus que moi, je savais qu'il comptait sur mon soutien.

— C'est stupide. Tu ne devrais pas te fatiguer comme ça.

— Erin…

— Non, fis-je en sortant mon téléphone pour écrire à Julianne, lui expliquer la situation et lui décrire l'état de Weston.

Elle me répondit aussitôt pour m'annoncer qu'elle arrivait immédiatement.

— Madame Cup ? demandai-je en me retournant.

Elle me fit signe de continuer.

— Continue de marcher, Erin.

— Je comprends que vous soyez fâchée, et vous avez raison. Nous méritons tous une heure de colle. Mais Weston a été hospitalisé ce week-end et il ne se sent pas bien. Je ne crois pas qu'il soit bon pour lui de marcher jusqu'au lycée.

Mme Cup se raidit.

— Oh, Seigneur, c'est vrai. Je suis désolée, Weston.

Elle regarda autour d'elle.

— Le *Dairy Queen* est juste là, dis-je. J'y travaille. Je peux l'y emmener pour qu'il se repose. J'ai envoyé un message à ma mère. Elle est en route.

Mme Cup hocha la tête.

— D'accord... faites attention en traversant la route.

J'acquiesçai et escortai Weston. Le soleil faisait scintiller le parking du *DQ*. Frankie, qui se tenait à la vitre, tourna les talons en nous apercevant et nous retrouva à la porte de derrière.

— Nom d'une pipe, qu'est-ce qui lui arrive ? demanda-t-elle avec de grands yeux.

— Je crois qu'il a eu un coup de chaud. (Je lui lançai mon téléphone.) Préviens Julianne. Dis-lui où on est.

Frankie hocha la tête et referma la porte derrière elle.

— Tu fais toute une montagne pour rien, protesta Weston.

— Quelle importance ? répliquai-je en plongeant un chiffon dans de l'eau glacée avant de l'appliquer sur son front.

Il eut un mouvement de recul au contact du linge glacé.

— Je te préparerai un cornet à la cerise extra-large pour me faire pardonner, dis-je avec un sourire taquin.

Weston parvint à rire d'un air fatigué.

— Ce n'est pas une mauvaise idée. Peut-être que son taux de sucre est bas, suggéra Frankie, qui s'empressa de placer un cornet sous le distributeur de crème glacée.

Elle versa une généreuse dose de vanille, y ajouta du coulis à la cerise, et tendit le tout à Weston.

Il lécha le sommet avec un plaisir évident.

— C'est largement mieux qu'une heure de colle, dit-il, la bouche pleine.

À l'arrivée de Julianne, Weston avait repris des couleurs.

— Salut tout le monde, dit-elle en prenant le poignet de Weston.

Elle consulta sa montre et, trente secondes plus tard, elle sourit.

— Le pouls est bon.

— Erin m'a forcé à manger de la glace et à me reposer au lieu d'aller en retenue, déclara Weston, l'air somnolent. Je devrais rompre avec elle.

— Cette retenue a-t-elle un rapport avec le fait que vous soyez couverts de peinture ? demanda Julianne en se penchant pour examiner les pupilles de Weston.

Frankie croisa les bras.

— J'allais poser la même question.

Le haut-parleur du drive-in s'alluma et Frankie accueillit le client tout en gardant un œil sur nous.

Le regard appuyé de Julianne me fit grimacer.

— Disons qu'on a déclenché une bataille de peinture.

— Vous ? s'étonna Julianne en montant d'une octave.

— C'est moi, avoua Weston en levant son cornet. Elle n'a fait que répliquer.

Julianne se couvrit la bouche pour contenir un rire. Ses traits s'adoucirent et elle se releva.

— Très bien, Weston, je t'emmène voir le Dr Briggs pour te faire examiner. Ta mère nous retrouvera là-bas. (Elle se tourna vers moi.) Tu vas travailler, ou tu vas en colle ?

Je consultai Frankie du regard.

— Reviens après, dit-elle.

— Merci. Si je n'y vais pas, j'ai peur que Mme Cup ne prenne des mesures extrêmes. Je ne veux pas être renvoyée.

— Allez, viens, dit Julianne en nous guidant à l'extérieur.

— Je n'ai vraiment pas besoin d'aller voir un médecin, protesta Weston, que l'idée semblait rebuter.

— Dis ça à ta mère, rétorqua Julianne.

Elle m'accompagna à ma voiture, toujours garée au mur de peinture. Léthargique et mécontent, Weston déposa un rapide baiser sur ma joue avant de partir avec Julianne.

À mon arrivée en heure de colle, Mme Cup se leva.

— Comment va Weston ?

— Jul... Ma mère l'a emmené chez le Dr Briggs pour s'assurer que tout va bien.

Mme Cup fit un signe de la tête et se rassit sur son fauteuil comme si la culpabilité risquait de l'engloutir à tout moment.

Elle nous libéra au bout d'une demi-heure et je fonçai à ma voiture. Je dépassai légèrement ma vitesse habituelle pour me rendre au travail.

Je découvris une Frankie submergée et je m'empressai de nouer mon tablier et d'ouvrir la deuxième vitre.

— Ton tablier ne sert pas à grand-chose vu que tu es couverte de peinture, fit remarquer Frankie en mâchant son chewing-gum.

J'acquiesçai en prenant la commande du petit garçon devant moi.

Après le coup de feu, Frankie entreprit de nettoyer le bazar que nous avions créé. J'attrapai un chiffon pour l'aider. Nous frottâmes le sirop au chocolat, le coulis de fraise et le sucre. Une sensation inconnue et étrange s'empara de moi, comme si j'étais plongée dans un rêve que j'avais déjà fait.

— Qu'y a-t-il ? s'enquit Frankie.

— Rien.

Elle fit la moue.

— Je ne t'ai pas vue depuis je ne sais quand, et tu me caches des choses ? Vraiment ?

— Ça va avoir l'air horrible, prononcé à voix haute.

— Dis-le quand même.

Je soupirai.
— Ça me fait bizarre d'être ici.
Sur son visage apparut une expression qu'elle n'affichait autrefois qu'en présence des deux Erin.
— Bizarre parce que tu n'es pas venue depuis un moment et que tu n'as plus l'habitude ? Ou bizarre parce que tu es trop bien pour travailler ici ?
— Frankie ! m'exclamai-je.
Ses joues déjà roses prirent une teinte rouge vif, puis elle se détourna, inspira, et me fit face de nouveau.
— Excuse-moi. Tu m'avais prévenue, mais je n'étais pas prête.
— C'est vraiment ce que tu penses de moi ?
— Peut-être que j'attends simplement que tu te transformes en Alder. Il y a tant de choses qui ont changé pour toi en si peu de temps... alors que tout est toujours pareil pour moi. C'est déconcertant.
— Je suis bien d'accord, dis-je, avec ce ton plaintif et agaçant dans la voix.
Chaque fois que j'ouvrais la bouche, j'avais l'air d'une enfant gâtée malgré moi. Il n'y avait donc rien d'étonnant à ce qu'elle me compare à Alder. À cet instant, je devais lui ressembler un peu.
Frankie pencha la tête et souffla sur sa frange pour l'écarter de son visage.
— Je sais. Tu as raison, dit-elle en secouant la tête. Ton monde entier a basculé et c'est moi qui suis là à m'apitoyer parce que tu as des litres de peinture sur ton jean à cent dollars, alors que tu n'en as même pas fait mention.
Je baissai les yeux.
— Il n'est pas si cher quc ça, si ?
Elle confirma d'un signe de tête.
Horrifiée, je regardai le tissu aux couleurs de l'arc-en-ciel.
— Pourquoi Julianne n'a rien dit ?

— C'est elle qui te l'a acheté ? fit Frankie, perplexe. Bien sûr que oui. Tu t'es habillée dans les friperies toute ta vie, comme nous autres. Comment ai-je pu penser que tu savais ce que tu portais ?

— Comment on enlève de la peinture sur du jean ? demandai-je en me hâtant d'attraper un chiffon propre.

Mais c'était trop tard. La peinture avait séché.

— Alors, qu'est-ce que ça fait de ne pas avoir à s'inquiéter de tout sans cesse ?

Frankie avait tenté de masquer l'amertume dans sa voix, en vain.

— J'ai encore des soucis, tu sais. Sam et Julianne en ont aussi. Ils sont seulement différents.

— En quoi ?

— En gros, ce sont les mêmes soucis que les tiens, à l'exception des questions d'argent. Ils s'inquiètent de l'avenir, de leurs amis, du travail... ce genre de choses. L'argent n'élimine pas tous les problèmes.

— Attends un peu, fit-elle en levant un doigt. Je pourrais verser une larme pour tous les gens riches du monde.

Je lui jetai mon chiffon en essayant de ne pas sourire.

— Ce que je voulais dire, c'est que ma vie a été divisée en deux – le passé, et le présent. C'était une énorme partie de ma vie avant Sam et Julianne.

— Et Weston ?

— Non. C'est le seul à faire partie des deux. Il est le pont qui m'aide à faire la transition.

— C'est pourtant toi qui l'as aidé aujourd'hui.

— Je lui devais bien ça. Et tellement plus encore !

Nous continuâmes notre nettoyage, sachant que nous n'attendions plus qu'une demi-douzaine de clients avant la fermeture.

— Je te ramène ? demanda Frankie en souvenir du bon vieux temps.

— Non, merci, répondis-je sans prendre la peine de préciser l'évidence.

— *¡Adios, bitchachos !*

Je la saluai de la main et montai dans ma voiture en riant. Je mis le moteur en route. Je ne devais pas retravailler avant le diplôme, et même si Frankie et le *Dairy Queen* allaient me manquer, ce n'était plus mon refuge. À présent, c'étaient ma maison, mes parents et Weston qui me procuraient un sentiment de protection et de sécurité.

Sur le trajet du retour, les images de Weston, Sam et Julianne, Gina, Frankie, tourbillonnaient dans ma tête, ainsi que la vitesse à laquelle les choses avaient changé. Ce ne fut pas un hasard si je dépassai la maison des Alderman pour me rendre à celle des Gates.

Le pick-up de Weston était garé dans la rue. Les jours rallongeaient et le soleil couchant jetait des lueurs roses et orangées sur sa peinture rouge cerise. Je grimpai sur la plate-forme arrière et ôtai le couvercle de la glacière. Après avoir fouillé dans l'eau glacée, je sortis deux cannettes de Fanta orange.

Les voisins devaient avoir un nouveau chiot car un petit berger allemand bondissait en aboyant de l'autre côté de la clôture. Je remontai l'allée menant à la porte d'entrée, que je n'empruntais que rarement, habituée à entrer avec Weston par la porte du garage.

J'appuyai sur la sonnette et une mélodie évoquant des cloches de cathédrale retentit à l'intérieur. Quelques instants plus tard, Veronica ouvrit la porte avec un sourire chaleureux et des yeux fatigués. Elle recula et me fit signe d'entrer.

— Il est en bas, dit-elle en remarquant mes vêtements couverts de peinture.

— C'est sec, lui assurai-je.

— Je préfère ça.

La lueur d'amusement dans son regard mina ses efforts pour maintenir un ton de réprimande.

Elle me regarda passer en secouant la tête, une main posée sur sa hanche. Je connaissais le chemin. À chaque pas, les papillons dans mon ventre intensifièrent leur danse. Ce n'était pas la gravité qui m'attirait au bas des escaliers. C'était une force irrésistible, qui était née sur la plate-forme d'une Chevy rouge et alimentée par des yeux d'un vert émeraude. Je me demandais si la sensation de vertige quand je m'apprêtais à retrouver Weston finirait par s'atténuer, et je songeai à quel point je serais dévastée si ce jour devait arriver.

Au milieu des marches, le visage de Weston m'apparut. Il était assis sur le canapé, le coude enfoncé dans un coussin et le dos tourné à l'écran de télé, sur lequel un épisode de télé-réalité était en pause. Il avait retiré la peinture de sa peau, encore rouge et brillante d'avoir été frottée.

— Salut, dit-il en me regardant descendre les marches.

Avant que j'aie pu répondre, il m'attrapa par la main et me fit tomber à la renverse sur les coussins. Il planta un baiser mouillé sur ma bouche avant d'y insérer sa langue et me serra contre lui. Je fourrai mes doigts dans ses cheveux et écartai les jambes pour le laisser s'installer contre moi.

Quand il finit par s'écarter, nous étions tous les deux à bout de souffle.

— Désolé, dit-il, les yeux toujours rivés sur mes lèvres.

— C'était en quel honneur ?

— Tu sens la crème glacée, dit-il simplement en écartant une mèche de cheveux de mon visage.

— Comment tu vas ?

Le désir dans ses yeux s'atténua et il se redressa avec un soupir de frustration.

— Bien, Erin.

Je me redressai à mon tour.

— Qu'est-ce que j'ai dit ?

Il me regarda, puis ses traits s'adoucirent.

— On m'a posé cette question une centaine de fois aujourd'hui.

— Que s'est-il passé ?

— Une histoire de déshydratation liée au nouveau bronchodilatateur. Ça arrive très rarement. Je me sens vraiment bien. Deux poches de sérum physiologique et je suis comme neuf.

— *Deux* poches ?

Je remarquai le pansement sur sa main qui cachait un nouvel hématome.

— Pourquoi tu es en colère contre moi ?

— Je voudrais juste parler de choses normales. Tu me donnes l'impression d'être un infirme. Je ne suis pas mourant.

— Je n'ai pas le droit de m'inquiéter ? Tu as été emmené en urgence à l'hôpital il y a deux jours !

— Et alors ? rétorqua-t-il.

Je me raidis.

— Je ne compte plus me laisser emmerder par qui que ce soit, tu te souviens ? Même par toi.

Il se figea et tourna lentement la tête vers moi. Il avait les yeux ronds, incrédules.

— Qui t'a mise en pétard comme ça ?

— Toi ! Je m'attendais à ce que tu râles un peu, mais là, c'est trop.

Il garda le silence un moment puis soupira en se frottant les tempes.

— On dirait que j'ai passé mes nerfs sur toi ces derniers jours, hein ?

— Tu veux vraiment une réponse ? demandai-je en haussant un sourcil.

Il me jeta un regard et gloussa.

— Ce n'est pas que je ne t'aime pas comme ça, bébé, mais tu es un peu irritable aujourd'hui.

— C'est *moi* qui suis irritable ? (Ma voix monta d'une octave.) C'est moi qui suis irritable, répétai-je en me figeant.

Weston laissa échapper un rire étouffé, qui se transforma bientôt en fou rire. Il m'attira près de lui et me déposa un baiser derrière l'oreille.

— Je viens d'avoir un aperçu de notre avenir, et c'est assez incroyable.

Il se montrait déloyal. *Comment puis-je lui en vouloir quand il dit des choses pareilles ?*

Il glissa ses doigts sous les miens et inséra son épaule entre le canapé et moi.

— Tu es toujours avec moi samedi ?

— Tu veux toujours que je sois avec toi ?

Il secoua la tête, comme déçu par ma question.

— J'aimerais avoir besoin de toi pour respirer, Erin. Ainsi, tu serais avec moi moitié autant que je le voudrais.

Il afficha le même sourire que moi, embrassa ma main et s'installa contre le coussin avant d'appuyer sur la télécommande pour relancer son épisode.

27

— Bonté divine, souffla Frankie.

Julianne posa la main sur son cœur, la même stupeur sur le visage. Elles me regardaient toutes deux sortir de ma salle de bains, vêtue de ma robe rose.

Je me postai devant le miroir en pied.

— Je ne peux pas respirer, dis-je.

— C'est trop serré ? demanda Julianne en s'approchant. Elle n'est même pas fermée.

— Non, seulement...

— Tu es magnifique, dit Julianne, les yeux brillants.

Elle remonta la fermeture et lissa une mèche brun-roux qui s'était échappée du chignon bas que la coiffeuse avait fixé après avoir bouclé mes cheveux pendant une demi-heure.

C'est pour créer du volume, avait-elle expliqué. *Fais-moi confiance.*

— Weston va se faire pipi dessus, dit Frankie.

Elle ricana, amusée par je ne sais quelle image qui lui vint en tête.

— Non, parce que Sam a dit que Weston était allé aux toilettes au moins trois fois depuis qu'il est arrivé, déclara Julianne.

— Il est nerveux ? demandai-je

— Terrifié, dit-elle avec un sourire malicieux.

Je tournai une nouvelle fois sur moi-même pour m'assurer que le tissu transparent montait suffisamment dans le bas de mon dos, et je touchai les strass que j'arrivais à atteindre.

— Arrête, dit Frankie. On ne voit rien qu'on n'est pas censé voir. Personne ne peut rien avoir à redire sur ta tenue.

Mes lèvres étaient roses et brillantes, mes cils longs et noirs, et mes joues poudrées, assorties à la robe. Julianne avait fait appel à Emmy, une maquilleuse d'une ville voisine, qui avait passé un temps infini à me peinturlurer le visage. Je ressemblais toujours à moi-même, mais en version couverture de magazine.

— Alors ? interrogea Julianne. Ton Sam est en bas avec son appareil photo. Veronica aussi. On descend ?

— Si j'y arrive avec ces chaussures, dis-je en m'approchant prudemment de la porte.

Elle me prit la main et me guida dans le couloir. Quand j'arrivai en haut des marches, elles me dépassèrent pour descendre à la hâte et assister à mon éventuelle chute dans l'escalier. J'agrippai la rampe et descendis la première marche. J'entendis quelques murmures d'excitation avant d'apparaître devant eux, puis ce fut la sidération générale. Julianne s'accrocha au bras de Veronica avec excitation alors que celle-ci tentait de prendre des photos.

Weston leva les yeux, mais son expression était indéchiffrable. Ses traits ne bougèrent pas d'un pouce. Il se contenta de me dévisager jusqu'à ce que j'aie atteint la dernière marche. Puis il prit une profonde inspiration.

— Alors ? s'enquit Peter en lui donnant un petit coup de coude.

Weston ouvrit la bouche pour parler, mais aucun son n'en sortit et il secoua la tête.

Autour de nous, tout le monde gloussait.

Weston ouvrit un étui en plastique et glissa un bracelet de fleurs à mon poignet gauche. Les roses s'accordaient à la boutonnière que j'avais prévu d'épingler à son revers. Sam me la tendit. Elle était encore froide de sa nuit passée au réfrigérateur. L'intérieur de la boîte transparente était embué à certains endroits et les petites gouttes de buée faisaient écho à celles qui perlaient sur le front humide de Weston.

Après quelques dizaines de photos – en intérieur, en extérieur, en intérieur de nouveau, avec les parents, l'un avec l'autre, et debout près de la limousine blanche promise –, je finis par m'installer dans le véhicule. Le chauffeur, Louis, referma la porte après que Weston se fut installé à côté de moi.

— Je ne suis jamais montée dans une limousine, déclarai-je en examinant l'habitacle.

La banquette en cuir sur laquelle nous étions assis pouvait accueillir au moins trois personnes, mais celle située en face occupait presque toute la longueur de la limousine. Les vitres teintées bloquaient la lumière du soleil, et le cordon lumineux qui ornait le plafond changeait de couleur à un cycle lent. Du côté passager se trouvaient des verres à eau et à vin entourant un seau rempli de glace. Je ne savais pas vraiment quel usage le chauffeur avait pensé que deux lycéens pourraient faire d'un seau de glace.

La croquer ?

— Moi non plus, dit Weston.

— Vraiment ?

— J'ai emprunté la décapotable des Huttons l'année dernière. C'était trop stressant. Ça, c'est beaucoup mieux.

L'année précédente, Weston était allé au bal avec Alder. Je travaillais ce jour-là, mais j'avais vu les voitures et les limousines filer devant le *Dairy Queen* en direction du lycée. Je me souvenais d'avoir aperçu Weston et Alder dans cette décapotable blanche. Aucun d'eux ne souriait, et je m'étais demandé à quoi pouvait ressembler la conversation avec Weston Gates sur le chemin du bal de fin d'année.

J'étais sur le point de le découvrir.

— C'était comment, l'année dernière ?

— Nul, répondit-il avec un sourire.

— Alors pourquoi voulais-tu y retourner cette année ?

— Parce que tu as accepté.

J'affichai un sourire en coin et mordillai le faux bout blanc de mes ongles. Ils m'agaçaient depuis que Julianne m'avait emmenée faire une pédicure-manucure ce midi. Pour moi, cette manie qu'avaient les femmes de se coller ces choses à l'extrémité des ongles était un mystère. Je n'avais pu me servir de mes mains la majeure partie de la journée, même si j'avais demandé à ce que mes ongles soient coupés le plus court possible.

— Tu es toujours très belle, mais j'adore particulièrement ta robe et tout le reste, dit Weston en me serrant la main.

— J'adore ton costume-cravate.

Les deux étaient noirs, mais le costume était fait sur mesure et le bas du pantalon était plus ajusté et plus étroit que ceux que Sam ou Peter portaient au travail. Les cheveux bruns et hirsutes de Weston, légèrement plus courts que d'habitude et sur lesquels il n'avait pas mis de gel, étaient plaqués sur sa tête, comme le faisaient la plupart des garçons lorsqu'ils jouaient les coquets. Ils avaient l'air doux et j'avais envie d'y passer mes doigts.

Weston posa sur moi un regard si affectueux que je sentis mes joues prendre feu. J'enroulai mes mains autour de son bras et m'appuyai contre lui. Il déposa de temps un temps un baiser sur ma tempe.

— Ce n'est pas la dernière fois qu'on se retrouvera sur notre trente-et-un à l'arrière d'une limousine, murmura-t-il.

Je savais ce qu'il entendait par là. Il aimait souvent faire des allusions à notre avenir et, même si je trouvais ça à la fois excitant et effrayant, je savourais ce moment de calme à deux. Notre quartier n'était pas loin du lycée et nous n'avions que quelques précieuses minutes à partager avant de nous arrêter à côté de l'auditorium, où la majeure partie de la ville était rassemblée pour le Grand Défilé.

Je serrai son bras un peu plus fort pour m'accrocher à ce moment.

Interprétant mon geste comme une preuve de nervosité, Weston posa sa main sur la mienne.

— Relax. On ne fait que se construire un souvenir. Tout ce que tu as à faire, c'est profiter.

— C'est déjà ce que je fais.

Bien trop tôt, la limousine ralentit.

Le père de Lisa Kahle ouvrit la portière, un sourire aux lèvres. Il faisait partie des nombreux parents qui avaient accepté de jouer les valets, guidant les limousines, garant les nombreuses décapotables des participants et ramassant même les fêtards s'il le fallait.

Il fit un pas sur le côté pour nous inviter à sortir.

Weston s'extirpa de la banquette et sortit avant de m'offrir son bras. J'acceptai son aide et, ensemble, nous contournâmes la limousine.

— Oh, mon Dieu, murmurai-je.

Des centaines de personnes étaient alignées de chaque côté de l'allée menant aux espaces communs, où se tenait chaque année le bal de promo. Un concert de flashs et de clics digne d'un véritable groupe de paparazzis débuta avant même que nous ayons fait un pas. Parents, grands-parents, frères, sœurs et camarades plus jeunes s'entassaient sur cinq rangées derrière les rubans qui délimitaient l'allée.

De sa main libre, Weston tapota la mienne. Réalisant que j'agrippai son bras, je détendis mes doigts. Nous prîmes la pose pour les photos, puis le père de Lisa nous fit signe de continuer.

Weston me guida jusqu'à l'étape suivante, où des dizaines de personnes levèrent leurs téléphones, appareils photo et caméras. Les flashs crépitèrent comme des lumières stroboscopiques. J'étais soulagée de savoir que Weston était déjà passé par là auparavant, même si je n'avais pas envie d'y penser.

— Tout ira bien, Erin, je te le promets, dit-il.

Il sourit face aux objectifs puis je me penchai vers lui pour déposer un baiser sur sa joue.

La foule de photographes sembla se déchaîner, mais j'avais l'impression qu'ils ne cherchaient pas tant à immortaliser une scène qu'ils trouvaient adorable qu'à garder une preuve qu'ils pourraient commenter plus tard.

— C'est affreux. Pourquoi font-ils ça ? demandai-je, la mâchoire crispée, un sourire forcé aux lèvres.

Weston pouffa puis me guida jusqu'à l'étape suivante. Nous marchâmes à pas lents, et je m'efforçai de chasser le stress provoqué par tous ces regards rivés sur nous. Je me concentrai plutôt sur mes hauts talons. Les photos me mettaient mal à l'aise, mais il serait bien pire encore de trébucher devant tout le monde.

Il nous fallut un peu plus de dix minutes, qui me parurent durer dix heures, pour atteindre le bâtiment principal. Quand nous eûmes tourné au coin, Peter, Veronica, Sam et Julianne apparurent. Julianne toucha le bras de Sam avant de brandir son appareil photo. Ses yeux s'embuèrent et Veronica prit à son tour quelques clichés avant de serrer Julianne contre elle.

Ils nous adressèrent un signe, puis les portes s'ouvrirent et Weston et moi fîmes notre entrée. Les lumières étaient tamisées et le DJ, placé dans un coin, passait une musique forte et rythmée.

Le chemin menant aux tables était bordé de lumières rouges et de fausses flammes effilées, on aurait dit une coulée de lave. Un second chemin s'ouvrait, bleu, délimité par des lumières blanches et scintillantes, et jalonné de stalagmites artificielles. Les tables du côté feu de la salle étaient recouvertes de nappes rouges ou noires, et les murs drapés de tissu carmin. L'autre côté arborait des tables décorées de couleur blanche et bleu clair ; des étoffes ivoire et satinées tombaient en cascade du plafond jusqu'au sol, brillantes comme des glaciers. Au centre de la salle se dressait une immense sculpture de glace représentant des flammes qui se dressaient dans le ciel. Une lueur rouge imitant le feu brillait à l'intérieur, et des blocs ciselés en forme de diamants jaillissaient de la base pour représenter la glace. La piste de danse était bordée d'une part de petits piliers ornés de papier de soie rouge et orange, le côté opposé était décoré de grands piliers blancs reflétant une lumière bleue.

Je ne savais pas qui s'était chargé de la transformation de l'espace en salle de bal, et je n'avais aucun moyen de comparaison, mais je trouvai le résultat magique. Je ne reconnaissais plus du tout mon lycée.

Weston me guida jusqu'à une table et, après m'être installée, je relevai les yeux vers lui.

— Qui sera assis avec nous ? demandai-je en indiquant les chaises vides de l'autre côté de la table.

Weston prit place à côté de moi et haussa les épaules.

— Des personnes qui sauront se comporter comme il faut.

— Et maintenant ?

Les serveurs, des étudiants de deuxième année triés sur le volet par leurs aînés, déposaient des bouteilles d'eau sur les dizaines de tables. Je m'écartai légèrement lorsque notre serveuse plaça un verre d'eau glacé devant moi. Elle souriait nerveusement. Son tee-shirt bleu pâle aux couleurs de la soirée soulignait l'éclat de ses cheveux cuivrés et frisés.

Weston se pencha pour me parler à l'oreille.

— Quand tout le monde sera installé, on nous servira le dîner, ensuite on dansera, et ensuite on partira.

— C'est tout ?

— À peu près.

Je me détendis.

— D'accord, je devrais pouvoir m'en sortir.

Il me prit la main pour y déposer un baiser. Puis il reposa nos deux mains sur ses genoux.

Moins d'une demi-heure plus tard, la salle bruissait de murmures et d'étudiants. Les deux chaises en face de nous étaient occupées par Brian Fredrick et Janelle Hunt. Celle-ci parvenait dans le même temps à me fusiller du regard et à afficher une expression d'ennui, tandis que Brian était enjoué et loquace. Weston et lui parlèrent football et entraînement. Janelle parcourait la salle des yeux, dans l'espoir de dénicher une meilleure place. J'espérais moi aussi qu'elle trouve son bonheur.

— Tu travailles toujours au *DQ* ? demanda Brian avec de grands yeux ronds au milieu de son visage lunaire.

— Oui.

Je m'efforçai de ne pas me dérober sous le regard froid de Janelle, qui n'appréciait visiblement pas qu'il m'adresse la parole.

Un rire bruyant retentit quelque part ; je me retournai et aperçus Brady Beck.

Il frappa notre table de son poing serré et adressa un signe de tête à Brian.

— Oh, mince. Pas de chance.

Brian regarda Brady s'éloigner avec une moue.

— C'est complètement déplacé, mec, lança-t-il après lui. (Il secoua la tête et marqua une pause.) Je me demandais comment c'était de travailler avec Frankie. Elle a l'air cinglée ! dit-il en gloussant.

— Elle est très drôle, rectifiai-je.

Janelle soupira et leva les yeux au ciel. Elle observa de nouveau la salle puis posa la main sur le bras de Brian.

— Il y a deux chaises libres là-bas ! s'exclama-t-elle avec enthousiasme.

Brian bredouilla quelque chose, s'efforçant de compenser l'impolitesse de sa compagne.

— Personne ne te force à rester ici, déclara Weston. Si c'est pour te comporter comme une garce, j'aime autant que tu t'en ailles.

Il me comprima les doigts, les joues rouges.

Je serrai sa main à mon tour pour le supplier en silence de ne pas faire de scène.

Janelle ne répondit pas. À la place, elle se tourna vers les décorations et fit signe à ses amies de l'autre côté de la salle.

Brian afficha une expression contrite et ouvrit la bouche pour changer de sujet, mais notre serveuse choisit cet instant pour déposer nos assiettes devant Janelle et moi. La distraction sembla ravir Janelle, mais elle s'abstint de remercier la rousse maladroite et dégingandée qui venait de nous servir.

Quelques instants plus tard, les deux autres assiettes furent apportées.

— Merci, dis-je.

La fille afficha un grand sourire, heureuse d'être prise en considération.

— Avec plaisir.

— Heureusement qu'elle s'est attaché ses espèces de cheveux, grommela Janelle. Je n'ai pas envie d'en retrouver dans mon assiette. On dirait des poils de cul roux.

Brian fit la grimace.

— Elle fait de son mieux, Janelle. Lâche-la un peu.

Notre tablée considéra le plat de blancs de poulet gras et de haricots verts fades, et Weston fit la moue.

— Eh bien, c'est…

— Au moins les petits pains sont bons, dit Brian en mordant dedans.

Je ne pus retenir un sourire. J'appréciais Brian.

Janelle reposa sa fourchette.

— C'est dégoûtant tous les ans. Ils feraient mieux de nous laisser manger au restaurant et venir après pour danser.

Après le dessert, le DJ se présenta et nous souhaita la bienvenue au bal de fin d'année. Il présenta les principaux chaperons et sponsors, puis lança un morceau enlevé pour initier une danse en ligne. Je fus l'une de la poignée de filles qui ne se ruèrent pas sur la piste. Celles qui ne connaissaient pas les pas pouffaient de rire tout en essayant de les apprendre.

Weston observait la scène un sourire aux lèvres. Le bras posé sur le dossier de ma chaise, il semblait heureux d'être à mes côtés.

Brian se pencha vers nous et dut s'exprimer d'une voix forte pour se faire entendre :

— Vous êtes pressés d'aller à Duke ?

Weston secoua la tête.

— Je ne vais pas à Duke.

— Pardon ? fit Brian, confus.

— Je vais à l'Art Institute de Dallas, expliqua Weston avec fierté.

— Depuis quand ?

— Depuis que je me suis inscrit et que j'ai été accepté.

— Ton père n'est pas fâché ?

Weston secoua la tête.

— Il était seulement surpris.

— Tu m'étonnes, répondit Brian en haussant les sourcils.

Quelques gouttes de sueur commençaient à perler sur son front et il tira sur le col de sa chemise.

— Il faut que j'enlève ça. Je cuis.

Il retira sa veste et l'accrocha au dossier de sa chaise.

Weston l'imita puis me regarda.

— Tu veux danser ?

Je répondis par la négative.

Le morceau s'acheva et une ballade prit le relais. Les chaises grincèrent et les garçons se levèrent pour rejoindre leur rencard sur la piste de danse.

— Allez, insista Weston en me suppliant sans vergogne de ses sublimes yeux verts.

— Bon... d'accord, dis-je en acceptant sa main.

Weston s'engouffra dans la brèche puis me fit pivoter avant de m'attirer contre lui. Il leva mes mains pour les poser sur sa nuque et j'y entrelaçai mes doigts. Il posa les siennes au bas de mon dos et exécuta le premier pas sur le côté.

— Je ne sais pas danser, dis-je.

Weston ne m'ayant pas entendue, je dus me hisser sur la pointe des pieds pour répéter ma phrase dans son oreille.

Il déposa un baiser sur mon front.

— Moi non plus, mais avec toi, je vais essayer.

Je posai la tempe contre son torse et le laissai me guider au rythme de la musique. Nous étions raides et sans la moindre grâce, mais je me fichais de pouvoir être le centre de l'attention ou de ce qu'on pouvait penser de nous.

Tout ce qui m'importait, c'était la compagnie de Weston Gates. Je m'étais si souvent imaginé cette scène ! Y compris l'année passée, quand je confectionnais des cornets de glace et des sundaes plutôt que d'assister au bal. Maintenant que j'étais avec celui dont j'avais toujours rêvé, mon seul objectif était de vivre l'instant présent et de profiter de chaque seconde.

À sa façon de me serrer tendrement contre lui, il me semblait que Weston était de mon avis.

— J'ai fait beaucoup d'efforts pour ne pas rêver de passer cette soirée avec toi, me murmura-t-il à l'oreille. Mais plus j'essayais, plus j'y pensais. Je ne savais pas comment faire en sorte que mon vœu se réalise, mais comme par miracle, te voilà ici, dans mes bras. Je n'ai pas envie de penser à la remise des diplômes ou à cet été, ni même aux heures à venir. C'est cet instant qui est précieux pour moi. Cet instant pendant lequel tu es mon univers tout entier, qui illumine le monde autour de moi.

Il fit glisser ses doigts sur les strass au bas de mon dos en souriant.

Je le serrai un peu plus fort, pour tenter de ralentir le cours du temps ; j'aurais voulu pouvoir faire durer ce moment pour toujours.

Mais, lorsque je coulai un regard au petit groupe de garçons rassemblés à quelques mètres de nous, je compris qu'ils n'avaient pas l'intention de laisser une telle chose arriver.

28

— Seigneur, il y a des chambres pour ça, Gates ! lança Brady sur le bord de la piste en compagnie de son groupe d'amis.

Sans même tourner les yeux vers Brady, Weston se contenta de lever son poing et de leur adresser un doigt d'honneur, puis reposa la paume sur mon dos.

N'étant pas du genre à se laisser ignorer, Brady fit quelques pas vers nous et tordit le cou en direction de Weston.

— Je me souviens de l'année dernière, quand tu étais sur cette même piste de danse à peloter Alder dès que tu en avais l'occasion.

Weston arrêta de danser et riva les yeux droit devant lui par-dessus ma tête, probablement dans le vide.

— Weston, dis-je d'un ton d'avertissement. Ne les laisse pas tout gâcher. C'est son seul objectif.

Il prit une profonde inspiration puis fit un nouveau pas sur le côté pour reprendre la danse.

Brady jeta un regard à son groupe d'amis derrière lui. Micah et Brendan étaient présents, ainsi que Tyson et Andrew. Tyson était le seul qui ne semblait pas particulièrement se réjouir de la scène que Brady essayait de créer.

Brady se tourna de nouveau vers nous.

— Tu vas sauter Erin ce soir comme tu as sauté Alder l'année dernière ? À l'arrière de ton pick-up ?

Je me figeai.

Brady se mit à rire.

— C'est déjà fait, c'est ça ? Qu'est-ce qu'il y a, Erin ? Tu pensais qu'il n'y avait que toi ?

— Où est ton rencard, Brady ? demanda Weston, bouillonnant.

À ce stade, tout le monde nous regardait, sans cesser de danser mais en se rapprochant progressivement pour mieux entendre et mieux voir.

— Contrairement à toi, j'ai certaines exigences. Et les deux seules filles qui en valaient la peine sont mortes il n'y a pas longtemps. Tu te souviens d'elles, n'est-ce pas ? Tes amies d'enfance ? Ta petite amie ? La fille que tu avais promis d'épouser ?

Trahie par mon expression, je vis une lueur de satisfaction s'allumer dans les yeux de Brady.

— À toi aussi il t'a fait le coup de la promesse du mariage ? Ça m'étonne pas. Il la distribue comme il distribue les *je t'aime*.

Au moment où la chanson prenait fin, Weston se tourna face à Brady.

Brian intervint et vint se placer entre les deux ennemis.

— Allez, les gars. C'est le bal de fin d'année. Gardez votre calme.

Weston fit un pas vers Brady et approcha son visage du sien.

— Si tu essaies de gâcher sa soirée, je te donne ma parole que tes parents seront obligés d'acheter ce costume une fois que j'en aurai fini avec toi.

— C'est ça, comme si quelques centaines de dollars allaient nous ruiner, railla Brady.

Weston me prit par la main et me guida jusqu'à notre table, où il but une gorgée d'eau glacée.

Brian nous suivit.

— T'en fais pas, mec.

Weston reposa son verre.

— Il fait juste ça pour essayer d'oublier qu'il s'est pointé ici sans rencard.

Je tournai sur moi-même et sentis alors un liquide gicler sur ma peau, de ma bouche jusqu'à ma taille. Brady tenait un verre vide. Le punch qui se trouvait à l'intérieur dégoulinait à présent sur mon menton et sur ma robe. Il écarquilla les yeux en me voyant écarter les bras.

Weston se rua sur Brady, mais je le retins au dernier moment.

— Weston, c'était un accident !

L'expression de Brady passa de la stupeur à la satisfaction.

— Ce n'était pas un seau de merde, mais je suis sûr qu'Alder serait quand même ravie.

Il sortit un autre gobelet de derrière son dos et commença à le renverser sur ma tête, mais Weston se jeta sur lui et le plaqua au sol.

— Non ! Weston, arrête ! m'exclamai-je, le punch coulant dans mes cheveux.

Les chaperons accoururent, et ce qui n'était jusque-là qu'une bagarre entre Weston et Brady se transforma en mêlée générale où l'on ne distinguait plus que des membres s'agitant en tous sens.

M. Morris parvint à se frayer un chemin au milieu et à séparer tout le monde. Il tenait les deux jeunes hommes par le col.

— Qu'est-ce qui vous prend, Weston ? s'écria-t-il sans vraiment tenir compte de Brady.

— Regardez-la ! s'exclama Weston, le regard comme fou.

Il pointa le doigt sur moi et M. Morris cligna les yeux en découvrant mon apparence.

— C'est vous qui avez fait ça, Beck ? demanda M. Morris en secouant Brady par le col.

Brady avait la bouche en sang et ses deux yeux commençaient déjà à gonfler.

— C'était un accident ! Elle m'est rentrée dedans ! gémit-il.

— Et c'est comme ça qu'elle en a reçu dans les cheveux ? s'enquit-il, les joues rouges de colère.

M. Morris relâcha Weston puis traîna Brady vers la sortie. Les lumières des réverbères à l'extérieur illuminèrent brièvement l'intérieur lorsque la porte s'ouvrit avant de se refermer.

M. Morris reparut seul et pointa Weston du doigt.

— Désolé, Gates. Vous aussi. Mais je veux que vous attendiez qu'il ait quitté le parking.

L'expression de Weston se durcit.

— J'ai promis à Erin que je ne laisserais pas Brady s'en tirer s'il s'en prenait à elle. Mais enfin, regardez-la !

— Weston, fis-je en lui touchant le bras.

— Regardez-la ! s'écria-t-il de nouveau.

Le regard de M. Morris s'attrista. Il saisit une pile de serviettes en papier sur la table la plus proche et me la tendit.

— Je suis vraiment désolé, Erin. Vous êtes toujours ravissante.

— Peut-être qu'elle sent meilleur, au moins, marmonna Janelle.

Weston ouvrit la bouche pour me défendre, mais M. Morris leva la main, puis pointa Janelle du doigt.

— Vous. Dehors.

— Quoi ? cria-t-elle d'une voix stridente.

— Rassemblez vos affaires et sortez. D'autres candidats ?

La foule se dispersa et Janelle alla récupérer son sac, les yeux larmoyants.

Elle attendit Brian.

— Allons-y ! dit-elle en tapant du pied, la voix brisée.

Brian secoua la tête.

— Dommage que tu n'aies pas été plus gentille avec Erin. Weston t'aurait peut-être raccompagnée.

— Brian ! gémit-elle.

Brian donna une tape sur l'épaule de Weston.

— J'aurais fait la même chose. Désolé de vous voir tous partir.

Weston hocha la tête, puis Brian s'éloigna à l'autre bout de la salle.

Janelle fit volte-face et se dirigea vers la sortie d'un pas lourd en sortant son téléphone.

— Je... commença Weston, mais il était trop bouleversé pour terminer sa phrase.

M. Morris nous fit signe.

— C'est bon, Gates. Il devrait être parti, maintenant. Je vais vous accompagner. Je suis désolé, Erin.

Je secouai la tête, la peau collante. Aucune gêne particulière ne se faisait encore sentir, et je me demandais si ce sentiment finirait par arriver. Je m'inquiétais plus pour Weston que pour moi. Il attendait ce bal de fin d'année depuis si longtemps ! Et voilà qu'on nous mettait à la porte.

Nous nous dirigeâmes vers la limousine main dans la main et, malgré l'air stupéfait du chauffeur devant l'état de ma robe, il ne fit aucun commentaire.

Weston me tint fermement la main pendant tout le trajet sans dire un mot, jusqu'à ce que nous arrivions devant ma porte.

— Ne leur dis rien, exigeai-je avant de monter les marches.

J'entendis les voix étouffées de Sam et Julianne se mêler à celle de Weston avant de fermer la porte de ma chambre et d'ôter ma robe. Je l'étalai soigneusement sur le lit puis retirai mes talons avant de courir sous la douche.

— Erin ? appela Julianne depuis le couloir.

— J'arrive dans une minute ! lançai-je d'une voix aussi enjouée que possible.

— Tu vas bien ? Que s'est-il passé ?

— Rien. Mais c'était un peu étouffant.

Elle ne répondit pas.

L'eau dissipa le punch de ma peau et mes cheveux, qui forma une flaque rouge à mes pieds avant de tourbillonner dans le drain. Je me lavai rapidement les cheveux avant de les rincer. Je répétai le geste en frottant ma peau avec le gel douche jusqu'à ne plus me sentir collante. Je sortis et me séchai vigoureusement avant d'enfiler une tenue confortable, jean, tee-shirt et ballerines en cuir.

De retour en bas, je trouvai Weston à côté de la porte d'entrée, les mains dans les poches de son costume froissé. Un bouton avait sauté pendant la bagarre et laissait apparaître le haut de son torse. Des traînées rouges de différentes tailles maculaient sa chemise blanche, et j'eus un mouvement de recul en me rappelant qu'il ne s'agissait pas de son sang.

— Tu vas bien ? me demanda-t-il tout bas.

Je hochai la tête, puis j'arrangeai sa chemise et sa cravate du mieux possible.

— Erin ? Que s'est-il passé ? demanda Sam.

— Comme je l'ai dit à Julianne, l'ambiance devenait un peu étouffante. Weston a accepté de me ramener pour que je puisse me changer.

Julianne me regardait, mais mes explications n'atténuaient pas son évidente préoccupation.

— Erin, chérie, pourquoi Weston a l'air de sortir d'une bagarre ?

Weston ouvrit la bouche, mais je lui jetai un regard.

— Erin... commença Sam, mais on sonna à la porte à ce moment-là.

Weston fit un pas sur le côté et Sam ouvrit la porte. Lynn Beck apparut sur le seuil, accompagnée de Brady, Peter et Veronica. L'un des yeux de Brady était fermé, et l'autre n'en était pas loin. Une cloque rouge sombre enflait sa lèvre supérieure.

— Heureux de voir que tu ne saignes plus, dit Weston.

— Weston ! s'exclama Veronica, sous le choc. C'est toi qui as fait ça ?

— Et comment ! Et s'il verse encore du punch... non, s'il s'approche à moins de trois mètres d'Erin, je recommencerai sans hésiter, grogna Weston.

Brady avait l'air ridicule avec ses multiples blessures, abrité derrière sa mère. Je n'aurais su dire s'il était gêné ou heureux d'avoir été traîné jusqu'ici en guise de preuve, mais il n'était pas aussi loquace que d'habitude.

— Versé... *quoi* ? intervint Julianne en montant d'une octave.

Elle me regarda, horrifiée.

Elle grimpa l'escalier quatre à quatre et, moins d'une minute plus tard, elle réapparaissait d'un pas lent, la main plaquée sur sa bouche. Elle me prit dans ses bras et regarda Sam.

— Sa robe est couverte de punch ! Brady a renversé du punch sur elle !

Sa voix se brisa avec un mélange de tristesse et de colère.

— Ce n'est pas elle la victime, dans l'histoire ! répliqua Lynn en me pointant du doigt. Elle a initié une bagarre inutile entre ces deux garçons ! Ils étaient amis, et elle a empoisonné le cerveau de Weston pour le retourner contre mon fils !

Julianne me tint contre elle.

Peter jeta un regard à Weston et prit la parole.

— Brady a dit que tu l'avais attaqué après qu'Erin a renversé ton verre de punch. C'est vrai ?

Weston s'enflamma de nouveau.

— Brady a jeté son verre de punch sur Erin et a essayé de lui en verser un autre sur la tête.

Lynn ricana.

— C'était un accident. Elle ment.

— J'ai tout vu, dit Weston. Tout le monde l'a vu. C'est pour ça que M. Morris l'a mis dehors.

Sam remonta ses lunettes rondes.

— Lynn, je crois que vous feriez mieux de partir.

Lynn fit une grimace de dégoût.

— Mon fils s'est fait agresser, et c'est à *nous* que vous demandez de partir ? Vous nous devez des excuses ! (Elle fixa son regard sur moi.) Je n'arrive pas à croire que j'aie pu me réjouir de voir que tu allais bien. J'étais sur le point de te nommer pour obtenir un prix au club. Comment peux-tu dormir la nuit en sachant tous les mensonges que tu inventes au sujet de mon fils ?

— Ne vous adressez pas à Erin, intervint Sam. Si vous avez quelque chose à ajouter, dites-le-moi.

— Tu n'es qu'une petite ordure ! s'écria-t-elle en me jetant un regard perçant.

Julianne fit un pas à l'extérieur et s'arrêta juste devant Brady et sa mère.

— Lynn, dégagez votre cul de prétentieuse de ma pelouse immédiatement.

Lynn resta d'abord bouche bée, puis elle prit son fils par le bras et le fit brutalement pivoter en direction de leur SUV.

— Vous ne vous en tirerez pas comme ça ! lança-t-elle, ses cheveux courts rebondissant à chacun de ses pas.

Peter gloussa.

— Elle sait que nous sommes avocats, n'est-ce pas ?

Veronica regarda le SUV s'éloigner d'un œil noir.

— Elle oublie tout ce que je sais sur elle. Quand Brady rentre chez lui en se vantant de tourmenter les autres gamins au lycée, elle s'en amuse avec lui. Elle l'encourage. Elle estime que ces ados n'arrivent pas à la cheville de son Brady et de leur famille. Elle y croit dur comme fer. Elle trouve sa cruauté drôle et maintenant, elle a le culot de prétendre qu'il est innocent. C'est pathétique.

— Je suis seulement déçue concernant ce prix, dis-je. Je m'en faisais une joie.

Nos parents éclatèrent de rire et nos mères durent essayer quelques larmes.

— Oh, Erin, dit Julianne en m'enlaçant. Tu es épatante.

Weston, lui, ne riait pas. Je lui pris la main et la serrai dans la mienne.

Veronica tapota l'épaule de son fils.

— Je crois, heu... je crois qu'on peut encore sauver la soirée. Pas toi, mon fils ?

Il fallut à Weston un moment pour comprendre ce qu'elle voulait dire, puis ses yeux se mirent à briller.

— Si, on peut encore !

Il me fit traverser le jardin et je me félicitai d'avoir échangé mes talons pour des chaussures plates. Il entra chez lui et ne me lâcha la main qu'une fois devant la porte de son sous-sol.

— Attends ici, dit-il.

Il disparut au bas des marches et, quelques instants plus tard, une mélodie s'éleva de la cave. Lorsqu'il rouvrit la porte, il avait lissé ses cheveux, le sourire aux lèvres. Il me tendit la main.

— Viens.

— Que se passe-t-il ?

Weston m'emmena au bas des marches et je restai bouche bée.

— Que... quand as-tu fait tout ça ? demandai-je.

Le sous-sol tout entier était décoré de serpentins orange, rouges, bleus et blancs. La table basse avait été transformée en faux brasero et des guirlandes scintillantes étaient accrochées en haut des murs.

Il avait le sourire jusqu'aux oreilles.

— Je ne savais pas si tu viendrais vraiment, alors j'avais préparé un plan B.

— Tu pensais que j'allais me rétracter ?

— Jusqu'à ce qu'on prenne place à table, oui.

— Et donc… tu nous as préparé notre propre bal ?

Il enfonça les mains dans ses poches et haussa les épaules.

— Ma mère m'a aidé.

Je me jetai à son cou.

— Je t'aime. Je suis tellement… (Je secouai la tête) tellement amoureuse de toi ! Je ne sais pas pourquoi tu m'aimes autant, mais j'ai beaucoup de chance.

— Ah oui ? fit-il.

Une musique douce débuta alors et Weston posa ses mains dans mon dos.

— Weston, je me sens coupable que tu n'aies pas pu aller jusqu'au bout de ton dernier bal de fin d'année.

— Mais non, c'est mieux comme ça. On aurait dû venir directement ici après le Grand Défilé.

Je n'avais pas l'intention de lui avouer que j'étais d'accord avec lui. À la place, je posai la tête sur son torse et je me détendis enfin, pour la première fois de la soirée. Personne pour nous observer, pour nous juger, pour comploter contre nous ou pour répandre de fausses rumeurs. Nous étions seuls, dans notre bulle, exactement comme notre histoire avait commencé.

Il approcha ses lèvres de mon oreille.

— Rien de ce que Brady a dit n'était vrai.

— Je le sais, soufflai-je.

Ici, il n'y avait personne pour lui signifier où garder ses mains, ou de ne pas m'embrasser trop longtemps. C'était aussi ce que j'aimais dans l'intimité de notre bal de promo à nous. Il fit glisser ses lèvres dans mon cou et écarta le col de mon tee-shirt pour embrasser mon épaule. Je passai mes doigts dans ses cheveux et relevai les yeux lorsqu'il s'écarta. L'intensité de son regard était telle que je fus comme projetée d'une falaise.

Un nouveau morceau prit le relais et nous nous mîmes à danser. Peu importaient mes talents de danseuse, ma maladresse ou notre proximité. C'était un tel soulagement, une telle libération ! Le morceau suivant était rythmé, et Weston se mit à sautiller en secouant la tête. Je l'observai un moment, un sourcil levé, puis je me joignis à lui en levant les bras au-dessus de la tête tout en agitant mes cheveux. Nous étions libres et heureux. Il m'acceptait, comme personne d'autre. Nos éclats de rire et nos gloussements emplirent la pièce. Il m'était rarement arrivé de rire si fort et si longtemps, et chaque fois, c'était avec Weston. Jusque-là, il avait été ce qui m'était arrivé de mieux, et encore plus que cela. À la fin du morceau, nous étions rouges et essoufflés, mais hilares.

Une chanson douce et familière commença alors, et Weston écarta les bras.

— Le meilleur dans tout ça ? Ne pas avoir à m'inquiéter que quelqu'un vienne nous interrompre.

— Je ne voudrais danser avec personne d'autre que toi.

Weston desserra sa cravate et je l'aidai à faire passer la boucle par-dessus sa tête. Ce petit geste déclencha une avalanche de baisers et de caresses fougueuses qui devinrent vite impérieuses. Je reculai jusqu'au canapé en l'attirant avec moi, et je sentis sa bouche sourire contre ma peau. Nous nous assîmes sur les coussins usés que nous avions occupés tant de fois auparavant, mais ce soir, c'était différent et nous le savions tous les deux.

Le cliché du rapport sexuel la nuit du bal était total, mais j'avais déjà perdu ma virginité.

Cette courte période de nos vies était tellement chargée de premières et dernières fois que tout semblait se mélanger. À dix-huit ans, on n'existait que pour le présent, car nous ne savions pas si, au clignement d'œil suivant, notre jeunesse ne serait pas derrière nous. Pour cette raison, nous enfreignions les règles, nous faisions des erreurs, nous prenions intentionnellement de mauvais virages. Nous vivions nos derniers jours de justifications. Un jour, à la relecture de ces pages de nos vies, nous pourrions dire que nous n'étions que des gamins.

C'était précisément ce à quoi je songeais lorsque Weston souleva et ôta mon tee-shirt. Je retins mon souffle un instant et fermai les paupières. Mon cœur battait la chamade, mais je me forçai à être présente, à ne plus vivre ma vie la tête baissée.

La première chose que je vis en rouvrant les yeux, ce fut l'adoration qui brillait dans ceux de Weston. Son expression gageait que, quoi qu'il puisse arriver entre maintenant et l'avenir, jamais je n'oublierais les émotions ressenties à cet instant.

— Tu es tellement belle, bredouilla-t-il tout en me déshabillant.

Ses caresses étaient empreintes de respect et me donnaient l'impression d'être sa possession la plus précieuse au monde. Après dix-huit années passées à rêver de la liberté, toutes mes pensées étaient occupées par mon désir d'appartenir à l'homme qui me touchait comme s'il en avait besoin pour respirer. D'innombrables pensées et émotions s'entrechoquaient dans ma tête, convergeant toutes vers le même désir.

J'étais à court de mots. De toute façon, je n'aurais su quoi dire. Ma seule certitude était que la nuit nous appartenait, et que Weston n'était rien qu'à moi.

Je posai la main sur son torse et je sentis son corps sculpté se mouvoir sous ma paume. J'avais moi aussi envie de lui retirer son haut, et je manipulai les boutons de mes doigts maladroits. À chaque bouton ôté, je déposai un baiser sur la peau exposée. Puis Weston finit de retirer sa chemise, sans quitter mon regard du sien.

Il me trouvait belle, mais lui, il était parfait.

— Allonge-toi, demanda-t-il, presque implorant.

J'obéis, puis je retins mon souffle en le voyant se dresser au-dessus de moi. La chaleur de son corps enveloppa le mien et je sentis mes jambes se mettre à trembler. Si l'on s'était arrêtés là, je m'en serais contentée.

Mais ce n'est que le début. Cette pensée me fit de nouveau frissonner.

Weston déposa un baiser sur le côté de mon visage et son haleine chaude me chatouilla l'oreille.

— Jamais rien dans ma vie ne sera aussi doux, dit-il juste avant de s'appuyer sur moi.

29

La semaine de la remise des diplômes, les couloirs du lycée de Blackwell bruissaient de murmures au sujet de l'agression de Brady par Weston au bal de promo. Certains racontaient que j'avais trompé Weston avec Brady, d'autres que Brady avait tenté de s'immiscer dans notre couple et rendu Weston fou de jalousie, et d'autres encore se rapprochaient un peu plus de la vérité.

Frankie m'avait retirée du planning au *Dairy Queen* jusqu'aux vacances d'été et, la saison de base-ball étant terminée, Weston avait demandé que nous covoiturions pour la semaine de cours.

Le bruit du moteur de sa Chevy rouge dans l'allée m'avertit de son arrivée. Je descendis les escaliers pour ouvrir la porte et je le vis monter les marches du perron. D'humeur taquine, il se jeta sur moi et me renversa sur le parquet de l'entrée.

— Enfin ! s'exclama Julianne en riant quand elle tomba sur la scène.

Plié en deux, pris d'un fou rire, Weston planta ses pieds de chaque côté de moi et m'aida à me redresser.

— Je n'avais pas l'intention de te faire tomber ! dit-il.

Il déposa un baiser sur ma joue, riant toujours.

— Bonjour aussi, au fait ! dis-je en savourant son baiser.

Julianne nous observa un moment en feignant la désapprobation.

— Allez, des *biscuits and gravy* vous attendent.

Weston se dirigea avec enthousiasme vers la cuisine.

Son humeur était un peu détraquée depuis le bal de fin d'année. La veille au soir, au téléphone, il s'était montré peu bavard et même légèrement morose quand nous avions évoqué le semestre d'automne. À présent, il était surexcité, presque euphorique.

Julianne nous servit des portions de biscuits et les arrosa de sauce. Weston ne perdit pas un instant pour attaquer son assiette.

Julianne l'observa, les bras croisés.

— N'oubliez pas, si Brady…

— Il ne va absolument rien lui dire, la coupa Weston, la bouche pleine. Ne vous inquiétez pas.

Julianne fronça les sourcils.

— Je m'inquiète pour toi aussi. Tu auras de la chance si tu n'es pas renvoyé.

Weston enfourna une autre bouchée.

— Ils ne peuvent pas me renvoyer sans renvoyer Brady, et Brett et Lynn ne laisseraient jamais passer une chose pareille. Je suis à l'abri.

— Mais s'il commence quoi que ce soit, reprit Julianne en s'appuyant contre le comptoir, tu veilleras à le faire taire, n'est-ce pas ?

— Bien sûr.

— Et pas en aggravant la situation ?

— Non, m'dame, fit-il en hochant la tête solennellement.

— Vraiment, tout va bien, intervins-je.

— Je la retrouve à son casier entre les cours, précisa Weston.

— Et les cours qu'elle a avec Brady ? Ou ses amis ? demanda Julianne.

— Je suis là ! dis-je, plus fort que je ne l'aurais voulu.

Julianne se couvrit la bouche.

— Oh, ma chérie, excuse-moi.

— Je gère cette situation depuis longtemps. Ce n'est pas mon premier rodéo. Je peux gérer Brady. Je n'ai pas besoin que quelqu'un le fasse taire.

Julianne s'approcha de moi.

— C'est seulement… nous sommes si proches de la fin. Je veux que cette semaine ne soit que de bons souvenirs pour toi.

— Merci. (Je pris une inspiration.) Mais tu ne pourras pas veiller tout le temps à ma sécurité. Tu ne pourras pas t'assurer que rien de mal ne m'arrive. Je suis mieux équipée que vous pour supporter Brady et les gens comme lui.

— Cela ne signifie pas pour autant que tu devrais avoir à le faire, surtout cette semaine, dit Weston.

— Je n'ai pas besoin qu'on mène mes batailles à ma place, répliquai-je un peu trop sèchement.

— Tu n'as besoin d'absolument personne, dit Weston en poussant son assiette presque vide vers Julianne. Merci pour le petit déjeuner.

— Je t'en prie.

— Je serai dans mon pick-up, marmonna-t-il avant de nous laisser seules dans la cuisine.

Je secouai la tête.

— Tout va bien ? demanda Julianne.

— Il était énervé hier soir et surexcité ce matin. Et maintenant, il est de nouveau énervé. Je n'arrive plus à suivre.

— C'est délicat, dit-elle.

J'avais conscience qu'elle évitait intentionnellement de formuler une vraie réponse.

— Qu'est-ce qui m'échappe ? demandai-je.

Elle hésita.

— Je… je ne sais pas, ma chérie. Je ne sais pas ce qui lui passe par la tête.

— Mais tu en as une idée, dis-je.

Julianne avala sa salive et sembla regretter d'avance ses paroles.

— Peut-être que de tenir autant à toi… c'est difficile pour lui étant donné qu'il ne connaît pas ton point de vue.

— Mais il connaît mes sentiments pour lui. Je ne sais pas comment le rassurer, sauf en lui faisant des promesses que je ne peux pas tenir.

— Il s'inquiète de savoir ce qui va se passer après la rentrée à l'automne. Les garçons sont tout aussi sensibles que les filles. Ils ne ressentent pas toujours les choses aussi intensément que nous, c'est tout. Et quand c'est le cas… eh bien, ils ne savent simplement pas comment le gérer.

— Manifestement, approuvai-je en me levant.

— J'ai posé ton sac près de la porte hier soir.

— Merci.

Je lui adressai un signe avant de m'éloigner dans le couloir.

Je pris mon sac à l'épaule et me dirigeai vers le pick-up de Weston. Il se tenait à côté de ma portière ouverte et écrivait un message sur son téléphone.

Je m'installai à ma place, mais mon remerciement silencieux n'obtint aucune réponse.

Après s'être installé au volant, Weston me tendit la main. Voyant que je ne la prenais pas, il releva les yeux vers moi.

— Parle-moi, lui dis-je.

Il fit une nouvelle tentative. Je l'observai avec espoir. Il soupira.

— Te parler de quoi ?

— De ton humeur ce matin, aux antipodes de celle d'hier soir, et de ton humeur maintenant. De ce que tu as dans la tête. De ce qui te préoccupe. Tout ce que tu retiens à l'intérieur, je veux que tu l'exprimes.

— On n'a pas assez de temps avant le début des cours.

— Alors on sera en retard.

Weston réfléchit un moment, puis il mit le contact et démarra sans un mot de plus. Moi qui intériorisais beaucoup et qui ne comprenais pas forcément que certaines personnes puissent toujours avoir quelque chose à dire, je trouvai malgré tout ce silence étouffant.

Une fois garé sur le parking du lycée, Weston m'aida à descendre. Puis il se mit en route vers le bâtiment, mais je ne bougeai pas. Il se retourna et leva les mains avant de les laisser retomber le long de ses cuisses.

— Viens, bébé. On va être en retard.

— Pourquoi ne veux-tu pas discuter de tout ça ? demandai-je.

— Parce que c'est une longue conversation et qu'on a cours.

— Tu aurais pu me parler hier soir.

— Il était trop tard.

— Alors tu attends le bon moment ?

— Oui.

— Alors c'est important ?

— Oui. (Puis il secoua la tête.) Non. Je ne sais pas. Puisque tu as envie d'en parler, je suppose qu'on va en parler.

Je plissai les yeux.

— Dis-moi seulement pourquoi tu étais si heureux ce matin et qu'est-ce qui a changé.

— Peu importe. C'était une idée stupide et ensuite j'ai réalisé que cela n'avait pas d'importance.

— Qu'est-ce qui n'avait pas d'importance ?

La sonnerie retentit et Weston poussa un soupir.

— Allez, Erin. On en parlera plus tard.

Des voix bruyantes résonnèrent soudain dans ma tête. Les mots *attente, patience* et *maintenant* furent ceux qui ressortirent le plus souvent.

Weston me tendit la main. Une partie de moi avait envie de me jeter dans ses bras, et l'autre voulait écarter sa main d'une tape. Puis je pris conscience que mes pensées et mes émotions étaient tout aussi contradictoires que son comportement ; je ne pouvais donc pas le blâmer pour ce qui se passait dans sa tête.

— Promis ? demandai-je.

— Promis, m'assura-t-il, le bras toujours tendu.

Nous nous dirigeâmes ensemble vers mon casier. Weston me déposa un rapide baiser sur la joue avant de rejoindre le hall B, tandis que je me dirigeai vers mon cours de biologie.

Brady était assis à sa place et griffonnait sur son cahier. Il remarqua à peine mon arrivée. Le gonflement de ses yeux avait diminué, mais il restait évident que Weston avait porté plus d'un coup bien placé.

Mme Merit me jeta un regard, mais elle continua de distribuer les fiches de révision pour l'examen final.

— Cela compte pour un cinquième de votre note, jeunes gens. Si vous comptez participer à la cérémonie de remise des diplômes samedi prochain, je vous suggère de prendre le temps d'étudier ce papier.

Je tins la feuille devant moi et vis toutes les questions de l'examen, accompagnées des bonnes réponses. Les fiches de révision de Mme Merit étaient toujours constituées des questions et réponses correspondantes, et je me demandai si l'examen final serait différent. Quoi qu'il en soit, il suffisait de mémoriser quelle réponse correspondait à telle question.

— Tu as réussi à récupérer ta robe ? demanda Sara.

Je haussai les sourcils tout en appréhendant sa question.

— Ta robe de bal. J'ai entendu dire que Brady avait renversé son verre sur toi... enfin, plutôt jeté son verre sur toi.

Je hochai la tête.

— Il te l'a vraiment renversé sur la tête ?

Le visage de Brady m'apparut par-dessus l'épaule de Sara. Il me dévisageait avec le seul œil dont le gonflement ne gênait pas sa vue. Je reportai brièvement mon attention sur Sara avant de me concentrer à nouveau sur la feuille devant moi.

— Si c'est vrai, alors il mérite ces yeux au beurre noir. Et sinon, eh bien il le mérite quand même.

— Personne ne mérite ça, répondis-je calmement.

Sara parut choquée mais ne fit aucun commentaire. Elle jeta un regard à Brady, qui détourna les yeux.

— À partir de maintenant, je parie qu'il va tenir ses boissons à l'écart de toi – et de toutes celles à qui il aurait eu envie de jouer ce petit tour.

Je pinçai les lèvres et continuai de parcourir la série de questions, faisant mine de les étudier avec la voix de Mme Merit en fond sonore. Difficile de se concentrer avec le flot de pensées qui tourbillonnaient dans ma tête.

Le reste de la journée sembla durer une éternité et pourtant, avant que je m'en rende compte, Weston et moi étions en train de rassembler nos fournitures pour nous rendre sur le site de la peinture murale. Mme Cup nous surveillait tous tel un faucon. Si elle estimait que nous n'avions pas le plein contrôle de nos pinceaux, et que nous avions le malheur d'utiliser la peinture sur un autre support que le mur, elle n'hésiterait pas à nous rappeler sa menace, à savoir nous coller un zéro général.

À la fin de la session, Weston m'aida à monter dans son pick-up. Il me fixa du regard, dans lequel grondait un orage.

Il avait été silencieux toute la journée ; quand allait-il se décider à parler de ce qui le tourmentait ?

Il me fit attendre jusqu'à ce que nous nous soyons retrouvés dans son sous-sol.

— Tu as des devoirs ? demanda-t-il.

— Je dois réviser pour l'examen.

— Moi aussi, dit-il. (Il garda le silence quelques instants, puis poussa un profond soupir.) Et si je...

Il fronça les sourcils.

— Et si tu quoi ? dis-je pour l'encourager.

La pièce était plongée dans le silence. La télévision était éteinte. Peter et Veronica étaient encore au travail. Le sous-sol ne semblait pas à une volée de marches de la surface, mais enterré à plusieurs kilomètres sous terre. Malgré tout, il voulait enfin me dévoiler ce qu'il retenait en lui, dans l'intimité de son espace, sur son territoire, là où il se sentait à l'abri et où il avait le contrôle. J'avalai ma salive. Pour la première fois, j'avais peur de ce qu'il était sur le point d'avouer.

— Est-ce que tu veux rompre avec moi ?

Il fit une grimace de dégoût et se détourna de moi en secouant la tête.

— Pour ça, encore faudrait-il que tu sois ma petite amie.

— Qu'est-ce que c'est censé vouloir dire ?

Mes poils commencèrent à se dresser. Chaque parcelle de ma peau semblait à nu, comme si la carapace que j'avais fortifiée au fil des ans venait de disparaître et me laissait sans défense.

Weston regretta aussitôt ses paroles et me prit les mains.

— Ce n'est pas ce que je voulais dire. Ce que je voulais dire, c'est que tu n'es pas vraiment à moi. C'est du moins ce que je ressens.

Je me levai.

— Dans ce cas, qu'est-ce qu'on fait ?

Weston m'invita gentiment à me rasseoir près de lui.

— Je m'exprime mal. J'ai réfléchi toute la journée à ce que je pourrais te dire… toute la semaine, même, et je foire quand même tout.

— Tu foires quoi ? Qu'est-ce qui t'arrive, à la fin ?

Il inspira.

— Ta façon de parler du mois d'août me fait complètement flipper. Je pense à notre relation à distance, au téléphone, aux vacances, et je flippe, OK ? J'avais pensé que peut-être… que je pourrais peut-être m'inscrire à l'UEO. Alors, si je suis en Oklahoma avec toi, peut-être que…

— Quoi ?

— Et ensuite, ce matin, tu… Je me suis souvenu…

— Souvenu de quoi ?

Il souffla comme s'il venait de prendre un coup dans le ventre.

— Tu n'as pas besoin de moi, Erin. Et ça me fait terriblement peur.

Je considérai ses paroles quelques instants. Il paraissait blessé. Même si je voulais me montrer honnête, je n'avais pas envie de faire de la peine à l'homme que j'aimais.

Je choisis ma réponse avec précaution.

— Qu'est-ce qui te fait croire que je n'ai pas besoin de toi ?

Il détourna les yeux.

— Tu n'as besoin de personne. J'étais… J'arrive trop tard. J'ai attendu trop longtemps. Tu as dressé des murs autour de toi. Tu as planifié ton avenir, et ces projets ne m'incluent pas. C'est peut-être pathétique de chercher des moyens de ne pas te perdre, mais je suis enfin là où je voulais être.

— C'est à Dallas que tu veux être.

— Je veux être avec toi.

— Weston, c'est très courant que des couples fassent leurs études dans des universités différentes.

Il va falloir s'adapter, s'habituer à se voir moins, mais ce ne sera pas la fin du monde.

— Tu vois ?

Ce fut son tour de se lever. Il arpenta la pièce et me pointa du doigt.

— Voilà. C'est exactement le problème. Oui, j'ai peur qu'on parte dans deux directions différentes, qu'on se détache, que tu rencontres quelqu'un d'autre. Pas toi ?

Je secouai la tête.

— Non.

— Ça me tue de voir que rien de tout cela ne t'inquiète, Erin. J'en viens à me demander si tu m'aimes vraiment.

La peau autour de ses yeux était tendue et je voyais son pouls palpiter sur le côté de son cou.

— Tu veux que je te fasse des promesses que je ne peux pas tenir. Tu as dit qu'on improviserait, ensemble. C'est ce que je fais. Je ne sais pas ce qui a changé… ni *pourquoi*.

Il saisit la télécommande posée sur la table et la projeta à travers la pièce. Le boîtier en plastique explosa en mille morceaux. Je sursautai et plaquai mes mains sur ma bouche.

Weston planta ses mains sur le sommet de son crâne et se remit à faire les cent pas, les joues rougies par la frustration.

— On a dépassé le stade de l'improvisation, Erin ! Tu ne crois pas ? Enfin quoi, qu'est-ce que c'est pour toi ? Tu ne fais que passer le temps jusqu'à ton départ pour la fac ?

— Non ! m'écriai-je.

Je me sentais à la fois insultée et désespérée de lui remonter le moral, d'apaiser ses craintes, mais aucun de nous deux ne pouvait être certain de ce qui allait se passer à l'avenir. Il saurait que je mentirais si j'essayais de soutenir le contraire.

Je me levai, retirai ses mains de sa tête et les posai dans mon dos.

— Arrête ! Arrête, dis-je d'une voix calme.

Je posai la joue contre son torse, ce qui amplifia le léger sifflement de ses poumons dans mon oreille. Il m'inquiétait.

Il plongea ses yeux dans les miens comme pour me sonder.

— Tu es vraiment décidée pour l'UEO ? L'Université du Texas du Nord est à moins d'une heure de là où je serai. C'est l'une des plus grandes universités publiques du pays. L'année suivante, on pourrait essayer de se trouver un endroit au centre...

Je secouai la tête.

— J'ai déjà été acceptée. Et je n'ai même pas cherché à m'inscrire à l'Université du Texas du Nord. Les frais de scolarité pour les étudiants de l'extérieur sont exorbitants.

— Ce sont Sam et Julianne qui paient, tu te souviens ? C'est une super université qui propose exactement le même programme que l'UEO. Mais il n'y a pas d'institut d'art près de Stillwater. Contente-toi de t'inscrire, et...

— Je ne vais pas dépouiller mes parents rien que pour te faire plaisir.

— Pour *me* faire plaisir ? répéta-t-il, incrédule.

— Et ensuite, tu parles d'emménager ensemble ? Dans un an ? Je pense que j'aurais été plus préparée à ce que tu me quittes.

La mâchoire de Weston tomba et je ne pus retenir une grimace de remords.

— J'ai toujours rêvé d'aller à l'UEO, Weston. S'il te plaît, essaie de comprendre...

— J'ai toujours été amoureux de toi.

Je m'assis sur le canapé et me pris le visage entre les mains. Après quelques minutes de silence, je relevai les yeux. Il n'avait pas bougé.

— Qu'est-ce que c'est ? Un ultimatum ? Si je ne vais pas à l'Université du Texas du Nord, qu'est-ce qui se passera ?

Il prit place à côté de moi.

— Ce n'est pas un ultimatum. J'espérais que l'idée t'exciterait. Tu n'as pas encore décidé de ta spécialité. Je ne vois simplement pas pourquoi tu ne pourrais pas aller au Texas à la place. Si tu cherches à quitter Blackwell, je peux te dire que tu croiseras beaucoup moins d'anciens élèves au Texas qu'à l'UEO. (Devant mon silence, il reprit :) Tu sais que Brady va à l'UEO ?

— Non, il n'y va pas, dis-je en secouant la tête.

— Les Beck sont tous des anciens de l'UEO.

— Ça ne veut pas forcément dire qu'il...

— Il va à l'UEO, Erin. Il a été accepté. Il y va. Et je ne pourrai pas te protéger depuis Dallas.

— Le campus est grand.

— Erin...

— Non. Ce n'est pas par la peur que tu me convaincras. Je n'ai pas peur de lui. Je n'ai jamais eu peur de lui... ni de quiconque.

— Alors, quel intérêt ? Qu'est-ce que ça peut faire de quitter Blackwell si c'est pour te farcir les mêmes personnes ?

— Ce n'est pas le lycée. Ce sera différent. Je ne le croiserai sûrement même pas.

— Pourquoi cet entêtement ?

— Ce n'est pas de l'entêtement ! C'est quelque chose que je veux !

— Tu n'es jamais allée sur ce fichu campus, Erin ! Comment peux-tu savoir que c'est ce que tu veux ? s'exclama-t-il.

Une veine enflait dans son cou. Il me tourna le dos, puis se leva et se remit à arpenter la pièce, les doigts croisés au sommet de son crâne.

— Tu m'aimais pourtant avant de passer du temps avec moi, non ? Parfois, on sait les choses, c'est tout.

Weston se retourna et s'assit sur la table basse devant moi, puis se pencha en avant et agrippa ses genoux.

— C'est vrai. Je t'aime tellement. Je ne veux pas être un obstacle sur le chemin qui t'éloigne d'ici.

— Tu n'es pas un obstacle, dis-je avec un peu trop de désespoir dans la voix.

— Aucune relation ne peut fonctionner si elle n'a pas la priorité. Et encore moins une relation à distance. J'ai peur, si c'est trop difficile, si ça demande trop d'efforts, que tu m'appelles un beau jour pour m'annoncer que c'est fini. J'ai besoin que tu aies besoin de moi, Erin. Sinon, tu ne pourras pas suffisamment t'investir pour faire en sorte que ça marche.

— Weston, est-ce que tu m'écoutes ? Je te dis...

— Tout sauf ce que j'ai envie d'entendre.

Je fronçai les sourcils.

— Tu veux une promesse.

— Moi, je pourrais la faire, cette promesse. Ici et maintenant, je peux te promettre que je ferai tout pour que ça fonctionne. Je peux te promettre que je ne laisserai pas tomber.

Je sentis les larmes me monter aux yeux.

— C'est comme me promettre que tu ne mourras pas ou que tu ne feras jamais de mal à personne. Certaines choses échappent à notre contrôle. Tu ne peux pas me promettre que l'on restera ensemble car tu ne sais pas ce que tu ressentiras d'ici un an.

— Si, Erin. Je le peux. (Il m'examina un long moment, puis crispa la mâchoire.) C'est en moi que tu n'as pas confiance ? Ou en nous ?

— Il y a quelques mois, tu étais amoureux d'une autre Erin.

Il me fusilla du regard.

— Tu sais que ce n'est pas vrai.

— Je ne cherche pas à créer des difficultés, Weston. Je suis simplement réaliste. Je n'essaie pas de te faire de la peine.

— Alors promets-moi que tu vas essayer.

— Bien sûr que je vais essayer.

Il posa son front contre le mien, insatisfait par les paroles qu'il m'avait pourtant soutirées.

— Il ne nous reste pas beaucoup de temps. Je compte les jours avant qu'on fasse nos valises et qu'on prenne des directions différentes. En permanence. Je ne sais pas ce qui se passera d'ici un an, mais je sais que je ne pourrai jamais t'oublier. Et je vais tout faire pour éviter d'avoir à essayer.

— Weston, murmurai-je.

Je déglutis. Une larme coula sur ma joue.

— Je ne peux pas le faire pour toi. Je dois le faire pour moi.

Ses traits se froissèrent comme s'il souffrait, puis il dit d'un ton implorant :

— Je sais qu'on est seulement des lycéens, et que c'est fou de ressentir ça, mais l'université, ce n'est que quatre années de mon avenir. Tout le reste, c'est toi.

Je pris une profonde inspiration et posai mes mains sur ses joues.

— Un de ces jours, tu regarderas mon diplôme de l'Université d'État de l'Oklahoma accroché à un mur de notre maison quelque part au Texas, et je te rappellerai notre dernière semaine de lycée et combien tu t'inquiétais pour rien.

Il laissa échapper un rire sans joie et me jeta un regard si intense que mes murs de protection échouèrent à le tenir à l'écart.

— Ça ressemble un peu à une promesse.

Il baissa les yeux, puis les releva avec un sourire forcé.

— Je prends ce qu'on me donne.

30

Je laissai Julianne épingler la toque bordeaux de diplômé sur ma tête avec un froncement de sourcil. Elle était carrée, incommode, et elle ne me procurait pas le moindre sentiment d'accomplissement.

— Qui a eu l'idée de nous faire porter ces chapeaux qui nous donnent l'air ridicule un jour où l'on est censé se sentir intelligent ? demandai-je.

Julianne pouffa de rire.

Sam croisa les bras sur sa poitrine et s'appuya contre la porte.

— Je te trouve ravissante et incroyablement intelligente.

Je lui répondis par un petit sourire.

— Merci.

— Je suis étonnée que tu puisses faire tenir ce cerveau sous ce chapeau, ajouta Sam en remontant ses lunettes à écailles de tortue.

Julianne laissa échapper un rire, puis elle pinça les lèvres et secoua la tête tout en continuant de poser les épingles.

— Très drôle, dis-je en m'efforçant de retenir mon rire.

Julianne déposa un baiser sur ma joue.

— Et voilà, dit-elle en allant se placer près de son mari, qui la serra contre lui.

Ma mère posa ses doigts sur sa bouche puis sa tête sur l'épaule de Sam.

— Regarde-la.

— Je la regarde, dit Sam à voix basse.

Je lisais dans leur expression ce mélange de joie et de tristesse auquel je m'étais habituée, à force de les avoir vus simultanément porter le deuil de la fille qu'ils avaient perdue et célébrer l'arrivée de la fille qu'ils avaient retrouvée.

Le téléphone de Julianne se mit à sonner et elle répondit d'une voix enjouée.

— Salut, Veronica.

Elle baissa aussitôt la voix et s'échappa dans le couloir.

— Je ne... oui, elle est là. Je ne sais pas. Je suis sûre qu'elle pourrait, mais... d'accord. Bien sûr, bien sûr. Au revoir.

Elle revint dans la pièce et nous regarda tour à tour.

— Weston... ne se sent pas bien.

— Son asthme ? m'enquis-je en m'approchant.

Elle secoua la tête.

— Qu'est-ce qui ne va pas ? demanda Sam.

— Il est bouleversé, répondit Julianne.

Je savais de quoi elle parlait et Sam aussi, manifestement, car son regard s'éclaira.

— Je ne sais pas quoi lui dire. J'ai pourtant essayé de lui remonter le moral, dis-je.

— Je ne crois pas que ce soit à toi de faire quelque chose, dit Sam. C'est une question qu'il va devoir régler tout seul.

— Il envisageait de s'inscrire à l'UEO.

— Pardon ? fit Sam en se redressant.

— Ensuite, il m'a demandé de m'inscrire à l'Université du Texas du Nord. C'est à moins d'une heure de l'Art Institute de Dallas.

Julianne jeta un regard à Sam avant de le reposer sur moi.

— C'est ce que tu veux ?

Après une légère hésitation, je secouai la tête.

— Non. Je veux aller à l'UEO.

— Alors tu ne devrais pas changer d'avis, dit Sam.

Je me mordillai l'ongle.

— Il a marqué quelques points. Il dit que l'Université du Texas proposait les mêmes matières, mais qu'il n'y avait pas d'école d'art équivalente près de l'UEO. Et puisque je n'ai pas encore choisi de spécialité, il ne comprend pas pourquoi je refuse de changer de fac.

— Il n'a pas besoin de comprendre, dit Sam. Ce qu'il ressent ne m'est pas étranger. Je reconnais ses peurs. J'imagine ce que je ressentirais à sa place, poursuivit-il en regardant amoureusement sa femme. Je peux comprendre que ce soit une source d'angoisse de ne pas savoir ce qui va se passer quand on tient beaucoup à quelqu'un. Mais il doit te laisser partir, Erin. Si c'est votre destin, alors tout fonctionnera.

— Il n'a pas à la laisser partir, dit Julianne. Si c'est ce qu'ils veulent tous les deux, alors ils y arriveront.

Je hochai la tête.

— C'est ce que tu veux ? demanda Julianne.

— Je l'aime. Mais je m'aime moi, aussi.

Julianne soupira et s'approcha de moi pour m'étreindre.

— Et c'est parfait ainsi.

— Il s'en remettra, dit Sam. J'ai le sentiment qu'il s'inquiète beaucoup. De gros changements arrivent dans sa vie. Dans votre vie à tous les deux.

Julianne me serra une dernière fois avant de s'écarter. Elle redressa le pompon qui pendait de mon chapeau et sourit.

— Tu pourrais passer le voir avant notre départ. Lui remonter le moral. C'est censé être une journée heureuse.

Je hochai la tête et descendis au rez-de-chaussée. La porte d'entrée s'ouvrit en grinçant, et je sortis sous un soleil radieux. À chaque pas mon cœur se serrait un peu plus et ma tête bourdonnait. Qu'allait-il se passer à mon arrivée chez les Gates ? Les paroles de Sam et Julianne résonnaient dans ma tête au rythme de mes pas.

Il est bouleversé.

Tu ne devrais pas changer d'avis pour quelqu'un d'autre.

C'est une source d'angoisse.

Il n'a pas à la laisser partir.

C'est ce que tu veux ?

Il s'en remettra.

Je frappai à l'épaisse porte en bois et attendis. Au bout d'une minute, personne n'étant venu ouvrir, je frappai de nouveau. J'attendis. Rien.

Je tournai la poignée et je perçus des voix en provenance de l'arrière de la maison, probablement du salon. J'entrai et refermai la porte derrière moi.

Les paroles de Weston se mélangeaient. Il haussait le ton. Peter et Veronica essayaient de le raisonner. Il était plus que simplement bouleversé.

— Ne peux-tu pas simplement profiter de cette journée ? l'implorait Veronica. Tu n'es pas seulement en train de te la gâcher. Tu vas aussi la lui gâcher, à elle.

— Ce n'est pas ton dernier jour avec elle, ajouta Peter d'une voix tendue. Vous avez encore tout l'été.

— C'est ce qu'ont dit Sam et Julianne ? Est-ce qu'ils sont au courant de quelque chose ? demanda Weston.

— Non, répondit son père. Weston, calme-toi. Tu te mets dans tous tes états.

Je perçus un cliquetis, puis Weston prit une bouffée de son inhalateur.

— C'est terminé, dit-il alors, la voix brisée. J'ai trop tardé. On n'avait pas suffisamment de temps.

— Suffisamment de temps pour quoi ? demanda Veronica.

— Pour qu'elle développe des sentiments assez forts. Elle ne ressent pas la même chose que moi.

— Weston, tu as dix-huit ans. Tu as la vie entière devant toi. (Peter parut se rembrunir.) Erin est une gentille fille, mais elle n'est pas la seule sur terre. Si elle passe à autre chose, alors tu en es capable toi aussi.

— Vous ne comprenez pas, dit Weston. Vous ne comprenez rien. Si tu avais jamais aimé Maman comme j'aime Erin, tu ne me dirais pas ça.

— Weston ! s'exclama Veronica.

Je pénétrai dans la salle de bains et m'adossai au mur. S'ils savaient que j'avais surpris leur conversation, ils seraient tout autant gênés que moi. Il fallait que je sorte d'ici avant qu'ils s'aperçoivent de ma présence chez eux sans permission.

Weston reprit la parole d'une voix étouffée, puis celle de Peter me parvint plus distinctement :

— Je sais qu'il vaut mieux éprouver brièvement ce genre d'amour plutôt que jamais. Mais je sais aussi que si tu continues comme ça, tu vas la faire fuir.

Tandis que je regagnais le hall d'entrée, j'entendis la réponse de Weston :

— Je ne peux pas m'en empêcher. Je l'aime. Je l'ai toujours aimée. Je ne peux pas m'imaginer l'inverse. Maintenant que j'ai goûté à la vie avec elle, je ne pourrai jamais m'en passer. Et je ne crois pas que je devrais. Tout le monde ne cesse de me dire que je devrais la laisser partir. Mais pourquoi voudrais-je m'imposer ça ? Je connais déjà les effets de la suffocation – d'essayer de respirer sans parvenir à trouver de l'air malgré mes efforts. Vous me trouvez mélodramatique, vous trouvez que je réagis de façon excessive, mais je connais l'agonie, et je l'ai vécue plusieurs fois. Et là… c'est encore pire.

Je me glissai au-dehors, la main sur la bouche. Je dus me rattraper à la rambarde au moment où mes genoux flanchèrent. J'étais hantée par ses paroles, par la douleur et la panique dans sa voix.

Après m'être accordé quelques minutes pour me ressaisir, je fermai le poing et frappai énergiquement à la porte. Weston avait attendu avec impatience ces derniers jours de cours, et je ne voulais pas le laisser regretter quoi que ce soit. Même si j'étais désormais la seule à improviser, il avait besoin d'entendre quelques mots très simples de ma part, et j'allais prononcer ces mots – des mots que je redoutais de dire à voix haute, mais qui n'en étaient pas moins sincères.

Voyant que personne ne venait m'ouvrir, j'appuyai sur la sonnette et j'écoutai la mélodie complexe imitant des cloches de cathédrale.

Veronica ouvrit enfin la porte, les traits tirés.

— Erin, fit-elle, soulagée.

— Je peux entrer ? demandai-je.

Elle s'écarta et ouvrit grand la porte.

— Oui, je t'en prie. Il est dans le salon.

Je remontai le couloir, dépassai la porte du sous-sol et celle de la cuisine, et je m'arrêtai abruptement à un mètre cinquante de Weston. Il me tournait le dos.

— Weston ?

Je ne savais même pas s'il aurait envie de me voir.

Il se retourna. Il avait les yeux et les joues rouges.

— Ce sont eux qui t'ont demandé de venir ?

Je niai, avec l'espoir qu'il croirait à mon mensonge. Je ne voulais pas l'irriter davantage.

— Je voulais te voir.

— Pas maintenant. Je suis dans un état lamentable.

— Tu es nerveux. On l'est tous. C'est normal.

Il posa les mains sur ses hanches et baissa les yeux. Il s'efforçait de calmer sa respiration.

— J'ai l'impression de devenir fou, parfois. Enfin… je savais que j'étais fou de toi, mais bon sang ! Je n'arrive plus à me contrôler. Je suis terrifié.

— Parle-moi, dis-je.

— C'est la fin, non ? Il nous reste quelques semaines cet été, et puis ce sera fini.

— Non, répliquai-je énergiquement. Pourquoi tu ne veux pas me croire ?

Son regard erra dans la pièce avant de se poser sur moi.

— J'ai attendu, écouté, observé. J'ai espéré t'entendre dire ce que j'ai besoin d'entendre. Je ne sais même pas ce que c'est, Erin. Mais je me sens plus mal chaque jour qui passe.

— Ce n'est pas censé se passer ainsi, dis-je d'une petite voix. Tu ne devrais pas être malheureux. On voulait se fabriquer de bons souvenirs, tu te rappelles ?

Il hocha la tête et tendit la main vers moi. Je fis quelques pas et m'écrasai contre lui, le laissant me serrer dans ses bras.

— Hé, murmurai-je d'une voix que j'espérais réconfortante.

J'agrippai sa toge de diplômé à deux mains, en faisant comme si je n'avais rien entendu des douloureuses pensées qu'il venait d'avouer.

Il enfouit son visage dans mon cou, la respiration hachée. Son humeur ne s'arrangeait pas, et il était frustrant de constater que plus j'essayais de le rassurer, plus il semblait mal. J'allais devoir changer de stratégie.

— Weston, dis-je en le forçant à me regarder dans les yeux. J'ai repensé à ce qu'on s'est dit l'autre jour.

Il retint son souffle.

— Tu te trompes. Tu te trompes sur toute la ligne.

— Ça… ça craint, dit-il en fronçant les sourcils.

— J'ai besoin de toi. (Il s'écarta de moi pour sonder mon regard.) Je sais que tu penses le contraire, et c'est ma faute. Peut-être que je ne voulais pas avoir besoin de toi. Mais j'avais besoin que tu passes prendre une glace au *Dairy Queen* tous les jours, j'avais besoin de ce moment qui n'appartenait qu'à nous deux. J'avais besoin que tu me suives en voiture quand je suis rentrée seule chez moi, cette nuit-là. J'avais besoin que tu fasses du pont le premier endroit où je me suis jamais sentie en sécurité. J'avais besoin que tu m'embrasses devant tout le monde sur le terrain de base-ball. J'avais besoin que tu partages mon premier trajet en limousine. J'avais même peut-être besoin que tu aies peur de me perdre parce que je suis terrifiée à l'idée de te perdre.

— Tu… ça ne se voit pas dans ton comportement, dit-il.

Ces mots semblaient lui laisser un goût amer dans la bouche.

— Je n'ai pas envie de parler de la façon dont on va s'y prendre pour entretenir notre relation après cet été, parce que je n'ai pas envie d'y penser. Je veux seulement que ça marche. Je veux seulement qu'on se donne les moyens.

Weston haussa les sourcils.

— Je ne vais nulle part.

— Oh, si. Et moi aussi. On va se dire au revoir dans deux mois, mais je me concentre seulement sur le fait que ce ne sera pas un adieu. L'UEO sera ma deuxième maison, et Dallas la tienne. Mes nouveaux amis seront aussi les tiens. Et même si nous ne faisons pas d'expériences à deux, ces personnes seront un sujet de plus sur lequel rire pendant des heures au téléphone. On prend des directions différentes, mais on peut toujours revenir l'un vers l'autre. On est notre port d'attache.

Il retira son chapeau ridicule et prit mon visage entre ses mains pour m'embrasser passionnément. Chaque caresse de sa langue contre la mienne trahissait à la fois sa peur et son soulagement. Il ne me demanda pas de lui faire d'autres promesses ou de changer d'école. Il avait seulement besoin de s'assurer que j'étais aussi effrayée que lui, car l'amour est une chose merveilleusement terrifiante.

Weston remit son chapeau sur sa tête et inspira profondément, comme s'il respirait pour la première fois depuis des semaines.

— Je suis désolé, me dit-il.

Peter et Veronica entrèrent dans la pièce et parurent soulagés de voir leur fils détendu.

— Je suis désolé, dit-il à ses parents. Ça m'a frappé ce matin avant même le lever du soleil. Mais tout a continué de s'assombrir. Plus on approchait de la remise des diplômes, plus je me sentais mal.

Il toucha la chaîne en argent qui apparaissait sur le devant de ma toge, puis tira dessus pour sortir le pendentif en forme de cœur.

— C'est le commencement, pas la fin, dis-je.

Veronica montra le pompon de Weston avec un petit sourire prudent. Je ne savais pas ce qu'elle avait perçu de notre conversation, mais elle constatait que l'humeur de son fils s'améliorait progressivement.

— N'oublie pas ça, dit-elle en l'accrochant au bouton au sommet du chapeau.

— Tout va bien alors ? s'enquit Peter avant d'agiter ses clés. Allons-y. Les grands-parents attendent.

Weston se rendit au lycée en compagnie de ses parents, et moi des miens. Les familles Gates et Alderman se retrouvèrent sur le parking, puis Weston et moi nous dirigeâmes vers la salle de chant pendant que nos parents rejoignaient les grands-parents de Weston dans l'auditorium.

Une fois à l'intérieur, Weston bavarda avec ses camarades de base-ball et de football sans me lâcher la main. La salle résonnait des conversations animées des étudiants. Les aînés échangeaient des accolades et certaines filles se tamponnaient les yeux avec un mouchoir en prenant soin de ne pas faire couler leur mascara. Tout le monde était heureux, comme jamais je ne les avais vus.

Mme Pyles s'approcha avec son habituel sourire radieux et ses grands yeux bleus.

— Regarde-toi ! s'exclama-t-elle. Tu es nerveuse ?

— Pas vraiment, répondis-je.

— Tu seras l'une des premières à t'avancer.

— Oh. Est-ce qu'ils m'appelleront par le nom Alderman ?

— Je crois bien.

Je n'avais pas pensé à cela. Il serait probablement étrange pour beaucoup d'entendre le nom *Erin Alderman* dans les haut-parleurs alors que l'Erin Alderman qu'ils connaissaient était décédée.

— Tu préférerais qu'ils disent Easter ? Je peux leur glisser un mot.

— Vous pourriez peut-être leur demander d'appeler Erin Easter-Alderman ? suggérai-je, sans être vraiment certaine que ce fût la bonne chose à faire.

— Sans problème. (Mme Pyles m'adressa un clin d'œil.) Je vais aller m'en occuper tout de suite.

— Merci.

Avant qu'elle ne s'éloigne, je la rattrapai par la manche. Elle pivota et accueillit avec raideur mon étreinte, inattendue mais finalement bienvenue.

— Merci. Pour tout.

Elle me serra à son tour.

— Je t'en prie, ma puce. Je suis folle de joie pour toi.

Avec un sourire doux, elle tourna les talons et se dirigea vers l'auditorium.

Brendan, Brady, Micah et Andrew étaient regroupés dans un coin de la salle. Les yeux de Brady n'étaient plus gonflés, mais l'hématome était toujours présent. Les taches pourpres commençaient à virer au jaune à certains endroits. Toutes traces de son altercation avec Weston devraient avoir disparu d'ici deux semaines.

La conseillère de classe, Mme Hunter, était à peine visible parmi la foule, mais sa voix tonnait dans la salle.

— Bien, votre attention, tout le monde ! Il est temps de se mettre en rang !

Comme nous l'avions répété vendredi matin, les quatre-vingt-quatre élèves de dernière année parvinrent à se ranger par ordre alphabétique sans trop de confusion. Le bourdonnement d'excitation s'amplifia tandis que tout le monde gagnait sa place. Brady était à cinq places de la mienne, mais il me fut facile d'oublier sa présence. Encadrée que j'étais par Kiki Abrams d'un côté et Charlena Arnt de l'autre, la conversation ne manquait pas.

Kiki se tamponna délicatement le coin des yeux.

— Je n'arrive pas à croire que je sois aussi émue. Je ne pensais pas que ça me toucherait comme ça, pourtant j'ai passé la journée à pleurer.

— Pas moi ! dit Charlena. Pitié, faites-moi sortir de ce lycée !

Je souris, ravie d'entendre que je n'étais pas la seule de cet avis.

Le groupe commença à jouer et le silence se fit dans la salle. Kiki suivit Mme Hunter de l'autre côté des portes extérieures. Le soleil était déjà chaud, mais ses rayons me firent l'effet d'une libération. Nous marchâmes en ligne sur le trottoir jusqu'au hall d'entrée de l'auditorium. La ligne forma ensuite un arc de cercle jusqu'à ce que tout le monde soit entré pour profiter de l'air conditionné, puis nous attendîmes de nouveau d'être appelés à l'intérieur.

Je cherchai Weston des yeux, puis il m'adressa un signe de la main et un clin d'œil. Je lui rendis son salut. C'était étrange d'être entourée de tous nos camarades de classe sans pour autant être à ses côtés.

Mme Hunter et M. Morris ouvrirent enfin les portes et nous remontâmes l'allée jusqu'aux six premières rangées qui avaient été délimitées pour nous. Avant de m'asseoir, je vis les mains de Sam et Julianne apparaître au-dessus de la mer de têtes pour me faire signe. Je m'assis après leur avoir répondu.

Quelques instants plus tard, une voix familière susurra à mon oreille :

— Salut, beauté. Qu'est-ce que tu fais après ?

Je me sentis aussitôt plus à l'aise. Weston était assis juste derrière moi.

— Je fais ce que tu feras, répondis-je dans un murmure.

Il posa ses lèvres sur la peau juste derrière mon oreille, puis je l'entendis se rasseoir à sa place.

— Trop mignon, fit Kiki avec un sourire entendu.

Le principal Bringham fut présenté et, après de nombreuses prises de parole, suivies par l'hymne de notre école et le discours du major de promotion, le surveillant général et le principal gagnèrent leur place. Un micro à la main, M. Morris se dirigea vers la régie située au fond de l'auditorium, prêt à appeler les étudiants par leurs noms. Je me levai en compagnie de la première rangée d'étudiants, et nous formâmes une ligne au pied des marches menant à la scène.

— Laura Kathryn « Kiki » Abrams, appela M. Morris.

La foule applaudit et de nombreuses acclamations retentirent. L'espace d'une seconde, je me demandai si la pièce garderait le silence quand on appellerait mon nom, mais je n'eus pas le loisir d'y réfléchir très longtemps.

— Erin Easter-Alderman.

Après une courte pause de surprise manifeste due au choix du nom, les applaudissements retentirent et Sam et Weston se levèrent pour m'acclamer.

— Félicitations ! s'exclama Sam.

Julianne prit une dizaine de photos.

— Wouhou ! Erin ! lança Weston. Bien joué, bébé !

Je montai les marches, serrai la main du principal Bringham, puis je traversai la scène vers le surveillant général. J'acceptai sa main tendue de la main droite et mon diplôme de la gauche. Des chaises étaient alignées au fond de la scène, et je pris place à côté de Kiki.

— Charlena Nicole Arnt, appela M. Morris.

La foule explosa de nouveau.

Un par un, les étudiants furent appelés, reçurent leur diplôme et s'assirent à leur place. Quand vint le tour de Weston, mes petites acclamations furent noyées par celles de ses coéquipiers de football et de base-ball. Il prit place derrière moi et, une nouvelle fois, se pencha pour m'embrasser – cette fois sur la joue.

Plus on avançait, plus les sièges se vidaient dans la section réservée. Ma gorge se serra et mes yeux se mirent à me brûler. Cette émotion me prit par surprise. J'avais compté les jours jusqu'à ce moment. Mais il ne s'agissait ni d'amertume, ni même de soulagement. C'était tout ce que j'avais vécu depuis le jardin d'enfants jusqu'à cet instant qui me revenait, tout à la fois. Chaque souvenir, chaque sourire, chaque larme, chaque déception, chaque victoire s'accumulait sur mes épaules sous les projecteurs de la scène.

Après les formalités d'usage et une fois que tout le monde fut sorti, Mme Hunter parvint à mettre de l'ordre dans le chaos général, le temps de faire le décompte jusqu'au moment de jeter nos chapeau de diplômés en l'air. Le photographe prépara son appareil, imité par les parents et les amis. Simultanément, les diplômés retirèrent leur chapeau et les lancèrent dans le ciel au-dessus d'eux.

Tandis que les toques retombaient, Weston me prit dans ses bras. Au paroxysme de la célébration, le monde se figea autour de nous le temps d'un incroyable baiser. Il illustrait notre histoire d'amour, notre avenir et notre passé. Et ce devant presque toutes nos connaissances. Quand il finit lentement par s'écarter, le temps reprit son court comme si personne n'avait remarqué que nous venions de vivre l'un de ces moments que seul un souvenir pouvait capturer avec précision.

Weston passa son bras autour de mon cou, l'air beaucoup plus heureux que quelques heures plus tôt.

— Et maintenant ? demandai-je.

— Il y a une fête de remise des diplômes au *Barrage* ce soir, avec de la bière et un feu de joie, ou alors il y a une soirée tranquille sur notre pont avec du Fanta orange, des étoiles filantes et des lucioles. À toi de choisir.

— Waouh. Tu me poses une colle, dis-je avec un sourire jusqu'aux oreilles.

31

Les cigales stridulaient à un volume perçant et la variation obsédante rivalisait avec le chant des grillons cachés dans les champs qui bordaient le pont. Le flot régulier des phares sur l'axe nord-sud sous nos pieds, ainsi que le courant d'air intermittent provoqué par le passage de chaque camion, s'ajoutaient à la légère brise qui soufflait sur l'herbe environnante. Les étoiles scintillantes au-dessus de nos têtes contribuaient à rendre la soirée parfaite.

Weston, allongé à côté de moi, me laissait me servir de son bras comme d'un oreiller. Dès que nous étions sortis de l'habitacle climatisé de sa Chevy et que nous avions étalé la couverture en jean sur la plate-forme arrière, j'avais remarqué que la chaleur du début d'été ne s'était pas atténuée avec le coucher du soleil comme c'était habituellement le cas à cette époque de l'année. Malgré ma tenue légère, un short et un débardeur blanc à dentelle, l'air poisseux me collait à la peau et des perles de sueur commençaient à se former à la racine de mes cheveux et partout où nos peaux se touchaient – c'est-à-dire à de nombreux endroits.

Weston avait sorti une cannette de Fanta de la glacière et me l'avait donnée avant que l'on s'installe.

Nous l'avions partagée en observant le ciel et en écoutant les mélodies étouffées de l'été.

La remise des diplômes n'avait pas duré longtemps, mais les centaines de photos, la foule, les adieux, les embrassades et les sourires n'étaient que le prologue. Nous étions ensuite passés aux fêtes de famille, aux cadeaux, aux questions concernant mon avenir et celui de Weston, pour lesquelles je n'avais pas toujours de réponse. Mes joues étaient endolories par le sourire poli et reconnaissant maintenu pendant des heures, j'avais dépensé des trésors d'énergie pour socialiser avec les autres, et cela en valait la peine, mais il m'avait fallu quelque temps pour m'y habituer. Cette journée aurait été bien différente si ma vie n'avait pas pris un virage aussi radical. Cette idée m'avait été d'un grand secours pour me réjouir de voir les gens prendre la peine de me poser des questions au sujet de ce nouvel avenir qui s'offrait désormais à moi.

Malgré tout, ce moment tranquille avec Weston dans mon lieu préféré entre tous restait le meilleur de la journée. Il jouait avec mes cheveux d'un air absent tout en observant les millions d'étoiles qui illuminaient le ciel. Elles étaient plus visibles hors de la ville, à tel point que chaque fois que je relevais les yeux, la vue me coupait le souffle.

— Je t'aime, dit Weston simplement.

Sa voix était calme, naturelle. Rien ne laissait penser que c'était le début d'une conversation sérieuse ou difficile. Il voulait seulement exprimer tout haut ses sentiments.

Un sourire étira mes lèvres.

Quelques mois plus tôt, Weston n'était encore qu'un rêve, hors de portée, mais à présent, j'étais dans ses bras. Les paroles désespérées qu'il avait exprimées à ses parents plus tôt dans la journée résonnaient dans ma tête. Entre les poignées de main et les photos, la réalité d'être aimée – par Weston, par Sam et Julianne – m'était clairement apparue comme une responsabilité. L'amour, à tous les niveaux, nécessitait de la compréhension, des concessions mutuelles, de la conciliation et des compromis. L'amour demandait plus de travail que la solitude, mais cela en valait largement la peine.

Je jetai un coup d'œil à Weston. Il avait besoin de moi. Il était celui auquel j'avais l'habitude de voler des regards en attendant la fois où il croiserait le mien. J'espérais secrètement qu'il interprète la préparation de ses cornets de glace comme une proclamation de mon amour. À présent, j'étais celle qu'il désirait garder à ses côtés, celle dont il avait besoin pour son avenir. Il importait peu de savoir si nous étions destinés à nous aimer aussi fort, du moment que notre amour se poursuivait dans l'espace de temps infini qui s'ouvrait devant nous.

— Je t'aime aussi, dis-je.

Mon attention fut attirée par une voiture qui se rapprochait de nous, mais pas sur l'autoroute qui s'étirait sous nos pieds. Je relevai la tête pour suivre des yeux les phares qui s'approchaient du pont sur la route venant de l'est.

— Et si c'était le shérif ?

Weston resta imperturbable.

— Il nous dira de circuler. Rien de grave.

Le véhicule continuait d'avancer et je distinguai bientôt la forme d'un pick-up, qui ralentit puis s'arrêta juste avant le pont. Je posai ma main au-dessus de mes yeux pour les abriter de la lumière vive. Les quatre portes de la cabine s'ouvrirent et plusieurs silhouettes sombres en descendirent.

Weston se redressa et sauta à terre.

— Merde, siffla-t-il entre ses dents.

— Vous loupez la fête !

La silhouette de Brendan se découpa plus distinctement lorsqu'il s'écarta du rayon des phares. Il tenait une cannette de Natural Light[1] à la main et se balançait d'un pied sur l'autre pour garder l'équilibre.

Brady, Andrew, Micah et Tyson se trouvaient à ses côtés, une bière à la main eux aussi. Tyson semblait légèrement déconcerté. Andrew avait les yeux vitreux et devait manifestement se concentrer aussi fort que Brendan pour garder l'équilibre.

— Vous m'avez tous l'air faits pour la soirée, dit Weston d'un ton prudent.

Il s'efforçait de paraître naturel et indifférent, mais je décelai une touche de nervosité dans sa voix.

— Tu veux une bière ? demanda Brendan en jetant une cannette à Weston.

Ce dernier la laissa tomber à ses pieds.

— Pas vraiment.

— Qu'est-ce qui se passe, Gates ? demanda Andrew. Tu ne sors plus jamais avec nous. Tu as perdu ton sens de l'humour depuis que tu es avec elle.

Il me pointa du doigt tant bien que mal.

— Ramasse tes affaires, Erin. On va se trouver un endroit moins fréquenté.

Je fermai la glacière et commençai à plier la couverture.

— Tu te crois vraiment trop bien pour traîner avec nous, hein ? fit Brendan. Quel sale con t'es devenu, Gates.

Weston me tendit la main pour m'aider à descendre du hayon. Puis il le releva et le sécurisa d'un clic.

— On va s'en aller, les gars. Passez une bonne soirée.

Il sortit ses clés de sa poche.

Brady fit un pas en avant.

— C'est comme si tu crachais sur la tombe d'Alder en collant cette pouffiasse.

Weston se plaça devant moi d'un geste protecteur.

1. Bière légère américaine (*N.d.T.*)

— Qu'est-ce qui t'embête autant, Brady ? Tu sais ce que je ressentais pour Alder, ou plutôt ce que je ne ressentais *pas*.

— Je le savais, acquiesça Brady d'une voix pâteuse, les yeux plissés. Parce que j'étais ton putain de meilleur ami. Et maintenant je ne te reconnais plus, mec.

— Alors quoi ? Tu as envie de me frapper ? Tu as ramené tes potes pour me mettre une raclée ? Qu'est-ce que ça va résoudre ? demanda Weston.

Tyson secoua la tête.

— J'ai pas l'intention de frapper Weston, mec. C'est pas mon combat.

Brady lui jeta un regard méprisant.

— Petite fiotte.

— Va te faire foutre, répliqua Tyson. Wes est mon ami. Je ne vais pas t'aider à le tabasser parce que tu...

— Ferme-la ! hurla Brady.

Weston plissa les yeux.

— Tu étais amoureux d'Alder. C'est pour ça que tu es aussi furax.

Brady jeta sa cannette de bière sur Weston, qui me protégea de son corps. Elle manqua son épaule et s'écrasa au sol, créant une petite flaque sombre.

— Tu sais que dalle, fit Brady en se rapprochant. Tu ne l'as jamais méritée. Maintenant, elle est morte. Et tu t'envoies cette sale pétasse !

Il mit l'accent sur le dernier mot en me pointant du doigt.

— Viens, dit Weston en me prenant doucement le bras. Partons avant que ça ne dégénère.

— Trop tard, dit Brady en s'esclaffant. C'est toi qui as ramené la dégénérée.

Weston fit volte-face, mais je le rattrapai par son tee-shirt. Il se pencha en avant, tirant sur le tissu blanc.

— Tu veux essayer ? demanda Brady en tendant les mains. Allons-y.

— T'es encore pas mal amoché de la dernière fois... T'es sûr de toi ? demanda Weston.

— Weston, je t'en prie. Partons, dis-je, les mains tremblantes.

Même si Tyson ne s'en mêlait pas, ils étaient tout de même quatre contre un.

— Ferme-la, planche à pain. J'en ai plus qu'assez de toi, dit Brady. Tu t'es installée dans la chambre d'Alder et tu joues au papa et à la maman avec ses parents. C'est dégueulasse, ils ont tout simplement oublié leur fille et t'ont laissée prendre sa place comme si elle n'avait jamais existé. Tu ne seras jamais Alder. Tu pourras toujours t'inonder de parfum de luxe et porter les jeans de marque que Julianne t'achète, tu resteras toujours la progéniture dégénérée d'une pute camée qui essaie de nous ressembler.

Weston serra les poings.

— S'il te plaît, Weston, l'implorai-je. S'il te plaît, ramène-moi.

Weston secoua la tête et fit un pas en avant malgré moi.

— Je ne sais pas comment, mais je vais te prouver que c'était une erreur, dit Brady. Les parents d'Alder vont avoir la honte de leur vie et ce sac à foutre va retourner d'où elle vient.

Weston laissa échapper un rire sans joie.

— Une erreur ? C'est à ça que tu te raccroches ? Regarde-la, Brady. Elle ressemble à Julianne !

— Oui, c'est une putain d'erreur ! s'exclama Brady en crachant.

Il s'essuya la bouche du revers de la main.

Weston retira gentiment ma main de son tee-shirt.

— Si tu t'intéresses vraiment aux erreurs de la nature, Brady, tu devrais interroger tes parents.

Avant que Brady ait pu saisir l'insulte, Weston se jeta sur lui et ils roulèrent au sol. Brendan et Andrew se ruèrent sur eux à leur tour.

— Non ! Les gars ! s'écria Tyson en empêchant Micah de se joindre à eux. Arrêtez !

Il essaya d'écarter Andrew du sommet de la pile.

Brendan se détacha du groupe, leva sa botte et frappa Weston pour l'écarter de Brady. Weston se tortilla par terre un instant puis tenta de se mettre à genoux.

Brady prit son élan et donna un coup de poing à Weston en pleine mâchoire. Weston tomba à quatre pattes sur le ciment.

— Arrêtez ! hurlai-je.

Brady se tourna vers moi, fulminant. Sans me quitter des yeux, il donna un coup de pied en pleine tête à Weston qui tomba à plat ventre.

Brendan enfonça le bout de son pied dans les côtes de Weston, imité par Andrew. Chaque fois que Weston essayait de se relever, ils le frappaient de nouveau.

— Ça suffit ! cria Tyson, les veines du cou saillantes.

De mon côté, je me jetai sur le corps de Weston. Il était tellement plus grand que moi que je le couvrais à peine. Je fermai les yeux pour me préparer au coup suivant.

— Vous avisez pas de faire ça, putain ! cria de nouveau Tyson.

Je relevai les yeux. Tyson pointait Brady du doigt, qui était en position d'attaque.

— Montez dans la voiture ! ordonna Tyson.

L'éclat alcoolisé avait disparu de leurs yeux, tout comme l'exaltation provoquée par l'acharnement sur leur victime. Je m'accrochai à Weston, que j'entendais retenir sa respiration, puis grogner.

Il releva la tête vers Brady.

— C'est pas fini, Beck.

— Je te le fais pas dire ! répliqua-t-il avant de suivre les autres à l'intérieur du pick-up.

— Tu vas bien ? demanda Tyson en se dressant devant nous.

— Je survivrai, répondit Weston.

Tyson hocha la tête puis rejoignit les autres. Le pick-up fit demi-tour en faisant voler le gravier. Weston tenta de faire bouclier, mais ses gestes étaient lents.

Lorsque la lueur rouge des feux arrière disparut au loin, Weston se redressa et cracha. Il essuya la traînée de sang sur ses lèvres avec son poignet.

Je soulevai le bas de mon débardeur pour essuyer la terre et le sang sur son visage.

— Il faut que tout cela cesse, dis-je d'une voix brisée.

— Oh, ça va s'arrêter, confirma Weston d'une voix grave et menaçante.

— Non. Plus de bagarres, l'implorai-je.

— Et si tu finissais seule avec lui à Stillwater ? Tu crois que je vais te laisser aller là-bas, en sachant qu'il cherche à se venger ?

— Il faut vraiment qu'on parle de ça maintenant ?

— Quand, alors ? Brady a toujours été un crétin. Mais là, on atteint un nouveau record. Je n'aurais jamais cru qu'il irait jusque-là.

Il cracha de nouveau et je l'aidai à se relever.

— Tu te sens essoufflé ?

— Non, répondit-il en étirant ses muscles endoloris.

— Brady t'a frappé à la tête, dis-je, inquiète.

— Oui, j'ai senti, grommela-t-il.

— On devrait aller voir Julianne pour qu'elle t'examine.

Weston commença à protester, mais je lui pris ses clés. Il n'était pas assez rapide pour m'arrêter.

— Tu n'as pas le choix. Je conduis.

— Tu n'aurais pas dû faire ça, dit-il.

— Les empêcher de te casser les côtes ? demandai-je en l'aidant à s'installer sur le siège passager, sur lequel il se laissa tomber en grognant. Je n'allais pas rester plantée là sans rien faire.

— T'inquiète pas. Je vais m'en occuper, dit Weston.

— Oh non, répliquai-je avant de refermer la portière.

Puis je contournai le véhicule en marmonnant pour moi-même :

— C'est moi qui vais m'en occuper.

32

— Andrew, Brendan et Brady, hein ? fit Frankie. Un ramassis de connards. (Elle secoua la tête, les yeux rivés de l'autre côté de la fenêtre.) Visiblement, reprit-elle en secouant la tête, le bal de promo ne lui a pas suffi. On devrait frapper Brady en plein utérus et ensuite, remplir son vagin de sable.

Je ricanai.

— C'est légèrement impossible, Frankie, puisque Brady est un garçon.

— Il ne le sera plus quand je me serai occupée de lui, grogna-t-elle.

— Pas d'utérus, et pas de vagin.

— Quand même. L'enfoiré. Qu'il s'avise un peu de s'approcher de ma vitre. Je ne lui préparerai plus *jamais* de cornet au chocolat.

— Oh. Voilà qui va lui faire regretter son geste, fis-je en feignant le plus grand sérieux.

Elle se tourna vers moi.

— Que va faire Weston ?

— Rien. Enfin, c'est ce que je lui ai demandé.

— Tu crois qu'il va t'écouter ?

— Il a intérêt, marmonnai-je.

Elle haussa un sourcil.

— Regarde-toi, tu sors grandie de ta dernière année de lycée. Tu as du cran.

Je soupirai.

— Tout cela va mal finir. Ils ne peuvent pas continuer à se battre comme ça. Quelqu'un va finir blessé. Et… Weston avait du mal à respirer après. J'ai vraiment peur.

— Tu as peur que Weston ne fasse une nouvelle crise d'asthme après une bagarre ?

— Oui.

— Tu n'as pas tort, dit-elle.

J'étais surprise. Frankie me soutenait toujours, mais elle n'était jamais d'accord avec moi.

— Tyson a de la chance de ne pas s'en être mêlé, dit-elle en agitant le doigt. Je connais sa mère. Elle ne laisserait pas ses enfants se comporter de cette manière.

— C'est lui qui les a arrêtés. S'il ne l'avait pas fait… je pense que Brady se fichait pas mal que je me sois interposée.

Frankie pâlit. Une voiture s'arrêta devant la boutique et, lorsqu'elle reconnut la femme qui s'approchait à grands pas, ses joues s'enflammèrent.

— Frankie, dis-je en guise d'avertissement.

Lynn se posta devant ma vitre et attendit, l'air suffisant.

Frankie se plaça à mes côtés et la fusilla du regard tandis que je faisais coulisser la vitre.

— Je peux vous aider ? demandai-je en m'efforçant de m'adresser à elle comme à n'importe quel autre client.

Je savais qu'elle mijotait quelque chose, sinon elle serait allée passer sa commande au drive-in.

— Comment va Weston ? demanda-t-elle.

Je la dévisageai, sans expression.

Elle ricana.

— Qu'est-ce que vous voulez, Lynn ? demanda sèchement Frankie. Passez commande ou allez-vous-en.

— Brady a un brillant avenir devant lui, Easter. Le tien, en revanche, dit-elle en observant le mur extérieur du *Dairy Queen*, n'ira pas plus loin que de l'autre côté de cette petite vitre.

Frankie pouffa.

— Vous avez fait tout ce chemin depuis le country club pour vous moquer d'elle ? Rappelez-moi : quel âge avez-vous, déjà ?

— Je voulais simplement féliciter Easter pour son diplôme. Quel dommage que ta mère n'ait pas pu venir assister à la cérémonie.

— Julianne était là, répliquai-je.

— Ta vraie mère, corrigea Lynn sans la moindre émotion. Celle qui vit dans la poubelle dans laquelle tu as grandi.

Frankie me regarda.

— Ce n'est pas la famille de Brady, la poubelle ? Parce que tous ses membres sont des ordures.

J'étouffai un rire et Lynn jeta un regard perçant à Frankie.

— Vous êtes la risée de la ville, Frances. Vous n'allez nulle part. Vous avez encore le même boulot qu'au lycée, et ce sera pareil pour vos enfants, parce que vous n'avez pas les moyens de leur offrir une éducation digne de ce nom.

— Peut-être, répondit Frankie. Mais je trouverai un moyen de les envoyer à l'université. Vous avez fait de votre fils un être cruel. Et quand la plupart des citoyens de cette ville penseront à lui, ce ne sera pas le nom des Beck qu'ils retiendront, ni le succès qu'il aura rencontré. Ils se souviendront de lui comme d'un sale type, infâme et sournois. Mieux vaut vous y faire tout de suite.

Frankie ferma la vitre d'un coup sec et Lynn, après avoir cherché quoi dire pendant quelques secondes, tourna les talons et regagna sa voiture d'un pas lourd.

Frankie s'appuya contre le comptoir.

— Mince, je hais cette garce.

J'inspirai profondément et écartai mes cheveux de mon visage.

— J'ai le sentiment qu'elle ne s'aime pas non plus. Veronica m'a dit que Lynn se vantait des méchancetés que Brady disait et faisait aux autres. Qui communique délibérément ce genre de colère à ses enfants ?

— Lynn Beck, répondit Frankie en cherchant de quoi s'occuper.

Le reste de la journée s'écoula à un rythme trépidant mais sans autre incident majeur. Le terrain de base-ball resta désert et je songeai avec amertume que plus jamais Weston ne sauterait dans son pick-up pour traverser la rue et apparaître de l'autre côté de ma vitre.

Je commençais seulement à m'habituer à rentrer, au volant de ma voiture, dans un foyer propre qui ne sentait pas l'herbe ou la fumée de cigarette, mais la nouveauté était de me lever le matin sans n'avoir rien d'autre à faire qu'aller travailler.

Les premiers jours de notre dernier été avant le plongeon dans la vie réelle me faisaient l'effet d'un week-end prolongé. Mais, très vite, j'eus l'impression d'avoir trop de temps pour penser, par exemple au tournant aussi merveilleux qu'étrange qu'avait pris ma vie, à la raison de ce revirement, à la chance qui avait tourné pour moi – et à la possibilité que la roue tourne de nouveau.

Tout ce temps libre signifiait de longues journées, mais très vite le jour de l'Indépendance arriva. Julianne et moi passâmes des heures à cuisiner, puis à décorer la maison et le jardin pour la fête de quartier que Sam et Julianne organisaient chaque année.

Weston passa lui aussi la majeure partie de la journée à aider sa mère, mais à l'approche de l'heure du dîner tout le monde se retrouva dehors pour goûter aux préparations de chacun, tout en bavardant de la fréquence d'arrosage de leurs pelouses.

L'été fut particulièrement torride. La mairie de Blackwell ayant instauré une restriction d'eau générale, le gazon commençait déjà à prendre une teinte jaunâtre. Vivant dans un état du Sud où il n'était pas rare que les températures atteignent les quarante degrés, je me rappelai avoir déjà connu ce genre d'arrêté. Les effets négatifs de la pénurie d'eau sur les pelouses n'avaient jamais été un sujet de conversation chez Gina, et cela me paraissait étrange.

— Bordel, il fait chaud, râla Weston en me rattrapant.

La sueur perlait sur son front et ses joues rouges contrastaient avec sa peau bronzée. Il portait une paire de lunettes de soleil d'aviateur qui cachaient ses magnifiques yeux verts. C'était la seule chose qui me déplaisait concernant l'été.

Weston était déjà doré le lendemain de la remise des diplômes, tandis que ma peau diaphane écopait de son quatrième coup de soleil de l'année.

— N'oublie pas la crème solaire, dit Julianne qui, en passant, me tendit un spray indice 70.

Je fronçai les sourcils. Sa peau couleur olive était d'une teinte éclatante. Sam, lui, était en train d'étaler de l'écran total blanc et épais sur son nez, et il portait un large panama sur la tête.

C'est sa faute.

— Erin ! appela Julianne. Erin, viens saluer Mme Schrimshire !

Je fis la moue, et Weston me tapota le dos.

— J'essaie d'aimer les fêtes, vraiment, j'essaie, dis-je avant de le quitter.

J'allai saluer Julianne et une femme suffisamment âgée pour ne plus craindre les effets du soleil. En chemin, je m'emparai d'un verre d'eau glacée.

— Tu es simplement adorable ! dit Mme Schrimshire avec un sourire qui dévoilait l'intégralité de son dentier.

Je lui tendis le gobelet.

— Tenez, dis-je, l'air plus maladroit que poli. Il fait très chaud.

Mme Schrimshire accepta le verre avec un petit rire, puis but une gorgée.

— Quelle gentille fille vous avez là.

— Comme vous dites, approuva Julianne avec fierté. Erin, Mme Schrimshire vit dans le quartier depuis toujours. Son mari était avocat en ville. Ce sont les Gates qui ont repris son cabinet.

— Votre autre Erin me manque. Comment faites-vous pour tenir le coup ? demanda Mme Schrimshire en touchant le bras de Julianne.

Celle-ci sourit.

— Elle me manque aussi.

— Cela doit être tellement étrange pour vous… vous réjouir d'avoir récupéré votre fille, et en même temps pleurer celle que vous avez élevée.

— C'est vrai, approuva Julianne, qui maniait cette conversation gênante comme une pro.

— C'est un plaisir de vous rencontrer, dis-je avec un sourire poli.

Julianne me lança un clin d'œil.

— Les *ribs* sont prêts ! cria Sam depuis le jardin.

La moitié de la rue migra vers le barbecue et Julianne me fit signe de la suivre.

— Je suis désolée, lui dis-je. Je suis mauvaise dans ce domaine.

— Cesse d'être aussi dure avec toi-même. Tu t'en sors très bien, et tu es superbe.

Julianne jeta un regard appréciateur à ma tresse sur le côté, ma robe d'été blanche et mes sandales bleu marine. C'était elle qui avait acheté la robe et m'avait aidée à choisir les chaussures.

— Est-ce que tu pourrais m'accompagner à la fac et m'aider à choisir les bonnes tenues ?

— À la fac, tu porteras des gros pulls. Et pas de maquillage. Essaie aussi de ne pas te laver. On t'en tiendrait rigueur, dit-elle, ne plaisantant qu'à moitié.

— Oh, Dieu merci, répondis-je en l'aidant à distribuer les assiettes que Sam avait garnies de viande.

Weston apparut à mes côtés.

— Les Johnson ont une piscine ! dit-il en me tirant par la manche.

— Ah non ! s'écria Julianne. Elle a mis un temps infini à faire sa tresse, et elle n'a pas envie de ressembler à un ragondin pour le feu d'artifice ! (Elle me regarda.) N'est-ce pas ?

Je secouai la tête.

Julianne jeta un regard perçant et taquin à Weston.

— Les gosses du quartier se jettent tous à l'eau en même temps. (Elle le piqua avec une fourchette en plastique.) Ne crois pas que je ne suis pas au courant.

Weston pouffa.

— OK. Allez viens, bébé, allons nous trouver un peu d'ombre jusqu'à ce soir.

— Les chaises longues sont au garage, nous lança Julianne.

Weston récupéra deux chaises pliantes et les installa dans le jardin, à l'ombre de la maison. Le soleil était brûlant, et les voisins mangeaient et bavardaient à l'ombre des arbres, tandis que les plus jeunes – insensibles à la chaleur étouffante – se pourchassaient et se lançaient de petites balles en tissu qui éclataient en touchant le sol.

— Je me rends compte maintenant de quoi j'ai été privée, dis-je en observant les enfants, qui criaient chaque fois qu'une balle touchait leurs pieds.

— Tu le penses vraiment ? demanda Weston.

J'avais envie de lui tenir la main, mais j'avais les paumes moites et je supposai que lui aussi.

— Non.
— J'y pense souvent.
— À ce que j'ai manqué ?
— Je me demande si tu serais différente aujourd'hui si tu avais grandi avec tes vrais parents.
— Tu penses que je me comporterais comme Alder ?
Il secoua la tête.
— Non, je pense que tu serais la même qu'aujourd'hui. Peut-être un peu plus à l'aise en société...
Il s'interrompit en riant.
— Je ne peux pas le contester.
Weston me tendit une bouteille en plastique, que j'acceptai avec un sourire.
— Tout droit sortie de la glacière, dit-il, tout fier.
— Quand je repenserai à cet été, mes souvenirs seront constitués de l'arrière de ton pick-up, du pont, de la chaleur qui me liquéfie, et de Fanta orange.
— On se fabriquera encore d'autres souvenirs, dit Weston. J'ai repéré des tas de cartons défoncés dans le garage.
— Oui. Je ne sais pas trop avec quoi ils pensent que je vais les remplir.
— Avec toutes les affaires que ta folle de mère t'a achetées. Ma mère dit que Julianne a rempli la chambre d'amis avec des affaires pour ton appartement à la fac.
Je hochai la tête.
— Un protège-matelas à mémoire de forme, des couverts, et des produits ménagers faits maison et organiques. C'est à peu près tout.
— C'est impossible ! Ma mère a dit qu'il y en avait une pièce remplie !
— Des serviettes. Du nettoyant W-C. Un ou deux jetés de lit en fourrure de chez Pottery Barn.
— Des jetés de lit ? (Il ricana.) C'est démesuré.
J'éclatai de rire.

— Pourquoi ta mère farfouille-t-elle dans la chambre d'amis de Julianne ? C'est bizarre.

Weston ricana de nouveau.

— Julianne est très fière de tous ces accessoires.

— Je vois ça.

Je regardai mes parents manger, parler, rire, l'air heureux – et moites de sueur. Personne n'avait vraiment envie de contact physique – ce qui était pratique lorsque je rencontrai les voisins, mais moins lorsqu'il s'agissait de personnes affectueuses comme Sam et Julianne. Je voyais qu'ils avaient envie de s'enlacer, mais ils avaient décidé d'attendre jusqu'au coucher du soleil.

— Je mangerais bien un cornet extra-large à la cerise, là tout de suite. Mais je n'ai plus de contact au *Dairy Queen*.

— J'y travaille encore. Ne fais pas comme si tu n'avais pas ton cornet à la cerise chaque fois que je suis de service.

Weston pencha la tête vers moi mais n'osa pas me toucher avec ses cheveux humides.

— Parce que tu es amoureuse de moi.

— Oui.

Il fit une pause, songeur.

— Pourquoi tu continues de dire *la maison de Sam et Julianne* ? C'est la tienne aussi.

— Pas vraiment.

— Si, vraiment. La maison de mes parents est ma maison.

— Tu y as vécu toute ta vie.

— C'est le fait de le dire à voix haute qui te gêne ?

Je haussai une épaule.

— Je suppose.

— Est-ce que c'est bizarre de dire que *moi*, je suis à toi ? Parce que je ne trouve pas ça bizarre de dire que tu es à moi.

Je pinçai les lèvres pour réprimer un sourire.

— Certains jours, quand je me réveille, ce qui m'arrive me paraît toujours aussi surréaliste. Je me demande pourquoi tu es à moi.

— Parce que tu es gentille, brillante, sublime. Et tu ne ressembles à personne.

— Et parce que je te prépare des cornets à la cerise extra-larges ?

— Exactement, dit-il en hochant la tête.

Il s'adossa à son siège tandis que le soleil déployait ses rayons roses et orangés à travers le ciel. Je songeai à la peinture murale et à notre œuvre qui perdurerait bien après notre départ de Blackwell.

Le soleil se coucha et les étoiles percèrent l'obscurité l'une après l'autre. Au bout d'un moment, les premiers feux d'artifice retentirent et une pluie d'étincelles rouges, bleues et blanches déchira le ciel nocturne.

Les enfants poussèrent des cris de joie tandis que les adultes poussaient des « Oh » et des « Ah ».

Weston effleura mon collier en argent.

— Est-ce que tu le porteras encore quand tu seras à Stillwater ?

— Oui, répondis-je. Pourquoi voudrais-tu que j'arrête de le porter ?

— Je ne sais pas. Peut-être que tu ne veux pas de vieilles choses du passé dans ta nouvelle vie.

— C'est ça, ma nouvelle vie, dis-je en entrelaçant nos doigts.

33

Weston et moi passâmes nos journées et nos nuits sur le pont privé des Gates au lac Ponca, sur notre pont et sur le canapé de son sous-sol. Il vint également me rendre visite au *Dairy Queen* lorsque j'étais de service.

Frankie formait une nouvelle fille, Jordan, et, au bout de quelques semaines, il ne me semblait plus avoir ma place dans le minuscule espace où nous travaillions. Moins d'une semaine plus tard, je partais pour l'université.

Pour mon dernier jour au *DQ*, Frankie fut silencieuse.

L'affluence des équipes de football était passée et je commençai à nettoyer la pagaille que nous avions mise.

Le moteur d'un pick-up rugit sur le parking du terrain de base-ball. C'était la Chevy rouge de Weston, garée à sa place habituelle. Il recula, marqua une pause et traversa la rue pour se garer devant le *Dairy Queen*, comme il l'avait fait une centaine de fois depuis qu'il avait son permis.

Les battements de mon cœur s'accélérèrent. Il ne portait pas sa tenue de base-ball mais un short de basket et un tee-shirt qui laissait apparaître ses longs bras bronzés et musclés.

Il approcha de ma vitre et sourit. Je la fis coulisser. Il était inutile de lui demander ce qu'il voulait, mais il faisait des gestes. C'était la dernière fois qu'il avait traversé la rue pour venir me passer sa commande.

— Puis-je vous aider ? demandai-je, légèrement émue.

— Salut, Erin, dit-il.

Ses yeux émeraude brillaient tandis qu'il tentait de retenir un sourire.

— Salut.

— J'aimerais un cornet à la cerise, s'il te plaît. Extra-large.

— Je m'en occupe.

Jordan et Frankie me regardèrent toutes deux prélever un cône dans le distributeur et appuyer sur le levier de la machine à glace. Je souris au moment de créer ma toute dernière vague au sommet de la crème glacée, puis je plongeai cette dernière dans l'enrobage à la cerise. La couche rouge et gluante durcit tandis que je passai avec précaution le cornet à Weston à travers la vitre.

— Merci, bébé, dit-il avant d'engloutir le sommet comme il le faisait toujours. Je voulais être ton dernier client.

Il déposa quelques dollars sur le comptoir et je lui rendis la monnaie. Il me lança un clin d'œil avant de repartir vers son pick-up.

— C'était parfaitement dégoûtant, commenta Frankie. Je suis ravie que ce soit ton dernier jour, pour ne plus avoir à assister à cette grotesque démonstration publique d'affection.

— Techniquement, ce n'était pas une démonstration publique d'affection, fit remarquer Jordan.

Elle recula face au regard menaçant que lui adressa Frankie.

Je croisai les bras.

— Comment va Mark ? Il est passé chaque fois que j'étais là.

Elle grogna.

— Il est merveilleux. Il paraîtrait qu'il m'aimerait, moi et mes enfants. Il veut qu'on s'installe ensemble. Je lui ai dit pas tout de suite.

— Pas tout de suite ?

— Il est gentil. Je l'aime beaucoup. Mais pas tout de suite.

— Ça se comprend.

— Je n'arrive toujours pas à croire que tu me quittes, gémit Frankie en réapprovisionnant les gobelets. Enfin, je savais que ce moment arriverait, que tu ne t'éterniserais pas dans les parages, mais ce ne sera pas pareil sans toi.

— Ce qui ne me met pas du tout mal à l'aise, intervint Jordan en remontant ses lunettes sur son nez.

— Ça n'a rien à voir avec toi, petite goinfre, répliqua Frankie.

Jordan lui jeta un regard confus, et Frankie plissa les yeux.

— Tu crois que je ne te vois pas t'empiffrer de M&M's chaque fois que tu passes à côté du pot ?

Jordan secoua la tête.

— Ce n'est pas vrai. J'ai...

Frankie la pointa du doigt.

— Tu as de la chance d'utiliser des cuillers en plastique. Sinon, ce serait contraire aux règles d'hygiène et Patty devrait te virer pour avoir contaminé les garnitures.

Jordan commença de nouveau à protester, mais je posai ma main sur son épaule.

— Elle prend ses marques.

— Non, grommela Frankie en triturant le chiffon humide dans ses mains.

Si, elle prend ses marques, répétai-je en silence du bout des lèvres.

Jordan approuva de la tête, l'air désespéré.

Je me rappelai mes premiers jours avec Frankie. Elle me criait beaucoup dessus, m'accusait de m'empiffrer de sucreries, puis, finalement, finissait par me proposer de me ramener chez moi.

Jordan était une fille calme, comme moi, et s'en tirerait très bien.

Patty fit son apparition, un sourire radieux aux lèvres. Je dénouai mon tablier et l'accrochai pour la dernière fois à sa patère.

— Je ne veux pas voir ça, dit Frankie en me tournant le dos.

— J'ai pensé que je passerais te dire au revoir, dit Patty.

Elle me serra contre elle, et Frankie choisit cet instant pour se retourner et m'enlacer en même temps.

Elles gardèrent cette position plus longtemps que nécessaire, et je laissai mes yeux parcourir la pièce en attendant qu'elles me libèrent. Je tapotai l'épaule de Frankie, puis Patty s'écarta enfin.

— Tu vas beaucoup nous manquer ici, petite. Amuse-toi bien à la fac, dit Patty avec un clin d'œil. Essaie de venir nous rendre visite à l'occasion.

Je hochai la tête.

— Merci, Patty, pour… (La liste était trop longue.) Pour tout. Le *Dairy Queen* aussi va beaucoup me manquer. Vous avez toujours été bonnes envers moi.

— Tu l'as toujours mérité, ajouta Patty.

— Va-t'en d'ici. (Frankie renifla.) Profite de la fin de ton été.

Je les embrassai une dernière fois, saluai Jordan de la main, puis passai par la réserve en sortant mes clés de ma poche.

En sortant du parking, Weston avait pris la direction du nord. Je savais donc qu'il n'était pas rentré chez lui.

Assise au volant de ma BMW, j'appuyai sur le bouton de démarrage et écoutai le moteur tourner. Mon téléphone émit une sonnerie, puis une deuxième.

L'un des messages était de Weston, et l'autre de Sam, tous deux me demandant comment s'était passée ma journée. C'étaient les deux hommes que je préférais au monde.

Je répondis à tous deux que j'étais à la fois triste et heureuse, et en route pour la maison. Puis je démarrai. Je n'étais plus nerveuse désormais à l'idée de conduire ma voiture. Mes mains ne tremblaient plus chaque fois que les roues se mettaient à tourner. Je pouvais changer de file comme si de rien n'était et, parfois, je dépassai même légèrement la limitation de vitesse.

À mon arrivée, Julianne sortait tout juste de sa voiture, l'air svelte dans son costume-pantalon sombre.

— Coucou ma chérie ! Comment s'est passée ta journée ?

Sa voix résonnait dans l'immense garage.

— Bien. Un peu triste. Où étais-tu ?

— À la clinique, répondit-elle, les yeux brillants. Des formalités administratives.

— Tu vas vraiment le faire ?

— Oui, répondit-elle rapidement. (Puis son sourire s'estompa légèrement.) Ça ne pose pas de problème ?

— Aucun ! répondis-je d'une voix trop haut perchée. Je suis super contente pour toi.

Son sourire reparut et elle soupira, soulagée.

— Tu es sûre que tu n'auras pas besoin de moi ? Tu seras à peine installée...

— Tout ira bien. Je pourrai toujours t'appeler, n'est-ce pas ?

— Bien sûr ! approuva-t-elle énergiquement. Ça te dit de dîner dehors ? Je meurs d'envie d'un *Los Potros*.

— Moi aussi, en fait.

Elle me fit signe de la suivre à l'intérieur.

— Je vais appeler Sam. Je pense qu'il aura terminé vers 17 heures, avec un peu de chance.

— Je vais juste... commençai-je en désignant l'étage.

— Oui, oui. Va enlever toute la crème glacée. On y va quand tu seras prête, dit-elle en se dirigeant vers la cuisine, tout en retirant ses boucles d'oreilles.

— Je fais vite.

Elle agita la main.

— Prends ton temps. Oh, Erin ? appela-t-elle.

Je m'arrêtai. Le ton de sa voix était différent, mais familier. Elle était nerveuse, incertaine.

— Oui ?

— Peux-tu venir une minute ?

Je la rejoignis dans la cuisine. Elle tenait à la main un morceau de papier rectangulaire, un sourire gêné aux lèvres.

— Qu'est-ce que c'est ? demandai-je.

Elle tendit la main.

— C'est Sam qui l'a retrouvée. Ce n'est rien, vraiment. Seulement, ça m'était sorti de l'esprit jusqu'à maintenant.

Je m'approchai d'elle et jetai un œil à la photo qu'elle tenait à la main. Elle représentait Julianne dans un lit d'hôpital. Elle avait le visage rouge, en sueur, et rempli de joie.

— C'est nous, expliqua Julianne, les yeux embués. Sam l'a prise quelques secondes après ta naissance, avant qu'on ne t'emmène. C'est toi, Erin – toi et moi.

J'observai la photo pendant une minute entière. Je notai la couleur sombre et l'épaisseur de mes cheveux, combien Julianne avait l'air heureuse, sa façon de me tenir dans ses bras. C'était notre première photo ensemble, et notre dernière... jusqu'à récemment.

Je tournai les yeux vers un cadre posé sur l'îlot central, qui contenait une photo de Sam, Julianne et moi. Weston l'avait prise juste après la remise de nos diplômes. Je portais ma toge et mon chapeau, et Sam et Julianne rayonnaient. Le mot « Famille » était gravé dans le cadre en métal.

Je sentis ma gorge se nouer et je me jetai dans les bras de Julianne.

Elle me serra en gloussant, visiblement surprise.

— Je t'aime, Maman.

J'entendis Julianne retenir son souffle, puis elle posa la joue contre ma tête.

— Je t'aime, ma chérie. Tu as toujours été mon plus grand bonheur.

La porte de derrière s'ouvrit et se referma, puis les pas de Sam résonnèrent dans le couloir. Il se figea sur le seuil de la pièce.

— Tout va bien ?

Julianne renifla.

— Elle aime sa maman.

Les épaules de Sam s'affaissèrent. Il sourit.

— J'aime aussi mon papa, dis-je.

Il fronça les sourcils, puis sa lèvre inférieure se mit à trembler. Il laissa tomber sa serviette et se joignit à notre étreinte, pour nous engloutir toutes deux dans ses bras.

J'avais pris part à deux étreintes empreintes de tristesse aujourd'hui, mais ce qui m'étonnait le plus, c'est qu'elles ne m'avaient pas mise mal à l'aise et n'avaient pas été forcées. J'acceptais d'être aimée, mais j'avais aussi appris que je méritais cet amour.

— On va dîner chez *Los Potros*, dis-je d'une voix étouffée.

Sam et Julianne me libérèrent en riant tout bas.

— Je vais juste prendre une douche rapide, ajoutai-je en pointant l'étage du doigt.

Sam hocha la tête, les larmes aux yeux.

— Bonne idée. Tu empestes.

Julianne lui donna une petite tape espiègle.

— Je redescends dans une quinzaine de minutes.

— D'accord, chérie, répondit Julianne.

Pendant que je montais les escaliers, je l'entendis demander à Sam comment s'était passée sa journée.

— Tu m'as terriblement manqué, dit-il.

J'entrai dans ma chambre le sourire aux lèvres. Notre famille était composée de force et d'amour, et j'étais si fière d'en faire partie.

Je nettoyai le lait, le sucre et le sirop au chocolat de mes mains, puis je fis mousser le savon sur le reste de mon corps avant de me placer sous le jet d'eau chaude pour me rincer.

Mon téléphone se mit à sonner sur le meuble de la salle de bains pendant que je me brossais les dents. Weston me demandait si j'avais des projets pour le dîner.

Je lui expliquai que mes parents et moi dînions au restaurant.

Il ne répondit pas.

Je me démêlai les cheveux puis j'enfilai une robe verte et des chaussures blanches. Je m'abstins de me maquiller et laissai mes cheveux sécher à l'air libre pour ne pas perdre de temps.

À mon retour dans la cuisine, Sam et Julianne discutaient, l'air heureux et amoureux, et n'avaient pas changé de tenue.

— Tu es adorable, dit Sam.

— Merci. Si Weston daigne me répondre, vous pensez qu'il peut venir dîner avec nous ? Je crois qu'il espérait passer la soirée avec moi.

— Sans problème, chérie, approuva Julianne en ramassant son sac sur le comptoir. Dis-lui de nous rejoindre là-bas.

Je les suivis jusqu'à la voiture de Sam. Une fois assise sur la banquette arrière, ma ceinture bouclée, j'envoyai un autre message à Weston.

Au restaurant, nous fûmes immédiatement placés à une table. La salle était remplie des habitants de notre petite ville, que la curiosité poussa à nous suivre des yeux.

Le souffle de la climatisation agitait légèrement les minuscules triangles suspendus au plafond.

— Weston t'a-t-il répondu ? demanda Julianne.

Je consultai mon téléphone. *Rien.* Je secouai la tête.

— Il doit sûrement aider son père, dit Sam en parcourant la carte.

— Pourquoi la lis-tu ? le taquina Julianne. Tu commandes la même chose chaque fois.

— Pas du tout, se défendit Sam.

Julianne haussa un sourcil. Un serveur s'approcha et déposa un panier de chips faites maison ainsi qu'un récipient de sauce salsa.

— De l'eau, señor Alderman ? demanda le serveur.

Tout le monde hocha la tête.

— Un grand *queso* ? demanda-t-il ensuite.

Julianne m'adressa un clin d'œil et Sam répondit par l'affirmative.

— Un *pollo loco* sans haricots ? continua le serveur.

Sam fit mine de consulter la carte tandis que nous attendions patiemment, puis hocha la tête.

— Oui, Carlos, merci.

Julianne ricana et je retins un sourire.

— Est-ce qu'il y a un *Los Potros* à Stillwater ? demanda Sam.

— Je ne crois pas, señor.

Sam me jeta un regard très sérieux.

— Tu ne peux pas aller à l'UEO.

— Oh, arrête un peu ! s'exclama Julianne en gloussant.

Carlos attendait.

— Nous prendrons la même chose, ajouta-t-elle.

Le serveur approuva d'un signe de tête. Il nous connaissait assez pour savoir que nous commandions toujours les mêmes plats.

Mon téléphone bipa.

Non merci.

— Weston est en route ? demanda Julianne. On aurait peut-être dû attendre qu'il arrive pour commander.

Je secouai la tête.

— Il est avec son père, dit Sam.

Je tournai l'écran de mon téléphone pour leur montrer sa réponse, et ils échangèrent un regard. Puis Sam haussa une épaule.

— Je suis sûr que Peter lui a donné des choses à faire.

Le serveur reparut avec les verres d'eau et un récipient qui ressemblait à un mini-chaudron de sorcière rempli de fromage fondu.

Sam plongea une chips dans le *queso* et fredonna tout en mâchant.

— Mais pourquoi ? *Pourquoi* faut-il que ce soit si bon ?

— Il est fait avec amour, répondit Carlos avec un sourire.

Après le départ du serveur, Julianne fronça les sourcils.

— Suis-je la seule à trouver que ce message ne ressemble pas à Weston ?

— Julianne… fit Sam en guise d'avertissement.

— Oh, allez, Sam. Il est complètement fou de notre fille et il lui demande ce qu'elle a prévu pour le dîner. Lorsqu'elle lui propose de nous rejoindre, il répond « non merci ». Non. Quelque chose cloche.

— Chéri… dit Sam, plus fermement cette fois.

Julianne sortit son téléphone et écrivit un message.

— Tu n'es pas en train d'écrire à Weston… si ? demandai-je, prudente.

Elle fronça le nez.

— Non. J'écris à Veronica.

Sam arracha le téléphone des mains de sa femme et le posa sur ses genoux avec un sourire gêné.

Surprise, Julianne ouvrit la bouche.

— Pourquoi ne pas laisser Erin s'en occuper, chérie ? dit-il d'un ton qu'il employait lorsqu'il était agacé mais qu'il essayait de rester gentil.

— M'occuper de quoi ? demandai-je en les regardant tour à tour.

Julianne s'adossa à sa chaise, découragée.

— J'en fais trop encore une fois, c'est ça ?

Sam se pencha pour déposer un baiser sur la joue de sa femme.

— C'est l'une des nombreuses choses que j'adore chez toi, mais… oui, en effet.

Il lui rendit son téléphone, qu'elle rangea aussitôt.

— Vous êtes au courant de quelque chose que je ne sais pas ? demandai-je.

Julianne secoua la tête.

— Non, mais tu as certainement remarqué que j'aimais jouer les médiateurs. Ton père m'a demandé de travailler là-dessus.

Sam lui tapota l'épaule avec fierté.

Je baissai les yeux en me demandant ce qui pouvait bien arriver à Weston. Je n'y avais pas accordé trop d'attention, mais Julianne avait raison. Son message ne lui ressemblait pas. Nous avions probablement des détails à régler, mais je n'étais pas sûre d'avoir d'autres mots pour y arriver.

Je rédigeai une réponse rapide.

On est chez Los Potros. Si tu as faim,
tu devrais nous rejoindre.

En l'absence de réponse de sa part, j'insistai.

Tu es fâché ?

Toujours aucune réponse.

Tu es occupé ? Peux-tu au moins me rassurer et me dire que tu vas bien ?

Je vais bien.

Je reposai brusquement mon téléphone à côté de moi. Sam et Julianne parurent surpris par ma réaction. L'air accablé, Sam caressa l'épaule de Julianne puis tendit la main pour tapoter la mienne. Notre petit dîner en famille avait rapidement dérapé.

Je me forçai à sourire et dressai le menton.

— Je m'en occuperai plus tard. Ça va. Weston n'a sûrement rien. On devrait profiter de notre dîner. Il ne nous en reste pas beaucoup.

Les yeux de Julianne se remplirent de larmes et sa lèvre inférieure se mit à trembler.

— Oh, non. Non, non, dis-je en tendant les mains. Ce n'est pas ce que je voulais dire.

— Chérie, je t'en prie, ajouta Sam.

Autour de nous, ceux qui ne nous dévisageaient pas encore avaient maintenant une bonne raison de le faire.

Je me couvris les yeux avec la main et baissai la tête.

Sam pouffa, et Julianne et moi lui jetèrent un regard vif.

— C'est la vraie vie, mes amours. (Il laissa échapper un nouveau rire.) Nous sommes une vraie famille.

34

Assise à côté de Weston dans la cabine de son pick-up, je gardai les yeux rivés sur le ciel nocturne devant moi. Le moteur était coupé et le souffle créé par les voitures qui passaient sous le pont me rappelait que je me trouvais dans un de mes endroits préférés. Mais à cet instant précis, il ne l'était plus vraiment.

Weston avait à peine ouvert la bouche depuis qu'il m'avait retrouvée devant chez moi une demi-heure plus tôt. Il n'avait jamais répondu à mes autres messages et semblait irrité lorsque j'étais montée dans sa voiture. Mais je n'avais pas l'intention de rompre le silence. Cette fois, c'était à lui de régler ce qui le tracassait.

Il soupira mais ne dit rien. Une minute s'écoula, puis une autre. L'atmosphère commençait à devenir pesante.

— Tu es fâchée ? finit-il par demander.

— Et toi ?

Il tourna la tête vers moi et déglutit.

— Pourquoi voudrais-tu que je sois fâché ?

Je laissai passer quelques secondes de silence incrédule.

— Si tu n'es pas fâché, alors pourquoi tu te comportes comme si tu l'étais ?

— Je ne suis pas fâché.

— Vraiment ?
— Je suis… nerveux.
Je changeai d'expression.
— De quoi tu parles ?
— J'ai vu Brady aujourd'hui.
— Oh.
— Chez Gose Jewelers.
— Ah ?
— Il a dit qu'il allait venir te répéter ce que je faisais là-bas, et je me suis dit que tu serais peut-être furieuse. Même si… (Il remua sur son siège) ce n'est pas censé t'énerver.
Les yeux toujours rivés devant lui, il tendit le bras vers moi. Il tenait sa chevalière d'étudiant entre son pouce et son index. C'était un épais anneau en or, orné de gravures noires – l'année d'un côté, une balle de base-ball de l'autre. La pierre était grenat, afin de représenter la couleur de notre école primaire et notre mascotte, les Maroon Spirit. L'anneau était légèrement plus petit que la dernière fois que je l'avais vu. Trop petit pour correspondre à l'un de ses doigts.
Je haussai un sourcil.
— Tu as fait… rétrécir ta chevalière ?
— Pour aller à ton doigt.
— Le collier ne suffisait pas ?
Il me fit face, consterné.
— Brady avait raison. Tu es furieuse.
— Je ne suis pas… furieuse. Seulement, tu aurais pu me demander avant de faire une chose aussi radicale. (Je levai les mains en écartant les doigts.) Je ne porte aucune bague, Weston.
Il laissa sa main retomber.
— Mais c'est vraiment adorable, ajoutai-je.
— J'avais tout prévu. Ce n'est que quand Brady me l'a rappelé que je me suis souvenu que… que tu étais toi.

— Qu'est-ce que c'est censé vouloir dire ? demandai-je, vexée.

L'air abattu, il détourna les yeux et secoua la tête.

— Rien.

Il posa la tête contre son siège et poussa un profond soupir.

— Tu m'as demandé de te dire que j'avais besoin de toi. Je l'ai fait, parce que c'est la vérité. Tu m'as demandé des promesses. Je les ai faites. Maintenant, tu veux me mettre la bague au doigt.

— Juste le temps de pouvoir économiser pour une vraie.

— Une vraie quoi ?

Il me jeta un regard plein d'espoir, en laissant la réponse me venir toute seule.

Je refermai sèchement la bouche.

— Non. *Non.* Ce n'est pas ce que je veux, pas tout de suite.

— Ne t'inquiète pas. Ça va me prendre un moment. Celles que j'ai vues chez Gose étaient très chères.

J'eus soudain la bouche sèche. Mes poumons semblèrent rétrécir.

— Quelle est cette obsession de vouloir me mettre en laisse ? J'ai attendu toute ma vie de partir d'ici et d'être libre, et on dirait que tu es impatient de me remettre des chaînes !

Weston parut soudain très las.

— Voilà. Tu es furax.

— Je ne suis pas furax ! Je ne peux pas… je t'aime, mais je ne peux pas continuer… il faut que tu arrêtes !

— Allez, dis-le.

— Dire quoi ?

Le ton de ma propre voix m'effraya davantage que ses paroles.

— Tu vas bientôt commencer à préparer tes valises. Je pensais que tu le dirais avant.

Une douleur physique comprima ma poitrine.

— Pourquoi fais-tu ça ? Pourquoi essaies-tu de me repousser ? Faut-il vraiment que les choses soient telles que tu le désires, ou pas du tout ?

Weston brandit de nouveau la bague.

— Tu as vraiment l'impression que je te repousse ?

J'observai la chevalière, le cœur brisé.

— Pourquoi est-ce aussi difficile ? (Je baissai les yeux.) Ça ne devrait pas l'être.

— Non, ça ne devrait pas.

Je lui jetai un coup d'œil.

— Ne peux-tu pas simplement te montrer patient ? C'est beaucoup pour moi.

Je vis sa mâchoire se crisper.

— Tu pars après-demain. Je ne veux pas... si tu ne veux pas la bague, pas de problème. J'aurais dû m'abstenir. Erin... je... (Il souffla.) Je vais te laisser t'en aller. Je crois que c'est mieux.

— Tu romps avec moi ? demandai-je. Parce que je ne veux pas la porter ?

— Quelle importance ?

Je soufflai comme si j'avais reçu un coup dans le ventre.

— Je ne comprends pas ce qui est en train de se passer.

Il regarda droit devant lui et serra les dents.

— Tu veux que je te ramène chez toi ?

Je grimaçai.

— Oui.

Il démarra le moteur et traversa le pont. Puis il tourna brusquement le volant sur la gauche, nous faisant exécuter un virage à cent quatre-vingts degrés, et appuya sur l'accélérateur. Nous arrivâmes chez moi en un éclair. Il ne s'engagea pas dans l'allée, mais s'arrêta sur le trottoir juste le temps de me laisser descendre. J'avais à peine refermé ma portière qu'il redémarrait déjà.

Je vis son pick-up tourner au coin de la rue, mais je m'empressai d'entrer avant d'entendre s'il rentrait chez lui ou s'il allait faire un tour. Je ne voulais pas le savoir.

J'essayai de monter l'escalier en silence, mais au moment où j'atteignais la dernière marche, Julianne m'appela.

— Tout va bien ?

— Non, répondis-je en m'asseyant sur la marche. Il m'en veut... encore une fois.

— Que s'est-il passé ?

— Il a fait rétrécir sa chevalière du lycée. Il voulait que je la porte. Il avait tout prévu et voulait que ce soit un moment spécial, mais j'ai flippé et j'ai tout gâché. Je crois qu'il a rompu avec moi.

Julianne gonfla les joues, puis elle souffla lentement, l'air songeuse.

— Waouh.

— Comme tu dis.

— Eh bien...

Elle monta les marches. Sa robe de chambre en satin blanc reflétait les rayons de la lune qui filtraient par la fenêtre. Mon Dieu, ajouta-t-elle en s'asseyant deux marches au-dessous de moi.

— Comme tu dis.

— Tu veux que je réveille Papa ?

— Non, répondis-je d'un ton plaintif qui ne me ressemblait pas. On a passé un si bel été... et j'ai dit à Weston tout ce qu'il voulait entendre. Je pense que ça peut fonctionner. Mais rien ne lui suffit, visiblement. Il veut me passer un collier autour du cou et une bague au doigt. Et maintenant, il parle de vraie bague...

— De vraie quoi ?

— Pas avant un moment, précisai-je.

Julianne hocha la tête, soulagée.

— Mince alors, il est sacrément mordu.

— Tu peux le dire. Et pas vraiment comme un adolescent normal.

Julianne rit malgré elle.

— Ça je n'en sais rien, mais on dirait que vous ne cessez d'avoir la même conversation.

— On tourne en rond.

— Bon, mais peut-être qu'il a raison. Peut-être qu'il est temps de faire une pause. Tu vas avoir tes valises à faire ces deux prochains jours, et ensuite tu déménages à Stillwater. Une fois que tu seras installée et familiarisée avec ton emploi du temps, tu pourras le rappeler.

Je fronçai les sourcils.

— J'ai l'impression que c'est ce qu'il veut. J'ai l'impression qu'il me repousse – involontairement, et pourtant il le fait exprès.

— Il te teste.

— Exactement.

— Parce qu'il n'est pas sûr de lui.

— Oui. (Je réfléchis quelques instants.) Tu as raison. On a besoin d'espace. Il doit régler ça tout seul. Je ne peux pas le faire à sa place.

Elle posa sa joue sur son genou.

— On est faits du même bois, dit-elle.

— Tu veux dire que lui aussi, c'est un médiateur qui veut tout contrôler ?

— Il veut tout contrôler, selon un modèle qui lui correspond. Comme l'a dit ton père, il essaie de contrôler ce qu'il peut parce que tout le reste lui paraît hors de portée.

— Je ne devrais pas le lui reprocher. Est-ce que je ne devrais pas l'aimer malgré cela ?

— Tu peux, mais pas au détriment de tes besoins.

Je me sentais mal.

— Toute cette histoire est beaucoup trop adulte pour moi. Je ne me sens pas équipée pour gérer ça.

— Oh, tu l'es. C'est bien le problème. Les choses seraient bien plus faciles pour lui si tu te comportais comme une adolescente typique qui est amoureuse, si tu te laissais passer la bague au doigt et que tu le suppliais pour un diamant tôt ou tard. Il a besoin d'un peu de temps pour te rattraper, pour voir les choses d'une perspective raisonnable, ce qui finira par arriver.

— J'ai de la peine pour lui, dis-je. Il mérite quelqu'un qui serait transportée par toutes ces choses.

— Pas moi, dit Julianne sans hésiter. Tu fais preuve de beaucoup d'intelligence. Plus tard, il te respectera pour cela.

— Tu crois ?

— Je le sais. Il panique. Ça lui passera.

J'enlaçai ma mère, puis je courus dans ma chambre, où je me laissai tomber sur mon lit, mon téléphone à la main.

Tu paniques. Ça te passera.

Au bout de plusieurs minutes sans réponse, je reposai mon téléphone sur ma table de nuit.

La pluie commença à marteler ma fenêtre. Le tonnerre gronda au loin. Un éclair zébra le ciel un moment plus tard, illuminant brièvement ma chambre.

J'essayai de ne plus penser à Weston, mais ce fut impossible. Quelques regrets, mais principalement de tendres souvenirs ne cessaient de surgir dans mes pensées. Autrefois, je fantasmais sur l'idée que Weston Gates puisse être amoureux de moi. À présent, la situation s'était renversée et l'amour m'apparaissait comme de ridicules montagnes russes, un ultimatum, une impasse.

Mes pensées devinrent progressivement aussi noires que le ciel à l'extérieur. Il avait simplement voulu m'offrir cette chevalière. C'était un geste d'amour adolescent.

Pourquoi cette réaction de ma part à chacune de ses tentatives pour me garder auprès de lui ?

C'était comme si nous parlions chacun à un mur. Bagues, colliers et promesses mis à part… en refusant de l'aimer à sa manière plutôt qu'à la mienne, je mettais en péril notre relation.

Puis-je vraiment faire une croix sur le garçon dont je rêvais déjà avant même de savoir ce qu'était l'amour ?

Une idée me heurta alors violemment. *Est-il déjà trop tard ?*

Un léger coup frappé à ma porte me fit lever la tête.

— Des nouvelles ? murmura Julianne sur le seuil.

— Non. Et toi, des nouvelles de Veronica ? Est-ce qu'il est rentré ?

Elle hocha la tête.

— Il est rentré.

Je posai ma tête sur mon oreiller.

— Tant mieux.

— Il reviendra. Essaie de dormir, dit-elle d'une voix douce et maternelle, avant de disparaître dans le couloir sombre.

Le tonnerre gronda autour de la maison, au plus fort de l'orage. Une partie de moi avait envie de traverser les pelouses détrempées pour frapper à sa porte jusqu'à ce qu'il accepte de m'écouter, mais nous n'arrêtions pas de tergiverser depuis près de trois mois. Il était désespéré et je commençais de penser que j'avais baissé les bras.

En dépit des sombres réflexions qui tournaient dans ma tête, la pluie me berça peu à peu et je finis par m'endormir. Je rêvai de yeux émeraude, de douces caresses sur ma peau, et d'une chambre d'université vide et isolée.

À mon réveil, j'attendis la sensation d'un soulagement, une minuscule étincelle d'espoir, qui ne vint jamais.

Je me tournai sur le côté. Dehors, les oiseaux chantaient et les rayons du soleil filtraient à travers mes rideaux clairs, mais je n'y prêtai aucune attention. Tout ce que Weston avait pu me dire défilait dans mon esprit comme un générique, débité par sa voix profonde et apaisante. Il me manquait déjà. Je sortis la main de sous la couverture et récupérai mon téléphone sur la table de nuit. J'avais presque peur de le regarder.

Je rassemblai mon courage, mais l'écran était tel que je m'y attendais. Vide. Je me demandai ce que faisait Weston en ce moment – s'il était réveillé, s'il était occupé, s'il pensait à moi ou essayait au contraire de s'en empêcher, s'il regrettait d'avoir remodelé sa chevalière à ma taille.

— Erin ? appela Sam depuis le rez-de-chaussée. Debout mon cœur ! On a une journée chargée !

Les heures passèrent entre courses, organisation et emballage. J'aurais pu prendre du plaisir à faire mes bagages si cela m'avait empêchée de penser à Weston, mais plus je rangeais, plus je pensais à lui.

Le jour du déménagement, Sam remplit le SUV de Julianne de cartons et de sacs, et dut réorganiser le tout au moins deux fois avant d'être satisfait de l'agencement.

— Je ne vais pas pleurer, dit Julianne. Ce n'est qu'un trajet en voiture. Nous sommes allés à Stillwater des centaines de fois. Celle-ci n'est pas différente. On ne fait… qu'emmener notre enfant… je vais pleurer, dit-elle, le souffle soudain court.

— Mais non, dit Sam en lui tendant un verre muni d'une paille. Une camomille. Bois et pense à ce que va devenir notre brillante fille, et à tout l'argent qu'elle va ramasser pour nous loger dans la meilleure des maisons de retraite.

Je ricanai.

— Alors ? Il est l'heure, petite.

Julianne s'installa sur le siège passager, les lèvres pincées, et referma sa portière.

— Ça va aller ? demandai-je à Sam en jetant un œil à Julianne.

— Oui. Et toi ?

Je fis quelques pas dans le jardin et regardai autour de moi. Le pick-up de Weston n'était pas dans l'allée.

Sam me fit signe de le rejoindre avec un air entendu.

— Allez viens, ma chérie. Il est l'heure.

Je hochai la tête, abattue.

— Je pensais qu'il viendrait au moins me dire au revoir.

— Il a encore le temps. Il viendra peut-être demain. Il ne part pas avant plusieurs jours.

— J'ai une séance d'orientation demain, dis-je en ouvrant la portière de ma BMW.

Sam me regarda m'asseoir à l'intérieur en remontant ses lunettes sur son nez.

— Essaie de ne pas t'inquiéter, ma chérie. Il vaut mieux te concentrer sur la fac, maintenant. Aujourd'hui, c'est le jour dont tu rêves depuis longtemps. Je veux que tu te focalises là-dessus.

Je hochai la tête.

Sam se dirigea vers le SUV et s'installa au volant. Il sortit de l'allée et je l'imitai. Nous marquâmes une courte pause au panneau de stop, puis nous tournâmes sur Chrysler Avenue en direction de l'est.

35

La solitude dans ma voiture pendant une heure et quart ne m'aida pas à tenir mes pensées à l'écart de Weston. C'était le jour dont j'avais tant rêvé, mais les choses étaient différentes de ce que j'avais imaginé. Mon départ n'était pas une fuite. C'était un au revoir, et je ne savais pas vraiment comment le vivre.

On aurait dit que la radio pouvait percevoir ma détresse car le DJ ne passa que des chansons tristes. Ensuite, les morceaux enjoués ne firent que me rappeler que je n'avais pas le moral, et ce fut pire encore.

Sam se gara sur le parking de mon bâtiment. La plupart des places étaient prises, et il se gara comme il put près d'un arbre. Il descendit de voiture et me fit signe de me garer derrière lui.

— Ils nous pardonneront, un jour comme aujourd'hui, déclara-t-il avec un sourire rassurant. (Mais son visage s'assombrit lorsqu'il aperçut mon expression.) Viens, mon cœur.

Il me serra contre lui, puis les pas de Julianne s'arrêtèrent à côté de nous.

Je tournai la tête vers elle ; ses yeux étaient aussi rouges et humides que les miens. Nous reniflâmes et essuyâmes nos yeux en même temps.

— Bon, allez. On va y arriver. (Elle prit mon visage entre ses mains.) C'est un grand jour. Un *très* grand jour.

Après m'être enregistrée et avoir reçu mes documents et mes clés, je rejoignis mes parents près du SUV au coffre ouvert.

— Voilà. On y est. C'est le moment, déclara Sam en posant un panier à linge rempli de divers objets sur sa tête.

Julianne se mit à rire et je l'imitai très vite.

J'empilai deux petits cartons et les soulevai.

— Heureusement qu'il y a un ascenseur, souffla Julianne en soulevant un carton à son tour. Voici le hall Bennett.

Elle sourit. Sam déclara d'une voix enjouée :

— C'est le meilleur. Le Boone Pickens Stadium est juste là, et la nourriture est délicieuse.

Je jetai un sourire reconnaissant à Sam.

— Toi, tu sais combien j'aime manger.

— Ce n'est pas de moi, avoua Sam. Tu peux remercier ta mère pour l'info, sur ce coup-là.

J'adressai un grand sourire à Julianne.

— Ne t'avais-je pas dit qu'on prendrait soin de toi ? fit-elle, enchantée.

— Laissez-moi porter ça, Julianne, déclara une voix douce et profonde derrière le SUV.

Weston apparut, les bras tendus. Mon ventre se noua et mon cœur bondit dans ma poitrine.

Julianne lui tendit le carton et y déposa un autre par-dessus.

— Sympa d'être venu, Weston.

— Oui, madame, répondit-il simplement.

Julianne récupéra deux sacs et suivit Sam en direction du bâtiment.

— Salut, dis-je, et je regrettai aussitôt la stupidité de mon accueil.

Son regard ne laissait rien transparaître.

— Je n'avais rien d'autre à faire aujourd'hui. Je me suis dit que je serais vraiment un crétin si je ne venais pas t'aider à t'installer.

— Merci, dis-je d'une petite voix.

— Ça ne signifie rien. Je me comporte seulement en ami.

Je hochai la tête et nous traversâmes le parking ensemble jusqu'à l'entrée. Sam retenait l'ascenseur pendant que Julianne consultait les papiers qui indiquaient le numéro de ma chambre.

— Premier étage, dit-elle. 137.

Sam appuya sur le bouton, et Weston et moi nous efforçâmes de trouver une place à l'intérieur. Nos bras se touchaient et je me sentis irrésistiblement attirée par sa peau douce et chaude.

Les portes de l'ascenseur se rouvrirent. Weston sortit et chercha la direction. Sam nous montra le chemin, suivi par Julianne, et Weston ferma la marche.

Une fois à l'intérieur, Sam posa ses cartons et Julianne ses sacs. Elle sortit une pile de papiers pliés, me les tendit, et tendit le protège-matelas à mémoire de forme à Weston.

— Au boulot ! dit Julianne avec un sourire.

L'appartement comprenait une chambre, une cuisine, un lave-linge et un sèche-linge. Il me parut immense.

— Je me sens un peu dépassée, dis-je.

Sam posa les mains sur mes épaules.

— Tu veux dire folle de joie. C'est un grand jour, tu te souviens ? On va chercher le reste de tes affaires.

— Je vais vous aider, dit Weston en lui emboîtant le pas.

Julianne posa la main sur son torse.

— Nous l'avons aidée à emballer. Tu n'as qu'à l'aider à déballer.

Weston hocha la tête.

Après quelques instants d'un silence gêné, Sam prit sa femme par la main et referma la porte derrière eux.

Weston ouvrit la protection en plastique du protège-matelas et le déroula sur le lit. J'y déposai les draps et nous fîmes le lit tous les deux.

— Merci encore, lui dis-je.

— C'est sympa comme endroit.

Ne trouvant rien d'extraordinaire à répondre, je gardai le silence.

— C'est grand pour toi toute seule.

Je rougis.

— Es-tu en train de m'insulter ou d'essayer de me culpabiliser ?

Il soupira.

— Ni l'un ni l'autre.

Après avoir fini le lit, nous déballâmes les cartons. Sam et Julianne entraient et sortaient. Weston accrocha une lampe puis sortit les produits ménagers organiques ainsi que les affaires de cuisine pendant que je rangeais mes vêtements.

Une fois la voiture vidée, Sam aida Julianne à accrocher les photos, et ils prirent soin de rendre le studio plus accueillant.

Weston déambula jusqu'à finir par s'asseoir sur le canapé.

— C'est vous qui avez loué ça ? demanda Weston en écartant les bras sur les coussins.

— Non, c'était meublé, répondit Julianne.

Weston s'efforça de rester impassible.

— Je suis presque sûr que mon studio à Dallas n'aura rien à voir avec celui-ci.

Sam pouffa de rire.

— Je suis prêt à parier que tes parents vont s'assurer que tu aies tout le confort possible.

— Je ne vais plus à Duke, vous vous souvenez ? répliqua Weston avec un petit sourire.

— J'ai appris cela, oui. Peter m'a dit combien il était fier de toi et de ta décision. Il a aussi vanté certains de tes fusains, en particulier celui qui représente ma fille.

Je retins mon souffle. Weston semblait venir de recevoir un coup.

— Oui, hum... ce n'est plus d'actualité.

À cet instant, ce fut mon tour de recevoir un choc. Je m'assis sur le siège le plus proche.

Sam jeta un regard autour de lui.

— Nous, hum... nous avons oublié quelques petits trucs.

— Comme quoi ? demanda Weston. Je vais aller les chercher.

— Des sacs-poubelle, par exemple, dit Julianne. Du sel de mer et des grains de poivre noir pour les moulins.

Weston me regarda.

— Elle parle sérieusement ?

Je haussai les épaules.

Sam tira sa femme par la manche.

— Allons-y, chérie, avant le flot des autres parents qui ont aussi oublié des choses.

Ils sortirent à la hâte, nous laissant seuls dans une atmosphère pesante.

Je me couvris le visage.

— Tu n'es pas obligé de rester. Tu peux partir.

— Merci, dit-il en se levant.

— Tu n'y es pas *obligé*, ajoutai-je, paniquée. Je veux juste dire que si tu n'as pas envie de rester... je voulais te dire au revoir, mais je ne m'attendais pas à ce que tu viennes nous aider à m'installer. J'apprécie beaucoup.

— On s'est déjà dit au revoir. Tu le répètes depuis des mois.

Je m'enfonçai sur mon siège.

— Ce n'est pas vrai.

— Tu le portes encore.

J'effleurai le collier tandis que mes joues prenaient feu.

— Je devrais l'enlever ? Je ne sais pas vraiment comment tout cela fonctionne.

— Fais ce que tu veux, répliqua-t-il sèchement.

Je croisai mes mains sur mon ventre. Cela faisait si longtemps que je n'avais plus besoin de me protéger, j'avais quelque peu perdu l'habitude.

Weston leva brièvement les mains avant de les laisser retomber sur ses cuisses. Il portait son short de basket rouge avec un tee-shirt bleu marine et une casquette de base-ball, de laquelle s'échappaient des mèches de cheveux.

— Je n'ai pas envie de me disputer. Je vais y aller...

Il pointa la porte du doigt en sortant ses clés.

— Tu ne peux pas continuer à fuir, dis-je en me levant.

Il fit volte-face, la mâchoire tendue.

— Pardon ?

— Tu ne peux pas continuer à me briser le cœur et ensuite à me le reprocher.

Il haussa les sourcils, furibond.

— C'est *moi* qui t'ai brisé le cœur ?

— C'est la dernière fois que je te laisse venir ici. Si tu me laisses tomber, alors je laisse tomber aussi.

Une larme chaude coula sur ma joue, que j'essuyai aussitôt.

Weston secoua la tête avec un air de dégoût.

— Je ne sais même pas pourquoi je suis venu.

Il posa la main sur la poignée.

— Parce que tu es amoureux de moi ! m'exclamai-je d'une voix brisée. Et tu sais que je t'aime aussi ! Alors, *pourquoi* ? Je ne sais toujours pas ce que j'ai fait de mal !

Weston me dévisagea comme si je venais de prendre feu.

Je fis un pas vers lui.

— C'est parce que je n'ai pas passé ta bague à mon doigt ? Parce que je ne veux pas emménager avec toi ?

Tu te trompes. (Je le désignai d'un geste que je voulais déterminé.). Je ne connais rien à l'amour, mais tu te trompes. C'est toi qui me fais du mal... et... sans aucune raison. On était heureux. On était ensemble, et si on ne l'est plus aujourd'hui, ce n'est pas parce que je l'ai décidé, dis-je, le souffle court. C'est *toi* qui m'as quittée.

Weston baissa les yeux. Il avala sa salive et agrippa la poignée.

— Profite bien de Stillwater. (Il fit une pause.) Sans ironie.

En le voyant passer la porte, j'attrapai la première chose qui me vint sous la main - un cadre - et, de rage, je le projetai au sol. Il se brisa en mille morceaux. Je plaquai ma main sur ma bouche. Julianne l'avait acheté car il ressemblait beaucoup à notre cadre de famille, mais celui-ci arborait le mot « Bonheur ». Maintenant, le bonheur gisait à terre.

Il m'avait quittée.

Je m'approchai de la fenêtre. Sam et Julianne arrêtèrent Weston sur le parking. Ce dernier avait posé les mains sur ses hanches et transférait son poids d'une jambe sur l'autre comme s'il ne pouvait pas rester en place.

Sam posa sa main sur son épaule et Julianne se mit à courir vers le bâtiment. Weston rajusta sa casquette, l'inclina sur son front, puis baissa la tête. Sam l'attira contre lui et Weston l'étreignit fermement.

En voyant les fragments du cadre éparpillés par terre, je me précipitai dans l'entrée pour trouver un balai, mais Julianne était déjà en train de frapper à la porte.

J'ouvris lentement, accablée de honte lorsque ses yeux se posèrent sur les restes brisés à ses pieds.

— Oh, Erin, dit Julianne.

Elle m'aida à ramasser les plus gros morceaux puis s'approcha du placard de l'entrée.

— Je suis vraiment désolée, dis-je. J'ai perdu mon sang-froid.

— Que t'a-t-il dit ?

— Pas grand-chose. C'est surtout moi qui ai parlé. Lui, il est parti. Il est devenu plutôt doué pour ça.

Julianne fronça les sourcils.

— Il est complètement perdu. Je suis désolée qu'il s'en soit pris à toi.

Sam frappa à la porte, toujours entrouverte.

— C'est bon ? demanda-t-il.

Il sortit la petite pelle du placard puis aida Julianne à ramasser le reste des débris.

Quelques minutes plus tard, le sol était nettoyé et les vestiges de ma colère reposaient dans mes nouveaux sacs-poubelle. Comme si le bonheur n'était jamais arrivé.

— Je sais que c'est dur à concevoir maintenant, dit Sam, mais c'est lui qu'il fait le plus souffrir. Il essaie de nier que tu t'en soucies encore. Les garçons ne sont pas aussi robustes que vous, les femmes. Ils s'agitent en tous sens comme des bébés qui apprennent à marcher, et ils détruisent tout autour d'eux en essayant d'atteindre leur objectif. La moindre petite frayeur les fait brailler comme des putois.

Julianne et moi pouffâmes de rire.

— C'est bien vrai, dit-elle en secouant la tête. Tu te rappelles la fois…

— Oui, la coupa Sam. Inutile de revenir sur cette histoire. (Il me regarda.) Ce garçon va comprendre ce qu'il a fait et s'il a un peu de bon sens, il reviendra à genoux te supplier que tu lui pardonnes.

— Il n'aura pas à supplier, dis-je en touchant mon collier, les yeux tournés par la fenêtre.

— Fin des cours, annonça le professeur Kelley, dont les boucles blondes rebondissaient autour de son visage.

Je rassemblai mes affaires et me mêlai au flot d'étudiants dans le couloir. Puis je me dirigeai vers la sortie et le hall Bennett.

En Oklahoma, l'automne était toujours imprévisible. Les vacances de Thanksgiving commençaient le lendemain et, malgré le soleil rayonnant, il n'était pas rare de voir des chutes de température considérables d'un jour sur l'autre.

Le temps était encore chaud mais le vent, implacable, était frais. Je resserrai mon manteau tout en rejoignant le dortoir, la tête basse.

Aussi longtemps que j'avais rêvé de ma période universitaire à l'Université d'État de l'Oklahoma, je ne m'étais jamais imaginé rentrer à la maison pour les vacances, mais Julianne cuisinait une dinde et Sam avait proposé de passer me prendre à Stillwater après je ne sais quelle activité qui l'amenait ici le dernier jour de cours.

Je traversai Hall of Fame Avenue puis tournai vers l'est en direction du hall Bennett. Quelqu'un me rattrapa en courant et fit quelques pas à mes côtés avant que je relève les yeux.

Je me figeai.

— Brady.

Il me toisait, une expression suffisante sur le visage.

— L'UEO doit vraiment être désespérée. Ils acceptent n'importe qui.

J'enfonçai les mains dans mes poches et le fusillai du regard. J'avais empêché Weston de se venger d'eux quand ils l'avaient passé à tabac, espérant ainsi nous épargner davantage de violence. Depuis le début des cours, je craignais de tomber sur Brady Beck, mais j'étais sûre d'une chose : il n'avait désormais plus le droit de m'intimider.

— C'est une université publique, dis-je en poursuivant ma route.

Brady m'emboîta le pas.

— Un de mes potes de fraternité m'a posé des questions sur toi quand il découvert d'où tu venais. Je lui ai dit que tu avais de violentes crises d'herpès.

— C'est très mature de ta part.

Brady me tira par mon manteau pour me forcer à m'arrêter. Je me dégageai brusquement et il cligna les yeux.

— On n'est plus au lycée, Brady. Tout le monde se fiche de savoir qui sont tes parents ou quel genre de voiture tu conduis. Tout le monde se fiche que tu sois un enfoiré. Moi y compris. Et maintenant, ma vie continue, et tu n'es pas invité.

Brady laissa échapper un rire.

— C'est tout ? C'est ça, ton grand discours ?

Je penchai la tête sur le côté.

— C'est ce que tu veux ? Un discours ? Une performance théâtrale ? (Je secouai la tête.) Je n'ai pas besoin de te détester pour me sentir mieux, et voilà pourtant que tu me supplies de t'accorder un peu d'attention. Que tu me poursuis pour obtenir quelques miettes.

Brady transféra son poids d'un pied sur l'autre.

— Tu m'entends ? demandai-je en me penchant vers lui sans même ciller. Je ne te déteste pas, Brady. Je ne ressens absolument rien pour toi.

Il me jeta un regard de pur dégoût.

— Moi je te déteste, sale petite conne.

Je le regardai droit dans les yeux.

— Je le sais. Il me semble que c'est un fait établi. Est-ce qu'on peut reprendre le cours de nos existences, maintenant ? Ou bien tu veux encore un peu de mon attention ?

— Va te faire foutre, dit-il en s'éloignant.

Je soufflai et repris ma route vers le hall Bennett. Je me sentais un peu plus légère à chaque pas. Si Brady envisageait de m'adresser encore une seule fois la parole, je savais que mes paroles résonneraient toujours dans sa tête. La préséance avait été établie, et toute interaction supplémentaire entre nous ne ferait que confirmer ma théorie. Je savais que Brady était trop fier pour laisser une telle chose arriver. Sa fierté était encore plus forte que son besoin de jouer les tyrans.

Une foule d'étudiants se massait devant l'entrée de mon bâtiment.

— Erin ! appela une voix perçante.

Rebecca, ma voisine aux cheveux cuivrés, se fraya un chemin parmi la foule.

Elle était toujours enjouée, qu'il soit sept heures du matin ou minuit.

— Soirée de la Dernière Chance à la *Lambda Chi Animal House*, ce soir.

— Non merci, répondis-je en ouvrant la porte du bâtiment.

— Oh, allez ! S'il te plaît !

Rebecca venait de Hobart, en Oklahoma – une ville plus petite encore que Blackwell –, et son accent était particulièrement marqué.

— Je dois réviser, pas toi ? demandai-je.

— Si ?

Sa réponse ressemblait davantage à une question.

Je secouai la tête.

— Cette soirée ne m'aidera pas pour mon examen d'appréciation musicale. Pour l'instant, j'ai un B.

— Un B, c'est super, Erin !

— Mes parents paient pour mon éducation. Si je ne peux pas obtenir mieux qu'un B, d'accord, mais je leur dois à eux, et à moi, de réviser pour voir si je peux faire mieux.

Rebecca fit une moue.

— Tu passes trop de temps avec ton conseiller.

Une fois devant l'ascenseur, Rebecca appuya sur le bouton.

— Moi aussi je dois réviser. J'espérais que tu m'en dissuaderais.

— Tu savais bien que non.

— Oui, c'est pour ça que je t'ai demandé à toi plutôt qu'à Hannah Matthews.

Hayden Wentz se faufila dans l'ascenseur juste avant la fermeture des portes.

Rebecca se redressa aussitôt, et son sourire un peu idiot devint plus discret. Hayden nous jeta un bref regard, essoufflé, et nous adressa un signe de la tête.

— Merci.

— Tu vas à la fête chez Lambda Chi ce soir ? demanda Rebecca.

— Oui, répondit-il. Je suis membre, alors je n'ai pas vraiment le choix.

— Oh, fit Rebecca en battant des cils.

Elle me jeta un regard implorant.

— Non, dis-je.

— Non quoi ? demanda Hayden, soudain curieux.

— Je n'ai pas envie d'y aller.

— Heu, d'accord, dit-il, confus. Je ne te l'ai pas demandé, non pas que je n'y aie pas pensé, en fait, mais je ne... Laisse tomber.

La mâchoire de Rebecca tomba.

— Quoi ? Non, dis-je avec un peu trop d'empressement. Elle... Je ne croyais pas que tu me le proposais. C'est à elle que je disais... Laisse tomber.

Rebecca se mit à glousser et je fermai les yeux, mortifiée.

Les portes s'ouvrirent et je dus me retenir de sortir en courant. Rebecca me suivit, ricanant toujours.

— Oh, mon Dieu, marmonnai-je.

— Tu l'as entendu ? Il en pince pour toi !

Je plissai le nez.

— Il ne me connaît même pas.

— D'accord, disons que tu lui plais. Tu devrais y aller.

J'insérai la clé dans la serrure et tournai la poignée.

— Laisse tomber, Bec. Fais ce que tu veux, mais je n'y vais pas.

Je refermai la porte derrière moi et m'y adossai en fermant les yeux.

Je n'étais pas aveugle. Hayden était le type le plus attirant du hall Bennett, mais c'était aussi un sacré abruti. Il venait de Tonkawa, une petite ville séparée de Blackwell par une étendue de prés et de terres agricoles.

Mais la moindre bribe d'attirance pour qui que ce soit ne me faisait penser qu'à Weston, et j'essayais encore de l'oublier. C'était l'une des raisons pour lesquelles, j'en étais sûre, Sam venait me chercher à Stillwater. Mes parents craignaient que je ne veuille pas rentrer à la maison uniquement pour éviter de croiser Weston.

Je posai mon sac à dos par terre, retirai ma veste et traînai les pieds jusqu'à mon fauteuil. Le fait de vivre seule dans un appartement de cette taille me donnait l'impression d'être de retour chez Gina, même si c'était bien plus propre ici.

Une fois mes révisions terminées, je rattrapai mon retard dans mes séries télé et dans mes échanges avec Sam et Julianne. Ensuite, j'astiquai les plans de travail avec acharnement, et je nettoyai le carrelage immaculé jusqu'à ce qu'il scintille.

J'atteignis un niveau de dépression sans précédent lorsque j'entrepris de récurer l'intérieur du réfrigérateur. C'était uniquement parce que l'odeur des nettoyants organiques, qui me rappelaient la maison, disparaissait peu à peu.

Mon téléphone carillonna et je le sortis de ma poche arrière. Hailey, du cours d'appréciation musicale, me demandait mes notes et voulait savoir si j'allais à la fête à l'*Animal House*.

Je répondis brièvement par la négative et reposai mon téléphone. Je poussai un soupir lorsqu'il sonna de nouveau. Cette fois, il s'agissait d'un message groupé avec Alex, Anna et Renee de mon cours de sciences humaines.

Non. Pas pour moi.

Je verrouillai l'écran et posai l'appareil sur la table basse. C'était agréable d'avoir des amis, mais à l'université, il était facile de s'en faire trop d'un coup. Une autre chose que je n'avais pas anticipée.

Une nouvelle sonnerie m'arracha un grognement. Je poussai le bouton pour régler le téléphone en mode silencieux.

— Non, je ne vais pas à la fête, qui que vous soyez, dis-je à voix haute.

Je fixai mon sac à dos des yeux. Mes fiches de révision étaient quelque part à l'intérieur et j'allais bientôt devoir les sortir pour réviser.

Alors que je me levais, un coup frappé à ma porte me fit sursauter. Remontée à bloc, je m'approchai d'un pas lourd et l'ouvris d'un coup.

— Non, je ne vais pas à la...

Weston Gates se tenait debout sur le seuil, un sourire plein d'espoir aux lèvres.

36

— … fête, achevai-je.

— Quelle fête ? demanda-t-il avec un sourire.

Je réprimai un mouvement de recul et écarquillai les yeux.

— Qu'est-ce que tu fais là ?

— Je t'ai envoyé un message pour te prévenir que j'arrivais, dit-il, visiblement déçu par ma réaction.

— Quand ça ? demandai-je en me tournant vers mon téléphone, toujours posé sur la table basse.

— Il y a deux minutes à peine, depuis le parking. (Il attendit que je dise quelque chose, puis haussa les épaules face à mon silence.) Je peux entrer ?

— Non.

— Ah.

— Je dois réviser. J'ai un gros examen demain avant que Sam vienne me chercher pour me ramener à la maison.

— Oui. Je lui ai dit que je m'en chargerais.

— Quoi ?

— De venir te chercher. Je suis rentré depuis deux jours. J'ai passé du temps chez toi… beaucoup de temps.

— Sam t'a dit que tu pouvais venir me chercher ?

— Oui. Ça pose un problème ? (Il marqua une pause.) Tu as vraiment l'intention de me laisser sur le pas de la porte ?

— Tu as un jour d'avance.

Il enfonça les mains dans les poches de son jean.

— Je sais. Je reviendrai. Je ne pouvais pas attendre un jour de plus pour te voir, Erin. J'ai essayé.

Son regard fut attiré par l'éclat de mon collier, que je m'empressai de ranger sous mon col.

Il me jeta un regard par-dessous ses longs cils, un petit sourire aux lèvres.

Je sentis mon souffle me quitter progressivement. J'avais fait tant d'efforts au cours de ces trois mois pour oublier ces yeux, ces cheveux qui avaient poussé et lui tombaient maintenant devant les yeux, et sa peau bronzée qui avait maintenant un teint d'olive... Il semblait plus grand, plus épais, et peut-être même un peu plus âgé, plus expérimenté. Je m'interrogeai sur le genre d'expériences qu'il avait connues.

Hayden passa à ce moment-là et fit une pause en reconnaissant Weston.

— Salut, mec. Tu es en cours ici ? demanda Hayden. (Puis il tira ses propres conclusions.) Oh, Erin, quand je t'ai dit ça tout à l'heure, je ne savais pas que vous parliez entre vous.

Weston nous regarda tour à tour avant de froncer les sourcils et de reculer d'un pas.

— Non, reprit Hayden en interprétant le langage corporel de Weston. Il s'est passé quelque chose dans l'ascenseur un peu plus tôt...

Weston recula encore en s'efforçant de ne pas perdre son calme. Il se mit à respirer par le nez et deux sillons se creusèrent entre ses sourcils. Je devinai ce qui lui passait par la tête, mais je n'intervins pas. Quand Weston avait quelque chose en tête, il était impossible de le faire changer d'avis.

Hayden leva les mains devant lui, puis croisa les doigts au sommet de ses cheveux blonds.

— Merde. Ce n'est pas ce que je voulais dire. Il ne s'est rien passé dans l'ascenseur.

Weston tourna les talons et commença à s'éloigner, mais Hayden tenta de l'en empêcher. Weston le saisit par le col de son manteau et le plaqua contre le mur. Son expression était assez éloquente sans qu'il ait besoin de dire un mot.

Hayden tenta de se dégager en clignant les yeux.

— Écoute-moi. J'ai cru qu'elle pensait que je lui avais proposé d'aller à une fête ce soir. C'était un gros malentendu. On était tous les deux gênés. On est sortis de l'ascenseur. C'était ultra embarrassant. Fin de l'histoire, je te le jure.

Weston me regarda pour avoir confirmation.

Je hochai la tête.

Weston lâcha Hayden, qui s'écarta de plusieurs pas.

— Je suis désolé, dit-il à Weston. (Puis il se tourna vers moi.) Vraiment, vraiment désolé.

Je secouai la tête pour faire comprendre à Hayden qu'il n'y était pour rien, mais il se hâta d'appeler l'ascenseur. Les portes s'ouvrirent, et il appuya plusieurs fois sur le bouton pour les refermer.

Weston faisait des efforts visibles pour se calmer.

— Excuse-moi, Erin. Ça m'a pris complètement au dépourvu. Je savais qu'il était possible que tu fréquentes quelqu'un, mais je ne m'attendais pas à cette réaction. Je suis aussi surpris que toi.

— Je ne suis pas si surprise que ça, dis-je.

Mes paroles le blessèrent.

— C'est la dernière fois que je te pose la question, Erin, et ensuite je m'en vais. Est-ce que je peux entrer ?

— Non, répondis-je sans hésiter.

Il me contourna d'un pas vif, et j'inspirai un grand coup.

— Mais tu te crois où ? demandai-je en faisant volte-face.

Weston se rapprocha de moi, ferma la porte derrière moi, et recula de nouveau.

— J'ai changé d'avis.

— Eh bien ce n'est pas possible. Je te l'ai dit, je dois réviser.

— Quoi ?

— Appréciation musicale.

— J'apprécie la musique.

— Non, Weston, c'est plus difficile qu'il n'y paraît. J'ai eu beaucoup de mal. J'ai envie de réussir mon examen, et c'est demain matin.

— Je t'aiderai, dit-il d'un ton désespéré.

Je plissai les yeux, incertaine.

— Promis ! ajouta-t-il.

— Je pourrais appeler Sam, tu sais. Il te ferait partir d'ici.

Weston s'approcha du canapé et croisa les bras.

— Pas sans une dispute.

Il s'assit. Je poussai un soupir.

— Je n'ai pas le temps pour ça.

— Alors allons-y. (Il sortit son téléphone et tapota quelques touches.) Pepperoni ? demanda-t-il.

— Tu sais que j'aime le pepperoni, mais je n'ai pas besoin de ton aide.

— Tu n'as pas réellement envie que je parte, dit-il avec une assurance qui me donna envie de le gifler.

Mais à la place, je le dévisageai, incapable de répondre.

Il manipula de nouveau son téléphone.

— Je commande une pizza. Elle sera là dans quarante minutes.

Je ramassai mon sac et le déposai par terre à côté de mon fauteuil. La fermeture émit un son strident, puis je fouillai à l'intérieur pour sortir mon dossier.

— Ton sac a l'air lourd. Tu transportes tous ces bouquins partout ?

Je fermai les yeux et soufflai.

— Qu'est-ce que tu fais ici, Weston ?

Il ne répondit pas. Je lui jetai un coup d'œil.

— Tu le sais déjà.

— Dis-le-moi, qu'on en finisse.

La sécheresse de mon ton me comprima la poitrine et, submergée par un vertige, je sentis mes jambes se mettre à trembler.

Quoi que je pouvais ressentir, je savais que Weston se trouvait plus mal encore.

— C'est mérité, fit-il en approuvant d'un mouvement de tête. Les révisions avant tout. On parlera plus tard. Ou pas. On n'est pas obligés. Tu ne me dois rien du tout.

Je l'observai avec méfiance.

— Qu'est-ce que tu veux ?

Un léger sourire étira le coin de sa bouche.

— Tu es différente.

— Tant mieux.

Il laissa échapper un rire sans joie.

— Tu me manques, Erin. Je pensais pouvoir t'oublier, mais je n'y arrive pas. Ce qu'il y a, c'est que j'ai beaucoup réfléchi, beaucoup parlé à d'autres filles qui n'étaient pas toi et qui ne le seront jamais.

Je grimaçai. Son aveu me piqua au vif.

— Tout le monde n'arrêtait pas de me dire que ça irait mieux – mes colocataires, mes professeurs, mes parents... tes parents.

— Tu as parlé à mes parents ?

— Et rien n'a marché. Ça n'ira jamais mieux. Je me demandais combien de temps mon chagrin allait durer. Maintenant, je me demande combien de temps je vais tenir.

— Ce n'est pas drôle, dis-je.

— Au Texas, je veux dire. Je savais que ce serait dur sans toi, là-bas. Mais sans toi du tout dans ma vie, c'est bien pire.

— C'était ton choix.

— Tu as raison. Comme tu l'as dit, c'est *moi* le responsable.

Je trépignais. Cette horrible sensation qui m'avait engloutie quand il était parti refaisait surface et menaçait de me dévorer de nouveau.

— Est-ce que tu me détestes ? demanda-t-il.

— J'essaie... tous les jours.

Il hocha la tête.

— Mérité, encore une fois.

— Est-ce que tu... commençai-je, et je me détestai déjà pour la question que j'allais poser. Est-ce que tu es sorti avec quelqu'un au Texas ?

— Ça dépend. Si cette idée te rend jalouse et que tu as envie de me récupérer, alors oui. Si ça te rend jalouse et que tu en viens à me détester encore plus, alors non.

— Dis-moi seulement la vérité.

Il baissa la tête et son regard devint flou.

— Je n'arrive même pas à regarder quelqu'un d'autre de cette façon. Cela ne fait que me rappeler ton absence, combien tu me manques, et je vis déjà un enfer.

— Moi aussi.

— Personne ? demanda-t-il avec une petite lueur d'espoir dans le regard.

Je secouai lentement et imperceptiblement la tête.

— Erin, reprit-il, songeur et prudent, et si je te disais que j'ai merdé ? Que je suis désolé ?

— Tu l'as déjà dit.

Il confirma d'un signe de tête, son regard intense plongé dans le mien.

— Et si je te disais que je t'aime et que je me fiche de ce qui arrive – qu'on reste amis, qu'on se remette ensemble ou quelque chose entre les deux – du moment que je ne ressens plus ce manque ?

— Je te manquerai quand même. On est à quatre heures de distance.

— Je viens de les faire en voiture. Ce n'est rien quand c'est pour venir te retrouver. Erin... (Il sembla choisir ses mots avec précaution.) Je suis toujours amoureux de toi. J'ai essayé d'arrêter, de te détester, de t'oublier, de te pardonner…

— Me pardonner pour quoi ? le coupai-je sèchement.

Il se décomposa. Il avait l'air brisé.

— Pour ta façon de m'aimer, que je n'arrive pas à surmonter, ni à comprendre. Tu es la meilleure chose à laquelle j'aie jamais renoncé.

Je pâlis. Je baissai les yeux et tordis mes mains.

— On ne peut pas revenir en arrière, Weston, et j'y pense tous les jours. C'est ce qui me manque. Je ne suis même pas sûre de te connaître.

— Nous nous sommes laissé dépasser par nos sentiments, dit-il avec une assurance que je ne lui avais jamais vue. Ce n'est plus de cette façon que je t'aime. C'était égoïste et impatient, je ne t'aimais pas *pour toi*.

Il baissa le menton.

— Et si je te supplie ? reprit-il en venant s'agenouiller devant moi.

Il caressa mon visage et essuya la larme qui coulait sur ma joue.

— On était seulement en train de tomber amoureux. Mais je ne tombe plus, Erin. Je suis amoureux de toi – sans attentes, sans exigences. Enfin, juste avec l'espoir que tu m'aimes en retour.

Un rire m'échappa dans un souffle.

— Sam m'avait dit que si tu revenais, ce serait à genoux.

— Je peux même m'allonger par terre si tu veux.

Je me pinçai les lèvres pour réprimer un sourire.

— S'il te plaît ? reprit-il avec un soupçon de désespoir dans la voix. (Ses yeux émeraude fouillèrent mon visage, puis s'embuèrent.) Erin ?

Il était si proche… Ses doigts doux posés sur ma peau. Les vieilles cicatrices, qui s'étaient estompées sans pour autant disparaître, me rappelaient que la personne devant moi m'avait causé du chagrin. Les sentiments qu'il avait provoqués étaient atroces et j'aurais dû lui demander de partir et de garder ses distances avec moi.

Mais ces cicatrices ne se situaient qu'à la surface de ma peau. Au-dessous, il y avait mon cœur, ces parties de moi qui saignaient, mon âme, et une Erin capable de pardonner et de trouver le sourire malgré les tourments du passé. Les parties protégées n'avaient été touchées par personne d'autre que Weston.

— Je veux que tu restes, murmurai-je.

Il souffla, si surpris qu'il crut avoir mal entendu.

— Pardon ?

Son regard croisa le mien ; il se pencha vers moi et s'arrêta à quelques centimètres de mes lèvres.

— Tu as bien entendu, dis-je tout bas.

— J'ai promis à ton père de ne pas faire ça. J'ai pris une chambre d'hôtel.

Je me mordis la lèvre inférieure, les yeux rivés sur la sienne.

— Reste.

Il fronça les sourcils, visiblement en proie à un conflit interne.

— Que va-t-il se passer demain ?

J'écartai les jambes et l'attirai contre moi, puis je posai les mains sur ses épaules. Elles étaient plus massives que dans mon souvenir. Je caressai ses bras jusqu'à atteindre ses doigts tendrement posés sur ma joue. Je les saisis et les fis glisser au bas de mon dos sans jamais le quitter des yeux.

Sa bouche flottait devant la mienne, et je pouvais sentir chacun de ses souffles d'anticipation. Puis il cessa de respirer.

— Je veux seulement entendre que tu m'aimes encore. Si tu veux de moi, Erin… je suis entièrement à toi.

— Je t'aime, déclarai-je dans un murmure.

Son corps se raidit brièvement avant qu'il ne me prenne dans ses bras pour me porter dans ma chambre à l'aveugle. Il m'allongea sur le lit comme si je ne pesais pas plus lourd qu'une plume. Puis il se dressa devant moi et ôta son tee-shirt. En apercevant son torse ferme et son ventre sculpté, je compris qu'il s'était servi de la salle de gym comme d'un exutoire à la détresse qu'il m'avait décrite.

Je retirai mon pull tandis qu'il enlevait ses chaussures et déboutonnait son jean. Les yeux plongés dans les miens, il dénuda les muscles stupéfiants en forme de V de ses hanches.

Weston prit mon talon dans sa main et fit glisser la fermeture de ma botte en cuir, puis répéta son geste avec l'autre. L'ombre d'un sourire étira le coin de ses lèvres lorsqu'il inséra ses doigts sous la ceinture de mes leggings noirs, qu'il tira vers lui avec une lenteur exquise.

Il s'allongea sur moi et son corps brûlant enflamma ma peau. Il ferma les paupières. Un gémissement monta au fond de sa gorge, et il passa sa langue sur ma bouche. J'entrouvris les lèvres pour lui en autoriser l'accès et je le suppliai en silence de rattraper le temps perdu.

Ses doigts glissèrent sur ma peau sensible, s'insinuèrent sous mon débardeur et soulevèrent mon dos collé au matelas. D'un geste habile, il dégrafa mon soutien-gorge et déposa une pluie de baisers sur ma peau. Lorsqu'il m'eut débarrassée de mon haut, de mon soutien-gorge puis de ma petite culotte, seul son caleçon nous séparait encore, laissant peu de place à l'imagination.

Je reposai ma tête et mes bras sur le lit pour laisser sa bouche redécouvrir chaque centimètre de mon corps.

— Tu m'as tellement manqué, murmura-t-il contre ma peau délicate.

Je ressentais intensément chacun de ses souffles, chacun de ses sourires, et je le sentis même prendre la décision de descendre de plus en plus bas. Je m'agrippai aux draps, les yeux fermés, l'implorant de nous emmener plus loin et, lorsqu'il le fit, je poussai un soupir de soulagement.

37

Je poussai les doubles portes du bâtiment nord. J'étais fatiguée et endolorie, et je n'aurais pu certifier que ma note finale serait un A, mais j'étais persuadée d'avoir gagné un ou deux points de plus.

Le trajet à pied jusqu'au hall Bennett me parut n'en plus finir, et ce n'était pas à cause du vent étonnamment froid qui soufflait dehors. Lorsque je sortis de l'ascenseur, je me retins de courir jusqu'à ma porte.

Une fois à l'intérieur, je me jetai dans les bras de Weston et l'embrassai fougueusement. Son sac à dos était posé à côté de la porte et il avait préparé ma valise.

— J'ai encore des vêtements là-bas. Julianne ne voulait pas que je sois obligée de transporter mes affaires d'un endroit à l'autre.

— Du dentifrice ? demanda Weston.

— Oui, répondis-je après une seconde de réflexion.

— Tu fais la route avec moi ?

Je souris.

— C'était le but, non ?

Il se pencha pour hisser son sac sur une épaule. Puis il me donna la main. Je récupérai mon portefeuille sur le comptoir de la cuisine et jetai un dernier coup d'œil à l'appartement. Weston avait fait du rangement pendant que je passais mes examens.

Je verrouillai ma porte, Weston collé dans mon dos, le visage enfoui dans mon cou. Je pouffai de rire et, quand j'eus réussi à me concentrer quelques secondes pour tourner le verrou, nous descendîmes les marches jusqu'au parking.

Rouge et brillant, le véhicule qui renfermait mes plus beaux souvenirs n'attendait que Weston et moi. Une fois installée sur le siège passager, je fus attirée à la place du milieu pour me retrouver tout contre mon petit ami, mon premier amour et – si Weston avait vu juste alors qu'il n'était encore qu'un petit garçon – l'homme que j'épouserais un jour.

Nous occupâmes le trajet à parler de l'Art Institute de Dallas, du nouvel appartement de Weston, de ses cinglés de colocataires et de ses professeurs préférés. À notre arrivée devant la maison de mes parents, je regrettai que la route ne fût pas plus longue.

Sam et Julianne étaient dehors – s'étant assurés d'être régulièrement tenus au courant de notre heure d'arrivée – avec les bras grands ouverts. Julianne, couinant et frappant des mains, faillit me plaquer au sol lorsqu'elle se jeta dans mes bras au milieu de la pelouse. Sam nous rejoignit et, comme à son habitude, engloutit nos deux silhouettes d'une étreinte digne d'un papa ours.

— Enfin le retour ! Notre petite est rentrée à la maison, Sam ! s'exclama Julianne.

Lorsqu'ils me libérèrent, ils nous observâmes, Weston et moi, d'un air plein d'espoir.

En guise de réponse, Weston passa un bras autour de mes épaules et m'attira contre lui, puis je posai la main sur son ventre et entrelaçai nos doigts.

Julianne frappa dans ses mains, aux anges. Elle nous serra tous deux chaleureusement dans ses bras.

— Eh bien ! fit Sam. Entrez, entrez ! Julianne a cuisiné une dinde tellement grosse qu'on pourra manger les restes au prochain Thanksgiving.

Mes parents ouvrirent la voie, main dans la main, mais Weston me tira par le bras pour me demander de rester en arrière.

Il me prit dans ses bras pour m'abriter du froid. Son haleine créait de petits nuages blancs.

— Je n'aurais jamais espéré retourner dans la maison de tes parents avec toi dans mes bras.

Weston tendit la main vers mon cou et fit glisser entre ses doigts le petit cœur en argent qu'il m'avait offert des mois auparavant, avant de le laisser reprendre sa place.

— Je ne sais pas comment on y est arrivés, dit-il. Ce n'est peut-être qu'un enchaînement de coïncidences, ou peut-être que c'était le destin, mais je sais une chose, c'est que je ne laisserai plus rien au hasard.

— C'est par un coup du hasard que j'ai retrouvé mes parents, dis-je en me hissant sur la pointe des pieds pour l'embrasser.

Il ferma les yeux pour savourer l'instant.

— Et par une sorte de hasard miraculeux, j'ai eu une seconde chance.

— *Nous* avons eu une seconde chance, rectifiai-je.

Il enfonça sa main dans sa poche et soupira.

— Tu n'es pas obligée de la porter, dit-il en dévoilant sa chevalière. Tout ce que je veux, c'est que tu l'aies.

Je tendis ma main gauche, et je vis ses yeux émeraude étinceler.

— Vraiment ?

Je hochai la tête. Il gloussa nerveusement puis fit glisser la bague à mon doigt. Elle m'allait à la perfection et Weston rayonna de fierté.

— Ouvre ta paume, dit-il.

Je tournai la main et, gravé en noir pour répondre aux autres caractères, s'étalait le mot qui décrivait ma vie, notre amour et tout le reste. C'était le mot que je préférais au monde.

HASARD

Remerciements

Toujours un immense merci à mon mari, Jeff, et à mes enfants pour leur compréhension et leur patience. L'écriture n'obéit pas à des horaires de bureau et mes élans de créativité débordent souvent sur les soirées, les nuits, les week-ends et les vacances. Je bénéficie d'un incroyable soutien à la maison, sans lequel il n'y aurait pas de futurs livres de Jamie McGuire.

Merci à Cecil et Patty Stuever, non seulement pour m'avoir permis d'installer une partie de l'histoire dans leur *Dairy Queen*, mais aussi pour leurs réponses à quelques questions importantes.

Merci à l'auteur Teresa Mummert pour m'avoir rappelé que, même si les choses qui nous inspirent ne sont pas toujours belles, cela ne doit pas nous empêcher de les coucher sur papier et de les partager avec les autres.

Merci à Autumn Hull pour son indéfectible soutien ainsi qu'à sa société, Wordsmith Publicity, pour leur marketing professionnel et impeccable.

Merci à Dan Bringham, mon ancien proviseur, pour avoir répondu à quelques questions délicates concernant le lycée. Cette époque remonte à dix-sept ans pour moi, et bien qu'il soit à la retraite, il a manifesté un désir sincère de m'aider et fait preuve d'une grande patience.

Merci à Jerry Mann. Je garde un souvenir vivace du jour où je me suis assise en face de son bureau, et où il m'a lancé le pari amical qu'en me replongeant dans mes années de lycée je n'aurais qu'une envie, les revivre à nouveau. Il est décédé depuis. Il est l'un des seuls éléments concernant le lycée que j'aurais véritablement aimé récupérer.

À l'école élémentaire, chaque fois qu'une certaine camarade de classe décidait de se mettre en colère contre moi, les autres enfants étaient tenus de m'éviter. Valerie Clark et Lisa Coffey, elles, jouaient avec moi pendant la récréation même alors qu'on le leur avait défendu. La Jamie de huit ans que j'étais vous remercie, et vous en est encore reconnaissante.

À la *middle school,* ma professeure de sciences m'a ridiculisée devant la classe entière. Je ne me souviens plus de la raison, mais je me rappelle Tammy Starks qui s'est levée pour lui dire qu'elle ne pouvait pas me traiter de cette manière, même après avoir été menacée d'être envoyée chez le proviseur. J'avais trouvé ça incroyablement courageux à l'époque, et je le pense encore aujourd'hui. Merci.

À la *middle school,* on m'a tendu un piège pour m'envoyer au parc du coin afin que la petite brute de l'école puisse me casser la figure. M. Mike Garcia a vu la foule, s'est garé et a arrêté la bagarre avant même qu'elle ne commence. Ne voulant pas me laisser rentrer chez moi à pied de crainte qu'on ne me suive, il m'a raccompagnée en voiture. J'ai pleuré tout le trajet, et il m'a assuré que ma vie ne serait pas toujours comme ça. Merci, monsieur Garcia. Vous aviez raison.

Quand j'ai changé d'école en *eighth grade*[1], Walleen Littlebear a manqué son bus pour me raccompagner chez moi après l'école, uniquement pour s'assurer que les deux filles qui voulaient m'agresser n'en aient jamais l'occasion. Merci d'avoir assuré ma sécurité.

Au lycée, Bridget Saint a affronté la reine du bal en mon honneur, et Ryan Feddersen a refusé de laisser les spectacles de fin d'année se transformer en concours de popularité. Merci.

Dans nos vies d'adultes aussi, il faut parfois savoir défendre les autres. Merci Abbi Glines, Fred LeBaron, Danielle Lagasse, Kelli Spear, Jessica Landers, Jennifer Armentrout et Kristi Browne.

Il n'est pas toujours facile de s'exprimer franchement ou de plaider une cause, mais je ne l'oublierai jamais. Parfois, les battants aussi ont besoin d'un champion.

Merci à M. Bringham de m'avoir éclairée sur certains détails de la vie scolaire et au Dr Lisa Vandermeer-Kahle de m'avoir aidée à raviver ma mémoire défaillante.

Un immense merci à Patty Stuever de m'avoir permis d'utiliser son *Dairy Queen* dans le livre.

1. Équivalent de la 4e en France. (*N.d.T.*)

Composition
FACOMPO

Achevé d'imprimer en Espagne
Par CPI BOOKS IBERICA
Le 21 mai 2017.

Dépôt légal mai 2017.
EAN 9782290115640
OTP L21EDDN000763N001

ÉDITIONS J'AI LU
87, quai Panhard-et-Levassor, 75013 Paris

Diffusion France et étranger : Flammarion